DISPUTA COM O HERDEIRO

Stefany Marie

Disputa com o Herdeiro

partners coerência

DIREÇÃO EDITORIAL
Lilian Vaccaro

COORDENAÇÃO EDITORIAL
Bianca Gulim

ASSISTÊNCIA EDITORIAL
Raquel Escobar

ANÁLISE CRÍTICA
Márcio Zanini

PRODUÇÃO GRÁFICA
Giovanna Vaccaro

CAPA
Henrique Morais

DIAGRAMAÇÃO
Michael Vasconcelos

DADOS INTERNACIONAIS DE CATALOGAÇÃO NA PUBLICAÇÃO (CIP)

Marie, Stefany
Disputa com o herdeiro / Stefany Marie – 1ª edição – São Paulo: Coerência, 2022

ISBN: 978-65-89850-55-7

1. Ficção brasileira 2. Romance I. Título

CDD: 869.3

Grupo Editorial coerência
partners coerência

Rua Coronel Leme, 43
Centro | Bragança Paulista | SP
12.900-340
www.editoracoerencia.com.br

Dedico este livro a quem ainda se sente preso aos traumas do passado, mas consegue renovar suas esperanças de que um dia seus sonhos se tornarão realidade.

Você já venceu.

Baruch Hashem! – Bendito seja Deus!

Todah Rabah!

1

BRANDON

Já é madrugada ou ainda é de manhã? Não, espere...

— Acorde, capitão estúpido Brandon. — Escuto o grito antes de a pessoa jogar um balde de água gelada em cima de mim.

Dou um salto, gritando:

— Enlouqueceu?! — Sinto a cabeça pesar, a pulsação disparar e os olhos arderem. E não foi pela água gelada, e sim pela noite anterior. Simplificando: estou de ressaca. Quem está aqui ao meu lado, fazendo o tormento inteiro para me acordar, é o meu irmão gêmeo, Élian, e o meu melhor amigo Luccas — o idiota que me deu um banho de gelo. *Sem ressentimentos.* Tenho uma relação de amor e ódio tanto com meu gêmeo quanto com meu amigo. Então posso disparar xingamentos contra eles e, depois, dar um tapa camarada nas costas que está tudo certo. — Que horas são? — pergunto, ainda sonolento.

— São 4h30 da madrugada — meu irmão responde.

— Ah, qual é?! Está me acordando agora por quê?

Élian e Luccas trocam um olhar que parece dizer "preciso mesmo responder?" e se revezam para chamar a minha atenção.

— Olhe para trás — diz Luccas, com a boca pressionada em uma linha fina.

Eu me viro com a testa franzida, em dúvida e me apoiando nos cotovelos. Ali, deitada ao meu lado e dormindo, está uma garota loira e alta:

Bárbara. Até aí, nada de mais, né? Volto o olhar para eles, tentando entender qual é o problema. Luccas revira os olhos enquanto Élian suspira, nervoso.

— Está tudo arruinado, seu imbecil.

Meu irmão Élian dá um forte tapa na minha cabeça.

— Ei, espere um momento — retruco. — Me expliquem o que está acontecendo.

Agora, a dor de cabeça causada pela água gelada, que tocou meu corpo malhado e sem camisa, está querendo explodir. Olho pela vigia atrás da cama — já que as cortinas estão fechadas — e vejo a neblina cobrindo tudo. Estou certo de que deve estar nevando em alguns pontos mais terrestres, mas, como estamos no meio do oceano, só vejo o escuro vislumbre da água e uma fumaça acinzentada cobrir todo o resto. Se esse idiota me fizer pegar um resfriado, eu acabo com ele.

— Ontem à noite estávamos em uma festa quando o navio atracou no Havaí — Luccas começa. Claro, isso é óbvio e eu já sabia. É só por isso a bronca que estou recebendo de dois caras da mesma idade que eu? — E começou a circular pelas redes sociais um vídeo seu. E fotos...

— Isso é fantástico!

— Fantástico o caramba. No vídeo, você está pegando umas meninas e fazendo bagunça com elas. E você sabe bem o que quero dizer quando digo "bagunça".

— E quais meninas? — meu irmão continua. — As filhas dos acionistas e associados do nosso pai.

Merda.

Patrick Caldwell, meu pai, é o proprietário e CEO da empresa de navios Marinha Grandiosa — uma das maiores do mundo —, que em breve se expandirá e iniciará uma fusão com a B.C. YATCHTS.

— Vídeo, é? Como assim, vídeo?

Ergo o queixo, apreensivo.

— Vídeo. E depois de "brincar e bagunçar" com essas garotas, você saiu de mãos dadas com Bárbara. Cara... Bárbara!

— E o pior vem agora, meu caro. — Luccas vai na onda, jogando na minha cara tudo o que aconteceu na noite anterior: — O vídeo foi parar nas mãos de ninguém mais, ninguém menos do que os assessores dos acionistas. Em seguida, foi parar na vista deles, e, *aí*, nas mãos do seu pai. E ele está furioso com a chance de perder o negócio da vida dele por causa dessa *sua* estupidez.

— Ah, qual é o problema nisso? — Dissimulo. — O vídeo nem deve ser tão ruim assim.

Bárbara se vira e me abraça pela cintura, fazendo-me cair deitado em cima dela. Não estou dando nenhuma moral para os dois manés em pé na minha frente e considero voltar a dormir.

— Esmague o crânio dele com a âncora — Élian diz a Luccas, quase com a autoridade do nosso pai.

Isso me faz levantar em disparada. Ele é sempre capaz disso.

— Com prazer.

— E cubra suas partes baixas — Élian reclama, colocando um travesseiro na minha frente. — Ninguém é obrigado a ver isso.

— Está com inveja porque fui agraciado assim, não é? Já que você ficou com o cérebro de *nerd*.

Élian revira os olhos, mas, bem lá no fundo do coração de gelo dele, ele sabe que estou brincando. *E já que eu sou agraciado, ele também é, afinal somos gêmeos. Não idênticos. Ainda assim, somos gêmeos.*

— Brandon, agora é sério. Nosso pai está esperando você na sala de reuniões, pronto para arrancar sua cabeça. Você sabe que, quando ele está irritado, não tem hora certa. E é melhor se apressar ou então...

— Ele o deserda — Luccas interrompe.

— Ele não pode fazer isso — respondo, como se fosse uma questão óbvia. — Ele fez um acordo com nossa mãe.

— Sim — Élian continua, levando a mão à testa em um gesto cansado e respirando fundo. *Eu conheço bem essa cara*. Ele está lutando com seu eu interior para não me sufocar. — Dê um jeito nessa bagunça, ou então *nossa* sobrevivência estará em risco.

— Onde está Betto?

Betto é o braço direito do meu pai e meu mordomo, que se comporta como um assessor, aquele que sempre me livra das sujeiras que saem na mídia. Melhor dizendo: ele toma conta e carrega nas costas todos os meus casos perdidos.

— Betto não pode resolver esse problema em específico. Para você ver como as coisas estão muito complicadas para o seu lado.

Os dois já estão na porta antes mesmo de eu terminar de me vestir. Com um resmungo, olho para Bárbara com relutância, pois não quero deixá-la. Uma onda de bom senso paira sobre mim, e me faz decidir. Saio correndo do quarto, alcançando os dois enquanto coloco uma jaqueta jeans escura na maior pressa. Olho para Élian, que está praticamente marchando para o local da minha punição.

— E aí, vai ser muito grave esse castigo?

— Considerando que você quase arruinou nossa reputação, não. Não vai ser muito grave. — Ele me olha de lado. Suspiro, aliviado, cedo demais. — Vai ser um vulcão em erupção para você, e eu não quero estar lá para ver. Você está na corda bamba, na forca.

Meu irmão é um cara que está andando no caminho da sabedoria e que escolhe utilizar a norma culta ao falar. Mas quando ele nos presenteia sendo irônico é algo muito intenso, chega até a ser engraçado.

Mesmo a estas horas da madrugada, o navio está lotado de passageiros que querem aproveitar ao máximo antes da próxima parada. Atravessamos quase todo o navio para chegar à sala de reuniões, que fica em uma área privada, localizada no deque oito. Passamos por vários deques, subimos as escadas, atravessamos a ponte panorâmica, e enfim entramos em um corredor que dá acesso restrito para a sala dos "grandes e importantes", e aquela coisa toda.

Luccas se despede e me dá um tapinha nas costas de "Boa sorte, pois você vai precisar, e muito". Logo, entro na armadilha com Élian. Três homens engravatados me esperam lá dentro, com um silêncio tenebroso tomando conta do ar: dois deles são os associados e o outro é o meu pai. Ele está com os braços cruzados e com a cara carrancuda como uma fera, e com minha mãe, Emília Wright, tentando acalmá-lo. Bem, isso é o que parece, na verdade. Quando me vê, ela avança, querendo me sufocar. Meu irmão tem de se colocar entre nós para afastar a verdadeira fera que está camuflada na minha mãe, e não no meu pai.

— O que você tem na cabeça? Perdeu a noção do juízo? Sabe como você foi apelidado? — Uma pausa angustiante. — Isca para as sardinhas em forma humana. Isso soa ridículo o bastante para você?

É, soa mais do que ridículo. Caramba. Não tinham algo melhor, não? Ser chamado de isca é o pesadelo dos pesadelos.

— Isca?

Faço uma careta.

— Sim. Talvez quando você recuperar sua dignidade voltem a chamá-lo de capitão. — Ela se aproxima, com um dedo ameaçador cutucando o meu peito. — E sabe o que é pior? Você deve um acerto de contas muito alto aos associados. Muito, muito alto. — Cada palavra, um cutucão.

Qual é a ideia? Ou pior, qual será a minha punição?

Ouço o sermão do meu pai por duas horas e meia, aguento minha mãe se perguntando repetidamente onde errou na minha criação, meu irmão me olhando como se eu prejudicasse sua existência, e os associados... Bem, eles me dão a punição de verdade. E o que me dizem soa mais como um ultimato para o meu pai, que só poderia ser cumprido pelo responsável de tudo: eu.

E verdade seja dita: eu preferia uma punição de verdade.

— Brandon Wright Caldwell, você terá que lutar para recuperar sua reputação — diz o senhor Thompson, um dos principais associados. — Como confiar a empresa de navios nas mãos de uma família que tem entre os herdeiros um rapaz que beira a irresponsabilidade, a antiética e a falta de moral para ser COO? — Uma pausa. Meu pai parece se sentir na beira de um abismo. — Para ser COO um dia, você terá que reverter toda a situação constrangedora e imoral em que está, além de lidar com o trabalho administrativo. E sozinho.

Meus olhos se arregalam. Estou começando a ficar desesperado. Como irei administrar não apenas um navio — o que já seria minha desesperança —, mas uma empresa de cinco navios sendo acompanhado e avaliando em um deles, o *Captain of the seas*?

O que mais pode dar errado?

— Estávamos prontos para entregar as rédeas para a família Miller, que possui sérias intenções de adquirir o comando da Marinha Grandiosa. Porém, após avaliar o esplêndido trabalho que seu avô fez com a empresa em geral, sendo o fundador desse incrível império, decidimos permitir que você e a senhorita Olívia Miller, a filha única dos Miller Mozer, disputem entre vocês dois a liderança da frota.

— O quê? Isso não pode estar acontecendo.

Meu queixo cai, assim como o de meus familiares.

Impressionante. Apenas incrível.

Passo a ter um pouco de ódio por esses associados. Nem preciso explicar a reação e a expressão nos rostos de cada membro da minha família, né? Eles não podem fazer isso com a empresa do meu avô.

— É o fim — minha mãe murmura, desacreditada e insatisfeita. *Comigo, óbvio.*

— O império que o seu avô criou, em suas mãos destruído e levado por outra família — meu pai solta, olhando para mim de uma forma que parece imaginar se me estrangula agora ou mais tarde. — Eu não posso acreditar que o sacrifício dele será entregue nas mãos de outros em uma bandeja de prata por sua culpa.

— Espero, jovem senhor Caldwell — um dos associados prossegue com suas ordens —, que troque suas roupas casuais por roupas profissionais adequadas.

Como eles...?

— Eu sei, não é fácil, jovem senhor Caldwell. Mas essa disputa será benéfica tanto para seu amadurecimento profissional quanto pessoal. E para que não reste dúvidas quanto a isso tudo, disponibilizamos um contrato para que assine, dizendo que está de acordo com os termos do negócio e uma lista de regras a serem seguidas, tanto por você quanto pela senhorita Olívia.

Parece que são os meros mensageiros que vieram me entregar um monte de regrinhas toscas. Enfim, eles saem sem dizer mais nada. É a forma deles de dar um ultimato. Onde está o profissionalismo que tanto citaram?

— Esperem — chamo.

— Não piore as coisas, Brandon — meu irmão sussurra baixo, segurando o meu braço.

Então... é isso.

Tem como piorar?

2

OLÍVIA

Preparar as malas para viajar é mais trabalhoso do que se pensa. Ainda mais quando você ficará meses no mesmo lugar. No meu caso, em um navio, no meio do oceano, a pedido da minha família, que quer se tornar sócia majoritária da Marinha Grandiosa – é o que eu devo dizer, caso alguém pergunte. Mas a realidade é diferente.

Tudo o que sei por enquanto é que terei de disputar a liderança com um rapaz chamado Brandon Caldwell. Ao que tudo indica, ele colocou os negócios da família em risco e, por isso, recebeu essa ordem.

– Bem, é isso o que diz o documento – digo a mim mesma em voz alta. – Também recebi uma lista de regras as quais preciso seguir. Vejamos...

Regras para validação de contrato:

Nº 1: vestir-se adequadamente durante o horário de trabalho.

Nº 2: manter o respeito para com o outro competidor. Trapaças não serão toleradas.

Nº 3: ser pontual durante seus compromissos profissionais.

Nº 4: proibido o uso de palavrões ou frases obscenas em ambiente profissional, com colegas de trabalho e com passageiros do cruzeiro.

Nº 5: ser educada com os passageiros, clientes, colegas, funcionários e superiores.

Nº 6: não contar às demais pessoas o motivo pelo qual foi contatada.

Nº 7: respeitar a hierarquia da família Wright Caldwell. Durante sua disputa, eles ainda estão no poder.

Nº 8: ficar atenta e longe de conversas de corredor, fofocas ou qualquer atitude intolerável.

Nº 9: evitar difamar sua imagem profissional ou a de seu colega de competição falando mal da empresa ou de seus superiores.

Nº 10: evitar escândalos.

Regra bônus: auxiliar Brandon Caldwell no que ele demonstrar precisar.

Brandon Caldwell...

Qual será a bagunça que você aprontou?

De qualquer maneira, isso é um benéfico para mim, não importa o que ele tenha feito.

•

Após alguns dias esperando o *Captain* atracar no porto de Miami, finalmente o dia chegou. Estou ansiosa, nervosa, em pânico, atrasada... Opa, quebrei uma regra logo de cara. Mas não é como se a culpa fosse minha. Nenhum táxi parou para me levar ao aeroporto, o voo para Miami foi adiado por duas horas e um turista não queria sair do meu lugar marcado no avião. Não fui a causadora de problemas ali.

Será que teria quebrado a regra número dez, evitar escândalos, se já estivesse no navio?

E aqui estou agora, subindo a rampa para adentrar no luxuoso *Captain of the seas*. E o nome tem realmente tudo a ver. Este negócio é grandioso. Parece que temos uma cidade inteira dentro de um barco enorme.

– Desculpe, estou atrasada. Posso embarcar? – pergunto ao segurança enquanto os funcionários carregam minhas malas.

Ele me pede os documentos necessários e, após conferir meu nome na lista de passageiros e conferir que estou a trabalho, libera a minha entrada.

Imprimi uma planta de um navio para usar como mapa e facilitar minha localização. Vou conhecendo todas as partes do navio, passo por vários corredores, atravesso a ponte panorâmica, visito os restaurantes... Enfim, para conhecê-lo por completo, precisarei de pelo menos uma semana inteira. Como eu disse, é uma cidade inteira. No fim, acabo chegando no lounge, perto das piscinas, onde está acontecendo alguma coisa interessante. Parece ser uma campanha, visto que há alguns banners pendurados. A equipe parece desesperada, a diretora de filmagem – é o que diz no crachá dela – está irritada e a cada rajada de vento forte que sopra sobre seu rosto ela empurra os cabelos, soltando alguns xingamentos impróprios. Sento-me em uma das várias espreguiçadeiras que estão um pouco distantes e fico assistindo à confusão.

De repente, tento segurar a risada. A situação é cômica e me deixa mais curiosa. Não apenas eu, como também os passageiros que se aproximam para observar o motivo da correria em pleno embarque. Sigo um dos organizadores da campanha com os olhos e o escuto falar ao telefone sobre a principal modelo ainda não ter chegado.

Ele a descreve como uma modelo que se tornou esnobe por estar em ascensão. E logo ouço seu nome: Kyra Mabell.

Kyra.

Mabell.

Já ouvi falar dela na televisão. Realmente, ela está no auge de sua carreira e em ascensão. Estar atrasada – para ela – é uma questão de honra. Ela disse em uma entrevista que "uma verdadeira estrela deve se atrasar para ver se as reações dos contratantes são do jeito que ela imagina. É assim que se vê quando uma pessoa é importante". Olhando pela lógica dela, faz sentido. E sua verificação de fato funciona, já que estão todos desesperados, porque sua ausência é sentida... Só que não do jeito que ela imagina.

Também escuto o organizador do evento dizer que, se ela não chegar em trinta minutos, além de atrasar o embarque das pessoas, ele selecionaria um *casting* com algumas mulheres bonitas e fotogênicas para substituir Kyra. A diretora, frustrada, que se irrita até com o vento, aproxima-se do organizador e escuta tudo o que ele fala com as mãos nos quadris e exalando profundas respirações. Ao ouvir a última frase dele, os olhos verdes da diretora percorrem a multidão, pausando e se fixando entre mim e uma outra garota loira. Ela observa atentamente a loira e, em seguida, observa-me de cima a baixo. *Isso está me assustando.* O que será que ela está pensando sobre a loira e eu?

— Vocês duas! — ela grita. — Se aproximem!

Alegre, a loira caminha até eles. Pelo visto ela também ouviu a conversa. Já eu tento desviar o olhar e fingir que não a escutei ou que estou distraída. Vai saber o que essa doida frustrada quer...

Viro-me para observar o mar apenas para encontrar a cara da diretora à minha frente. Dou um salto de susto e fico a olhando com surpresa e choque.

— Você, mocinha, não escuta quando a chamam?

— Eu... eu não sabia que era comigo. Estou aqui por outros motivos, nem sei por que parei aqui sendo que tenho tantas outras coisas para resolver.

— Assuntos para resolver? Você acabou de embarcar. — Ela aproxima o rosto do meu. — Eu sei quando estão mentindo para mim, menina. Sei que você percebeu que chamei você e a... — Ela olha para a menina loira.

— Bárbara Chanpês — a loira responde.

— Certo. — Ela faz um aceno com a mão e volta seu olhar para mim. — Sei que você percebeu que chamei você e Bárbara para se aproximarem. Ninguém me faz de boba. Com exceção de Kyra Mabell, que acha que temos que esperar a boa vontade da "estrelinha".

— E o que temos que fazer? — Bárbara pergunta.

A diretora de filmagens começa a andar, indo para o palco de gravação. Bárbara começa a andar atrás dela, batendo palminhas, e eu me levanto e as sigo sem fazer a mínima ideia do *porquê* ou *para quê*.

O organizador, vendo a sua chefe mais tranquila, aproxima-se e começa a esclarecer suas dúvidas. Quanto ao nosso caso — meu e da loira —, ele pergunta por fim:

— Como a equipe está reagindo com tudo o que está acontecendo?

— Tão bem quanto se pode esperar. Estaríamos bem melhor se Kyra Mabell soubesse suas responsabilidades e as levasse a sério. Ela ainda está em ascensão e já se acha no direito de ter as regalias de estrela. Ou ela pensa que não posso demiti-la em um estalar de dedos?

— Então, contamos mesmo com essas meninas? E na falta de uma, vão duas? Elas sabem modelar?

Congelo no meu lugar, grudando os pés no chão. Já a garota chamada Bárbara — que parece tem a mesma idade que eu — não está preocupada com nada, nem sequer está prestando atenção. Em vez disso, ela está observando suas unhas vermelhas bem-feitas, como uma atriz de Hollywood. Em outras palavras, ela se parece com aquelas patricinhas do ensino médio que andam pelas ruas da Califórnia com um cachorrinho na bolsa e um celular com capinha *pink* na mão.

Decido chamar a atenção dos dois integrantes da equipe e tentar entender a situação a tempo de absorvê-la. Porque escapatória não tenho mais.

— Com licença. — Cutuco de leve o ombro da diretora. — Mas, afinal, para que exatamente vocês precisam de nós?

— Não está claro, queridinha? Vocês duas substituirão Kyra na campanha. Para ser mais exata, vocês duas farão um teste e veremos quem vencerá.

Essa frase é a única coisa que chama a atenção de Bárbara e vira destaque. Ela ergue a cabeça num pulo, sorrindo de orelha a orelha e se sentindo famosa.

— Mas isso não está certo, nem tem muito sentido. Não somos modelos profissionais nem sabemos como agir.

— Fale por você, fofa — Bárbara responde.

Certo. Patricinha.

— Ok. Digo por mim: eu não faço ideia de como é modelar. Não preferem esperar Kyra mais um pouco?

— Você acha que temos paciência para esperar por uma garota que acredita estar no topo e faz o que bem quer e entende?

O negócio está começando a ficar interessante, e não tem nada a ver com a possibilidade de eu ser fotografada com um oceano atrás de mim ao lado de uma patricinha loira que deve ter seus 1m70 de altura, e eu com meros 1m60 e olhe lá. O problema é que quebraria outra vez a regra sobre atrasos por causa dos caprichos de uma modelo iniciante em sua quase fase de auge e não poderei recusar, pois devo "atender aos superiores". Sem falar do meu aparente pânico quando fico em meio a muitas pessoas no mesmo lugar.

— Vocês duas irão competir. Serão fotografadas juntas e quem se sair melhor fará a campanha. E ponto-final.

— Opa, espere um momento. — Levanto as mãos, soltando uma risada irônica. — Não quero mais ouvir a palavra *competição*. Eu já me meti em uma dessas e sinceramente não sei se posso aguentar mais. Deixe a campanha com ela. — Aponto para Bárbara. — Ela é bonita, vai muito dar certo.

— A escolhida levará mil e trezentos dólares.

Viro-me em um gesto brusco.

— Mil e trezentos dólares? Não é uma quantia grande para uma pessoa inexperiente?

— Não se contente com pouco. É muito menos do que Kyra receberia.

Ainda assim, isso é bom. Quanto mais dinheiro eu puder investir nas ações da Marinha Grandiosa, mais perto estarei do meu objetivo. Não é questão de ambição, pois o dinheiro não será para mim. E é uma verdade conhecida que a família Wright Caldwell tem bilhões em patrimônios, e não será nada fácil ultrapassá-los. Não que, em comparação a eles, mil e trezentos dólares seja muita coisa, mas é uma pequena esperança cada vez que consigo um pouco mais.

A campanha é para arrecadar mais fundos por meio da venda de seus produtos aos passageiros a fim de tornar a empresa Marinha Grandiosa e a fusão com a B.C. YATCHTS mais conhecidas. Com uma modelo iniciante e no auge da fama, isso funcionaria nas mídias sociais e na televisão, atraindo doações que serão destinadas às instituições de caridade e escolas marítimas de baixo custo.

E a condição...

Claro, algo muito bom sempre vem com suas condições.

Não revelar a ninguém que eu ou Bárbara — dependendo, claro, de qual de nós vencerá — estamos substituindo Kyra Mabell. Isso seria prejudicial para a agência que tem Kyra como uma de suas principais, além de afundar sua carreira, que acabou de se iniciar.

Isso se parece com algo que eu já li... Não revelar a ninguém sobre a substituição da modelo. Não revelar a ninguém o motivo pelo qual fui contratada pela direção do navio.

Isso está ficando cada vez melhor.

•

Modelar não é muito o meu forte. Não sou alta, não sou boa com as câmeras – elas não me amam, pelo jeito –, não sei posar, não me dou bem com o público, enfim...

Bárbara está arrasando. Por termos nos colocado lado a lado, parece que ela está me humilhando cada vez mais, mesmo sem ser essa a intenção. Ela é uma loira alta e esguia, bonita por natureza. As câmeras a amam e enviam seus flashes de fama para ela, enquanto enviam flashes com faíscas brancas luminosas que fazem meus olhos lacrimejarem e arderem.

– O que posso fazer para você sorrir? – um dos fotógrafos me pergunta.

Ele é um homem mais velho, com uma barba espessa cobrindo parte das bochechas, outrora brancas, avermelhadas pelo calor do dia.

– Eu não tenho ideia. Não sou muito animada.

É verdade. Sem mencionar o fato de que estou com medo do público ao redor. Isso me traz péssimas memórias de tempos que sempre quis esquecer.

– Posso dar um conselho? – ele pergunta. Ao contrário dos outros, ele é empático. Assinto, mordendo o lábio. – Percebi que você está nervosa com as pessoas que estão assistindo. Foque o olhar em um ponto fixo e esqueça que tem plateia. Muitos artistas utilizam essa técnica quando ficam nervosos.

Tento levar seu conselho a sério e procuro um ponto para focar meu olhar. Hoje é um típico dia de vento no porto de Miami, e os fotógrafos adoraram esse acontecimento. Cada vez que o vento sopra em nossos cabelos, eles conseguem uma foto melhor que a outra. Aos poucos, vou pegando o jeito com as câmeras – ainda não como a loira ao meu lado, mas estou relaxando. E gostando.

Uma rajada mais forte sopra de repente, fazendo meus longos cabelos voarem por todos os lados e me deixando mais nervosa ao ouvir alguns elogios pela foto impecável que capturaram. Está bem, não sei se os elogios são para mim ou para Bárbara, mas eu tenho um lampejo de esperança de que seja comigo.

A brisa faz meus cabelos flutuarem e faz com que eu sorria largamente para a câmera, como se estivesse me divertindo – devo estar vermelha de vergonha. Ao afastar uma mecha do rosto, ergo os olhos de volta para o meu ponto fixo, ainda sorrindo, porém agora ele está ocupado por um grupo de jovens, e meus olhos se fixam nos olhos azuis cor de oceano de um rapaz que está me observando, com seu rosto ameaçando um pequeno sorriso.

Vejo que ele vira parte do corpo para conversar com outro rapaz, sem tirar os olhos dos meus. Como uma boa leitora labial, entendo que ele está pensando que *é Kyra Mabell* e *o que Bárbara está fazendo no meio das gravações da campanha*? Olho para Bárbara para conferir se eu estou certa em minha leitura, e, pelo seu sorriso igual do Gato de Cheshire, estou. Eles se conhecem.

Será que são irmãos? Primos? Afinal, são parecidos.

Quero dizer...

Ele é muito alto – deve ter por volta de 1m83 de altura –, o tipo de altura que devem ter os modelos de passarelas internacionais. Tem os cabelos castanho-dourados quase loiros bagunçados de um jeito que parece quase proposital e que deve funcionar apenas nele.

Uma cara de arrogante. Rebelde. Lindo demais para seu próprio bem. E aqueles olhos azuis, minha nossa...

Ele olha para Bárbara por exatos dois segundos e os volta para mim. Analisa todos os meus movimentos enquanto se encosta na parede, cruzando os braços. Será que ele ainda pensa que sou Kyra? Ou será que a conhece e percebeu que "peguei" o lugar dela?

Leva uns vinte minutos para a gravação se encerrar, e a patricinha ao meu lado corre até o rebelde bonitão. Ok, ele estava mesmo olhando para ela, e eu fiquei tão hipnotizada que achei que fosse comigo. Real significado de iludida, ainda que não muito incomum de acontecer. Ao lado dele, está uma garota loira muito mais bonita do que Bárbara – será que são um grupo de modelos ou possuem algum grau de parentesco? Como é possível? O rapaz com quem ele está conversando é um jovem superestiloso que me faz pensar imediatamente no Lewis Hamilton. Mas, se todos eles forem modelos, certamente trabalham juntos na mesma agência e não estariam se perguntando o que Bárbara faz aqui.

O que estou pensando? Não é porque são ridiculamente bonitos e atraentes que são modelos.

Fico parada por um momento tentando descobrir o que fazer a seguir. Entre minhas escolhas estão: esperar algum sinal da diretora de gravação, continuar meu passeio pelo navio, tentar descobrir como encontrar meu quarto, perguntar sobre Brandon Caldwell na recepção ou, a escolha mais fácil, ir almoçar. Eu vou ter de procurar a área dos restaurantes de qualquer forma. A resposta sobre a vencedora da "disputa para substituição de uma estrela quase conhecida" sairá apenas no dia seguinte. Fico aliviada por saber que isso não interferirá na minha missão.

Passo ao lado do grupo inusitado — bem perto mesmo. E de propósito. Atravesso a ponte panorâmica e abro o mapa improvisado com a planta do navio. Nele, vejo que os restaurantes estão no deque dezesseis. Não faço absolutamente nenhuma ideia de onde fica o deque dezesseis. Claro, há mais de uma opção, porém o fato de estarem todos no mesmo deque complica a minha situação.

De tanto procurar e me perder nesta cidade marítima, acabo chegando em um corredor um pouco estreito. Não parece ser o corredor com as acomodações dos passageiros. Está vazio e conta com apenas algumas portas brancas. Fico tensa ao atravessá-lo. Não que seja assustador ou algo do tipo, mas não há sinal de uma única pessoa.

Os calafrios se acentuam quando ouço pequenas batidas virem do outro lado de uma das portas. Parece cena de um filme. *Ah, merda*. De fato, não sou usuária de palavras de baixo calão, mas esta situação está me assustando de verdade. A situação fica ainda pior, o corredor tem muito eco, então as batidas parecem mais altas do que realmente são. Intensas.

Penso em sair correndo, porém hesito ao ouvir um choramingo atrás da porta. Tremo da cabeça aos pés e acendo a lanterna do celular para clarear o ambiente o máximo que puder, mesmo com várias luzes no teto iluminando o corredor. É um choramingo fino. Abro a porta com cautela, mas a fecho novamente de maneira brusca quando alguém grita em um tom capaz de quebrar qualquer espelho. Com o susto, caio de bunda no chão e derrubo tudo que estou segurando. A porta se abre devagar.

Uma moça está sentada no chão, abrindo a porta com a ponta do pé.

3

OLÍVIA

Depois que a porta se abre, percebo que o minúsculo espaço é um depósito. E a moça assustada é ninguém menos que...

— Kyra Mabell?

Sim, é ela, eu a reconheço da televisão. Apesar de estar assustada e trêmula, é inegável que Kyra nasceu para ser uma estrela. Reviro os olhos por ela ser alta como uma supermodelo — eu sou baixa, então já perdi a disputa —, mas também já sinto que gostaria de ser sua amiga. Kyra tem cabelos longos e ondulados em um tom castanho-escuro que combina com seus olhos castanho-claros e sua pele bronzeada faz contraste em um corpo escultural.

— Você acabou de acelerar meu ritmo cardíaco. Agora, estão elevados — Kyra reclama. — Será que a minha pressão vai subir?

Outra patricinha de Beverly Hills.

— Como é?

— Uma estrela realmente não tem sossego. Nem em um depósito.

— Meu Deus, Kyra. Todos estão procurando você no maior desespero para gravar a campanha. Sei que eu não a conheço, mas... Por que você não apareceu? E o que está fazendo aqui?

Kyra desvia o olhar e abraça os joelhos, apoiando o queixo entre eles.

— Eu... Eu não podia... Não posso...

— Não pode o quê?

— Fotografar, gravar...

Arqueio uma sobrancelha e pergunto suavemente para não piorar as coisas:

— Por que não?

Kyra, a estrela autoconfiante das telas que transmitem programas de entrevista, parece insegura, e uma lágrima escorre pelo seu rosto.

— Eu tenho pânico de navegar. Tenho medo de entrar em um barco e só ter água ao redor. Isso me acontece desde os seis anos, quando quase me afoguei. E também... estou apavorada com tanta pressão, isso está me deixando... — Ela gesticula com as mãos e parece perdida. — Está me enlouquecendo. — Pressiono os lábios em uma linha fina, e ela enruga a testa, estreitando os olhos. — Sei que parece besteira, mas para mim não é.

— Não — respondo. — Claro que não. Bem, um navio é melhor do que um barco.

— Sentiram minha falta?

Agora, sim, essa é a verdadeira Kyra Mabell.

— Claro. Estão desesperados. — Tento fingir naturalidade e deixá-la pensar que o desespero da equipe era porque perderam seu brilhante talento, e não por quase fracassar uma campanha importante. Kyra faz um beicinho e balança a cabeça em um sinal positivo. — Mas... — Dissimulo.

Ela arregala os olhos, pressentindo o suspense.

— Mas o quê?

— Mas como você não compareceu às gravações, eles irão substitui-la. Vão usar a avaliação do cliente e escolherão entre duas garotas que gravaram juntas a sua campanha. O cliente vai escolher a que achar melhor.

Agora ela parece abalada. Cortada ao meio. Sua autoestima desfeita em pedacinhos.

— Quem são essas ladras de carreira? — Ela tenta dar um toque de humor à situação, mas sua voz sai tão cabisbaixa que eu penso duas vezes antes de admitir.

— Bem...

— Fale logo!

— Eu — ela inclina a cabeça — e uma garota loira chamada Bárbara.

Kyra bufa, irônica, e solta uma risadinha amarga das profundezas de seu ser.

— Bárbara Chanpês? — ela pergunta com desdém.

— Sim. Você a conhece?

Ela se remexe, ajeitando a postura.

— Bárbara Chanpês sempre tentou me ultrapassar. Todos dizem que eu sou quem procura atenção, quem quer sempre estar na mídia e quem deixou o estrelato e a fama subirem à cabeça. Todos têm uma ideia errada sobre mim. Só que, na verdade, é Bárbara que procura atenção pisando em cima de mim. Por isso eu tento deixar meu trabalho em evidência enquanto posso. E agora ela deve estar se deslumbrando em satisfação por ter conseguido meu lugar. Mas eu sei que é minha culpa.

— Ela realmente pareceu estar satisfeita com o ocorrido. Nem tentou disfarçar sua animação.

— Já torço por você.

— O quê? Você não irá ao menos tentar recuperar seu *job*?

— Para quê? No máximo, receberei um bloqueio vermelho da agência. Eles não vão me dar uma segunda chance de gravar. Além disso, não podem me demitir, modéstia à parte; eu sou a modelo mais importante que eles têm. E meu pânico do mar... ainda não sumiu.

— Eles darão a resposta amanhã. Talvez dê tempo. Se eles escolherão uma garota para gravar a campanha que foi adiada, você reaparecer daria no mesmo.

— Acha que vale a pena tentar?

— Acho — respondo sem hesitar. — A propósito, eu sou Olívia.

Estendo a mão. Ela olha para a minha mão por um tempo.

— Você é sempre tão elegante e classuda assim?

•

— Você imprimiu um mapa do navio? — Kyra pergunta conforme caminhamos pelos corredores do deque de acomodações, procurando pelo número do meu quarto. Ou cabine, como costumam chamar.

— Sim, é a minha primeira vez em um navio.

— Sério?

— O problema é que temos cabines em praticamente todos os deques, do cinco ao vinte. Suponho que o meu fique no andar mais alto, ou seja, o deque vinte.

— Por que estaria no vinte?

— Bem, considerando que estou em um trabalho de alto cargo, foi o que pensei. Me disseram que me reservaram uma cabine com varanda e vista para o mar.

Kyra assobia e ri.

— Suíte Yacht?

— Não chegamos a esse nível ainda — brinco. — A suíte Yacht deve ser do tal de Brandon Caldwell e sua família, afinal são as cabines mais luxuosas de todo o navio.

Ela concorda, e não consigo deixar de imaginar em qual cabine ela está acomodada e em qual deque, já que em nenhum momento toca no assunto. Resolvo tirar essa dúvida da minha cabeça e pergunto. Seus ombros ficam tensos, e Kyra faz um biquinho culpado, olhando-me de esguelha.

— Eu? — Ela começa a respirar pesadamente. — É que acho que não devem ter colocado meu nome na lista de passageiros, já que fugi. Quero dizer, entrei em pânico e não fiz o *check-in*.

— Você está aqui como intrusa?! — exclamo, arregalando os olhos.

Kyra balança a cabeça negativamente.

— Na verdade, não. Fui convidada para a campanha, só não precisei dar meu nome na recepção para fazer o *check-in*, já que iríamos apenas gravar e ir embora. Não estava marcado que iríamos embarcar em viagem. Mas eu congelei quando vi o mar e fugi. Certamente, os organizadores da campanha e a equipe fizeram o *check-in* depois que gravaram com você e Bárbara. Eles podem, têm essa liberdade, já que todos sabem para que estão aqui. Eu não posso, sou apenas uma modelo contratada e que estragou a campanha.

— E onde você vai ficar? Já estamos navegando.

Kyra dá de ombros e faz um beicinho despreocupado. Não tenho como acomodá-la junto a mim, tenho? Não posso deixar a administração pensar que estou acomodando uma intrusa que não fez *check-in*, isso colocaria o negócio em risco — a não ser que fosse por uns dois dias, até resolvermos o que fazer com a situação dela.

Parece que as pessoas ainda estão em transição, algumas procurando suas cabines — como Kyra e eu —, enquanto outras já tiram um tempo para passear pelo navio. Sendo assim, Kyra tem de usar óculos escuros para passar despercebida caso alguns passageiros a reconheçam. Não que adiante muita coisa, mas, na cabeça dela, isso fará diferença.

Após bastante tempo procurando, enfim encontramos a cabine 18002, que, ao contrário do que pensei mais cedo, não fica no deque vinte, mas no dezoito. Pelo menos cumpre com o prometido, apesar de ser pequena, com seus dezoito metros quadrados.

O quarto é incrível. Tem uma cama grande de casal, um pequeno sofá de frente para uma televisão *smart*, uma escotilha enorme ao lado da cama e com vista para o mar — me enganaram ao dizer que teria uma varanda, mas a grande escotilha está ótima —, um banheiro clássico, uma cômoda para guardar as roupas e um abajur em cima. Alguns pequenos quadros com pinturas de oceano, pôr do sol e animais marinhos decoram o ambiente acolhedor.

Então é aqui que eu irei morar a partir de agora. E eu estou mesmo fascinada pela escotilha. Se passarmos por Nova Iorque, poderei ver a Estátua da Liberdade, sentada em minha cama, com um balde de pipoca.

Simplesmente perfeito.

E que bela foto isso daria.

— Quartinho pequeno... — Kyra solta.

Ao me instalar em minha cabine — também conhecida agora como nova morada —, a primeira coisa que eu faço é o que qualquer pessoa faria: testar a cama. É digna de respeito e de boas noites de sono.

Um dos únicos problemas que enfrentarei nesta nova jornada é um que está bem à minha frente: Kyra Mabell. Não nos piores sentidos, mas, como uma pessoa que está disputando o comando deste lugar, tendo de saber como administrá-lo... Como deixarei passar o fato de sua estadia? Onde Kyra ficará?

Eu vou até a porta e saio, pois Kyra ainda está parada no corredor sem saber o que fazer. Fecho a porta atrás de mim e lhe dou um sorriso acanhado.

Dizem os ditados populares que duas cabeças pensam melhor do que uma. Porém, no nosso caso, isso não está funcionando. E duas cabeças estão confundindo mais do que uma.

— Acho que tenho uma solução. — Kyra sorri e estala um dedo, como se uma lâmpada amarelinha tivesse se acendido em cima de sua cabeça. Algo no sorriso dela me diz que sua ideia vai ser audaciosa. E eu descubro que estou certa quando ela completa seu pensamento: — Eu posso ficar no seu quarto.

Bem. E agora? Como eu explico para ela, sem ser brusca demais nem muito vaga, que essa ideia é a mais improvável? É muito arriscado.

— Kyra, veja bem... Não dá.

— Por que não?

— Eu estou aqui a trabalho, como disse antes. Estarei me colocando em uma encruzilhada ao ajudar, desculpe-me a palavra, mas uma "intrusa" — digo a última palavra fazendo aspas no ar com os dedos para que ela saiba que não é em sinal de desrespeito.

Afinal, ela não tem culpa de ter tido um ataque de pânico assim que entrou no navio. E está tentando não deixar isso afetá-la agora que estamos navegando, o que não tem uma hora exata para terminar.

— Até amanhã, no máximo. Prometo! — Ela junta as mãos em um pedido por compaixão. — Deixe-me me esconder em seu quarto hoje, e amanhã resolvo as coisas com a equipe e com a recepção do navio.

Não sei se tenho o coração um pouco fraco para acudir quem precisa, mas tenho um momento de briga interna entre meus dois *eu* para decidir qual escutar.

Finalmente, eu rompo o silêncio:

— Então... essa situação toda é desconfortável.

— Compreendo isso.

— Se eu a ajudar hoje, só hoje, você promete mesmo que irá resolver tudo amanhã?

— Prometo! — Kyra beija os próprios dedos, frente e trás. Em seguida, dá um gritinho e bate palminhas como uma criança quando ganha um brinquedo no Natal. Ela sorri e abre a porta, depois se afasta para eu entrar primeiro. — Seu quarto, seu pé direito, sua entrada triunfal.

Esboço um sorriso e brinco:

— Meu primeiro momento de estrela. Esse é um dos mimos que você recebe todos os dias, patricinha? Alguém para abrir a porta para você.

— Um deles, digamos. Normalmente, é a porta do carro. Outro deles é fazer muitas compras. E isso me lembra... tenho que comprar algumas roupas nas lojas que temos o prazer de ter aqui. Como o planejado era irmos embora depois das filmagens, não tenho nenhuma peça comigo.

— Você não está fugindo dos seus assessores e da equipe da agência?

— Não me reconhecerão se eu estiver disfarçada.

— Bom ponto.

O restante do dia é resumido a... compras. Kyra volta a usar seus óculos escuros e eu enrolo um lenço na cabeça dela, envolvendo também a boca e o nariz. Dificilmente alguém cravaria os olhos a ponto de cismar e reconhecê-la.

Nossa, Kyra é a cópia da Moana da Disney.

Percorremos — além das lojas de roupas — chocolatarias, lojas de joias, de perfumes, conhecemos uma padaria, olhamos o cardápio virtual de vinte restaurantes — não temos a finalidade de comprar nada, apenas fazer pose de duas mulheres ricas conhecedoras de coisas chiques. Até travamos um papo divertido com um senhor mais velho e piadista de uma cabine no fim do corredor. Um espirituoso e simpático velhinho.

Mal retornamos à cabine e já saímos outra vez. São muitas as atrações do navio para ficarmos trancadas. Kyra me arrasta até um *American drinks bar* externo, da primeira classe.

— Você nem imagina o quanto eu preciso de uma bebida — ela diz enquanto eu puxo uma cadeira e olho em volta. Kyra tenta encontrar um garçom atrás de seus óculos que não funcionam muito bem durante a noite. Ainda mais com um lenço centímetros acima. Folheia o cardápio de drinques de cima a baixo, lendo a descrição de cada um deles. – Não entendo nada de bebida.

– Deixe-me ver.

Inclino-me ao lado dela, e parece mais que estou lendo grego. Nunca fui de beber e, sendo honesta, estou apenas fazendo companhia para a minha colega a cara de Moana. Conforme pronunciamos os nomes das bebidas de maneira totalmente errada, percebo que alguém oprime umas risadinhas de quem está se divertindo com a cena. Não o encaro, apenas lhe dou um olhar de esguelha.

Ai, meu Deus. Quais as chances? É o rapaz bonitão e atraente que – eu acredito – estava me observando gravar a campanha. Do grupo inusitado.

– Sério?

Eu quis dizer "Sério, você aqui?", entretanto talvez ele tenha entendido minha surpresa como um "Sério, está disfarçando uma risada por quê?". Como deduzi isso? Ele abre um sorriso prepotente e volta os olhos para a tela do celular.

– Não gostaria de me intrometer na noite das garotas, mas... – Ele levanta os olhos e diz com um sorriso malicioso: – Você é Kyra, não é? – Com quem ele está falando? Com a verdadeira Kyra ou comigo? – Cheguei atrasado para a campanha e ouvi dizer que seria estrelada por uma modelo chamada Kyra Korbell.

– Mabell – corrijo.

– Mabell... – repete baixinho. Cara, que voz! – Confesso que não a conhecia, mas é uma honra. Perdoe-me por não conhecê-la a princípio, estou um pouco desatualizado das notícias dos famosos. Por motivos explicáveis. – Ele pega a minha mão e a beija. Em seguida, repete o gesto com a verdadeira Kyra. Até que ele faz uma pausa ao voltar seu olhar para mim. – Você é a modelo, não é?

Estou prestes a negar, porém Kyra toma a frente:

– É. Ela é, sim. Modelo.

Olho para a minha colega com a boca entreaberta, como se perguntasse: "O que está fazendo, sua louca?". Mas ela apenas sorri para mim e me cutuca para continuar a farsa. Apenas aceno com a cabeça.

– Eu sugeriria o vinho mais caro do cardápio, rendendo ainda boas gorjetas aos garçons. Uma estrela tem que dar bons exemplos.

Ele ergue uma sobrancelha.

– Na verdade, nós estamos...

– Qual você sugeriria? Merlot? – Kyra me interrompe.

Eu a cutuco para ela não se esquecer de seu disfarce.

– Esse é um pedido básico, mas clássico. Não o mais caro, no entanto.

– Você parece acostumado... – ela continua, sensualizando na voz.

Sinceramente, nunca conheci uma mulher que tenha uma voz tão sensual quanto a dela. Não é comum. Esses dois conversando, então... Sinto que estou sobrando.

Ele ri e inclina a cabeça.

– Digamos que eu não preciso pagar. Mas contribuo bastante com as gorjetas.

– Por que não paga? – pergunto. – Alguém deve a você?

– Longe disso. – Ele se levanta. Antes de sair, ele diz algo que vem como uma bomba: – Brandon Caldwell simplesmente não precisa pagar.

Não. De jeito nenhum. Agora sim, quais as chances? Ai, meu Deus. Ele está brincando?

Brandon Caldwell. Ele? Meu oponente é o cara gato?

4

BRANDON

— O que você está fazendo aqui às seis da manhã, Betto? — reclamo, quase sem abrir os olhos, quando meu mordomo e assessor entra no quarto.

Claro que meu irmão entra com ele, mas eu finjo que não percebo.

— Viemos trazer sua lista de regras — ele responde de forma ácida.

— E isso não poderia esperar até mais tarde? — Sento-me na beira na cama, esfregando os olhos. — Eu estava ocupado.

— Receio que não, senhor.

— Ocupado? Dormindo? — Meu irmão estreita os olhos para mim.

— Dormir é uma tarefa muito importante e necessária para todo tipo de vida, por isso fazemos todo dia.

Élian tem suas dúvidas, revira os olhos e me ignora, ou me observa fixamente querendo a cada milésimo de segundo me socar.

Já estou acostumado.

Élian é aquele tipo de irmão com quem você pode contar em cada momento de sua vida, é meu parceiro de todas as horas e meu melhor amigo. Mas também é o tapado que eu não suporto na maior parte do tempo. É o irmão que fica ali do seu lado, oferece conselhos e, mais para frente... arruína tudo para você. Sempre foi uma tortura para mim implorar para ele não contar minhas besteiras para a mamãe, porque isso fazia o ego dele ir até a galáxia.

Uma vez, aos sete anos, coloquei corante vermelho no shampoo dele. Em outra ocasião, misturei o conteúdo do tubo de pasta de dentes dele com maionese e algumas gotas de pimenta. Dá pra imaginar que ele saiu gritando por todo lugar até chegar na mamãe...?

Ah, o gosto da vingança!

Tive de aguentar a bronca. Ninguém mandou ele contar aos nossos pais que eu tinha colado a prova dele. Como o irmão inteligente que ele é, ficou furioso por eu tirar nota às custas dele e se revoltou contra mim. Enquanto eu estava dormindo, ele jogou mel na minha cara. Acordei uma meleca completa e gritando de nojo. Corri para o chuveiro, mas, quando o liguei, estourou talco para todo lado. Tentei pegar o sabonete, porém o Vingador apertou um botão em um minicontrole preto que o fez explodir com tinta azul. Fiquei parecendo um Smurf por dois dias.

O pirralho sempre foi um gênio.

— Brandon... — Ouço uma voz me chamar nas profundezas de meus pensamentos. — *Brandon!*

Pisco e rapidamente olho para cima. Não sou rápido o suficiente para conseguir escapar da papelada que Betto joga na minha cara.

— O que é isso?

— Cupons de viagem com desconto. — Meu irmão está tirando onda comigo agora.

Betto ergue o queixo e firma a voz:

— Leia.

Ah, as regras toscas. Bem, vejamos...

Regras para validação do contrato:

Nº 1: vestir-se adequadamente durante o horário de trabalho. Proibido o uso de roupas casuais e esportivas.

Nº 2: manter o respeito para com a outra competidora. Trapaças não serão toleradas.

Nº 3: ser pontual durante seus compromissos profissionais.

Nº 4: proibido o uso de palavrões ou frases obscenas no ambiente profissional, com colegas de trabalho e com passageiros do cruzeiro.

Nº 5: ser educado com os passageiros, clientes, colegas, funcionários e superiores. Seja tolerante, porém empático.

Nº 6: não contar às demais pessoas o motivo pelo qual está à frente nos negócios temporariamente.

Nº 7: respeitar os limites sobre sua liberdade razoável.

Nº 8: ficar atento e longe de conversas de corredor, fofocas ou qualquer atitude intolerável.

Nº 9: evitar difamar sua imagem profissional ou a de sua colega de competição. Tenha cuidado com reações agressivas com qualquer pessoa.

Nº 10: procurar atender ligações de trabalho em ambientes isolados e responder e-mails com frequência.

Nº 11: aprender sobre as funções de seus subordinados.

Nº 12: planejar seu intervalo. Tire um tempo para seu descanso.

Nº 13: EVITE ESCÂNDALOS.

Faço uma pausa na leitura e dou risada, descrente.

— Ainda escreveram "evite escândalos" em caixa alta. Como é que podem relacionar escândalos a mim? — Vejo pelo canto do olho meu irmão balançando a cabeça em concordância. — Não... Isso não vai ficar assim, não. Onde estão todos?

— Na sala de reuniões, senhor Brandon — Betto responde pacificamente.

— O que você vai fazer?

Élian entra em desespero e começa a me seguir, com Betto logo atrás.

— Irei contestar.

Vou até a sala de reuniões a passos largos e precisos. Essas regras estão tentando mudar o meu eu, a minha personalidade.

Não que eu cause escândalos. Quis dizer as outras, logo acima desse tópico sem sentido.

Não peço "com licença" para entrar, muito menos bato na porta para anunciar minha entrada, mesmo sabendo que, primeiro, meus pais ficarão indignados e se perguntarão onde erraram na minha educação; segundo, interromperei uma reunião importante bem no início da manhã; e terceiro, causarei o primeiro verdadeiro escândalo mais tarde.

Ando pela sala com a maior raiva estampada em meu rosto que consigo demonstrar.

— Que história é essa de me enviarem regras a serem seguidas?

Ergo os papéis no alto conforme vou me aproximando.

Minha mãe corre até mim e sussurra no meu ouvido, obviamente constrangida pela minha entrada triunfal:

— Brandon, o que está fazendo?

— É sério tudo o que diz aqui? Escândalos? Vocês acham que sou o que, a lenha da fogueira? A gasolina.

— Gasolina? — Élian diz e enruga o nariz.

Um membro do Conselho de Associados — aquele mesmo cara barbudo de sempre — chama minha atenção:

— Brandon Caldwell, chegou bem na hora. — Posso sentir que ele está aprontando seu próximo xeque-mate. — Faltam poucos minutos para conhecer sua adversária, Olívia Miller Mozer. — Genial. A velhinha irá atrapalhar meus acordos. — Será uma reunião particular entre nós quatro. — *Quatro?*, penso. Ele continua: — Você não foi o único a receber regras. Ela também recebeu as dela. Foi avisado.

— As dela? Por que isso soa como se as dela fossem diferentes das minhas? Ou estou enganado?

É claro. O silêncio dele confirma tudo. As regras da velhinha devem ser mais leves, porque na cabeça de todo mundo aqui sou *eu* que causo escândalos.

— Agora, negando sua contestação a respeito da regra de evitar escândalos, já que é completamente lógico o motivo de ser acrescentado, nos apresente uma explicação plausível pelo seu temporário e desnecessário ataque de raiva.

— Senhor — meu irmão flexiona os lábios em uma linha fina —, é porque ele não leu até o fim. Dei uma olhada antes de Betto entregar os papéis a ele. Então, mais um ataque de raiva vem por aí... Talvez pior.

Olho para o meu irmão, confuso. Posso ver muito bem qual será o rumo da conversa. Seu olhar me diz que posso e tentarei aceitar o que virá a seguir.

Solto o ar com força.

Continuo lendo...

Regra bônus: não recusar ajuda, caso seja necessário.

Recomendação: sessões de terapia foram pagas pelo senhor e pela senhora Wright Caldwell, com a psicóloga Dra. Ottherman. É obrigatório que compareça a todas as sessões.

Meus olhos travam nas últimas linhas, que abrigam uma frase que na verdade os levaria à terapia em meu lugar. Seguro os papéis com tanta força em minhas mãos que quase os deixo amassados, sem mudar a expressão pacífica em meu rosto. Minha raiva está concentrada em minhas mãos. Nestes papéis ridículos.

Olho para ele fixamente.

— De onde veio isso?

— De suas próprias atitudes, Brandon.

— Está de brincadeira! Psicóloga? — Silêncio. Eu me viro para Élian e Betto. — Ainda escreveram "evite escândalos" em caixa alta. Vocês prestaram atenção nisso que eu disse pela segunda vez? Como se causasse escândalos em qualquer lugar a que vou. E essa alucinação de vocês os fazem ter convicção de que sou eu quem deve ir parar na terapia?

— Foi por isso que você se meteu nessa emboscada, ou esqueceu?

— Meu filho, você precisa amadurecer sua mente para crescer como profissional.

— Mas terapia, mãe? Eu não sou louco!

— Querido, terapia não é para loucos.

— Eu diria o contrário sobre ele — diz meu irmão. — Ele já assistiu a meu cabelo pegar fogo e não me ofereceu sequer um copo d'água.

Eu rio por dentro. Tento não o fazer. Tento. Mas não dá.

— Esse dia foi irado...

— Está vendo?! — meu pai grita, jogando as mãos para o alto. — Você não se comporta com respeito. Não está tendo postura de um futuro COO.

— Eu não pedi para me meter nessa bagunça hierárquica! — Faço uma pausa, refletindo. — Na verdade, eu não estaria nela se não fosse por...

— Cale-se. — Minha mãe usa um tom de voz ameaçador. — Não ouse dizer o que pensou.

Basta um olhar da minha mãe para me calar. Ela nunca toca no assunto de hierarquia. Ela jamais menciona o motivo de meu irmão gêmeo e eu estarmos aqui. Quando o associado não oferece mais nenhuma informação, não vejo outro caminho a não ser assentir.

•

— Brandon! Élian!

Nós nos viramos na direção de uma voz rouca e animada. Parado na porta, de braços abertos e esboçando o sorriso mais brilhante que alguém já viu, está Mathew Beaumont, o reconhecido proprietário da empresa Marinha Grandiosa quando tem vontade e nosso avô todos os dias.

Agora que ele passou as rédeas para o meu pai, nós nos encontramos apenas quando ele quer. E como um bom exemplo de pessoa extrovertida que ele é — no nível máximo —, são quase nulas as chances de escapar de um Abraço de Urso do Vovô Mathew — claro que parece infantil, mas ele nunca abandona esse velho hábito. No entanto, não precisamos querer escapar. Ele é como um amigo velhinho que está sempre ali para nos fazer rir em momentos de desespero.

Digo isso literalmente, pois minha vida deu um giro de 360° graus em menos de vinte e quatro horas.

O chefão do pedaço se aproxima de Élian e de mim, puxando-nos para perto. Inclinamo-nos para o abraço que ele oferece e percebemos que ele olha para meu pai e minha mãe sem desviar os olhos, repreendendo-os com seu olhar duro.

A expressão no rosto do nosso avô me diz no que ele está pensando neste momento. Nervoso, passo a mão pelos cabelos e balanço a cabeça.

— Me desculpe, eu...

— Não continue essa frase. — Ele levanta um dedo, seu sorriso desaparecendo aos poucos. — Eu sei de tudo o que aconteceu e estou aqui pela reunião com a senhorita Miller e meu neto Brandon. Um Wright Caldwell de verdade.

Ah, então ele é o quarto? Malandro, hein, vovô?!

Quanto ao corte que ele me deu, não posso argumentar. Ele está certo, e não tenho com que me defender.

— Bem pensado. Talvez vocês se entendam melhor se ela for uma velhinha também. E, após isso, o senhor me explica a linguagem de vocês para uma mais atualizada como a nossa.

Aponto para Élian e eu.

— Deixe de ser abusado, seu paspalhão.

— Mas é sério, como será que ela é? Será que é velhinha como eu venho pensando há horas? Porque me disseram que ela deve ter experiência, ainda mais por estar competindo por uma empresa grande e famosa. No meu caso, foi uma tacada sem sorte que tenho que arrumar. Se não fosse por isso...

— Quer ficar, Élian? — nosso avô pergunta.

— Não, acho melhor vocês prosseguirem enquanto eu espero lá fora. Não quero deixar meu irmão incomodado.

Despedimo-nos, batendo o punho no peito e erguendo a mão. Sempre fazemos esse gesto quando apoiamos um ao outro. Dizem que irmãos gêmeos têm uma ligação, talvez essa seja a nossa.

A sala esvazia de repente. Ficamos o vovô Mathew, o associado e eu... na prova de fogo. Está na hora.

— Gostaria, antes de encontrarmos a sua adversária, de conversar em particular com o senhor Beaumont.

Olho para os dois, sentados frente a frente a uma mesa de madeira, enquanto eu estou em pé — quase me sentando, agora tendo de quase me levantar —, e dissimulo minha ação.

— Ah, claro.

— Enquanto isso, é adequado que se vista apropriadamente para cumprir sua primeira missão como COO em disputa. Retorne em dez minutos.

Eu olho para mim mesmo, e, convenhamos, não estou nada mal. Visto um jeans claro e uma camisa de algodão. Agora terei de colocar um daqueles ternos engomadinhos. *Fala sério.*

Corro para o meu quarto e o contemplo por um instante. É mais como minha casa do que o navio inteiro ou qualquer outro lugar, exceto o meu apartamento em Miami, que sempre foi minha verdadeira casa. Este é o quarto que a tal Olívia Miller pode tirar de mim. Por minha culpa.

Meu quarto fica situado no Yatch Club. Cada uma das suítes mais elevadas do navio recebeu um nome. A suíte de Élian é o Yatch Luminosa.

O meu: Yatch Royal. Dois andares: no de cima, a suíte; no de baixo, a sala privativa.

Minha suíte é amadeirada por dentro, com uma cama *king size*, duas luminárias beges, móveis amadeirados claros, uma smart TV de sessenta polegadas e uma incrível vista para o oceano. Do lado direito, há uma porta com acesso à área privativa, um cômodo que adaptei para funcionar como *American Bar*. Diferente do quarto, ele é todo branco e clássico, com vitrais com vista para o oceano.

No andar de baixo, sofás de veludo cor marrom, uma poltrona branca, a escada no canto, uma cômoda, mesa, um imenso tapete.

Atrás das cortinas brancas de seda, fica a varanda, com duas portas em cada canto. Uma dá acesso à escada, e outra, à sala. Ela é decorada com duas poltronas brancas, uma mesinha de café e a fascinante paisagem.

Este é o meu lugar.

Sempre será.

Não importa o que aconteça.

•

Faltam quatro minutos e trinta e seis segundos.

Não consigo parar de olhar para o meu relógio enquanto corro e arrumo a manga da camisa social. Concentrado apenas nisso, cruzo o corredor no exato momento em que alguém vira e se choca comigo.

— Ai, meu Deus! Você está bem? — a pessoa pergunta. — Eu sinto muito.

As abotoaduras voaram pelo chão na hora do baque. E minha manga, que já estava um desastre, desfaz-se completamente. Antes mesmo de tentar procurá-las, noto a moça que está diante de mim com uma carinha de culpada. A mulher daquela noite, no *drink bar*.

— Você outra vez. A garota do vinho. Coincidência encontrá-la entre... 6.500 passageiros.

Ela me olha com uma expressão divertida, não sei por que, mas parece que me conhece.

— É verdade. Entre tantas pessoas... — ela diz, inclinando a cabeça.

Lindos olhos sorriem para mim, e começo a retribuir no instante em que me lembro de seu nome. Ela não é apenas a garota do vinho, é a modelo da campanha.

— Kyra, não é mesmo?

— Kyra?

Ela estreita os olhos. Será que está deslumbrada a ponto de esquecer o próprio nome, como as mocinhas dos filmes?

— Sim, Kyra. Kyra Korbell. Bem, não é um nome muito popular, mas imagino que tenha algumas mulheres chamadas Kyra entre os milhares de passageiros ou tripulantes. Agora, uma que tenha carreira artística e estava gravando uma campanha, só você.

— É... Eu acho que... sim. — A voz dela treme, mesmo que eu não esteja errado. Nem estava bêbado naquela noite. De repente, ela me corrige mais uma vez em dois dias: — É Mabell.

— Claro, Kyra Mabell. Desculpe, eu nem perguntei se você está bem. Você se machucou? Foi uma pancada forte...

— Estou bem, não se preocupe.

— Que bom. A propósito, você tem uma boa visão?

As expressões que ela faz são divertidas. Eu poderia me acostumar facilmente com isso.

— Sim, tenho.

— Ótimo, pode me ajudar a encontrar — ergo um pulso, mostrando a manga da camisa toda solta — as abotoaduras? Tenho uma reunião mais tarde, preciso encontrar uma velhinha chamada Olívia. E se eu não as encontrar, quebrarei uma regra sobre atrasos e código de vestimenta.

Ela ri. Não sei dizer se é "de mim" ou "para mim".

— Claro.

Ela se inclina e começamos a procurar pelo chão acarpetado do corredor. O fato de o chão não ter pisos de azulejo dificulta encontrá-las com mais rapidez. Quando eu encontro uma, ela começa a apalpar o chão com as mãos, em nada se parecendo com uma estrela da moda, já que muitas delas achariam isso inadequado.

Encontro mais uma ao mesmo tempo que ela volta com duas.

— Mais duas... Quatro. Confere?

— Correto — respondo. — Obrigado.

Agora, tenho de começar tudo de novo. Sento-me em um banco único atrás de mim e começo a corrigir o que está desfeito da manga. Ou seja, tudo. Tentando ajustar as mangas, vem em minha mente o pensamento de a moça do vinho estar me observando. Levanto os olhos e a encaro sem expressão. Então, observando o olhar interessado dela, dou risada. Por fim, ela começa com as perguntas:

— Por que você usa duas na mesma manga?

Encolho-me e dou de ombros.

— É a primeira vez que estou usando. Mesmo vendo meu pai usar, nunca me interessei em saber como funciona.

— Quer ajuda?

É claro que ela percebeu meu esforço e sacrifício para ajustar uma estúpida manga. Minha primeira vergonha na frente dela. Lembro-me de uma das regras: "Não recusar ajuda, caso seja necessário". Acho que isso cabe a qualquer um.

Levanto-me e vou até ela.

— Não posso recusar, já que não estou conseguindo.

Ela para na minha frente, suas mãos envolvendo meus pulsos com delicadeza para arrumar as mangas.

— Use duas abotoaduras apenas, uma em cada manga. E apenas uma na lapela do blazer, puramente por estética. Eu acho elegante. A quarta, você pode guardar.

— Irei me lembrar disso na próxima vez.

Ela começa a puxar assunto enquanto arruma minhas mangas:

— Então, o que você dizia sobre a tal Olívia? Tenho a leve e singela impressão de que já ouvi falar dela.

— A velhinha? Não sei muito sobre ela.

— Se não sabe como pode dizer que ela é velha?

— E digo mais, perto da aposentadoria. Me disseram que Olívia tem experiência familiar e é herdeira dos Miller.

Opa, esqueci que não posso falar muito.

— Herdeiros não são necessariamente mais velhos.

— Mas me disseram que ela é muito madura...

— Interessante seu argumento. E também não é muito educado chamá-la de herdeira. Ela será uma profissional, não uma turista fazendo comprinhas pelas lojas. Ela pode muito bem querer ser respeitada pelo que faz sem ser chamada de uma "herdeira". Você deveria saber, já que também é um. — Ela termina de me ajudar e se afasta. — Pronto. Agora, sim, está fazendo jus a um homem formal.

— Vou ficar lhe devendo uma por me resgatar dessa. — Seu sorriso é deslumbrante. Terei de sair daqui antes que me atrase de propósito. — Agora, com licença. Não posso me atrasar mais. Talvez nos reencontremos uma outra vez.

Ela assente e eu tenho de correr. Chego à sala de reuniões alguns minutos atrasado.

— Beleza, estou de volta!

— Não sabia que vestir um terno seria tão trabalhoso para você a ponto de chegar atrasado — diz o senhor Thompson.

— Posso ter demorado, mas estou bem, não estou?

Dou uma volta, achando que o "eu" de manhã teria inveja desse "eu" de agora.

— Deixe para alimentar o seu ego em um outro momento e, de preferência, não na minha frente. Aí vem ela, nosso pontinho de luz no meio de suas tenebrosas confusões.

Viro-me para dar uma olhada na minha concorrente, despreocupado e rindo por dentro. Estreito os olhos e pisco algumas vezes, esperando que seja uma miragem ou minha imaginação me pregando uma peça.

Não.

De jeito nenhum.

Não é nem de longe a velhinha quase aposentada que criei na minha cabeça. É a modelo que cruzou comigo duas vezes. A garota do vinho, que arrumou as mangas da minha camisa agora há pouco. A mulher que tira o fôlego de qualquer um em cada lugar em que estiver.

É a primeira vez que presto muita atenção nela. Quando a vi pela primeira vez, Bárbara me distraiu buscando atenção, na segunda vez estava um pouco escuro, e, na terceira, a pressa talvez tenha me atrapalhado.

Ela não é alta, deve ter em torno de 1m60 de altura. Sua cabeça deve bater no meu peito. Corro os olhos por suas pernas, que terminam em sapatos Louboutin. Subo os olhos de volta para seu rosto, em que encontro lindos olhos cor de avelã sorrindo para mim. Sua pele é de um tom tão clarinho que mais parece uma porcelana. E suave. Tem um tom rosado nas bochechas — talvez por causa do sol —, longos cabelos escuros, levemente ondulados e com algumas mechas avermelhadas. Estou hipnotizado.

— Brandon! — O senhor Thompson quase grita.

Pisco e acordo da viagem. A bela mulher ainda está ali. É difícil arrastar meus olhos para outro lugar que não seja focando nela.

Meu avô sorri e fala antes de qualquer um:

— Pode bater na cabeça dele. O garoto já está perto de fazer uma proposta de casamento.

Eu só acredito que isso é real quando seus lábios se curvam em um sorrisinho presunçoso. No entanto, ainda há algo errado nisso tudo.

— Espere um momento. Não. Eu ouvi claramente o senhor dizer Olívia. Olívia Miller.

O associado caminha para o lado da moça.

— Sim. Essa é Olívia Miller.

— Mozer — ela sussurra.

— Não. — Balanço o dedo indicador. — Não. Essa é Kyra Korbell. Ela mesma se apresentou.

— É Mabell — ela corrige. Essa é o quê? A terceira vez em dois dias?

— Viu? Viu só... Kyra Mabell. Ela admitiu.

— Não — ela retruca. — Olívia. Miller. Mozer. Eu. Kyra Mabell é minha amiga e... É isso.

— Mas então... você gravou a campanha se passando por ela.

Ela se adianta.

— Não foi bem assim. Fui convidada para gravar, já que ela desapareceu, e não me passei por ela. É diferente. Já quer me prejudicar? — *Que ousadia. Ela mente e eu que quero prejudicá-la?* Só sei que meu corpo reage à sua atitude. — Não consegue jogar limpo? Está se sentindo intimidado?

Caramba. Você deve estar de brincadeira comigo... Meu corpo reage uma segunda vez.

Eu me viro para disfarçar e solto uma risada irônica.

— Intimidado, eu? Você não me conhece.

Viro-me novamente para não ficar olhando para ela.

— Virar de costas me faz ter mais certeza ainda.

5

OLÍVIA

Consegui fazer a fera em seu corpo acordar cedo, pelo que vejo em sua forma quando olho para baixo, analisando-o. Não era bem a intenção. Ele se vira bruscamente e desta vez seus olhos azuis estão me queimando de raiva. Não vejo os olhos amáveis que vi nas outras vezes, aqueles que capturaram a minha atenção por completo. É assim que Brandon Caldwell – um homem de negócios – age em horário de trabalho?

Prendo a respiração, fecho os olhos e desejo que o rapaz gentil volte a aparecer.

– Sentem-se – diz o senhor Thompson. – Precisamos discutir alguns tópicos antes de entregar as rédeas em suas mãos.

O senhor Thompson continua falando, mas é outra pessoa que tem a minha atenção: o homem mais velho sentado ao lado dele. Eu o conheço de algum lugar, tenho certeza disso. Eu ia mencionar esse fato, mas justo quando abro a boca o senhor Thompson interrompe:

– Ambos irão mudar de quarto.

Brandon arqueia uma sobrancelha e se inclina para a frente.

– Como é?

– Vocês pensaram mesmo que continuariam em seus quartos? Não caiu a ficha que estão em uma disputa seríssima pela liderança de um império?

Por um instante, Brandon e eu tentamos processar a informação. Abro a boca para falar, entretanto a fecho. Em seguida, abro outra vez:

— Mas prepararam a minha cabine logo após me contatarem por telefone.

— Sim, mas não havíamos pensado nessa questão. Não é justo se valer das mesmas vantagens do alto escalão. Sobraram algumas acomodações de classe alta, apesar de o navio estar quase lotado.

— Não — Brandon intervém. — Espere um momento. Ela, tudo bem, mas a minha cabine fica no deque vinte, Yatch Club, suíte Royal, lembra? — O senhor Thompson assente pacificamente e Brandon sorri, nervoso. — Muito bem. Então, não tem necessidade de me rebaixar para o deque dezenove ou mais para baixo. Sempre morei no vinte.

O velho ao lado do senhor Thompson entra na discussão:

— Experiência nova a partir de agora, meu caro. — Ele abre os braços. — Faça como eu: experimente novos ares. Você tem que conhecer cada espaço do seu negócio, desde o maior até o menor.

Claro, agora me lembrei. Ele é o dono da empresa. E também o senhor simpático que conversou comigo e com Kyra no corredor da minha cabine.

— E não reclame como se fosse ficar em uma cabine econômica — o senhor Thompson prossegue. — Aliás, o que tem que ser respeitado da mesma forma.

— Não estou desrespeitando. — Brandon encolhe os ombros. — Só não vejo qual a necessidade de alterar nossos quartos. Não é isso que determina a nossa capacidade de liderança. Além do mais, toda a minha família está no vinte.

O senhor Thompson sorri.

— Exatamente. Sua família é a chefia do navio. No entanto, você não é mais. Agora, você estará disputando o cargo com a senhorita Miller. Sabe disso.

— Com licença, mas prefiro que me chame de senhorita Mozer... — Sou interrompida, como se não estivesse sendo ouvida e minhas falas não tivessem importância, quando Brandon bate os punhos na mesa, levantando-se.

Seus lábios se pressionam em uma linha fina.

— Então é isso? Tudo isso está acontecendo porque não estou sendo mais considerado herdeiro no momento? — O senhor Thompson apenas assente. Brandon exala com força e leva uma mão à testa, passando-a pelos cabelos. Ele está abalado. — Eu não acredito! O que acontecerá com o meu quarto? Minha morada?

O senhor Thompson leva um tempo para pensar em como responder. Ele não quer piorar as coisas, mas já está tudo um caos.

— Ficará para um de vocês dois quando tivermos um vencedor.

Brandon inclina a cabeça para o lado, e seus olhos escurecem, emanando desespero. Seu tom de voz se eleva aos poucos:

— Não brinque comigo!

Abaixo a cabeça para não mostrar meu espanto. Sinto-me mal por ele. Não pela situação em si, e sim porque, a cada coisa que vai perdendo — algo que ele considera importante —, ele se sente cada vez mais culpado. Não sei ao certo o que ele fez para estar sendo submetido a isso, mas sei que alguma coisa muito séria aconteceu.

Qualquer pessoa em meu lugar ficaria feliz com isso, não é? A cada erro dele, suas expectativas e chances de se reerguer diminuem. Consequentemente, o meu trabalho ganha lugar. No entanto, não consigo e não posso ficar feliz com isso. É notável que ele está arrependido pelas bobagens que o fizeram perder seu lugar ao sol. Pelo menos, é o que parece.

O senhor Thompson nos libera ao mesmo tempo, bem na hora de eu saber quem conquistou o lugar de Kyra para gravar a campanha; acredito que ela não vá querer acompanhar esse desfecho. Brandon caminha ao meu lado, calado o percurso todo e com as mãos nos bolsos. Ele está tão perdido em pensamentos que acredito que não faz ideia de que está me acompanhando ou de para onde está indo. Ele não vê nada à sua frente, desvia das pessoas por instinto, com a respiração pesada.

Quando chegamos ao lounge, ele enfim levanta a cabeça. Seu semblante ainda está inexpressivo.

— Pretende acompanhar o resultado da campanha?

— Resultado?

— Bárbara e eu gravamos no lugar de Kyra. E quem se saiu melhor será a escolhida para gravar a oficial.

Brandon assente, desanimado. Aceno meu queixo na direção daquela diretora frustrada.

— Aquela mulher que nos escolheu. Ela teve um surto com a falta da Kyra. Não aceita um não como resposta.

Brandon ri. Consegui arrancar um sorriso temporário dele.

Penso em Kyra, penso no porquê de ela não ter explicado e reivindicado seu trabalho. Então, ouço a voz dela atrás de mim:

— Olá, minha dublê! — Seus cabelos estão molhados e ela usa um chapéu de sol e óculos escuros. Aposto que estava na piscina. — Algo me diz que você vai ganhar. Estou sentindo isso.

— Essa sensação seria porque você não suportaria ver Bárbara em seu lugar?

— Hunf, não pira. — Kyra revira os olhos. — Quase isso — completa em um murmuro quase inaudível.

Os olhos de Brandon se mostram curiosos.

— Se você é a verdadeira Kyra, por que não é você quem está lá na frente, gravando a campanha?

— Porque eu fugi. Tive uma crise de pânico por ter medo do mar, entre outras coisas que me travaram. E mesmo tendo dinheiro, não posso alugar um quarto... Se descobrirem que estou aqui, meu assessor pode me arrastar de volta para a gravação. E Olívia pode ser multada por me acobertar. Se eles continuarem pensando que estou em Miami, posso inventar uma desculpa quando retornar à agência. Dizer que estava doente ou fiquei presa no trânsito no caminho para o porto de Miami. Algo assim.

— Vocês são loucas? As duas podem se dar muito mal nisso.

— Ei! — Kyra retruca. — Não está sendo nada fácil para mim ter que ficar usando óculos escuros o tempo todo quando estou fora da cabine de Olívia. Sabe como é ruim usar isso durante a noite? Mas não quero ter que sair do navio agora e lidar com a fama lá fora. Preciso de um tempo para a minha mente, longe dos holofotes. Estar aqui, na companhia de Olívia, me faz sentir segura.

Brandon assente, analisando a modelo por longos segundos.

Enquanto permanecemos um pouco afastados, vejo pelo canto do olho Brandon retribuir o aceno de Bárbara. Não é contagiante como o dela. Em seguida, ela olha para mim e fecha a cara. Quanto a Kyra, Bárbara nem sequer a reconhece.

— Está quase na hora. Preparada? — Kyra pergunta.

— Não muito.

— Por que não? — Brandon se vira para mim.

— Eu gostaria de ganhar, de verdade. Por causa do prêmio. Mil e trezentos dólares é uma boa quantia, só acho que não fui bem. Bom, não tão bem quanto a minha oponente.

— Bárbara já foi Miss Teen USA. Mas quando tinha catorze anos. Depois disso, ela não fez nenhum trabalho parecido. Talvez vocês duas estejam no mesmo patamar.

— É assim que você a anima? — Kyra olha para Brandon com a boca entreaberta.

Assim que Brandon nos mostra um enorme sorriso de menino — aquele gentil —, eu começo a sorrir também.

— Ele não tem a obrigação de me animar, Kyra. Na realidade, ele bem que deveria mesmo estar apoiando Bárbara. Torcer por ela. Pelo jeito se conhecem faz um tempo.

Se eu estivesse na posição dele, seria a coisa mais lógica que eu faria. Brandon arqueia as sobrancelhas, mas em questão de segundos vira o rosto na direção de Bárbara, que está atravessando a piscina e, em um piscar de olhos, encontra-se diante dele.

— Estou feliz que você veio! — Ela sorri de orelha a orelha. — Não imaginava que você se lembraria e marcaria na sua agenda uns minutinhos para torcer por mim.

Ela leva uma mão ao coração.

Ele ri, sem jeito.

— Que bom... então.

Kyra disfarça ao meu lado, vira o rosto e abaixa o chapéu para cobrir metade do rosto. Bárbara aperta os olhos e me avalia, aproveitando o momento para segurar as mãos de Brandon.

— O que, aliás, você está fazendo com ela? — A patricinha retorna o olhar para ele. — Bem, não importa. Venha comigo, vamos lá para a frente comemorar a minha brilhante vitória, que irão proclamar daqui a pouco.

Bárbara começa a puxá-lo pelo caminho, porém ele segura a mão dela, forçando-a a parar. Olhando-o assim, um pouco afastado, quem de fato parece o modelo é ele. Um modelo alto para um editorial de ternos da alta-costura. Apesar de ainda estar vestido profissionalmente, seu comportamento ríspido dessa manhã foi embora.

Não ouço o que eles estão conversando — ou melhor, o que Bárbara sozinha reclama —, apenas percebo que ele está com um sorriso presunçoso assim que nota a minha inspeção.

— Olívia, você está quase perdendo o juízo. — A voz de Kyra me acorda.

— O quê?

— Você está há longos minutos encarando o gatinho do Brandon, e só você não percebeu. Eu sei, eu sei que é difícil resistir, mas tente se controlar.

— Você está errada. Não estava o encarando. Não tenho culpa se eles resolveram parar na frente do telão onde aparecerá a foto da vencedora.

Brandon e eu quebramos o contato visual assim que ele deixa Bárbara de Beverly Hills e retorna para seu posto inicial entre Kyra e eu. Caindo na mira do meu olhar questionador, ele sorri sem olhar para mim e responde de antemão:

— Não precisa fazer essa carinha. Só voltei para onde declarei minha torcida.

Como tenho dificuldade em formular uma resposta que soe coesa, Kyra se torna a minha segunda voz. Agora sei que, quando eu não conseguir responder, Kyra o fará por mim. E não é combinado. Nós nos conhecemos há apenas dois dias e ela já parece que está interligada a mim.

— Você está torcendo para Olívia ganhar?

Brandon assente, sem desviar o olhar do telão, então leva um dedo aos lábios para nos silenciar, mesmo sem eu estar falando. Além do mais, não consigo compreender o motivo de ele estar torcendo para mim, porém eu nem sequer protesto.

— Não deveria, pois isso pode lhes causar problemas — ele sussurra para nós. — Mas quando o coração escolhe para quem torcer já era.

Arregalo os olhos, e Kyra suspira, encantada. Esse malandro está aprontando alguma com a minha cara. Engolindo em seco, volto minha atenção ao telão.

Os passageiros imaginam que é apenas uma votação para uma sessão de fotos de uma marca – o que não é mentira –, mas eles ainda esperam que Kyra apareça em breve. Alguns deles, pelo menos: os fãs que a seguem e sabem tudo sobre sua vida. São os únicos a saber que Kyra era a garota-propaganda oficial.

Perco o foco dos meus pensamentos e não presto atenção no que a diretora fala... até a foto de Bárbara congelar no telão.

Os gritos da patricinha loira me tiram na nuvem de neblina em que me encontro. No entanto, ela não é a única. Kyra também grita. Ao contrário de Bárbara, os gritos da minha colega modelo são de desespero. Felizmente para nós, e ainda mais para ela, seus gritos são encobertos pelos sons das palmas.

– O quê? Mas isso é inacreditável! – Kyra reclama.

– Sério, muitas vezes passamos por injustiças...

Não sei por que me sinto melancólica agora. *Ei, espere.* Essa não é a voz de Kyra, muito menos a forte e grave de Brandon. Essa é uma voz suave e doce, fina e... audaz.

Eu me viro para conhecer o rosto que parecia torcer por mim também. É a moça loira que estava com Brandon ontem, na hora das fotos. Eu a achei mais bonita do que Bárbara. Ela sorri para mim e Brandon passa um braço em volta dela. Ok, percebi que é verídico, ele prefere mesmo as loiras.

– Estava torcendo por você – ela diz, com meio-sorriso.

– Sabia que uma de nós seria a escolhida?

– Claro que sim. Ao contrário das pessoas que estão aplaudindo sem saber o porquê, eu sempre soube. E não aplaudo, pois deveria ser você.

Ela está falando sério? Torcendo para mim sem ao menos me conhecer?

– Bem... Paciência. Eu ficaria surpresa se ganhasse. Vamos voltar, Kyra. – Eu pauso bruscamente e invento um nome qualquer para corrigir meu erro. Apenas Brandon sabe a verdade sobre Kyra. – Quero dizer... Tina. Vamos, Tina.

— Espere — Brandon nos chamou, vindo atrás de nós com a mocinha bonita — Calma! — Então ele pigarreia. — Eu acabei não... sendo cortês no escritório. Queria ter dito que foi um prazer conhecer minha concorrente, apesar das circunstâncias. E... a verdadeira Kyra Mabell também.

Eu não precisava mesmo ter inventado outro nome. A loirinha nem parece surpresa.

— Hum... acertou o sobrenome dela finalmente — brinco, fazendo-o rir. — Digo o mesmo, senhor Caldwell.

— Não é necessário me chamar de senhor. É muito formal para mim.

— Pode apostar que também foi um enorme prazer para mim. — Kyra é naturalmente sedutora. Nem faz esforço para sua voz sair atraente.

— Só queria entender o porquê a senhorita também mentiu pra mim e afirmou que Olívia era você.

— Não, meu bem! — Kyra balança o dedo. — Não! Você havia perguntado se a Olívia era a modelo da campanha. E de fato, naquele momento ela estava sendo. Você não chegou a mencionar na minha frente que ela era Kyra Mabell, vulgo eu.

Isso é verdade.

— Certo. É justo.

Ele se vira para a loira — com quem ainda está abraçado — e sorri para ela antes de se voltar para Kyra e eu.

— Essa é Sam... Samantha Caldwell. Minha irmã.

Ah, meu Deus!

Isso é bom...

Muito bom...

Eu acho.

— Prazer em conhecê-la, Samantha — cumprimento-a com muito gosto.

Por que estou agindo assim? Por que estou pensando essas coisas?

— Podem me chamar de Sam. Eu gostei de vocês. Diferente daquela loira aguada aos berros bem ali na frente.

— Sam! — Brandon a repreende.

Samantha não se importa com o irmão e revira os olhos.

— Ok! Tudo bem, eu já entendi — ela reclama. — Vamos arrumar algumas malas para você, Brandon. — Samantha olha para nós. — Ele não permite que ninguém perceba, mas está sofrendo por ter que sair de seu quarto. É o único lugar de paz dele. Poderíamos apostar que ele vai chegar falando para os móveis o quanto são importantes para ele.

— Eu ainda estou aqui, Samantha — Brandon diz.

Samantha continua, como se não tivesse escutado o irmão:

— Ele não gosta de se mostrar fraco na frente de ninguém. Nem para ele mesmo.

•

Kyra tira o cartão da minha mão e abre a porta da cabine. Ela corre para se jogar na cama, enquanto eu vou em direção às minhas malas para organizá-las. Kyra esfrega o polegar pelo queixo.

— No que está pensando?

— Nada.

— Vai, me deixe saber se posso ajudá-la.

Há um assunto sobre o qual eu tenho curiosidade — naquele em que estou pensando. Respirando fundo, decido que é melhor jogar com tudo. Se eu tenho um oponente conhecido, tenho de aprender tudo o que puder sobre ele.

— O que você sabe sobre Brandon?

— Eu sei que ele é lindo, gato, sedutor... Tudo. De. Bom.

— É sério, Kyra. Eu sei que ele é um tipo de famoso, até sei algumas coisas sobre ele. Não o reconheci de cara. Depois, acabei lembrando que já vi matérias sobre ele e sua família. Mas agora...

— Agora que você está interessada, sentiu umas faíscas.

— *Agora* — ressalto a palavra — que irei trabalhar com ele, preciso saber ainda mais do que já sei.

Minha colega supermodelo ajeita a postura na cama e sorri com alegria, preparando-se para longas histórias.

— Bem, de toda a família ele é o que mais aparece na mídia. Não tanto pela origem, situação monetária, pois isso fica para os pais e o avô. Na realidade, ele aparece muito em sites de celebridades, envolvendo suas aventuras da vida. Já as fofocas internas sobre ele, praticamente ninguém sabe. Algum assessor ou o mordomo dele sempre cobrem as *fake news* sobre ele e outros fatos verídicos que devem ser silenciados.

— Mordomo?

— Sim, mordomo. Garota, o quarto dele neste navio equivale a dois andares. Ele tem uma escada dentro do quarto.

— E como você sabe disso? — pergunto, intrigada.

Kyra sorri com tristeza e não diz mais nada por um tempo. Em um momento, ela olha pela escotilha e rompe o silêncio:

— Bárbara e eu nos conhecemos na agência quando tínhamos dezesseis anos. Aos poucos, nos tornamos amigas. Ou pelo menos era o que eu imaginava. Nessa idade, ela já estava conhecendo Brandon e toda vez que ela dormia na minha casa entrávamos pela madrugada conversando, especialmente sobre ele. Ela contou a primeira vez que ele mostrou o navio para ela, quando entraram escondidos outra vez antes de sair do porto. Ela me descreveu como era o quarto dele, como ele era. Claro que desde criança ele é muito conhecido pelas pessoas, mas eu nunca o vi pessoalmente até... ontem. Mas eu sei muita coisa sobre ele por esse motivo.

— Eu também sei muita coisa sobre ele, só que não sei esses detalhes.

Kyra balança a cabeça.

— Acontece que os pais dele conhecem os pais dela. Sabe como é, né? Aquela coisa clichê de sempre entre pessoas ricas — ela continua. — A nossa amizade foi se desfazendo quando eu passei a receber mais propostas como modelo do que ela. De uma hora para a outra, ela começou a ficar com raiva de mim e querendo me prejudicar nos testes. Em determinado momento, eu comecei a perceber isso e passei a ficar desconfiada de tudo que uso, visto, toco. Todos ao redor começaram a dizer que eu desenvolvi manias e tiques de estrela. A verdade é que ninguém sabe o que acontece por trás das câmeras. Ela já tentou passar por cima de mim. Uma vez, ela quebrou o salto do meu sapato sem ninguém ver, e eu caí na passarela, na frente de uma multidão de pessoas. Eu poderia ter me levantado e continuado a brilhar, mas... Com isso, fui adquirindo pânico. Eu paralisei. Tenho pânico de cair de novo, pânico do que as pessoas podem falar sobre mim, um medo... da fama. Sempre há pessoas para elogiar, mas também criticar. Algumas críticas na internet são ofensivas, tóxicas e não construtivas. E, além de tudo, eu tive que desligar o meu celular, porque não estou aguentando a insistência do meu assessor e de toda agência me ligando e enviando mensagens a todo momento, procurando por mim. – Ela torce o nariz enquanto encara o mar. – Pode fechar a cortina, por favor?

Eu pigarreio um pouco antes de me levantar e fechar a cortina.

– Ah, claro, sem problemas.

Pego o laço solto da cortina e puxo para fechá-la, vendo Kyra suspirar. Fica claro que os ataques que ela sofreu na adolescência a fizeram sentir o que sente agora. Talvez ela não tenha medo do mar em si, mas da possibilidade que a faça se lembrar de alguma situação pela qual passou. Sento-me ao lado dela na cama e seguro sua mão para acalmá-la.

– Ela não era sua amiga de verdade. Um amigo verdadeiro torce pela felicidade do outro, está ao seu lado nos bons momentos e nos difíceis. Aliás, são nos difíceis que reconhecemos quem é verdadeiro. Não se sinta triste por ela ter se afastado de você. Se isso aconteceu, é porque foi necessário. Não pense que perdeu uma amiga, já que você nunca teve. Você tem que ter medo é de um falso amigo que a abraça.

– Tem razão – ela diz, melancólica. – Você tem um coração puro, né?

– E digo mais, toda vez que você a vir, se imagine dando a ela uma passagem para bem longe de você – brinco a fim de melhorar seu humor, o que parece funcionar bem quando a vejo rir.

– Agradeço por ter conhecido você. Apenas dois dias e já vejo uma luz diferente em você. – Kyra cobre a minha mão com a sua. – Vamos mudar o astral desta cabine. Vamos conversar sobre coisas mais bonitas...

– Tipo?

– Tipo Brandon, é claro. Antes disso tudo, estávamos falando sobre ele. Todos conhecem a imagem dele, um lado dele, incluindo nós duas. Mas você tem que estar preparada para conhecer o outro lado dele, aquele que apenas as pessoas próximas a ele conhecem. Foi por isso que eu tomei a frente ontem e afirmei que você era a modelo. Ele estava tentando iniciar uma conversa com você. Já você estava sonhando tão alto, tão encantada, que precisou de uma mãozinha.

— Quando fiquei sabendo que trabalharia ao lado dele, que competiria com ele, agi normalmente. Eu já o conhecia de algumas notícias, pesquisas... só não o tinha visto em fotos, a maioria era cobrindo o rosto. Mas vê-lo de perto foi tão... diferente.

— Eu entendo. Ficou entorpecida, fofinha. — Ela dá leves batidinhas na minha bochecha, falando com uma voz irritante como se falasse com um bebê. — Não se preocupe, por trás daquela fachada de rapaz ignorante tem uma alma gentil, tão fofa como um algodão-doce. — Ela se aproxima e sussurra: — Mas ele não quer que saibam.

•

No fim da tarde de sábado, após esperar mais de meia hora, Brandon aparece no corredor carregando suas malas.

Olho as horas no celular e pego a lista com as informações sobre as cabines. Caminhando em minha direção, Brandon me olha como se eu tivesse duas cabeças. Deve ter notado minha impaciência.

— Finalmente! — falo. — Você é ótimo com atrasos, não é? Estava esperando!

Ele me dá um sorriso malicioso.

— Já pensando em me beijar?

Reviro os olhos e o ignoro.

— Esperando para resolvermos sobre os quartos, como combinado. Temos dois disponíveis e precisamos decidir qual ficará para quem. Ao contrário de você, Caldwell, eu sou uma pessoa organizada. Uma verdadeira líder.

— Hum... Fascinante. — Brandon olha para suas malas, depois para mim e pergunta: — Onde estão suas malas?

— No quarto em que eu estava antes. Prefiro primeiro encontrar a nova cabine para depois ir buscar as malas, e não ficar vagando com elas por aí. Por que você não faz isso?

— Não faz diferença para mim — responde. — Agora que Betto não conseguiu passar uma borracha na minha estupidez, sou obrigado a passar por isso. Não tenho muita escolha, mesmo se desejasse.

— Ah, está sem seu mordomo em sua luxuosa suíte. Não me diga, filhinho de papai. Havia me esquecido que suítes de transatlânticos tinham esse serviço.

— Eu não sou filhinho de papai. — Brandon parece furioso. — Eu *só* nasci. Meus pais só me tiveram porque meu pai precisava de um herdeiro para dar prosseguimento ao império da família. Era tudo o que ele queria, e acabou ganhando dois.

— Dois?

— Ou cinco, se preferir.

— Dois ou cinco? Seja mais específico.

Brandon puxa o ar com força e agora é ele quem parece estar impaciente.

— Decida logo sobre o quarto!

— Está bem. Vou direto ao ponto, então.

Observamos as fotos dos quartos — apesar de serem da mesma linha, são diferentes entre si e ficam em corredores diferentes. O interior do primeiro quarto é amadeirado de cor bege com branco, há um painel com smart TV, um extenso rack com balde de champanhe, frutas, telefone, vaso de flores, um grande espelho logo acima. Ao lado da cama *king size*, há uma pequena divisória bege aberta que divide o quarto e as portas francesas da varanda.

O segundo quarto é um pouco menor do que o primeiro, mas não é pequeno. Suas cores variam em tons de azul-claro e branco. Há uma cama *king size*, um sofá, um espelho médio, rack com painel sustentando uma smart TV e varanda.

O melhor ponto é que ambos têm varanda — espero. Após receber um quarto sem uma, mesmo agora sabendo que foi temporário, eu desejo muito ter uma. Brandon e eu nos olhamos e, em seguida, voltamos a olhar para as fotos.

— Bem — Brandon diz após um longo e confortável silêncio —, acho que ambos concordamos que eu devo ficar com o primeiro e você com o segundo.

— O quê? Por que eu tenho que ficar com o segundo?

— Ele não combina comigo. O primeiro se parece mais com o meu próprio quarto. — Ele repensa e se corrige: — Bem, as cores se parecem. Minha suíte é inigualável neste navio.

— Você é mesmo apaixonado pela sua suíte...

— Sim, eu sou. A questão agora é que eu continuo sendo o herdeiro. Então tenho algumas vantagens.

— Concordo que você e sua família têm pontos a mais quanto a isso, mas estamos competindo...

— Repita — Brandon me interrompe.

— Estamos competindo e...

— Não. O que você disse no início da frase.

— Disse que concordo que...

— Valeu, *Více.*

O quê? Que cara de pau!

Espere um minuto. Essa maneira com que ele respondeu, frisando o jeito como me chama de forma tão intensa e doce que faz minha cabeça girar. Ele está sendo carinhoso comigo? Ou isso foi apenas mais uma ironia de sua parte? Esse rapaz me intriga.

Após percorrer metade do corredor, Brandon volta e se aproxima, tão perto que eu me forço a prender a respiração. Ele se inclina para mais perto e abaixa a voz:

— Preciso da primeira foto, Více. E da chave. — Ele pega a folha contendo as informações e números do primeiro quarto, roçando os dedos nos meus. — A propósito, tantas coisas mudaram para mim da noite para o dia. Quebra essa pra mim, gatinha.

Ele está um pouco perto demais, o que faz meu ritmo cardíaco acelerar. Não consigo formular frases coerentes com ele tão perto de mim. Balanço a cabeça e entrego a chave — um tipo de cartão de plástico prata que encaixa na porta. Por fim, eu me afasto.

— Preciso buscar minhas coisas — comento, sem olhá-lo.

Brandon olha para mim, mas eu evito qualquer tipo de contato visual.

— Quer ajuda?

Ah, minha nossa, a primeira atitude gentil dele comigo.

Sim.

— Não, tudo bem. Eu ainda tenho que terminar de arrumar algumas coisas.

– Eu não me importo em esperar.

Não me preocupo em gastar tempo protestando. Afinal, já estou fazendo tanto por ele que acho que ele me deve uma. Quando insiro a chave na minha agora "antiga cabine", Brandon para na porta e fica olhando, assustado, para dentro.

– O que foi? – pergunto.

– Este é o seu quarto?

Em um primeiro momento, acho sua reação estranha. Como se ele nunca tivesse visto um quarto pequeno e simples antes. Pode esse ser um dos erros que ele comete? Tanto um CEO quanto um futuro COO tem de conhecer sua empresa. Tem de conhecer cada detalhe de seu navio, até mesmo os mais pequenos, que também são de grande importância.

– Para mim estava ótimo – respondo. – O quarto que eu tinha em casa era ainda menor. Este se torna grande em comparação.

– Menor?

O queixo de Brandon cai.

– Você nunca veio ver como são as variadas cabines de seu próprio navio? – Brandon não responde; o que, por si só, é resposta o bastante assim que ele abaixa a cabeça. – Vai ter que mudar isso a partir de agora – digo.

Não sei dizer ao certo se ele quer disfarçar a situação, mudar de assunto ou se vê Kyra. Ele encosta no batente da porta e a cumprimenta com um simples "Oi, Kyra". A modelo acena de volta com um sorriso largo.

Faço menção de iniciar uma conversa entre nós três para amenizar o clima estranho que pairou aqui. Brandon está tentando fugir do assunto, o que só me dá ainda mais certeza de que ele não conhece seu próprio lugar e provavelmente não sabe com certeza onde está.

– Acho que isso explica seus modos.

– Modos? O que você está dizendo? – ele retruca.

Meus lábios se curvam um pouco.

– Tudo começa com você não reconhecendo cada canto da sua "casa". Temos muitas coisas para endireitar a partir de agora, senhor Caldwell.

Brandon assente. Sinto minha garganta secar. É isso, nossa competição começará com uma pitada de cumplicidade. Rivais que não se abandonam.

•

Acabo ficando satisfeita por Brandon insistir em me ajudar com as malas, mesmo ele estando carregando as próprias. Ele carrega duas de rodinhas — uma minha, outra dele — e ainda carrega a de alça em volta do pescoço, enquanto eu ando com duas de rodinhas. No meu caso, é mais difícil ter de me mudar para cá de um dia para o outro e trazer uma tonelada de pertences; ao contrário dele, que, morando aqui, não precisa arrumar muito.

Não sei bem por quanto tempo fico o observando, e, já que estou um passo atrás dele, ele não nota. Gostaria de ter uma câmera para capturar este momento: dois jovens sem-noção, desfilando pelos corredores de um navio, como dois rivais que não sabem ao certo por que as pessoas em volta estão lhes assistindo. Espero que seja pelo broche de zircônias brancas que ambos carregamos com nossos nomes. E espero que essas pessoas não pensem que estou pegando carona na fama dele.

Aproximo-me de Brandon e pergunto, curiosa:

— Por que estamos sendo observados?

Curioso, ele me olha, porém não desacelera os passos.

— Você é tímida, não é mesmo, Víve? Relaxa. Aqui, o único que usa broche de zircônia é o meu pai, então todos sabem que ele é o dono do navio. Como nós dois estamos usando agora, isso os confunde um pouco. Talvez pensem que meu pai já passou a posição para mim e você é minha esposa.

Paro.

— Ou sócia. Majoritária.

— É, pode ser. Mas prefiro a minha teoria.

Minhas bochechas se aquecem quando ele termina a frase, piscando para mim. *Idiota. Irritante. Insanamente lindo. Ei! Foco, Olívia.*

Brandon sorri, percebendo minha reação. Para tentar mudar o foco do momento, finjo pegar as fotos das cabines para encontrar o caminho.

— Tudo bem, vamos prosseguir com nossa missão. Minha nova cabine fica no corredor à esquerda, número 1.323.

— Ah, eu sei. — Ele inclina a cabeça para o lado. — Enquanto você terminava de arrumar sua mala, eu pesquisei essa cabine nos dados do navio que estão gravados no meu celular. Aliás — ele desvia os olhos para o lado —, vou precisar decorar esse caminho.

— Por quê? Pretende me visitar? — brinco, rindo com diversão.

Seus olhos se suavizam quando se voltam a mim.

Brandon pega minha mão e vira a palma para cima.

— Não nesse. — Sinto algo gelado ser colocado na minha mão. — Talvez qualquer dia eu passe para um chazinho no quarto 1.422, que agora é a *sua* cabine. Você a merece mais do que eu.

Ele me entrega a chave do primeiro quarto. Encaro a chave na minha mão por uns instantes, pisco e olho para cima, encontrando-o me observando. Estamos muito perto e há certa tensão ou uma atração entre nós. É difícil prestar atenção no que ele fez, mas me pego pensando no porquê de ele renunciar à primeira cabine.

— Por quê? Tem certeza do que está fazendo?

— Tenho — responde com convicção e pela primeira vez ouço seu tom de comando.

É uma voz que fará qualquer um que o respeite parar o que está fazendo para escutar. Cada pedacinho de sua frase é um quilo de desconfiança que habita em mim. Ele não desistiria de algo assim tão rápido, não é?

Cruzo os braços e cerro os olhos, entrando profundamente em suas pupilas cercadas pelas íris azuis mais impressionantes, buscando algum resquício de enganação. Tudo bem, é apenas uma cabine, no entanto tudo se manifesta nas pequenas coisas. Sua carranca não diminuiu quando ele percebe meu intuito e vejo suas sobrancelhas se erguerem.

Eu poderia fazer meus olhos se estreitarem como se suspeitasse de um crime, e ele me daria um sorrisinho fingindo inocência... Mas não. Ele não perde a oportunidade de se mostrar forte e receber atenção.

Sinto meus lábios se franzirem quando coloco a mão na mala para, em alguns minutos, continuar meu percurso. Ele, sério, observa cada um de meus movimentos.

— Você faz muito isso? — pergunto, sem esboçar animosidade.

— Isso o quê?

— Você sempre faz pegadinhas estranhas com as pessoas? Pelo pouco tempo que o conheço, não me parece que você desiste tão fácil das coisas. Até mesmo as coisas pequenas e irrelevantes.

Ele não responde.

Em uma velocidade de quatro segundos — contados —, Brandon pega as minhas malas como fez antes de pararmos, e segue para seja lá onde esteja querendo ir. Começo a segui-lo pelo longo corredor.

— Ei! — grito, a alguns passos dele. — Aonde está indo com minhas coisas?

— Vou jogá-las no mar, Víve — ele responde sem se virar.

— Pare de me chamar assim!

— Como você não parava de me admirar apaixonadamente, decidi tomar as rédeas da situação e fazê-la acreditar que o que eu disse é verdade. Porque se ninguém acredita que sou capaz de contar a verdade e ter atitudes gentis, tentando ser cavalheiro, então é sinal de que eu preciso demonstrar. Se eu disse que a primeira cabine pode ficar com você porque você a merece é porque você merece mesmo.

Com um suspiro impressionado, reflito sobre as suas palavras. Parecem verdadeiras... e lindas. Seriam ainda mais lindas se ele as falasse olhando em meus olhos. Porém, se olhasse em meus olhos eu poderia ficar deslumbrada e confundir as coisas. E se eu confundisse as coisas, ele poderia rir da minha cara. Mas foi lindo.

Paramos em frente à porta da cabine e eu hesito em entrar. Antes de qualquer coisa, quero ter certeza de verdade. Brandon me entende, entende o que se passa na minha cabeça. Basta um olhar meu em sua direção, ao qual ele responde com um aceno de cabeça confiante. Eu agradeço. Essa foi a única situação em que me permiti demonstrar incerteza. Daqui pra frente, com nossa competição começando, irei me vestir de determinação.

6

BRANDON

Ver o sorriso de Olívia quase me derrete. E isso não pode acontecer; afinal, ela é minha rival.

Uma batalha está para começar.

Não sorrirei para ela. Não serei bonzinho demais. *Mas ela é tão doce e espontânea.* Balanço a cabeça com força. Não! Não sorrirei para ela.

Já é segunda-feira, e agora precisamos participar de uma reunião entediante para resolvermos os primeiros problemas que encontrarmos no navio. Minha oponente está sentada na minha frente. Tão perto. Graciosa. É difícil não a olhar quando ela está tão linda com seu terninho justo preto, aqueles sapatos sedutoramente altos e um batom que, apesar de claro, é de uma cor perigosa em sua boca.

Ela mantém uma perna cruzada sobre o joelho e cutuca os lábios com uma caneta. Passo boa parte do tempo – talvez uns vinte minutos – com os braços apoiados na mesa e evitando ao máximo perder a concentração. Não que eu esteja tão concentrado no que temos de fazer ao ouvir mais um sermão do senhor Thompson sobre as vontades e necessidades dos passageiros, contudo eu não posso de forma alguma me concentrar nela.

– Como os membros do conselho não trabalham conosco no dia a dia, vocês terão outra forma de avaliar as condições do navio, seja *feedbacks*, necessidades, reclamações, prioridades. O mais indicado é entrevistarem alguns funcionários, conversar sobre a atuação de cada um em seu setor e verificar todos os tópicos que mencionei.

É impressionante a capacidade de Olívia de estar tão interessada neste assunto. Ela balança a cabeça como se concordasse com tudo.

– Seria interessante entrevistar alguns passageiros pessoalmente também – ela opina. – Não receber apenas *feedbacks* online.

– Boa observação, senhorita Miller.

– Sério? – intervenho. – Os passageiros querem aproveitar os dias de viagem, e não ficar dando entrevistas de avaliação do navio. Para isso temos os *feedbacks* online, para eles avaliarem quando a viagem acabar.

Olívia cruza os braços e me fuzila com os olhos.

– Um minuto, Brandon. Eles teriam apenas um minuto para nos dar uma avaliação. É ainda melhor, pois podemos ver a expressão em cada um dos entrevistados.

– Você acabou de chegar e já quer ditar as regras?

– Talvez. Se for para melhorar...

– Não temos o que melhorar! – protesto. Talvez eu esteja errado. *Talvez*. Ainda assim, não darei esse gostinho a ela. – Não estamos em risco e já avaliamos as ameaças.

– Você não está entendendo... Quer saber? Se tem tanta certeza, por que não deixar os passageiros decidirem se querem ou não?

– Por favor! – o senhor Thompson nos interrompe, alterando a voz. Pelo que estou notando, ele está ficando impaciente e em seu limite. – Vocês não chegarão a lugar algum discutindo. Agora, mais do que nunca, precisamos de vocês dois unidos e em concordância na ausência do senhor Caldwell. Colocar o navio nas mãos de dois jovens como vocês é um risco que estamos correndo, e se ficarem discutindo como cão e gato em vez de se darem as mãos, mesmo sendo uma competição, será um risco maior ainda.

O que Olívia e eu fazemos de melhor é nos encararmos cada vez que discordamos. Sem mencionar que luto contra o meu próprio corpo reagindo ao seu perfume – a cada vez que nos encaramos, ela se aproxima ameaçadoramente –, o que me deixa ainda mais furioso.

Começo a procurar um ponto fixo, e meus olhos caem em seus lábios. Preciso retomar o foco. Cometo o erro de voltar a atenção para seus olhos, que transmitem uma visível raiva, como se ela estivesse com vontade de me sufocar.

— Você é insuportável — ela diz apenas com o movimento dos lábios, sem emitir qualquer som.

Com os cotovelos apoiados na mesa e o queixo nas suas mãos, ela está brincando comigo.

— Você também, doce Víve.

— Já disse, pare de me chamar assim — repreende com a voz um pouco alta.

O senhor Thompson levanta a cabeça, tirando a atenção dos papéis que analisava, e a balança de um lado para o outro, fechando os olhos como se procurasse por paciência.

— Prefere que eu a chame de gatinha?

— Olívia.

— Muito formal. — Torço o nariz para provocá-la, deixando-a ainda mais brava. — Lembre que o senhor Thompson disse que não podemos brigar. Temos que ser carinhosos, não é, senhor Thompson?

Viro-me para ele, como um garoto tirando uma dúvida com o professor.

— Senhor, dai-me paciência — ele clama quase em um sussurro. — Seria interessante incluir a opinião de um funcionário além dos passageiros. Sendo assim, procurem por um e comecem a entrevistá-lo, já!

— Podemos verificar os departamentos sem causar uma confusão? — Olívia pergunta, sarcástica.

— Evitem escândalos. Bem lembrado, senhorita Miller. — O senhor Thompson se levanta e arruma o terno, enfatizando as palavras. Ele caminha em direção à porta e, olhando por cima do ombro, diz: — Vou deixá-los sozinhos para verificarmos se a primeira tarefa será concluída em menos de cinco horas, sem desastres e prejuízos.

— Não iremos prejudicar nenhum funcionário ou passageiro, se essa for sua preocupação — garanto.

— Não. Estou falando de vocês dois.

Fala sério. Ótimo.

Incrível, de verdade.

Ficamos a sós, apenas Olívia e eu. Verificamos cada departamento do navio, avaliando os prós de contatar cada um. Temos a equipe da administração, a do escritório marítimo, a do escritório terrestre — poderíamos fazer uma ligação —, a dos bares e restaurantes, das boates, do cassino, do salão de beleza e spa, assim como temos os funcionários das lojas, as equipes de limpeza, manutenção e segurança, artistas, funcionários da área marítima, equipe de saúde, TI, hotelaria...

— Uma vez que o navio é como um hotel flutuante, acredito que seria interessante avaliarmos primeiro o setor de hotelaria — comento, calmo. — A primeira coisa que um passageiro faz quando embarca é procurar por suas acomodações.

Olívia me olha por um instante e concorda.

— Muito bem. Acho que você tem razão.

— Até que enfim uma decisão unânime, senhorita Miller.

— Mozer. E espero que continue nesse caminho, senhor Caldwell. Não irei esperar por algo pacífico, pois de pacífico só temos um oceano. Mas não podemos causar escândalos. Não pode ser tão difícil chegarmos a um...

— Consenso? — completo.

— Sim — sussurra.

Mais um acordo entre nós é que levaria tempo para procurar a equipe da hotelaria. Pego meu celular e telefono para a equipe da administração, pedindo para nos enviar um funcionário que trabalhe no departamento de hotelaria. Esperamos durante dez minutos, em silêncio. É nítido que gostaríamos de falar um com o outro, como se conversássemos sobre o tempo lá fora e não discutíssemos sobre nossas diferenças de opinião. Por fim, interrompo o silêncio:

— Então... essa situação é um pouco desconfortável.

— Primeiro dia pesado, né?

Droga. Não era para ela concordar. Eu esperava ao menos uma voz suave dizendo "Imagine, está tudo tranquilo. Divergências acontecem".

É o que sempre escutei da maioria das mulheres que se aproximaram de mim antes.

A porta se abre, dando lugar à imagem de um senhor de idade, de cabelos e barba grisalhos, e um uniforme azul-marinho, gravata e um broche de âncora na lapela. Olívia e eu nos levantamos e o cumprimentamos. Em seguida, ele se senta na nossa frente. Sim, Víve e eu estamos lado a lado.

– É um prazer conhecê-lo, senhor...? – Olívia pergunta, inclinando a cabeça.

– Brangburn. Olavo Brangburn.

Olívia continua:

– Ótimo. Há quanto tempo o senhor trabalha para a Marinha Grandiosa? Satisfeito com o que faz?

– É sério isso, Olívia? – interrompo. – Vai fazer uma nova entrevista de emprego agora?

– Se você me interromper mais uma vez, eu frito seu cérebro, Brandon.

Olavo parece assustado conosco. Parecemos dois perturbados que o fazem arregalar os olhos. Ele me conhece desde quando nasci, no entanto nunca ficamos frente a frente por mais de cinco minutos como agora.

– Desculpe-nos, senhor Brangburn – Olívia diz. – Principalmente por esta pessoa inconveniente. – Ela aponta para mim com gosto. *O dedo nem quebra.* – Há quanto tempo o senhor é funcionário da hotelaria do navio?

– Ah, desde quando Mathew Beaumont comandava. Temos quase a mesma idade. Tempos depois, vi este garoto crescer.

Ele aponta para mim, sorrindo. E é verdade.

Víve dá um sorriso sem jeito.

– É... muito bom. Poderia nos dizer se o senhor e sua equipe notaram algum problema ou se temos alguma reclamação por parte dos passageiros?

– Reclamações em peso, não. Mas ocorreram alguns imprevistos.

– Ah, mesmo? Quais?

– Recebemos algumas reclamações sobre os quartos da classe econômica. Como não possuem varandas ou vigias, é comum ter ar-condicionado para controlar a umidade do ar em locais fechados. E em alguns quartos o ar-condicionado não está funcionando. Já levamos esses pedidos para a administração da Marinha, mas ainda não resolveram. Quanto ao resto, está tudo certo.

– Viu isso, Brandon? A importância da comunicação pessoal com os funcionários?

Reviro os olhos. Droga! Ela estava certa.

•

A semana passa voando. Calmaria e tempestade descrevem minha semana trabalhando com Olívia.

Desligar todos os tipos de ar-condicionado do navio foi uma boa ideia, considerando o local onde atracamos e o frio congelante que está fazendo. Saímos de Miami para navegar brevemente por Nova Iorque no fim do inverno. Após fazermos uma pausa até o fim da tarde, seguimos viagem pelo Oceano Atlântico.

Saio da minha cabine, encontrando Élian e Samantha no deque panorâmico. O frio fica mais notável quando os vejo usando agasalhos, e suas mãos com luvas segurando xícaras de chocolate quente.

Élian está atrás de uma bancada do bar de sucos preparando o seu, enquanto Sam está sentada em uma banqueta na frente.

– Vai uma xícara para você também? – meu gêmeo pergunta, estendendo uma xícara na minha direção.

Sento-me em uma banqueta ao lado de Sam assim que Olívia e Kyra – a versão disfarçada – aparecem.

– Brandon. – Olívia chega perto de mim, esfregando os braços, mesmo agasalhados. – Desde quando o *Captain* atraca em Nova Iorque? Pensei que apenas passava pela rota.

– Há dois anos – respondo secamente. – Está desatualizada das *Grand Voyages*, gatinha?

Pelo jeito, o itinerário que ela conhece não conta com Nova Iorque. Se utilizássemos a rota de tempos atrás, seguiríamos direto pelo porto, revezando-nos entre as ilhas do norte e o Mediterrâneo. Porém, Nova Iorque se tornou uma rota obrigatória, para o desembarque dos meus pais — para comparecer ao escritório local da Marinha Grandiosa e a B.C. YATCHTS. Além disso, outro motivo é o embarque de duas pessoazinhas em período de férias.

— Samantha. — Betto aparece no deque superior, iniciando seu próximo sermão enquanto os passageiros desembarcam do navio para aproveitar o turismo em pontos específicos ao redor do porto. — Seus pais estão desembarcando para tratar de negócios na filial de Nova Iorque. Como sempre é feito em período de férias, seus irmãos mais novos passarão a temporada aqui e ficarão sob seus cuidados e de seu avô.

Duas silhuetas infantis e pequeninas aparecem atrás dele, descendo as escadas correndo e carregando suas pequenas mochilas. Annelise e Enricco atravessam o deque, e Annelise corre para me abraçar. A primeira pessoa que ela sempre vê quando chega — e, se não vê, pergunta e procura até encontrar. É incrível nossa conexão, mesmo ela sendo tão pequena e pura.

— Mamãe me deixou ficar com você — ela me diz. — E me contar historiazinhas antes de dormir.

— Brandon não poderá ficar todo o tempo com você — Betto responde.

— Eu sempre coloco Lise para dormir quando eles estão de férias — retruco.

— Samantha e o senhor Beaumont cuidarão das crianças. E para todos os efeitos, eu também ficarei de olho. Quando não estiverem disponíveis, não seria responsável de minha parte deixar as crianças com duas pessoas que não conseguem cuidar de si mesmas.

O olhar semicerrado de Betto examina Élian e eu.

— Ah, pronto! Agora também serei injustiçado — Élian murmura.

O fato é que Élian não merece um título desses, ele já não tolera o que eu faço, mesmo me acobertando. Sempre somos tratados como dois irresponsáveis que não sabem fazer nada de útil na vida. O que não é justo. *Mas o que é justo?*

Eu sempre fiz muitas besteiras e continuo fazendo. Mesmo assim, jamais deixarei de cuidar dos meus irmãos pequenos, ainda mais de Lise, que é a caçulinha e tem apenas cinco anos. Quando fiquei sabendo que teria mais dois irmãos mais novos, fiquei indiferente e pensei que atrapalhariam ainda mais a minha vida e que meus pais se importariam menos comigo. Meus pais conseguiram adotar Lise quando ela tinha apenas cinco meses de vida. Enricco já tinha quatro anos.

No entanto, assim que Lise chegou com seus olhinhos azuis gentis sorrindo para mim e quis que eu fosse a primeira pessoa a abraçá-la, percebi que poderia ter ganhado o primeiro presente de verdade na minha vida. Ela me escolheu como seu irmão protetor, mesmo eu não sabendo lidar com crianças. No início, eu não ligava muito para ela, deixava que chorasse e achava que ter irmãos adotados não seria muita coisa, só que os dias que passavam me ensinaram que eu estava errado. Posso não cuidar muito bem de mim mesmo, por não me importar com isso, talvez. Porém, nunca deixaria nada acontecer com Lise nem com Enricco, e não deixaria ninguém fazê-los passar pelo que Élian e eu passamos na infância. Com ela, eu me torno quem não sou na maior parte do tempo, para protegê-la. Ela fez uma ligação do seu coração ao meu e ser adotada é apenas um detalhe.

Lise agarra o meu casaco com mais força, sem querer se desgrudar de mim. Betto tenta levá-la para o seu quartinho, entretanto a criança de cinco anos já tem personalidade.

— Vá com ele, Lise — digo, vendo-a balançar a cabeça e seus dedinhos ficarem pálidos com tamanha força. — Amanhã é sábado, e então poderemos passar o dia juntos.

— Mas eu quero ficar com você agora.

Betto interrompe antes que eu possa falar:

— Brandon agora tem responsabilidades no navio. Você e Enricco vão para seus quartos com Samantha.

— Ei, Lise. Você é uma sereia, não é? — Ela balança a cabecinha, triste. — E uma sereia às vezes precisa voltar para o oceano. E amanhã bem cedo eu vou buscar você. Prometo!

Um sorriso ilumina seu rosto. Talvez a maneira com que Betto fala a assuste. Ele passa tanto tempo me dando broncas e sermões que pode se esquecer de que está falando com duas crianças. Quando *eu* era criança, costumava chamá-lo de humano espinhoso: encoste um dedo em Betto, e ele revida com uma frase perfurante.

Ao me pegar virando o rosto para a esquerda, encontro Lise sorrindo e conversando poucas palavras com Olívia. Inclino a cabeça à medida que a minha rival é fofa com a minha irmãzinha. Com certeza, não é a mesma Olívia que eu conheci. Sim, ela é gentil, mas não uma pessoa tão fofa como está sendo agora. E, logicamente, não comigo.

Olívia pretende entregar a ela um pratinho com morangos cobertos de chocolate, que ela e Kyra compraram em um quiosque de doces, e olha para mim antes que Lise possa ver. Assinto, dando permissão, e ganho um sorriso de volta. A alegria de Annelise ao pegar o pratinho de fondue de morango daria um bônus de amor dela para Olívia. No entanto, antes que eu possa falar para Lise agradecê-la, a criança apenas se vira e sai comendo sua frutinha com chocolate.

•

— Ei, pequena, acorde. — Não passa das seis da manhã e o sábado mal começa a amanhecer, contudo já estou acordando Annelise para passarmos o dia juntos. Ajoelho-me ao pé de sua cama e acaricio seus cachinhos loiros para despertá-la. — Lise, acorde, pequena sereia.

Meu primeiro toque é leve feito uma pluma. Tive de aprender isso ao lidar com ela. Seus olhinhos sonolentos se abrem devagar, piscando algumas vezes. Ela se senta, esfregando-os, e se anima quando sua cabecinha recorda que hoje é o nosso dia de passeio. Apesar de o navio não ter muitas atrações infantis, tem um pequeno *playground*.

— Vamos brincar? — ela pergunta, ainda despertando.

— Vamos. Por isso a chamei bem cedo, para aproveitarmos o sábado inteiro, sem nenhum incômodo do trabalho.

— Seus amigos não vão procurar por você?

— Você quer que eles procurem?

— Não.

— Então, seu pedido é uma ordem! Eles não irão.

Lise dá um sorrisinho e aproxima o rosto como se fosse me contar um segredo.

— E vamos convidar a moça bonita? — Forço um sorriso de doer a mandíbula, mesmo que eu não faça ideia do que ela está falando. — Vamos? — insiste, o nariz franzido.

— Gatinha, de qual moça você está falando?

— A moça bonita, a de cabelos cor de... — pensa, levando um dedo ao queixo e olhando para o cobertor — cor de... de... madeira escura.

— Isso não ajuda, Lise.

— Ela me deu morangos cobertos de chocolate.

Bingo!

O que é isso agora? Um complô contra mim? Ela teve contato com Olívia por apenas seis minutos.

— Lise, por que você quer convidar essa moça?

— Porque ela é legal.

Lise cruza os braços, esperando uma resposta.

Ainda assim, quero ter certeza de que ela está falando de Olívia. Olívia Mozer. A tal oponente. A tal belíssima oponente. Seria estranho convidá-la para brincar.

Soaria muito estranho. E desnecessário. Se bem que... é o que as crianças fazem.

E se não for ela? O mico que eu irei pagar será grande. Gigantesco, como o monte Everest. Isso não acontece comigo.

Não quando Annelise não está comigo.

— Certo — digo, respirando fundo. — Vamos fazer o seguinte: vamos até a cabine dela, e você me diz se é quem eu estou pensando. E se não for, você grita: feliz dia das crianças!

— Não é em julho?

— Junho, gatinha. Mas você é criança, e crianças dizem coisas assim o tempo todo.

Dou de ombros. O que pode dar errado?

Annelise concorda e vai se arrumar e escovar os dentes, rápida como um tufão. Seguro sua mãozinha e saímos em direção ao corredor da cabine de Olívia.

— Podemos ir no aquário, Brandon? Eu quero ver os peixinhos. E os siris.

— Talvez. Se você não sentir medo igual da última vez. Lembre que esse aquário inteiro é de vidro.

— Eu lembro. Mas já se passaram alguns meses, já estou mais crescidinha.

— Claro, cinco anos é... bem crescida para ver peixes.

Como se ela lembrasse mesmo o escândalo que fez quando viu uma raia e as pessoas ficaram nos encarando, enquanto ela corria, achando que eu estava brigando com ela.

Paro igual uma estátua em frente à porta branca marcada com o número 1422. Hesito quatro vezes antes de bater. Coloco Lise de lado e digo para ela fazer silêncio e esperar ali. Na quinta vez, pego a coragem que sempre tive na minha cara de pau e dou dois toques fortes. Fecho os olhos para não me arrepender.

Olívia leva cerca de dois minutos para abrir a porta, e sua cara de surpresa me causa arrepios por todo o corpo.

— Brandon?

— Olá, Víve — respondo, animado. Agitado.

— Oi. — Não sei se mergulho em seus olhos brilhantes, mas curiosos e confusos, ou se aprecio sua beleza. Mesmo simples, ela parece estar perto de sair. — Isso é... inesperado.

Recobro a consciência ao ouvi-la falar.

— Só um segundo.

Pego a mãozinha de Lise de volta e a levanto em meu colo. Isso deixa Olívia ainda mais surpresa. Com Annelise na minha altura, eu pergunto:

— E então, é ela?

Lise sorri e bate palminhas.

— Sim!

Os olhos de Víve piscam e vagueiam entre minha irmãzinha e eu.

— O que aconteceu?

— Nada. É que Lise disse que queria convidar você para participar da nossa programação de sábado. Ao que tudo indica, ela gostou de você e não dá para mudar o gosto de uma menina de cinco anos. Nem com Samantha ela não é assim. — Vejo de relance Olívia apertar uma cartela de comprimidos em sua mão e franzo os olhos, o que ela percebe. Logo, ela os esconde atrás de si, cerrando os punhos. Isso me deixa intrigado, mas eu não entraria nesse tópico agora. Talvez em um outro momento, quando estivermos mais próximos. Ou talvez seja uma dor de cabeça. — O que acha?

— Claro — ela responde, dividida entre se mexer ou ficar parada. — Só me deixe... — Ela suspira. — Só vou me arrumar.

Víve pega algumas roupas e vai ao banheiro. Apesar de parecer já estar com uma roupa apropriada, deduzo que ela as usa apenas na tranquilidade de sua cabine. Já no trabalho, ela aparece sempre exuberante. Como será aos fins de semana, nos seus momentos de lazer?

Fico com Annelise no mesmo lugar, esperando-a voltar. Quando acontece, Olívia fecha a porta atrás de si e sorri para a gente conforme caminhamos.

— Qual é a programação de vocês?

— Encontrar algum lugar que cative uma criança que saiu das fraldas há pouco tempo. Essa é a tarefa mais difícil, ainda mais em um navio. Eu sempre acabo a levando ao *playground*.

— Ótimo, lá é vazio... — ela murmura, deixando-me confuso, mesmo ela dizendo apenas para si mesma.

— E vamos ao aquário — Lise completa. — E depois vamos comer. E brincar.

Coloco Annelise no chão, mantendo-a em meu campo de visão. Ela não se lembra dos caminhos para chegar ao *playground*, mas eu a deixo pensar que sim.

Olívia a observa correr antes de trazer o olhar para mim. Estamos andando lado a lado, em um silêncio amigável. Não há toda aquela pressão do trabalho, que faz com que nos alfinetemos a cada cinco minutos. Aqui, somos apenas dois jovens agindo naturalmente. *Ou nem tanto.*

Por fim, ela quebra o silêncio:

— Ela gosta mesmo de você. — Esboço um sorriso. — Aliás, não sabia que você tinha mais irmãos. Conheci Samantha, e agora mais dois. Annelise e... Henrique?

— Enricco.

— Enricco. — Ela ri do próprio erro. Suas bochechas coram no momento em que ela me pega a observando. E, além de tudo, penso que ela ainda não conhece Élian. Estávamos todos no bar de sucos quando as crianças chegaram, mas ela nem deve tê-lo visto e feito a ligação. Claro, ele com touca e jaqueta e concentrado na preparação de chocolates quentes, não seria um alvo perceptível. Qual seria sua reação ao descobrir que tenho um irmão, que, se não bastasse ser mais um, ainda por cima é gêmeo? — Foi por isso que você mencionou aquela numerologia de irmãos? Dizendo que seu pai queria tanto um filho que ganhou dois ou cinco? Eu queria perguntar se você tinha mais irmãos, mas você ficou nervoso do nada. Achei melhor evitar.

— Sim. Era isso, sim.

Não vou mencionar Élian agora. É melhor uma surpresa de cada vez. Ela pode se sentir subestimada com mais um integrante colaborando para a nossa permanência no poder.

— Bárbara não é sua irmã, né? — Sua pergunta não passa de um suspiro.

Tenho a impressão de que ela já sabe a resposta — é claro que sabe. Respondo mesmo assim:

— Não. — Balanço a cabeça e coloco as mãos nos bolsos da calça. A conversa agora ficará séria. — Bárbara é minha ex-namorada.

Olívia parece pensativa. Demora alguns minutos para que ela volte a falar algo. Olho para baixo ao vê-la encolher os ombros.

— Compreensível — diz —, considerado a maneira como ela agarrou você pelo pescoço e também a forma como ela se iluminou de felicidade no dia da gravação. Como ela queria que você declarasse torcida por ela.

— Bárbara e eu não temos uma conexão verdadeira. Acontece que nossas famílias são amigas e acabamos nos conhecendo ainda muito novos. Tínhamos entre catorze e quinze anos. Ao dezesseis, iniciamos um período de atração. Ela queria me beijar e era recíproco. — Eu estava naquela fase adolescente em que só sabia fazer besteiras, queria experimentar coisas novas; apesar disso, não queria magoá-la. Eu estava em uma idade em que começava a ser um centro da mídia e aquilo estava me irritando cada vez mais. Queria poder fugir daquilo, e era exatamente isso que Bárbara me proporcionava: uma amizade que me fazia sair daquele círculo, mesmo que por pouco tempo. Tê-la ao meu lado era importante, divertia-me, deixava-me feliz. Podia contar com ela para quase tudo. — Quando ela quis algo a mais, eu não consegui dar isso a ela. Não podia fingir amá-la.

— Mas vocês namoraram. Sem amor?

— Eu quis tentar para deixá-la feliz. Ela dizia que, se nossa amizade era verdadeira, não iria se desfazer caso eu não sentisse algo por ela. Então, eu arrisquei. É isso.

O que Olívia disse está certo, eu não sentia algo forte a ponto de continuar um namoro com Bárbara, só que ela também não me deixou ir embora. Por mais que eu tente evitar machucá-la, ela sempre age como uma melhor amiga. O empecilho nisso tudo — e ela o repete todas as vezes — é que ela me ama.

Olívia parece ler meus pensamentos quando prossegue:

— Às vezes machucaria menos se não tentasse. Mas também, se não tentasse, ficaria sempre pensando no "e se".

Apesar de saber que ela está certa, eu continuo me culpando.

Paramos primeiro no *playground*, e peço que Lise vá brincar no escorregador ao passo que recupero meu ânimo. Com os olhos nela, eu continuo me abrindo para Olívia. É estranho o sentimento que estou sentindo, de poder confiar a ela algo que nunca contei para ninguém, exceto Élian.

— Samantha nunca gostou de Bárbara. Enquanto toda a minha família a tratava como parte de nós, Sam nunca se deu bem com ela, e Lise dizia que não gostava do jeito dela. Tudo piorou quando meu melhor amigo entrou na história, se tornando um grande amigo dela. Agora, por mais que ela se aproxime, eu permaneço a certa distância. — Isso pode até ser visto como frieza ou não sei o quê. Não quero ser um babaca com ela, do mesmo jeito que não quero voltar a lhe dar falsas esperanças. — E por continuar pensando que estou sendo um idiota com ela, eu acabo cedendo a algumas investidas dela. E essa foi apenas a ponta do iceberg que me colocou em toda essa confusão.

— Confusão que envolve a disputa...?

Concordo com a cabeça e mordo o lábio.

— Só porque viro um completo idiota sempre que bebo. — Essa frase sai mais como se falasse comigo mesmo, mas Olívia ouve.

— Ela chegava em você quando estava bebendo?

— Não — nego. — Bárbara não faz isso. Ela chega em mim quase todos os dias. Eu costumava aceitar quando bebia em festas. Foi reagindo assim que eu me prejudiquei. E foi por isso também que me mandaram fazer terapia.

Olívia, que até então me ajuda observando Lise, de repente vira a cabeça, enrugando o nariz. Assim, percebo como minha fala foi desnecessária.

— O enviaram para terapia? Com um psicólogo?

Eu limpo a garganta, percebendo que falei mais do que devia, e solto um simples e audível:

— Sim. — Pronto! Mais um vexame para a conta. Já contei demais para *minha rival* em um dia. — É melhor irmos participar das brincadeiras com Annelise, ou depois ela reclama comigo e com razão.

— E Enricco? Por que não veio?

— Enricco se acha um pré-adolescente, e ele só tem nove anos. Diz que está grande para certas brincadeiras. Além disso, ele se fechou em seu próprio mundo desde que começou a passar por — gelo, lembrando-me de não entrar em detalhes pessoais da família — situações difíceis. — Aceno com a cabeça na direção de minha irmãzinha. — Vamos?

Passamos o dia fazendo tudo o que Lise quer. Ela fica ainda mais próxima de Olívia. Lise não é uma pessoa que simpatiza com qualquer um, e um vínculo melhor do que esse ela só tem comigo.

Nós nos sentamos no chão do *playground* e montamos blocos de lego, pintamos desenhos variados com giz de cera e levamos Lise para comer no Promenade, de frente para o mar. Com uma variedade de restaurantes, demos a ela o direito de escolher o que queria.

— Viva, você gosta de batata frita com milk-shake? — a pequena pergunta.

Certamente, no que Olívia acha graça a ponto de adotar uma expressão encantada e um sorriso de mostrar os dentes é a dificuldade de Lise em pronunciar seu nome, saindo "Viva". Quando eu digo que nossa sintonia é real, sei bem o que estou falando.

"Víve" e "Viva" não são tão diferentes.

E Lise não me ouviu chamá-la assim, pois isso só acontece quando quero provocá-la.

— Essa combinação de batatas e milk-shake para mim é nova.

— Eu vou apresentar — Lise diz, animada. — Você gosta de chocolate ou de morango? Eu gosto de chocolate.

— Hum... Morango.

— Brandon gosta dos dois, então ele junta. Como ele diz, faz a união de morango com o chocolate, o que dá a combinação...

— Inigualável — completo.

Olívia ri e inclina a cabeça.

— Você mistura os dois?

Concordo.

— É difícil escolher um só, então por que não os dois? É só dividir o de morango em duas partes. Coloca uma por baixo, como uma base, o de chocolate no meio, como o recheio, e a segunda parte do morango por cima, finalização. Quem prepara até já sabe como é.

— Você é bem criativo — ela responde, dando um meio-sorriso que, para mim, é *sexy*.

— E eu sempre roubo uns golinhos do dele. É muito incrível. Só não peço igual porque o meu é pequenininho. É o que eu aguento, e só dá para um sabor. Mas às vezes Brandon pede um grande que a gente divide.

— Que tal fazer isso agora? — sugiro.

— Oba!

Viro-me para Víve.

— Encara a experiência?

— Nasci pronta para tudo.

Cinco minutos se passam e temos um grande copo à nossa frente. Nós três nos entreolhamos, verificando a reação de cada um ao analisar o resultado.

— Bem — Olívia começa, inclinando a cabeça —, até que a estética é... interessante e... atrativa. — Inclina a cabeça para o outro lado e continua: — Por outro lado, não me parece muito apetitoso.

— Se eu gosto, você vai gostar — Lise sussurra. — Eu também sou um pouco fresca.

Olívia ri alto, boquiaberta, e olha para mim.

— Para uma menina de cinco anos dizer algo assim, pode confiar que é a mais pura verdade. Ela é fresca, mas corajosa. Sua vez de provar. — Empurro o copo na direção dela, arqueando as sobrancelhas. Olívia, por sua vez, fica o encarando. — Você administra um navio enorme com o herdeiro do proprietário, e está com medo deste copo? — provoco, colocando um toque de ironia no meu tom.

Ela levanta uma sobrancelha para me encarar.

— Tem razão, Caldwell. Eu sou uma guerreira, não uma ratinha.

Olívia pega o copo de milk-shake, hesita e em seguida suspira, encorajando-se aos poucos, antes de capturar o canudo com os lábios e dar o primeiro gole. Lise e eu ficamos na expectativa, esperando uma resposta: será que ela se juntará à dupla de gosto excêntrico?

A princípio ela fica indiferente, depois reflexiva, dá uma pausa e arregala os lindos olhos cor de avelã.

— Hum... isso é bom demais.

Lise e eu trocamos um sorriso conspiratório e olhamos para ela com um jeito de "nós avisamos".

Não vemos a hora passar, por isso não nos damos conta de que já é quase noite. Annelise já está cochilando com a cabecinha apoiada na mesa.

— Bem, o aquário vai ter que ficar para outro dia. É até melhor, talvez Enricco nos acompanhe — falo, observando minha irmãzinha dormir tranquilamente. Sem pesos. Sem preocupações.

— Um dia de passeio é pouco para a energia dessa pequena.

Concordamos que o melhor é levá-la para seu quarto. Com cuidado, eu a pego no colo, e Olívia ajeita a cabeça de Lise no meu ombro, tendo zelo para não a acordar. Saindo do Promenade, Betto aparece no nosso caminho, com os olhos brilhando entre nós três.

— Mas que imagem instigante em uma noite de sábado.

— Já estou levando Annelise para o quarto dela. Não precisa se preocupar.

— Não era bem isso que eu ia dizer. Com Olívia junto, isso me deixa mais tranquilo. Só que também me faz a imaginar...

— O quê?

— Vocês parecem uma família.

Uau.

Bem específico.

Nem eu, nem Olívia temos o que dizer sobre essa frase dele. Não de um jeito ruim, claro que não. Apenas a surpresa de ouvir algo assim vindo dele.

— Annelise queria muito que Olívia viesse passar o dia conosco. E ela estava certa, foi uma ótima companhia.

— Vocês entenderam o que eu quis dizer. Família, como papai, mamãe e filha. É até mesmo satisfatório apreciar essa miragem. Brandon construindo uma família. O "complicado" Brandon.

Dou risada.

— Betto, eu acho que você está precisando descansar um pouco. O seu trabalho também deixa um peso nas costas.

— Meu trabalho vai muito bem. O peso vem mesmo quando tenho que lidar com assuntos a *seu* respeito. É isso que me causa doses extras de estresse.

— Já está acostumado com isso — brinco. — Bem, vou levá-la para o quarto antes que você acrescente um "atraso no horário de sono da criança" na minha lista da desobediência.

— Vá em frente. — Betto dá um passo para o lado, abrindo passagem. — E boa noite, senhorita Mozer.

Quero entender de outra forma o sorriso cínico estampado no rosto dele.

— Boa noite, senhor — Olívia responde.

Família...

7

OLÍVIA

Ao chegar no quarto da pequena Annelise, tenho a impressão de que é grande, considerando que estamos no deque das Suítes Yatchts. Porém, não ouso entrar. Pelo contrário, decido esperar por Brandon no corredor. Antes de eles atravessarem pela entrada, posso dar um beijo de boa-noite na testinha de Lise. Ela me pega de surpresa com um breve despertar.

– Eu me diverti muito hoje, Viva.

Dou um sorriso, admirada.

– Eu também, querida. Obrigada por me convidar. Tenha uma boa noite.

Por mais que eu não queira, é possível ouvir os sons que vêm do quarto – uma baixa conversa entre os irmãos.

– Você vai namorar com ela? – Lise pergunta.

Calafrios transpassam meu corpo. Não posso negar que me sinto ansiosa para ouvir sua resposta. Essa pausa sufocante está me deixando nervosa.

Passa um tempo antes de Brandon responder:

– Você ouviu o que Betto disse, né?

Annelise não responde, mas presumo que ela balança a cabeça em concordância. Também presumo que a mandíbula de Brandon se flexiona.

Em seguida, ele se inclina e a beija na testa, dando o "boa noite, gatinha" que o ouço dizer a ela.

Gatinha...

E pensar que, comigo, ele usa essa palavra para me provocar.

Pelo menos, eu me lembrarei de Annelise sempre que ele me chamar assim.

Brandon retorna, e eu me livro dos meus pensamentos. Agora somos apenas nós dois, sem jeito. Será que ele sabe que eu os ouvi?

Tento disfarçar, caso isso tenha acontecido:

— Obrigada por hoje. Fazia tempo que eu não tinha um dia tão agradável e animado como este.

— Eu que agradeço. Pela sua atenção com Annelise. Eu faço o máximo para ela ter as melhores férias de sua vida toda vez que sai de um pesadelo para vir para cá. — Pesadelo? O que ele quer dizer? — E eu fico agradecido, de verdade, pelo seu carinho com ela, mesmo a conhecendo agora. Acho que não seremos mais tão estranhos um com o outro depois de hoje.

— Eu também acho.

Seus olhos caem para meus lábios.

— Você sabe que é perigoso usar meias-palavras. Desse jeito você me tortura.

Certo. O Brandon que conheço está de volta.

Ele se inclina e beija minha bochecha. Por instinto, levo uma mão ao seu rosto e fecho os olhos. Isso não estava nos planos. Não imaginava que ele fosse demonstrar um gesto afetuoso.

— Boa noite, Víve. — No fim do corredor, por cima do ombro, ele diz em um tom presunçoso: — Não pense que isso muda alguma coisa sobre a disputa. Ainda somos rivais.

Reviro os olhos e imito sua fala quando ele já não está mais no meu campo de visão:

— Ainda somos rivais! Pateta.

Não pode ser. Agora essas palavras vão ficar na minha cabeça. Mas também vou pensar no beijo na bochecha.

Mais uns centímetros e seria na boca... Não vou pensar nisso de maneira alguma. Talvez às vezes. Muito raramente.

Entro no meu quarto e corro direto para o banheiro. Olho-me no espelho e percebo que meu rímel está um pouco manchado. Já não adianta mais consertar, visto que é de noite. Apenas pego um algodão e o mergulho no demaquilante para retirar a pouca maquiagem que estou usando. Enquanto termino de limpar o olho direito e quase mudo para o esquerdo, meu celular vibra com um toque de mensagem.

É Kyra.

Kyra:
Toc-toc, estou na sua porta. Posso entrar?
Por favor e obrigada.

Olívia:
Já irei atender, um momento!

Kyra:
Não precisa se incomodar, ela está meio aberta.

O quê? Depois resolvo isso.

Olívia:
Pode entrar, então. Pois não e de nada.

Ouço o som da porta se fechando e logo em seguida a voz eletrizante de Kyra:

— Cheguei, meu bem! Cheguei, chegando.

— Estou vendo. Cheguei agora há pouco também.

— Olívia, você está parecendo um palmito.

— O quê?

— Pálida igual um palmito. O que aconteceu?

Fecho os olhos e balanço a cabeça. Kyra me perguntar o que aconteceu me faz lembrar o ato cavalheiresco e gentil de Brandon. O jeito doce com que ele trata a irmãzinha caçula. O modo como ele se abriu para mim e como me tratou – uma amiga, e não uma rival –, mesmo esse seu lado tendo desaparecido nos últimos minutos antes de ele se virar e ir embora.

Na minha cabeça, eu estou contando tudo isso para Kyra, mas na realidade eu ainda estou de olhos fechados e tocando parte do meu rosto – a em que ele deixou um beijo – com a ponta dos dedos.

Quando abro os olhos, Kyra está me encarando, inexpressiva. Ela deve achar que estou maluca.

– Sério, Olívia, o que está acontecendo?

– Como eu posso querer desprezar alguém e me sentir atraída por ele ao mesmo tempo?

Kyra fica boquiaberta e começa a gaguejar:

– Atr... atraída, tipo... apaixonada?

– Não! – grito, na defensiva. – Como se quisesse ter um convívio, uma proximidade mais... forte.

Minha amiga me puxa pela mão e nós nos sentamos na cama. Quando Kyra se interessa por um assunto, ela busca tirar todos os detalhes de você. Não precisa dizer nada para me avisar que está pronta para ouvir – apenas por um olhar já é possível decifrar seu pensamento.

Conversamos um pouco sobre o meu dia e o momento em que Brandon apareceu na minha porta carregando uma pequena menina de cachos loirinhos como o sol em seu colo, convidando-me para sair com eles. Após isso, conto todos os detalhes do nosso passeio e sobre como ele parecia vulnerável ao se abrir para mim, contando suas histórias e sua vida. Como ele parecia confiar em mim e em mais ninguém para com esse assunto. Como ele brincou comigo sem as provocações do dia a dia no trabalho. Até chegarmos ao momento crucial:

– Como um simples beijo na bochecha pode me fazer pensar tanto?

– Beijo? Ele beijou você?

– No rosto, Kyra.

— Vejamos. Você ficou mexida?

Fiquei?

Não muito.

Ah, a quem eu quero enganar? É claro que fiquei. Quer dizer, estou tremendo. Meus dedos não param de tremer, e não consigo parar de balançar a perna. Mas se não fiquei, por que penso tanto nisso? Desejo? Medo?

Kyra começa a observar minha perna balançando cada vez mais rápido e franze a testa. Estou com a perna direita cruzada em cima da esquerda, e tremendo, como se elas estivessem sentindo um desconforto e eu fizesse isso para passar, porém por instinto. Kyra coloca uma mão na minha perna cruzada para pará-la. No entanto, eu não percebo.

— Acho que fiquei um pouco tocada com o que Betto disse quando nos encontrou — continuo, relembrando os fatos.

— Betto?

— Sim, o assessor de Brandon, ou o que quer que ele seja, eu não sei muito bem.

— Ah, sim. Certo. Eu já ouvi falar. O que ele disse?

— Bem, ele nos encontrou quando estávamos indo embora. Brandon estava carregando Annelise, que estava dormindo, e disse que parecíamos uma família. Quero dizer, eu apenas estava ao lado deles. Porém, o que me deixou balançada foi Lise perguntar se...

— Se?

— Você sabe. Aparentemente, a menininha não estava dormindo e ouviu tudo.

Kyra cobre a boca com a mão e arregala os olhos.

— Elabore.

— Ela é só uma criança. Crianças repetem o que os adultos dizem, mesmo sem entender.

— E o que Brandon respondeu? — ela pergunta, ansiosa.

— Eu acho que nada. Não ouvi nada.

— Nada? — Kyra parece estar indignada. Percebe-se pelo tom de sua voz. — Como assim, nada?

— Acho que posso ter exagerado. O que é isso? — Levanto-me e jogo as mãos para o ar. — Brandon é meu rival, estamos competindo por um alto cargo. E ainda tem as regras. — Suspiro fundo e continuo: — Acho que preciso espairecer um pouco. Como eu não sei como manter amizades, posso ter me animado em excesso.

— Olha, eu acho que podemos ir até... algum lugar que não tenha vista para o oceano.

— Hã... Bom, o único lugar em que não se vê muito do mar é no átrio. Porém, pensei que seu pânico do mar havia passado, já que seu quarto possui uma enorme escotilha.

— Coloquei uma cortina improvisada com um lençol, porque, sejamos sinceras, aquelas persianas não colaboram com uma pessoa que tem crises de pânico a qualquer momento.

Primeiro: ela teve sorte de ficar com minha antiga cabine, porque nem todas as escotilhas possuem persianas. Segundo: eu preciso de um pouco mais de ar fresco antes de encerrar a noite. Kyra e eu arriscamos caminhar por lados com pouco fluxo de pessoas.

Não conseguimos ter uma caminhada confortável, por corredores estreitos — os únicos lugares que Kyra se sente segura em aparecer —, e logo damos de cara com Brandon.

Quero dizer, em um navio — mesmo um dos maiores do mundo —, as probabilidades de encontrar alguém conhecido são enormes. Mas tão tarde da noite e no mesmo lugar escondido... tem de haver algum motivo.

— Kyra! Que bom vê-la. — O imbecil nem me cumprimenta. — Eu ia mesmo procurá-la entre... — ele olha as horas no relógio caríssimo de ouro em seu pulso, um que deve custar toda a mobília da minha sala de estar em casa, que marca 1h30 da madrugada, e prossegue — entre o mais tarde do dia de hoje ou segunda-feira. No entanto, se você não estiver muito ocupada, podemos conversar agora? Quanto antes melhor, acredite.

Kyra troca um olhar de esguelha comigo e limpa a garganta. Brandon a olha com seriedade, sem sequer se preocupar em me dizer "oi." Só falta ele ficar mais distante por causa do que aconteceu durante o dia todo. *Estou falando do passeio.*

Kyra está confusa e apenas concorda com um balançar de cabeça. Brandon dá mais um passo à frente, e seu perfume preenche ainda mais nossos arredores. É impressionante como ele consegue ser tão cheiroso. Um cheiro amadeirado. Masculino. Forte. Quente.

E a esta hora da noite ele não está vestido casualmente. Ele usa uma camisa branca semiaberta, com as mangas dobradas, e calças pretas. Que horas ele dorme?

De repente, o espaço parece pequeno demais.

— Vejo que você ainda usa disfarces e se esconde — ele diz. Consigo presumir o que ele dirá a seguir, só não imaginei que me deixaria surpresa. — Acho que temos que resolver isso. A esta altura, todos já sabem que você está aqui.

— Como?

Kyra arregala os olhos.

— É difícil não perceber após um tempo — ele diz como se fosse óbvio. E é, na verdade. — E sem a menor intenção de me gabar, você sabe que, no mundo dos negócios, as pessoas importantes têm mais chances de ter voz ativa. Apenas por algumas observações, notei que você está querendo "fugir" da sua vida normal. Aliás, você me disse coisas desse tipo quando estávamos acompanhando a revelação da vencedora da campanha, lembra? — Kyra assente devagar, mordendo o lábio. Ela retira seus disfarces, que já não valem de nada. Brandon continua sua explicação: — E naquele momento eu compreendi isso, pois sei bem o que é querer escapar da vida real. Eu tentei fazer isso, acredite. No entanto, Betto e eu conversamos com a equipe da sua agência e com o seu assessor de imprensa. Eles concordaram em lhe ceder um tempo sem trabalhos, até que você se sinta segura em retornar à sua vida normal.

— Vocês fizeram isso por mim? — Ela balança a cabeça. — Eu sinceramente nem sei como agradecer.

— No entanto, não podemos mantê-la aqui de graça. Pensei sobre o seu caso, sobre você se sentir segura aqui, inclusive com sua amiga, e acho que temos uma solução.

— Temos uma solução? — interrompo.

Isso não está certo. Ele não falou nada sobre isso comigo.

— Qual solução? — Kyra pergunta, com um indício de falha na sua voz.

— Eu admito que você terá de pagar por toda essa confusão. Mas também não quero causar o declínio de sua carreira como modelo. Imagine, o público descobrir que você não está pagando, sem ter recebido cortesia de nossa parte ou sendo uma publicidade. Então, você trabalha todos os dias em meio período em um dos bares do navio e eu faço o possível para que ninguém saiba sobre o seu... desaparecimento proposital na hora das filmagens da campanha. Não será fácil explicar como você de repente apareceu trabalhando em um bar se alguém dos bastidores ou um fã descobrir, contudo garanto que dou cobertura. E sua conta estará paga. É justo.

— Espere um pouco — interrompo outra vez. Brandon parece querer me queimar com os olhos. — Eu também administro as coisas aqui, você deveria ter falado comigo antes.

— Kyra Mabell é sua amiga, senhorita Mozer — ele diz entre dentes cerrados. E que raios é isso de senhorita Mozer? Está me tratando como uma estranha? — Imaginava que a senhorita não concordaria com tal decisão. E, ao que parece, eu estava certo.

Agora ele lembra muito bem que o sobrenome dela é Mabell, e não Korbell.

— Brandon, não importa se não nos damos bem ou se vivemos discutindo, nós trabalhamos juntos e tomamos decisões juntos. Você não pode tomar a frente assim, sozinho, sem antes falar comigo.

O maxilar de Brandon se retesa. Ele se aproxima de mim a passos lentos, os olhos fixados nos meus. Enfim, ele sussurra:

— Você vai ter que se acostumar com o fato de que *eu* continuo sendo o herdeiro e futuro COO. Eu quase destruí o patrimônio da minha família, e garanto que não vou perdê-lo.

— Sem trapaças. — Eu engulo em seco, a respiração pesada. Estamos muito próximos, e eu não estou bem com isso. — Uma das regras.

— Não estou trapaceando, estou liderando. Também podemos fazer negócios sozinhos.

Quando ele faz menção de dar mais um passo para perto de mim, ergo uma mão, parando-o. Eu não irei me entregar ao desafio dele. Ele pensa que pode me subestimar. Não sou uma garotinha assustada.

— Não se aproxime mais. Já que é assim que você quer resolver as coisas, senhor Caldwell — dou ênfase ao tratamento formal —, digo que também tenho o poder de decisão aqui. E farei o que acho correto durante o meu trabalho, sem me preocupar. Inclusive com sua amiga Bárbara, que a gente sabe estar aqui na mesma situação de Kyra, sem pagar por nada, enquanto você, Caldwell, não toma uma posição sobre isso.

Ele olha para mim por um instante e semicerra os olhos.

— Veremos — ele me desafia. Voltando-se para Kyra, mantém sua seriedade sinistra. A exata cópia do pai. — Então, senhorita Mabell, temos um acordo?

Kyra me procura, sem abrir a boca, para ajudá-la a encontrar uma resposta sensata. Não posso ajudá-la de outra forma, a não ser sorrir com culpa. Brandon não foi coerente ao não me procurar para debater sobre o assunto; por outro lado, é certo o fato de que Kyra terá de dar um ponto-final nessa confusão que envolve nós três e que pode acabar mal. Para todos os lados.

— Concordo, sim — ela diz, triste.

— Ótimo. — Ele dá um meio-sorriso vencedor e arrogante. — Pode ter certeza de que sua carreira estará intacta. Tenham uma boa noite.

Ele se vira para ir embora, e só ouço Kyra murmurar:

— Como pode alguém ser tão lindo, ter um corpo atlético que nos deixa loucas, cheiroso pra caramba e... ainda assim, agir estranhamente igual ao pai, do dia para a noite? Ele nunca se importou com essas coisas, de acordo com os tabloides.

Eu não aguento deixar o assunto por isso mesmo. Deixo minha amiga falando sozinha enquanto corro atrás dele para tirar as devidas satisfações. Seguro seu pulso com tanta força que o faz se virar com uma expressão irritada estampando seu rosto.

— Por que está agindo assim, tão ignorante? O que aconteceu em um espaço de sete horas? Essa é sua verdadeira face, Caldwell? Porque, depois do que vi esta tarde, me recuso a acreditar.

Ele balança a cabeça.

— Você não tem uma ideia formada sobre mim pelo que viu hoje à tarde.

— Ontem — corrijo.

— Tanto faz. — Ele suspira e desvia o olhar, evitando-me. — Olha, Olívia, estou sendo cobrado dia e noite pelos meus pais. Eles me acham inapto para cumprir o meu dever por causa dos erros do meu passado.

— E qual a minha parcela de culpa nisso?

— Você iria se intrometer nisso e iria dificultar. Entende? — Balanço a cabeça em negação, sem acreditar em suas palavras. — Quando você domina um assunto, o que acontece muito por você ser muito inteligente e dedicada, acaba se empolgando e achando que tem razão em tudo. E, enquanto ainda assumo uma posição obrigatória de chefia aqui, tenho que tomar decisões que meu avô e meu pai tomariam.

— Você não percebe que está sendo ridículo?

— Posso estar sendo, mas não quero que minha própria família me veja como um nada. Não quero fracassar. Mesmo que isso signifique...

— Signifique o quê?

Ele bufa e se remexe, nervoso.

— Nada, esquece.

•

Eu esqueci como é sair com amigos no fim de semana. E aqui, no *Captain*, eu só tenho Kyra como amiga, por isso ela tenta me convencer a madrugada inteira a sair com ela durante a noite. Por essa irritante insistência dela, fui dormir tarde e acordei mais tarde ainda. Meio-dia, para ser mais exata.

Sem problemas até então. Afinal, é domingo. Sem contar a minha hesitação por ser um lugar movimentado.

Eu me levanto e vou tomar banho. Deixo a água cair e me perco em pensamentos. Quero apenas relaxar e meditar, mas isso vai por água abaixo quando meus pensamentos se voltam para Brandon Caldwell.

Eu deveria estar pensando em outra coisa que não fosse esse insensato coração de pedra. Talvez em Kyra e no pagamento que ela terá de fazer. A pobrezinha só sabe fazer uma coisa nessa vida, e é modelar. Antes de ela iniciar a conversa insistente sobre ter uma noite de garotas mais tarde, ela caiu em uma crise de choro, pois, verdade seja dita, quem trabalha em um bar e restaurante em um cruzeiro trabalha por pelo menos dez horas todos os dias, exceto aos fins de semana, então os horários de folga desses funcionários são bem utilizados como horário para descansar e repor o sono.

Começo a passar o sabonete em meu corpo, esfregando com tanta força que poderia dizer que é raiva por estar com certa pessoa em minha cabeça, sem conseguir tirá-la de lá. No trabalho, no banho, no fim de semana... Onde mais? Ele irá invadir também os meus sonhos?

Assim que termino, eu me seco e visto uma roupa que eu costumava usar quando morava em terra firme. *All black*: calça de couro preta, cropped e blazer casual preto. Solto os cabelos, calço as botas curtas de salto grosso e passo uma maquiagem leve. No momento em que tiro a tampa do batom nude para passá-lo, duas batidas na minha porta interrompem meu momento de beleza.

Bem que eu gostaria que essas cabines tivessem um olho mágico na porta, pois, dependendo de quem for, eu não serei obrigada a atender. Não estou com disposição para jogar papo fora. No entanto, como não há nenhum, sou obrigada a abri-la e a visita não é nada agradável.

— Vá embora! — grito e fecho a porta com um baque alto na cara do atrevido.

Embora ele esteja um pouco diferente do normal, em dois segundos soube que é ele. É muita cara de pau querer aparecer assim depois de tudo o que me fez passar durante a madrugada. A ignorância, o sentimento de ser subestimada e feita de idiota, ser tratada como uma pedra em seu sapato em assuntos que não têm nada a ver comigo.

Mal tenho tempo de me virar na direção do banheiro quando mais duas batidas soam.

Ele não desiste! Mas vou fazê-lo desistir!

Procuro pelo quarto e pelo banheiro algo que possa usar contra ele, no entanto as únicas opções que tenho são água e talco. *Aliás, para que tem um pote de talco aqui?*

Água? Talco? Água e talco?

Talco!

Considero deixá-lo sem resposta. Contudo, as batidas ficam cada vez mais insistentes e isso me deixa louca. Pego o pote cheio de talco nas mãos e, quando percebo que ele não vai desistir, abro a porta e jogo o conteúdo na cara dele.

— Eu já disse para ir embora!

— Perdão? — ele diz. Fecho a porta na cara dele mais uma vez, para então parar e perceber que há algo de errado. Volto para ver a cara do sujeito. É ele, sim. — Você tem algum problema com pessoas? — pergunta, tirando um lenço de bolso do terno bem passado para limpar o talco do rosto. — Não foi uma boa recepção a alguém que você ainda nem conhece.

— Não me trate como uma boba inocente. Conheço você bem o suficiente para saber que tem a arrogância do tamanho de Júpiter.

— Gostei da elaboração da sua fala. Muito inteligente usar exemplos pouco utilizados. E eu acreditaria se você estivesse falando de *outra pessoa*, que com certeza é assim, sim.

Que jeito diferente de falar é esse?

— *Brandon?*

— O próprio! — ele responde. — Ele é inconveniente mesmo, eu sei.

Não foi isso o que eu quis dizer.

— O quê? Por que está falando assim? E por que está vestido desse jeito em um domingo?

Ele não responde e fica me encarando. Perguntei algo errado, por acaso?

Logo em seguida, outra figura aparece ao seu lado, observando o primeiro com curiosidade, choque e confusão. Atordoado, porém segurando uma quase risada.

Brandon?

Não...

Não é possível, é? Há algo errado aqui. Muitas coisas erradas. Eu estou ficando doida? Alucinando?

— O que aconteceu com você? — ele pergunta ao rapaz coberto de talco.

O cara que transformei em um homem das neves versão falsificada olha com uma carranca para o que me parece — *agora* — ser o verdadeiro Brandon. Ou é o outro? Quem é quem? Por que são a mesma coisa?

— E aí, Víve? Estão em guerra?

O apelido comprova que o que acabou de chegar é o meu carma.

— Você? — Tremo. — Então, quem é...?

Viro o dedo indicador para o homem das neves.

— Élian Caldwell. Irmão gêmeo de Brandon.

Caramba!

— Irmão... gê-gêmeo? — gaguejo. Sinto que meus olhos estão arregalados. — Brandon, por que você...?

Não consigo nem terminar minhas frases, olhando de um para o outro.

Brandon passa a mão pelo cabelo. *Ah, senhor! Como eu resisto?*

Ele pigarreia.

— Eu não cheguei a lhe dizer que tenho mais um irmão. Gêmeo, ainda por cima. Somos cinco. — Eu me lembro da fala de Brandon: "Ou cinco, se preferir". — Agora não tenho mais nenhum para apresentar. Garanto que só faltava ele. Élian, o gêmeo recatado.

— Por que você não me contou isso antes?

— Não encontrei um momento adequado para dizer: "Olha, tenho um irmão gêmeo além de Sam, Enricco e Lise". Seria um susto logo de primeira.

— Posso me apresentar do jeito certo? — Élian entra na frente do irmão. — Como eu dizia, sou Élian Caldwell. Muito prazer.

Envergonhada, levo uma mão para tentar cobrir parte do meu rosto e esconder o rubor que queima as minhas bochechas.

— Não deve ter sido um prazer como diz. Por favor, me perdoe, me desculpe, eu achei que fosse...

— Eu sei. — Ele sorri, gentil. — Isso dará uma história engraçada para ser contada no futuro. Fui atacado com talco por uma bela moça que trabalhava com meu irmão. Apenas por ser confundido. — Ele alarga o sorriso. — Boa história, não acha? Olívia Miller, não é?

— Mozer. Talvez. E sim.

— Com ele você é uma completa fofura... Já comigo... — Brandon interrompe, cruzando os braços. — O talco era para ser em mim, suponho. E isso porque ela não deve ter encontrado outra coisa *pior*.

— Isso mesmo. Você bem que merece! E foi por sua culpa que joguei no seu irmão, porque você não mencionou esse assunto. Tive que passar a primeira má impressão.

— Você já me causou muitas outras más impressões.

— Não estou falando de você. Estou falando dele. O mundo não gira ao seu redor.

— Pelo visto, seus pensamentos, sim.

— Eu estou bem aqui — Élian o interrompe para continuar o assunto — para explicar toda a confusão de ontem. Com este ser inconveniente. — Ele olha para o irmão. — Bem, com nosso pai fora, o peso redobrou para cima de nós, em níveis excessivamente estressantes. Estamos sendo cobrados para corrigir tudo que está errado. Claro que foi errado não falarmos com você antes sobre o assunto de sua amiga.

— Você sabe sobre Kyra?

— Da parte da diretoria, apenas eu sei, não se preocupe — Élian afirma. — Nosso pai nos telefonou e fomos obrigados a incorporar severidade. Eu fui o responsável em dizer a Brandon que fosse severo no que precisasse, senão sempre seríamos vistos como pessoas que são incapazes de tomar decisões. E uma amizade no meio disso tudo poderia atrapalhar. Só não sabia que isso poderia doer tanto nele. Ele chegou no meu quarto se culpando por ter feito parecer que você não estava ali e por a fazer se sentir...

— Chega, Élian! — ele interrompe o irmão. Pisco algumas vezes, processando todas essas informações. Brandon se volta para mim, quase implorando: — Me deixe explicar, por favor. — Seu rosto está mais suave em comparação à última vez que conversamos. Antes impassível, quase severo, agora está calmo e pedindo atenção. Élian encosta as costas na parede para dar espaço ao irmão. — Olha, Olívia, eu... É que... — Brandon respira rapidamente. — Eu não consigo...

— Ande logo, Brandon — Élian o apressa. Sua impaciência é transparente. — Isso não é tão difícil assim.

— Você poderia sair, cara? Está atrapalhando a nossa sintonia.

Brandon aponta entre mim e ele. Seu irmão levanta as mãos em defesa e solta uma fraca risada.

— Antes, gostaria de responder uma questão anterior. Foi, sim, um prazer conhecê-la. E me vesti assim para conhecê-la do jeito certo. Somos do mesmo ramo.

Élian se vira e vai embora. Fico o observando ir cada vez mais longe, até sumir da minha vista. Até mesmo quando não o vejo mais, ainda estou olhando para onde ele estava. Devagar, vou me virando até encontrar os olhos de Brandon me observando com atenção, quase perplexo.

— Isso é incrível! — sussurro.

Ele bufa.

— Hunf... Só não se apaixone por ele — Brandon diz, rápido, quase preocupado. Ele está incomodado com isso? Ele fecha os olhos e respira fundo, para então continuar: — Por favor, me desculpe por como agi. Eu fui um idiota.

— Sim, foi um idiota, sim. Eu fiquei me sentindo um lixo.

Ele esboça um sorriso fraco.

— Você é igual a Sam. Vocês vão se dar bem. — Ao desviar os olhos do chão para olhar para mim, sorri mais uma vez, ainda que não daquele jeito sedutor. — Sinto muito. Tentei incorporar um personagem para agir como o meu pai e meu avô. E por mais que meu avô seja uma pessoa querida, enérgica e brincalhona, ele sabe separar os sentimentos e ser responsável e criterioso. Por isso ele é tão respeitado. Já meu pai sempre foi duro, prudente e "insensato", por assim dizer. Sei que isso não justifica o que fiz com você, mas, por mais que eu também goste de Kyra, tenho que saber separar e ser justo.

— Kyra está desesperada. Ela diz que não sabe fazer outra coisa fora de sua carreira. Você não poderia pelo menos encontrar algo que se assemelhe ao que ela faz? Não sei, talvez uma loja de maquiagem, ou de joias, ou...

— Se eu fosse olhar por esse lado, demoraria mais para ela encerrar o tempo de trabalho. O bar é um dos lugares mais movimentados do navio, enquanto uma loja de compras recebe uma taxa de clientes muito menor. — *Caramba, que mudança da água para o vinho.* — E como garanti a ela que cuidaria de sua carreira com a agência e ela não teria problemas, seu trabalho tem que se encerrar mais rápido para que ela possa desembarcar e ir embora assim que o navio aportar para desembarque pela terceira vez. Acredito que até lá, ela se sentirá melhor em voltar. Estamos quase encerrando a primeira viagem. Não há muito tempo para pensar e desperdiçar.

— Tudo bem. Tenho certeza de que com o tempo ela irá entender. De qualquer maneira, ficarei ao lado dela se ela demonstrar precisar. Nosso trabalho também é ajudar e guiar seus funcionários. Só quero pedir uma coisa.

— Diga.

— Coloque-a em um bar interno, e não externo. Ela tem pânico do mar. É mais um de seus medos.

— Honestamente, eu me lembrei disso.

Esboço um sorriso de gratidão.

— Acho melhor ela começar logo, então, exceto hoje. Combinamos de sair.

— Sair?

— Sim. Encontrar algum lugar aqui mesmo para passar o tempo.

— Eu vou com meu irmão e um amigo ao NightClub. Fica no deque dezoito. É uma ideia para vocês.

•

É lamentável eu estar andando de um lado para o outro, ansiosa, esperando Kyra chegar. Eu não deveria estar pensando nele.

Só não se apaixone por ele... Por que ele diria isso?

E agora, como se já não bastasse ter um arrogante insuportável e... e insanamente atraente, agora aparece um clone dele. Dois é demais. Uma característica que o segundo possui e que o primeiro nem deve conhecer é o quesito da educação. Torna-se um charme a mais. É fácil para Brandon apenas pedir uma coisa dessas.

Brandon...

Será que vamos nos encontrar nesta noite?

Nunca fui fã de frequentar casas noturnas e clubes, contudo quero fazer um esforço para animar Kyra. Desde que soube que teria de trabalhar em algum bar do navio, ela não é mais a mesma garota extrovertida e espontânea. E tenta falar o mínimo possível comigo. Ela acha que eu poderia ter feito alguma coisa para impedir Brandon de tomar essa atitude ou fazê-lo pegar mais leve na sua "punição".

O problema é que ele está certo quanto a isso. E eu não posso fazer nada.

Outro motivo para ir a esse clube é que, diante de tanto trabalho, eu preciso de um tempo para me soltar, acostumar-me com a nova rotina. E esquecer o meu carma, cujo nome fica na minha cabeça e não sai mais. Desde que cheguei, é o nome que mais ouço dia e noite, e começo a considerar que é isso que contribui para eu não parar de pensar nele.

Quando Kyra e eu chegamos no NightClub, já estou arrependida e pronta para ir embora. O lugar é incrível, a música é contagiante, mas ainda não é meu tipo de lugar favorito. Kyra parece pensar o contrário. Ela me empurra mais para dentro e começamos a desviar das pessoas dançando para encontrar um lugar vazio em que possamos nos acomodar.

O lugar é enorme; o escuro contrasta com o mar de luzes ao redor. Nos cantos mais altos, junto às paredes, há algumas mesas com longos sofás de veludo roxo colados nas paredes. O balcão de drinques é feito de granito e há alguns bancos altos em frente. Kyra e eu nos acomodamos ali mesmo, e, enquanto eu me ajeito em um banco, ela começa a pedir rodadas de *Jungle bird*. Antes de o barman sair para prepará-los, ela o para e começa a questioná-lo:

— Como são feitos?

— Rum escuro, xarope, Campari e sucos de abacaxi e limão — ele responde.

— Interessante...

— E a senhorita, o que posso servir? — ele pergunta para mim.

— Um *Sidecar* com a borda caprichada.

— E esse é feito como? — Kyra o para outra vez. Percebendo que ele está começando a ficar intrigado, ela se adianta: — É para uma pesquisa sobre drinques. Na avaliação das áreas públicas da Marinha Grandiosa.

— Tudo bem — ele responde, um pouco preocupado. Falar sobre os ingredientes não é algo proibido, afinal são conhecidos mundialmente, então ele recita: — Nós usamos conhaque, Cointreau, suco de limão siciliano, água gelada e Triple sec. É servido com a borda do copo preenchida com açúcar.

— Perfeito. — Kyra sorri e pisca para ele. Assim que ele sai para preparar nossas bebidas, ela se mostra assustada: — Eu não conheço nenhum desses ingredientes, Olívia. E já esqueci os nomes também.

— A água gelada você conhece, já é um avanço. Mas eu não acredito que você terá que preparar as bebidas. Talvez apenas servi-las, anotar os pedidos dos clientes e receber as gorjetas.

O barman chega com as bebidas. Kyra dá um gole na sua e me observa. Estou ficando incomodada com pessoas muito perto; não lembrei que um clube é assim. Começo a ficar inquieta no meu lugar e minhas pernas começaram a tremer, mesmo sentada. Isso não passa despercebido pelo olhar da minha amiga, por cima de seu copo de *Jungle bird*.

— Você está bem?

— Sim. Por que não estaria? — respondo. Ela continua a me olhar com desconfiança. — Eu só estou com a boca seca, preciso do meu drinque.

Pego meu copo e tomo grandes goles.

— Calma, devagar. — Kyra segura meu braço. Sua voz está cheia de preocupação, mas ignoro.

— Aqui está lotado, você não acha?

— É claro. Se quiser algo mais íntimo e com poucas pessoas, vá para a área VIP. Aliás, Brandon não está aqui?

— Deve estar na área VIP. E ele recomendar este lugar não significa que o encontraremos.

Pelas próximas duas horas, peço algumas bebidas sem álcool. Não gosto de beber e o único drinque que pedi está me causando dor de cabeça. Kyra continua bebendo o mesmo drinque que pediu antes e nós começamos a ter crises de riso assim que vamos a um lugar mais afastado e nos sentamos em um sofá que fica de frente para uma pequena mesa de madeira e vidro. Colocamos os pés em cima da mesa assim que nos acomodamos.

Não sei dizer por que estamos rindo tanto, mas estamos quase descontroladas. Se eu não soubesse que minhas bebidas não continham álcool, cogitaria que estava no primeiro estágio de uma leve embriaguez. Porém, não é o caso.

Todas as músicas que tocam são contagiantes e na pegada pop. Um pouco longe, as pessoas dançam, animadas, sob as luzes piscando. E nós apenas observando. Porém, observar não é o mesmo que prestar atenção. Dois rapazes jovens nos veem de lá e resolvem se aproximar.

— As moças aceitam umas bebidas?

— Não, obrigada — Kyra responde.

— Estão sozinhas? — o outro rapaz pergunta.

— Estamos na companhia uma da outra, isso não é "estar sozinhas".

— Podemos fazer parte dessa companhia — o cara mais alto responde. — Que tal uma dança?

Olho para Kyra.

— Vá lá, você está solteira.

— E você não está também? — Ela arqueia uma sobrancelha. Começamos a rir, e os dois rapazes nos olharam como se fôssemos malucas. Consigo me controlar mais rápido do que minha amiga. — Está solteira? — ele insiste.

— Estou, mas vou esperar outra pessoa se declarar. Ele acha que é meu chefe, só que eu também sou considerada chefe dele. Acho que somos chefes um do outro.

Os dois rapazes se entreolham, claramente confusos e sem entender o que eu estou falando. Estou tentando explicar minha situação, contudo me atrapalhei tanto que nem eu mesma entendi o que disse.

— Recusamos, obrigada.

Quando eles voltam sozinhos para a pista, Kyra vira a cabeça com um sorriso malicioso nos lábios.

— Chefe, hein? Está mesmo o esperando se declarar?

— É claro que não. Só queria dispensá-los com educação.

— Isso saiu mais como algo sem sentido do que educado.

Olho para Kyra.

— Por que você não foi? O rapaz mais alto tinha um bom astral e o amigo dele era bonito.

— Eles não fazem o meu tipo. Já você, eu a conheço e sei que está mentindo para mim.

— O quê?

— Você faz um biquinho fofo e seus olhos se estreitam quando você mente. — Misericórdia, Kyra consegue me assustar às vezes. Como ela sabe desses detalhes se nos conhecemos há tão pouco tempo? — Você está atraída por Brandon. Ou melhor dizendo — ela dá ênfase às próximas palavras — o seu chefe/sócio/funcionário/arquirrival. É engraçado dizer assim, que vocês são chefes um do outro, porque isso não existe, mas seria uma boa combinação.

— Somos rivais pelo mesmo cargo de liderança. E eu não estou atraída por ele.

— Mentiu de novo. — Ela cutuca a ponta do meu nariz. — Não adianta, Olívia, eu reconheço. Me fale o que você gosta nele. Só para nos entreter, porque você não pode negar que ele tem bons atributos.

Certo. Não é justo olhar e reconhecer apenas seus lados irritantes.

— Certo... — começo. — Apesar de ele ser irritante, ter o ego do tamanho de Saturno, ser convencido, prepotente, metido, difícil, arrogante e muitos outros adjetivos desse tipo, não posso negar que ele é... — Suspiro e olho para meu copo vazio. Começo a me entusiasmar. — Ele é gentil quando quer, é alto-astral, tem uns atos cavalheirescos, é um fofo e protetor com a irmã mais nova, carinhoso, preocupado com os sentimentos e muito inteligente quando quer demonstrar. Ele parece não acreditar muito em sua inteligência e capacidade de formular respostas rápidas e coerentes. Mas ele o faz quando não percebe. Além, é claro, de ser cheiroso, elegante e extremamente lindo.

Kyra fica de queixo caído.

— Meu Deus, Olívia. Eu só pedi para você me falar do que gosta dele, não para me dar uma biografia. Você está atraída, apaixonada e obcecada.

Eu até posso estar atraída, porém não estou apaixonada e muito menos obcecada. Não sou assim. Atraída sim, contudo não apaixonada. *Não estou, né?* Não mesmo.

Ah, meu Deus! Ele está do outro lado do clube. E ele me vê. E eu ainda estou na mesma posição, jogada no sofá, com os pés em cima da mesinha e um copo vazio nas mãos.

Ele parece achar graça da minha reação ao notá-lo. E está com aquele amigo estiloso que parece um rapper.

— Kyra.

— O quê?

— Brandon.

Ela revira os olhos.

— Eu já entendi, Olívia, que você está gostando dele, mas não precisa ficar falando o tempo todo.

— Não! — Eu cubro a boca dela com a mão para ela parar de falar e prestar atenção. — Brandon nos viu. Ele está logo ali, no outro canto do clube. E como ele nos encontrou no meio de tanta gente? Apenas mexendo os olhos?

Ela afasta minha mão.

– Já parou para pensar que ele poderia estar a procurando?

– Não.

– Pois é. Eu vou ao banheiro.

– Kyra! Não me deixe aqui sozinha. Kyra!

Ela vai embora, dando algumas olhadas para mim e sorrindo como o Gato de Cheshire.

Eu vou acabar com você, garota.

Eu não posso continuar sozinha se Brandon sabe onde estou. Tenho de sair daqui.

Eu fujo.

Não que adiante de muita coisa sem sair do clube. Volto para o meu posto inicial, que é no balcão de drinques. Consegui sair da vista dele, pois ele está distraído com uma conversa com o amigo.

Pego o cardápio de drinques e cubro o meu rosto, fingindo estar lendo e sendo uma míope que está sem óculos – afinal, eu uso óculos de grau durante as reuniões e o trabalho. É minha maneira de me esconder.

Do nada – isso mesmo, do nada –, ouço uma voz ao meu lado:

– Você veio.

É possível sentir calafrios por todo o corpo sem olhar para ele? Pois é isso que está acontecendo. Uma eletricidade transpassa meu sangue, e não é efeito da música nem do álcool, mesmo que tenha sido apenas um copo.

Como ele me encontrou tão rápido, sendo que tentei me esconder atrás do cardápio?

Olho para meu lado esquerdo e vejo Brandon. Depois, olho para o meu lado direito e vejo o amigo que estava conversando com ele no dia das gravações do teste. Ambos estão na mesma posição ao meu lado – inclinados e os cotovelos apoiados no balcão de granito, olhando para mim. Sinto-me cercada e observada.

Ele nem mesmo tem a modéstia de fingir surpresa e também não tem a decência de me apresentar ao seu amigo. Se eu não os tivesse visto juntos no dia do teste de gravações, poderia achar que Brandon e seu amigo são uns maníacos pelo modo como me observam.

Volto a virar minha cabeça para Brandon.

Sim. Essa não é bem a minha praia e *vibe*, mas eu queria animar um pouco Kyra e, quem sabe, já ir a acostumando ao ambiente, se for aqui que ela venha a trabalhar.

Começo a estranhar o jeito como Brandon me olha de cima para baixo. Não que eu esteja achando ruim, porque parece que ele está me admirando com seus fascinantes olhos cor de geleira brilhando. Eu acho interessante enfraquecê-lo, porém é algo que parece incomum nele: admirar alguém. Ainda mais alguém com que ele discute quase todo o tempo.

— Eu ia falar algo quando a vi antes, na sua porta, mas achei o momento inadequado.

— Pode falar agora.

— Eu só ia falar que você está linda. E essa roupa lhe cai muito bem. As outras também, claro, mas essa a deixa... diferente. Poderosa.

Um elogio vindo de Brandon Caldwell? É real?

— Obrigada — respondo.

Não sei o que dizer, contudo talvez não precise de muito.

E o que falar dele agora que o observo mais de perto?

É um erro fixar os olhos nele. Ele fica diferente sem terno, embora continue estiloso e elegante. Se ele se vestia assim antes de ser obrigado a usar roupas sociais, é de muito bom gosto. Ele não precisa fazer nenhum esforço para isso. Eu não errei ao pensar que ele era um modelo na primeira vez que o vi.

Brandon usa uma camisa jeans por baixo de uma jaqueta de couro preta, calça preta e coturnos, além de seu inseparável relógio de ouro. Pela primeira vez o vejo usando um anel de pedra ônix — o que parece que lhe foi proibido no meio profissional.

Junte tudo isso aos seus olhos azuis cor de geleira, seu maxilar esculpido à perfeição e seu cabelo, que está um pouco bagunçado — ao contrário do que vejo todos os dias.

— E onde está Kyra? — Ele me tira de meus devaneios.

— Foi ao banheiro. Ela tomou muitos drinques em pouco tempo. Não é do feitio dela, mas está empenhada em seu "trabalho". Perguntou ao barman como é feito cada drinque que ela pediu.

Brandon ergue as sobrancelhas.

— Então, afinal, não escolhi a categoria errada para ela.

— Não teria se ela não tivesse esquecido tudo o que ele explicou em questão de segundos. Ela não conhece todas essas bebidas diferentes e até exóticas servidas aqui.

Respiro fundo. A dor de cabeça quer me pegar. Não sei se é efeito do pouco álcool, com o qual não estou acostumada, ou se é o nervosismo com a multidão, com o barulho, com Brandon muito perto de mim...

— Que tal ir para a área VIP conosco? — ele pergunta. — É logo ali em cima, no segundo andar. Élian e Samantha estão lá.

— E Bárbara — o amigo acrescenta, cruzando os braços. — Que, a propósito, pode fazer o seu tempo valer mais a pena.

Ele olha para mim com desdém, como se eu fosse apenas uma diversão momentânea para Brandon.

— Posso saber por que me olhou desse jeito? — pergunto, determinada, aumentando um pouco a voz.

— De que está falando?

Ele franze o nariz.

— Não adianta disfarçar. — Dou uma risada curta e irônica. — Continue com essas atitudes de pessoa podre e você irá engasgar na própria náusea.

Teria ido para cima dele se Brandon não me segurasse. Ele me agarra pela cintura e me afasta de seu amigo detestável.

— Essa garota é louca — ele diz para Brandon, sem olhar para mim.

— Eu sei interpretar olhares...

— Calma, Víve — Brandon chama minha atenção, interrompendo-me de propósito. — Calma. Ele estava tentando me provocar, só isso. — Ele olha para o amigo com uma expressão irritada. — Ele já está indo.

— Vai preferir ficar com essa maluca?

— Olhe como fala! — grito.

— Chega, Luccas! — Brandon nos interrompe. Sua voz tem aquele tom de ordem que raramente o ouço usar, o que me obriga a olhá-lo. Sua expressão é uma mistura de confusão e irritação ao olhar para o amigo. — Você ultrapassou todos os limites — continua —, e não vou admitir que fale assim.

Antes de sair, o outro homem olha nos meus olhos e murmura:

— Eu já a odeio!

Quando Luccas sai, percebo que estou tremendo. Eu não queria estar assim, mas foi uma situação com a qual nunca precisei lidar. Brandon solta o ar com força, como se estivesse liberando um peso dos ombros.

— Essa foi uma atitude desprezível. Foi para isso que vieram aqui?

Parecendo descrente com a minha pergunta, Brandon apoia as mãos em meus ombros e me faz olhar para ele.

— Você acha mesmo que eu faria algo desse tipo? Acha que eu agiria como um covarde com você?

Com o magnetismo que seus olhos me transmitem, esperando ansiosamente por uma resposta, não me permito deixá-lo nessa agonia.

— Não. — Minha resposta não passa de um breve sussurro.

Olho por cima do ombro dele e vejo Kyra encostada no fim do balcão, com um sorriso malicioso. *Ah, garota! Ela me deixou sozinha de propósito.*

— Fiquei feliz por você ter vindo, de verdade. Pensei que você não daria ouvidos às minhas sugestões e... — Brandon faz uma pausa angustiante, suas sobrancelhas se juntando. — Olívia, você está tremendo.

Droga...

— Deve ser frio.

— Suando, Olívia? — Ele altera a voz, como se fosse óbvio que algo está errado.

Ele se apressa a coloca as costas da mão na minha testa e verifica se estou com febre.

A cada palavra que sai de sua boca, mais nervosa vou ficando. Não é culpa dele. Estou sobrecarregada por tudo que aconteceu em apenas um dia. E o que aconteceu agora há pouco.

Meu coração começa a acelerar de repente e minha cabeça começa a girar. Um sentimento de irrealidade ou uma tontura me invade. Preciso segurar nos antebraços de Brandon para não cair.

Em um minuto estou dentro do NightClub, e em outro estou do lado de fora, com Brandon me guiando para um corredor vazio. Como chegamos aqui sem eu perceber? Não sei.

Kyra vem correndo atrás de nós, com os olhos arregalados de preocupação. Caio bruscamente e Brandon me segura pelos braços para que o impacto não seja tão forte. Em seguida, ele me coloca sentada no chão e se ajoelha à minha frente.

— O que você está sentindo, Olívia? — Brandon pergunta.

Assistir ao meu peito subir e descer com uma respiração descontrolada é angustiante e causa um medo ainda maior de hiperventilar.

— Calma. Olhe nos meus olhos — Brandon diz, segurando meu rosto entre suas mãos. Em seguida, ele coloca uma mão na minha barriga e outra sobre meu peito. — Inspire e expire devagar. — Ele me ajuda, fazendo a técnica junto comigo. — Inspire e conte até três. Segure o ar e conte até três. Expire e conte até oito.

Kyra se senta ao meu lado e começa a massagear meus ombros para descarregar as contrações e desconforto dos músculos.

Quando meu coração vai desacelerando, o que vem à tona é a vontade de chorar. Mesmo eu dizendo que não há necessidade, Brandon me carrega no colo e me leva até o meu quarto.

Ele me coloca na cama, e preciso piscar algumas vezes para me orientar. Ele se senta na beirada do colchão, de frente para mim, e enxuga minhas lágrimas.

— Se sente melhor? — Assinto. — O que aconteceu? Você estava respirando muito rápido e no momento seguinte parecia que não conseguia.

— Eu sei o que aconteceu — Kyra diz, de pé em frente à cama. — Ela teve uma forte crise de ansiedade.

— O quê? Não... eu não tenho isso — retruco.

Ficamos assim por cerca de cinco minutos, em um tenso silêncio. Brandon está me observando, mas não consigo identificar se ele está prestando atenção ou mergulhando em pensamentos.

Assim que minhas lágrimas acabam, seco o rosto com o dorso da mão e minha garganta começa a queimar.

— Posso fazer uma pergunta? — Brandon quebra o silêncio.

Sua expressão é ininteligível, no entanto acho que ele parece preocupado.

— Pode, vá em frente.

— Com que frequência isso acontece?

— Algumas vezes.

— Tem a ver com aqueles remédios que estavam na sua mão? Eu os vi no sábado passado, mas não quis dizer nada.

— São calmantes. Meu médico receitou quando eu estava... — Paro para procurar as palavras certas. — Ele disse que eu estava estressada.

Brandon pede que Kyra pegue os comprimidos para vê-los. Ela os pega na cômoda situada logo abaixo da TV e os entrega a ele, porém se inclina atrás dele para ler também.

Eles se entreolham, e eu já não entendo mais nada. Kyra exala e olha para mim.

— Olívia, isso é remédio para controle de ansiedade.

— De que você está falando?

— Eu conheço esses comprimidos. Usei-os por um tempo quando minhas crises de pânico começaram.

Balanço a cabeça de um lado para o outro, bem devagar. *Por que eu fui tão ingênua?*

— Você tem certeza? Eu não tenho nada disso.

— E como você chamaria o que acabou de acontecer com você?

Meu estômago se embrulha com cada uma de suas palavras. No fundo, eu sei que é verdade, que esse pode ser o real motivo, porém é difícil para uma pessoa aceitar que está passando por esses tipos de provação. Isso me deixa tensa.

— E você? — Brandon olha para Kyra. — Como suas crises de pânico começaram?

— Bem... — Kyra estremece com as memórias. — Posso dizer que foi algo repentino na minha vida. Como a minha carreira está em ascensão e aconteceu tudo muito rápido, a fama foi repentina, então é natural que as pessoas fiquem o tempo todo "em cima de mim", os paparazzi me perseguindo, a mídia... Eu criei uma expectativa muito grande em cima disso no início, com tantos benefícios, como viajar o mundo, ganhar dinheiro, ter muitos trabalhos para grandes marcas, mas... a verdade é que a fama repentina me assusta. Tudo o que ela traz, coisas boas e outras nem tanto, me apavora. Eu apenas gostaria de poder andar por aí normalmente. E foi o que eu achei que seria possível aqui. Esquecer por um tempo a crise de pânico que adquiri com a fama. Encontrei um refúgio aqui. Por isso eu não quero sair, voltar para a cidade...

— Você continuará sofrendo pressão, Kyra. Todos da agência e seus assessores estão no seu pé, mesmo após o acordo que fizemos. Eles não largarão tão fácil assim a estrela mais rentável que possuem.

— Eu sei. É só que eu não aguento mais. Meus pais também estão me pressionando e me ligando o tempo todo para saber onde estou. Por isso desliguei o meu celular por enquanto. Só voltarei a usá-lo quando precisar falar com Olívia. Não quero nem mesmo ver as notícias. Você sabe como a mídia pode ser.

— Eu sei muito bem...

Brandon suspira, olhando para o nada. É claro que ele está escavando suas memórias também. Ambos passam pela mesma situação, mesmo em ramos distintos. Eles dois sabem bem como é carregar toda essa euforia de "ser reconhecido por onde passa". Não há como escapar. Cada pessoa, sendo famosa ou anônima, tem sua cruz a carregar.

É como dizem: no mundo terás aflições; o importante é conseguir crescer nas adversidades.

8

BRANDON

Certifico-me de que Olívia está se sentindo melhor e mais calma antes de deixá-la sozinha, descansando um pouco. Kyra também se retira para sua cabine. Subo rapidamente para meu quarto, que parece estar abandonado, e coloco uma roupa leve: camisa social branca, que deixo com alguns botões abertos para ficar mais despojado, e uma calça simples. Pego meu violão e desço para a área externa. Lá há um canto grande e vazio de frente para o mar. Pego uma das espreguiçadeiras que ficam perto da piscina e a levo para lá. Começo a tocar algumas notas para relaxar. Estou apenas beliscando as cordas, esquecendo as pessoas ao meu redor, e viro o olhar para o mar.

São duas e meia da madrugada quando meu celular vibra com a chegada de uma mensagem, lembrando-me de que esqueci de algumas pessoas.

Samantha:
Onde você está? Saiu há tempos e não voltou.

Brandon:
Na área externa. Em frente às piscinas.

Samantha:
Deixe-me adivinhar... você só fica aí quando está em seu momento musical.

Brandon:
Adivinhou bem, irmãzinha.

Samantha:
Estamos indo aí.

Brandon:
Não é necessário...

Samantha:
Não foi uma pergunta.

Uau. Na lata!

Não demora muito para que Sam chegue, porém não vem sozinha. Élian e Luccas a acompanham. Consigo suspirar aliviado porque Bárbara não está entre eles.

Apesar de eu querer um tempo sozinho, essa turma sempre aproveita esses momentos comigo, fazendo de nós uma banda. Na realidade, nós tocamos e cantamos juntos, algo que fazemos desde a infância, um passatempo que cresceu conosco.

Para mim, as músicas são como vinho – apesar das atuais serem como chiclete que grudam na memória, e que eu curto bastante –, algumas mais antigas são como os melhores clássicos. Começo as primeiras notas de *Gravity*, de John Mayer.

Sorte a nossa que em nenhum momento os passageiros se incomodam com isso. É um costume neste navio ficar tocando músicas durante doze horas do dia. Nas outras doze horas, a maioria das pessoas procura por alguma atração, então a música sempre é bem-vinda.

Na metade da música, levanto os olhos a fim de me garantir de que não estou incomodando. Porém, ao contrário do que pensei, uma plateia nos assiste até mesmo das varandas das cabines mais próximas. São poucas cabines, mas existem. No elevador, entram e saem uma ou duas pessoas. Temos visão para a área ao ar livre do restaurante. Lá, há poucas pessoas, visto que a maioria prefere ter suas refeições na área coberta e silenciosa.

Em uma dessas viagens com meu olhar, encontro ninguém menos do que a minha musa do verão. Que droga! Quis dizer, a minha rival. Oponente. Arquirrival. A baixinha controladora. É isso.

Ela parece se sentir melhor.

Aliás, o que ela está fazendo fora de sua cabine após ter uma crise? Essa garota não consegue mesmo ficar quietinha em algum momento? Ela franze a testa e nós nos encaramos com seriedade, porém eu continuo cantando. Em um piscar de olhos, na troca de música, apenas olho para Sam e os caras e, quando olho de volta para cima, Olívia já desapareceu.

Sinto um misto de alívio e decepção. Alívio, porque eu me senti desconfortável com Olívia me vendo tocar e cantar. E decepção apenas porque ela não está aqui.

Olhar em seus olhos mudou meu timbre para melhor. Patético.

Como se pudesse ler meus pensamentos, ela reaparece na área do restaurante. Ela coloca uma mecha de cabelo atrás da orelha, apoia os cotovelos na grade e descansa o queixo nas mãos. Enquanto continuo cantando, fico brincando com meus olhares para ela, fazendo-a rir. *Esse sorriso!*

Melhor?, mexo os lábios.

Melhor, ela devolve, seguido por: *obrigada pelo que fez.*

Assinto, estranhado que essa troca entre nós me dê mais força para aprimorar meu modo de cantar. A esta altura, já estamos em *Love me again*, de John Newman – sim, somos bastante ecléticos.

Olívia se diverte quando nota que as pessoas curtem a força que coloco na voz. Ela só não nota que foi ela quem fez isso. Em determinado momento, ela começa a aproveitar e canta junto. Pena que de longe não consigo ouvi-la. Sua voz cantando deve ser a coisa mais harmônica, dado como é ela falando: doce e equilibrada. Exceto quando está brava.

Betto me dará um sermão e tanto na segunda-feira por estar fazendo tudo isso. Antes era diferente, eu não administrava um navio sem a minha família, sem meu pai. Eu trabalhava, claro, no entanto era de modo mais liberal. Aos fins de semana, eu podia fazer o que quisesse e, durante as noites dos dias da semana, eu estava liberado para fazer o que quisesse.

Agora, meu tempo é dedicado a cuidar das necessidades dos passageiros em tempo integral, lidar com negócios em tempo integral, aturar as ligações do meu pai em tempo integral, nas quais ele usa a frase "espero que esteja consertando a burrice que você fez" como cumprimento e "parabéns, você está na sua idade adulta, seu irresponsável" como despedida.

Pois é. Devo ter escutado isso umas cento e oitenta vezes em apenas um ano. Agora some tudo isso em todos os anos, até meus atuais vinte e um. E vai continuar, porque meu pai não se contenta com pouco. Menos de um milhão para ele é pouco – em todos os sentidos em que "milhão" se encaixa.

Para mim nesta noite... uma coisa está sendo pouco para mim: ficar apenas olhando para Olívia.

Peço para Élian tomar meu lugar nos vocais por um momento. Dou uma pausa nos meus acordes e pego o celular. Ligar para ela deve ser a coisa mais tosca e idiota que vou fazer. E faço mesmo assim.

– Então, você já me reconhece até mesmo perto do meu irmão gêmeo... – digo assim que ela atende. – Já que está olhando para mim como se soubesse.

– Vocês têm algumas diferenças.

– Notou isso também? Estou começando a achar que você está de olho em mim e me apreciando, gatinha.

– Eu não diria isso. São características notáveis. – Será que ela conseguiu observar as duas diferenças mais óbvias e que, ainda assim, poucos notam? – Seu corte de cabelo é diferente do dele. O seu é curto, liso e moderno, enquanto o de Élian é um pouco maior, mais escuro e um pouco ondulado. – Ela fica olhando de mim para ele neste momento, procurando por mais. Eu me recosto, olhando para ela com atenção. Eu também espero por mais. – Você se veste bem diferente. Você usa relógios grandes, anéis de prata e ônix e outros acessórios tipicamente masculinos.

– E...?

— E? Tem mais?

— Tem muito mais, considerando que eu sou o privilegiado em beleza. Já Élian, coitado, ficou com a sensatez para não ficar sem nada.

— Pare, vocês são parecidos. Não que sejam idênticos, porém têm atributos semelhantes. Na aparência física, óbvio, pois a personalidade é totalmente diferente. E agora fiquei curiosa... O que mais os difere?

— Se você olhar com atenção, querida Olívia, Élian tem heterocromia: duas cores no olho direito. O olho esquerdo dele é azul, enquanto o direito é dividido entre azul e uma pequena parte castanha, conhecido por heterocromia setorial.

Olívia parece encantada. Que droga. Pra que eu fui falar?

— Ah, meu Deus. Isso é raro. E bonito. — Ela faz uma pausa e volta a olhar para mim. — E a outra diferença? Acredito que possa se tratar de você... — Abro meu raríssimo sorriso para ela e espero. Quando ela levanta a cabeça, que ainda está apoiada em uma mão, percebo que ela enfim se dá conta de qual é. Ela sorri comigo. — Você tem covinhas.

— Fale baixo, por favor. Isso não é algo tão surpreendente.

— O quê? Está brincando? Essa é a coisa mais linda que já vi.

— Na verdade, em mim isso se torna meio infantil, porque todos se derretem e sentem vontade de apertar minhas bochechas. Ainda mais quando você fala nesse tom, acaba sendo constrangedor.

— Não tem nada de infantil nisso. É bom vê-lo sorrir e esse sorriso vir acompanhado de algo tão lindo.

— Ah, qual é?! Sorri apenas para que você pudesse descobrir uma das diferenças entre nós. Somos gêmeos, porém não idênticos. Não se acostume, não acontecerá com frequência. Eu preciso voltar para a cabine agora, amanhã tenho algo irrelevante para resolver, mas que é relevante para a minha sobrevivência no trabalho.

— Posso fazer uma pergunta antes?

— Isso já é uma pergunta, gatinha, apenas a complemente.

— Eu o agradeci por ter me ajudado. Na verdade, foi mais como ter me socorrido antes que a crise ficasse muito forte. Mas onde aprendeu a fazer aquilo? Me ajudar a recuperar o controle. Ficar mais calma.

Droga... O que eu digo agora?

— Víve... eu só tive que aprender.

— Por quê?

— Porque sim. Eu precisei.

— Mas...

— A resposta é essa, Olívia.

Desligo na cara dela antes que as perguntas se tornem insistentes. Foi cruel, eu sei. E estou mal por isso. Pior ainda vendo a decepção no rosto dela. Para piorar ainda mais a minha situação, pego meu violão e vou embora, sem dizer nada a ninguém e sem olhar para outro lado que não seja o meu próprio caminho.

•

— Sente-se, senhor Caldwell.

— Estou bem em pé. Só preencha a primeira folha de presença para zerar as horas do dia de hoje e está tudo certo.

— Desta forma não terei como ajudá-lo.

Ajudar em que exatamente? Meu dia já começou com os sermões de Betto pelo que fiz durante a madrugada, com um telefonema do meu pai dizendo que não estou levando nada a sério, Olívia está desiludida comigo e Lise chorou dizendo que me esqueci dela nesses dias.

O que era para ser um momento de paz e tranquilidade para mim na noite passada se transformou em um meteoro de mais problemas para minha lista de decepções.

Agora, tenho de marcar presença no consultório da doutora Ottherman, para cumprir a minha parte da disputa. E já faltei em duas sessões.

— Por que não começa me contando o que aconteceu? A partir daí veremos como podemos melhorar sua situação.

— Não. Eu só quero mesmo saber por que eu tenho que estar aqui. O porquê de tudo isso estar acontecendo comigo. Só preciso que você assine minha presença e fim.

— Não posso fazer isso. É necessário que participe da sessão para que eu possa assinar. Seria diferente se você não conseguisse me contar por questões emocionais — ela responde. — A questão é que o que houve para que tudo isso acontecesse acabou por manchar a sua imagem e a de sua família. Principalmente a *sua*.

— Você é sempre inconveniente assim ou eu sou o premiado?

— Se considera a verdade como uma inconveniência, então está explicado por que você precisa destas consultas.

Sento-me no sofá e, ao vê-la erguer uma sobrancelha, giro e me deito. Aqui está a cena clássica: o paciente deitado no sofá. Quero muito saber o motivo disso, aliás.

— Isso não é necessário, senhor Caldwell — diz.

— Esse é o significado de passar com um psicólogo, não é? Deitar e começar a contar suas historiazinhas problemáticas enquanto o profissional vai anotando tudo em um bloquinho. Como percebi que você não irá me liberar, o que me resta é aproveitar.

— Então, prossiga, senhor Caldwell.

Ela suspira; acho que já está farta de mim. *Eu avisei para ela me liberar. Não quis, agora que aguente*, penso.

— Já que você está se mordendo de curiosidade, eu conto.

A doutora Ottherman crispa os lábios em uma linha fina. Ainda assim, pega o bloco de notas para começar a anotar meus "problemas". Ao notar minha risada sarcástica do tipo "eu sabia", ela responde:

— Se é assim que você imaginava que seria sua sessão, então assim será.

Ah, então ela quer brincar? Ok...

A doutora pousa o bloco no colo e me olha com atenção por longos dois minutos. Isso está me causando um estranhamento incômodo. E pior, como ela pretende resolver meus problemas tomando notas? Voltando-me para ela, pisco algumas vezes e ela sorri.

— Só estou esperando você começar.

Hum...

— Por que não disse antes?

— Certo. Pode começar, senhor Caldwell.

Começar com o quê?

— O que quer saber?

— Que tal me contar se o que você fez para merecer essa "punição", que não é bem uma, foi proposital ou impensado?

— A senhora acha mesmo que eu faria isso comigo mesmo de propósito?

— Por que não paramos com esse vai e vem de perguntas e você me diz o que houve com as garotas?

— Eram filhas dos associados do meu pai. Quero dizer...

— Quer dizer...?

— De toda a empresa Marinha Grandiosa. E logo seria também da B.C. YATCHTS.

— Sendo feita a fusão...

Dou de ombros.

— Não sei se depois de tudo conseguiremos que a fusão seja feita. E sei que pode parecer um pouco repetitivo, mas a real é que eu estava bêbado. E elas também. Assim como meus amigos. Então, todos pensamos que seria divertido.

— Foram postadas fotos de você beijando as meninas?

— Não é bem assim. — Levanto a cabeça e a fito. — Eu não beijo uma garota só por ela aparecer na minha frente. Meus beijos não são para qualquer uma.

— E sua nudez é? Sua intimidade?

Abro a boca para responder, mas paro. Afinal, por que estamos falando sobre esse assunto em particular? Essa conversa está indo longe demais para o que não é da conta dela.

— Também não foi assim.

— É o que está circulando nos tabloides — ela responde, dando de ombros, porém com um vestígio de curiosidade.

— E você acredita nesses tabloides, veículos de comunicação, sites de fofoca, o que quer que seja essa droga toda, que por muitas vezes inventam notícias sobre "celebridades" e "pessoas de alto nível social"? As notícias que eles publicam são sensacionalistas e sem fundamento algum. Na verdade, as garotas estavam lá comigo, e talvez tivesse acontecido se Bárbara não chegasse a tempo e tivesse um surto de ciúme. Mas também não posso garantir que teria acontecido. Apesar de estar bêbado, eu ainda estava com os pensamentos limpos. Na minha cabeça eu não estava bêbado. Pensei que estivesse bebendo apenas água...

— Quem é Bárbara?

— É uma longa história. — Dissimulo, olhando para meus sapatos. — Ex. — Respiro fundo e desvio o olhar para a parede. Não estou pronto para falar sobre como foi o meu relacionamento com Bárbara e como ela não aceita que não somos compatíveis. — Sabe o que aconteceu naquele momento? — continuo, ainda sem olhar para ela. — Foi o momento errado para mim e para quem estava comigo. E um momento épico para os paparazzi, o furo do dia e talvez até do ano. Eles pegaram o exato momento em que elas estavam segurando... — Indico o espaço entre minhas pernas. *Sim, aquele lugar*. — E em que as pessoas acreditariam? Nas fotos, claro.

— É necessário reverter a situação. Agora, você tem que passar uma imagem mais séria, de responsabilidade. Você estava em constante negatividade na imprensa até aderir ao lugar de seu pai para uma possível reconstrução de imagem.

— É o que estou tentando fazer — murmuro por entre dentes cerrados. *Ela só percebeu isso agora?* — Foi uma foto errada, no momento errado, nas circunstâncias erradas.

— Você chegou a ver a tal foto?

Após pensar tanto e buscar resquícios nas minhas lembranças, enfim admito:

— Não.

— Você acessa as redes sociais com frequência?

— Não muito — respondo, sincero. — Quero dizer, eu tenho WhatsApp e Instagram, mas não posto nada desde aquele dia.

— E as notícias sobre você, você vê?

— E ver as pessoas falando mal de mim? Não, obrigado. Já basta o meu pai.

— Você tem muitos fã-clubes. Não acha que seria bom dar um pouco de atenção a eles? Certamente são quem o defendem do que você chama de notícia sensacionalista.

Fã-clubes?

Eu bato as mãos no tecido do sofá e acredito que já revelei demais por um dia para essa mulher que eu nem sequer conheço.

— Bem, já deu, né? Já foi suficiente. Posso ter minha assinatura de presença agora?

Ela me dá um sorriso fraco, mas satisfeito, e acena com a cabeça.

— Tudo bem. Em oito minutos, fizemos um progresso melhor do que eu esperava, confesso.

•

Para variar, chego atrasado no escritório que reservaram para mim e para Olívia. Ele é enorme, porém quase não tem móveis — não tem quase nada. É mais como um espaço grande todo branco. A única cor que dá vida à sala são os tons de azul do mar e do céu. Há duas mesas redondas em cada ponta da sala, individuais, ao lado dos vitrais que vão do chão ao teto.

Olívia já está instalada à sua mesa, com seus óculos de grau posicionados em seu rosto e uma etiqueta impecável. Assim que me vê, pressinto o que vai dizer e me adianto, caminhando até a minha mesa:

— Quem me atrasou foi a terapeuta. — Seus lábios formam um pequeno e discreto "o" e seus olhos se arregalaram. Como se ela não tivesse entendido, repito: — Não tive culpa por chegar atrasado. Foi ela que me atrasou com suas muitas perguntas. Vou contar, a mulher é curiosa. Eu cheguei lá achando que ela ia assinar o comprovante de presença e me liberar, mas não! Tinha que ter as perguntas. Qual é, ninguém saberia se ela fizesse o que pedi. — Olívia fica quietinha e fecha a boca. Apenas me observa por cima de seus óculos e, a julgar por sua expressão, posso imaginar que ela está sentindo um pouco de vergonha alheia. É, eu me permiti desabafar por um momento, precisava soltar aquilo em voz alta. — Claro, ela deve ter pensado que eu a estava subornando. Comprando seu silêncio. Ela deve ser justa e não quer trapacear. E aí eu acabei por contar muita coisa para ela, além do que devia. — Sua expressão não melhora enquanto eu falo, pelo contrário, ela parece um pouco mais assustada a cada palavra. Talvez eu tenha entrado discutindo direto no ponto. — Desculpe, não dei bom-dia. Às 11h ainda é bom-dia, não é?

— Bom dia?

— Sim. Espere, você ia falar "bom dia" quando entrei ou reclamar que me atrasei?

— Na verdade... — começa e aponta discretamente para cima. — Eu ia perguntar se posso diminuir a luz...

Hum... Nem um, nem outro.

Espere... Ela quer apagar a luz?

Ela me olha sem desviar os olhos, com uma clara expectativa, esperando até que eu compreenda.

— Apagar a luz?

— Diminuir, se não o atrapalhar em seu trabalho.

— Para quê?

Víve abaixa a cabeça e começa a brincar com os dedos, meio envergonhada.

— É que... eu sou mais produtiva em uma sala mais escura, sem muita luz. E aqui... bem... esta sala é toda branca e ainda entra luz solar, e isso me causa... um nervosismo interno e bloqueia minha capacidade de ser criativa e produtiva. Eu só consigo trabalhar direito com pouca luz. Pouca mesmo.

— Bom, Víve, então temos um problema, porque... não dá para trabalhar no escuro.

— Já imaginava que você fosse dizer isso.

Ela me observa de sua mesa antes de desviar os olhos, carrancuda.

A estranha situação é interrompida por uma batida na porta, e, em seguida, Betto entra.

— Com licença. Brandon, seu pai pediu para que lhe comunicasse que ele e sua família o aguardam para almoçarem juntos. — Meu pai...? Deixo a estranheza de lado e volto a focar em Betto, que, mesmo sendo bem mais velho, é meu amigo e parece conseguir ler os meus pensamentos. E eu permito que ele fale qualquer coisa. — Eu sei — ele diz, em meio ao meu silêncio. — Também achei estranho. Normalmente, eles não o esperam quando estão "o castigando".

— Quer apostar como vem surpresa por aí?

— Me livre dessa! — Ele ergue as mãos. — Esses almoços ou jantares em que o senhor Caldwell "o convida" em vez de ordenar sua presença sempre significam que ele vem com uma bomba.

— Confesso que nem sabia que meu pai e minha mãe haviam voltado.

— Eles reembarcaram na última parada do navio.

Olívia está ali, com os olhos em seu computador, mas sei que está ouvindo tudo e apenas disfarçando. Percebo que ela franze os olhos e imagino que pensa o mesmo que eu.

— Também não percebi que estávamos em uma nova viagem — falei, virando-me para Betto.

— Fico feliz que esteja focado no trabalho. Só não exagere a ponto de perder a noção do tempo. — Betto termina de falar comigo e se vira para Víve. — Senhorita Mozer, está livre para iniciar seu horário de almoço mais cedo também, se quiser.

Ela levanta a cabeça e esboça um sorriso:

— Ah, eu estou bem. Talvez eu vá daqui uns minutos.

— Bem — continuo —, é melhor eu ir.

— Vá na força, soldado! — ela brinca.

— Um almoço com meu pai. Vou mesmo precisar de *muita* força.

Pego meu cartão de líder — que dá direito a tudo no navio — e saio do escritório com Betto.

•

Alguém me salve desta tortura...

Estou sentado à mesa de uns dos restaurantes com minha família. E o assunto não poderia ser outro: negócios. Porém, Élian e eu parecemos ser os únicos que esperam por uma notícia bombástica.

— Você terá que abrir mão do seu cartão de líder por um tempo — meu pai fala, indo direto ao assunto de repente.

Sem acreditar, inclino a cabeça e olho para ele por longos, longos minutos.

— Como é?

— É exatamente o que ouviu. Agora, me dê.

Ele estica a mão, com a palma aberta, como se estivesse repreendendo uma criança.

— Isso já está ridículo!

— Você acha que é satisfatório para mim fazer isso com você? — Ele dá um tom firme à voz. — Cada coisa que deve ser feita com você faz parecer que um pedaço da nossa própria empresa está sendo tirado de nós.

— Vai começar a me culpar? De novo?

A família está calada, apenas meu pai e eu estamos discutindo.

— Não estou o culpando, só estou pedindo o bendito cartão. E o lembrando do porquê isso está acontecendo. Você está sendo visto como um competidor agora...

— Não tem necessidade de ficarem me lembrando dessa merda a todo momento!

— ... e deve ser tratado como um. Não importa o quanto isso seja como uma ferida para sua família, também *estamos* pagando pelo *seu* erro.

— Meu erro... — Solto uma risada sarcástica e apoio um cotovelo na mesa. — O senhor gosta de repetir isso, não é? Frisando que foi *meu* erro. Porque o senhor jamais errou em sua vida, não é?

— Não a ponto de quase perder a empresa.

Minha mãe olha para o meu pai com desaprovação. Eu sei o porquê: se não houvesse mais ninguém ali, ela começaria uma cena para fazer meu pai se arrepender de tais palavras.

Sustento o olhar do meu pai e sinto meu sangue ferver.

— Por que não me deserda, então? — Uso um tom tão firme quanto o dele. — Você tem mais quatro filhos.

— Chega! — minha mãe interrompe, com fogo nos olhos. Suas mãos estão fechadas em punhos. Quando ela tem uma raiva reprimida na voz é melhor ninguém a enfrentar. — Chega disso! Eu não aguento mais ouvir a voz de qualquer um de vocês dois. É sempre a mesma coisa. *Sempre!*

— Respira fundo e retoma a postura da mulher sensata e elegante que é. Prossegue: — Brandon, querido, faça o que seu pai está pedindo e lhe entregue o cartão de líder.

Reconheço que não estou em posição de reclamar, nem retrucar, nem de colocar a máscara de menino rebelde. Sendo assim, entrego o cartão para o meu pai. A minha raiva não é por esse motivo, e sim por ele ficar me lembrando a todo momento que o erro foi meu. Eu já estou arrependido o suficiente, culpando-me todos os dias, e cada vez que ouço suas palavras me sinto um imprestável e um ser supérfluo.

No fim, meu pai me entrega outro cartão, um prateado. Um que dá direito a fazer refeições no restaurante de frutos do mar — o que eu detesto. E ele sabe disso.

— Pai, fazer isso é crueldade — Élian diz. — O senhor poderia ter escolhido outro. Este navio tem tantos restaurantes.

— Ele tem é que me agradecer por ter escolhido um para ele.

Há certas coisas que nem mesmo a maturidade mais sensata do mundo é obrigada a ouvir. Balançando a cabeça, eu me levanto e faço questão de voltar ao trabalho, a coisa mais útil que eu tenho para o dia.

Depois desse almoço superconstrangedor com a minha família, retorno ao escritório. Olívia não está aqui, deve ter saído para almoçar ou seja lá o que for. Contudo, não demora muito para que ela volte e cruze a porta com...

Que raios é isso?

É uma enorme placa divisória de ambiente, que chega até o teto. É grande, mas fina. E ela a empurra com força revezada entre as mãos e o quadril. Claro, com um sorrisinho irônico no rosto. Nem parece que está se esforçando para carregar a placa.

Sentado na minha cadeira, eu assisto ao insano espetáculo que ela está fazendo. Se pudessem ver minha cara, imaginariam que há uma enorme interrogação bem em cima da minha testa.

Olívia encaixa a placa divisória bem em frente à lâmpada, deixando-a toda para *o meu* lado da sala. Acho que estou começando a entender. *Sem muita luz...*, é o que ela quer, e a gênia deu jeito de conseguir.

Em que raio de lugar ela conseguiu essa coisa?

— De onde surgiu isso? — pergunto.

— Já que não iríamos entrar em um consenso, nos poupei de uma antecipada "guerra" de "luz/sem luz". Da placa para cá, está bem escurinho, percebe? — Ela começa a gesticular com uma mão, mantendo a outra na cintura. — Da lâmpada até aí onde você está, fica mais claro. Resolvido.

Tenho de inclinar minha cabeça para vê-la, mesmo ela estando em pé. A placa cobre a mesa dela, então, se precisarmos contatar um ao outro, eu terei de ir até ela ou ela vir até mim.

— É, estou vendo.

— Deve estar se perguntando onde consegui isso... — *Nossa, como adivinhou...?*, penso com sarcasmo. — Na verdade, foi uma situação um pouco complicada e ninguém neste navio deve estar entendendo nada. Sabe aquela joalheria do shopping náutico, perto dos cassinos?

— Sei.

— Eu tive que pedir que me liberassem uma de suas placas divisórias de ambientes, em nome... do senhor Caldwell. — Arqueio uma sobrancelha enquanto ela fala, processando a informação. — Então, por favor, Brandon, se perguntarem... você confirma? Já basta o enorme mico que passei empurrando e arrastando isso pelos corredores até aqui.

Eu juro que quero rir, mas ela já passou vergonha suficiente, por isso me controlo. Porém, ela percebe que eu mordo os lábios para conter o riso.

— Tudo bem, eu confirmo caso perguntem...

— Obrigada!

Ela parece aliviada e sorri com gratidão e empolgação antes de sumir em seu quadrado escurinho.

Só espero que ela não durma...

9

OLÍVIA

A placa divisória que coloquei no escritório ainda não me deixa satisfeita. A luz solar que vem das janelas e reflete em toda a sala, em particular na minha mesa branca, ainda me incomoda. Não que eu não goste do sol, pelo contrário, prefiro mil vezes o calor ao frio. No entanto, uma exposição a tanta luz, seja natural ou artificial, bloqueia a minha vontade de trabalhar e minha capacidade de ser muito mais criativa. Isso já acontece há um bom tempo, desde a adolescência, para ser mais específica.

Pensando nisso, em como melhorar o meu lado sem prejudicar o de Brandon, tenho a ideia de colocar uma persiana nos vitrais que ficavam em frente à minha mesa. Seria lindo e divino ficar admirando o oceano durante a tarde inteira, mas, fora isso, talvez não. Até porque eu não poderia passar a tarde o admirando. Afinal, não é para isso que eu estou aqui.

Brandon foi almoçar, então saio pelo navio por algum tempo, procurando algum lugar que venda uma persiana — o que é o mais improvável — ou até encontrar alguém conhecido que possa me ajudar.

Eu ainda não memorizei onde fica cada coisa, cada lugar, cada corredor. Acabo entrando em lugares que não têm nada a ver com o que eu procuro. E uma dessas entradas é em um restaurante. Já passa do horário normal de almoço dos passageiros, por isso não está cheio.

Quero encontrar alguém conhecido e encontro assim vejo Élian e Brandon sentados a uma mesa estofada no canto. Só que também há o fato de que não quero atrapalhá-los. Brandon já me atura o dia inteiro durante o trabalho, e eu o suporto também. E Élian... não sei exatamente o que ele pensa de mim.

Tento pensar com sabedoria e optar pelo que é mais sensato. Viro-me para sair sem ser notada... Porém, eles me veem, e o gêmeo de Brandon me chama:

– Olívia, olá! Está perdida?

Como eu ainda estou de costas, eles não me veem fechar os olhos e pensar que deu tudo errado. Agora, o lado da sensatez me dá um giro de 360° e devo ser educada. Volto-me para eles, como se parecesse surpresa por vê-los ali.

– Oi, que coincidência... ver vocês... aqui.

– Coincidência? – Brandon diz, desanimado. – Seria coincidência se fosse em uma cidade, e não em um navio onde tudo é provável.

Bem, isso saiu pior do que eu tinha planejado.

– Desculpe-o pelos modos. – Élian fica sem reação. – Desde ontem ele está assim, em maus momentos.

– Bem... ontem eu não reparei. Mas hoje parece mesmo que não está tendo um bom dia. Eu não quero mais incomodá-los, então já estou indo.

– Pode ficar, Víve – Brandon diz. – Desculpe, não tenho o direito de descontar nada em você, mesmo sem ter sido essa a intenção. Talvez aqui, junto com meu irmão, vocês consigam me desprender um pouco do mundo.

Algo está errado. Brandon parece deprimido e melancólico. E há uma garrafa de uísque no canto da mesa, do lado de Élian. Ao que tudo indica, Élian afastou a garrafa de vidro do irmão. E agora estou preocupada e curiosa para saber melhor o que aconteceu. Nunca o vi assim, nem mesmo quando ele "perdeu" seu quarto-casa.

Brandon faz um gesto para que eu me sente no banco em frente aos dois.

– Fale comigo, Brandon. Me conte o que aconteceu.

Ele me dá um olhar intenso e decide me explicar, desviando os olhos, como se tivesse lido meu pensamento:

– Não aconteceu nada de mais, Víve. Foi só mais uma discussão com o meu pai.

Quanto mais ele me olha, mais eu consigo ver que ele esconde dentro dele uma porcentagem de decepção.

– Na verdade... – Élian continua por ele. – Ele agora está sendo obrigado a passar por essa tortura. – Ele gesticula para o prato do irmão. – Mais uma. Eu disse que poderia emprestar meu cartão de líder, mas ele recusa todas as vezes que tento oferecer.

– Espere um pouco. – Levanto a mão. – O cartão de líder é o que usamos para poder aproveitar a gratuidade. Eu recebi um quando cheguei...

– É esse mesmo.

– E o que aconteceu com o seu? Você perdeu? – perguntei, genuína.

Brandon e Élian se entreolham. Eu já não estou entendendo a situação. De relance, vejo o prato que está diante de Brandon. Arroz, peixe e frutos do mar. Ótima pedida para quem gosta.

– Nosso pai só liberou que Brandon almoçasse neste restaurante.

– Nada mal para quem gosta.

– É, pois é... – Brandon resmunga e suspira. – Acontece que eu sou alérgico a frutos do mar. – Basta um olhar triste dele para que meu coração se suavize. Não é comum vê-lo assim, e, quando acontece, eu odeio esse fato. – O único que consigo comer é o que está no meu prato. Não sei bem o que é, qual peixe... – Ele analisa, cutucando a comida com o garfo e fazendo uma careta. – Filé de peixe, algo assim... O problema é que, por causa da alergia, deixei de comer qualquer tipo de peixe e agora não gosto. É estranho toda vez que provo esse aqui.

– É a única coisa que ele tem no momento – Élian diz. – No café da manhã, eu dividi com ele, mesmo ele hesitando.

– Mas e se a qualquer momento quiser outra coisa? – pergunto.

– Terei que pagar, assim como os passageiros. Embora não seja um problema me igualar a eles. O problema é que os passageiros ficam aqui por pouco tempo durante uma viagem. Já eu... Por quanto tempo duraria o dinheiro que tenho comigo? Não estou recebendo salário, já que estou aqui só para consertar a merda que fiz.

– Por que você não contou tudo isso ao seu pai, pediu para ele liberar outro lugar?

– Víve – Brandon chama minha atenção –, ele sabe disso tudo. É o meu pai. E, afinal, ele só quer me torturar. E não preciso ficar pedindo favorzinho a ele, sou um homem adulto.

Não tenho ideia do porquê, mas isso me incomoda. Brandon remexe o pouco que tem em seu prato e que ele não consegue comer.

— Sabe, eu também não gosto de frutos do mar... e o mínimo que como é alguns poucos tipos de peixe. Quanto ao restante, não consigo nem sentir o cheiro.

— Já eu, gosto — Élian diz, sorrindo.

— Tem algo que você não gosta, Élian?

— Tem. — Ele pensa por um tempo. — Salada.

— Salada é saudável...

— Mas é folha e mato, Olívia...

— Ok, então, salada! — Assinto, determinada. — Eu tive uma ideia. Porque você, como irmão gêmeo de Brandon, e eu, como... hã... como... uma amiga... não iremos deixá-lo passar por isso sozinho.

— Do que você está falando?

Brandon franze os olhos.

— Logo você saberá!

Pisco um olho e me levanto. Chamo Élian para me acompanhar, e nós combinamos de comer o que não gostamos, para dar uma força a Brandon. Élian pega um prato e coloca alguns tipos de salada. Eu pego um prato para mim e escolho o que me embrulha o estômago: camarões e mexilhões.

Só de sentir o cheiro e olhar para estas comidas em um prato que *eu* estou segurando para *mim* me faz ter calafrios por todo o corpo.

— Sério que você não gosta de camarão?

— Sério que você não gosta de alface? — brinco. — Fiquei em dúvida de qual era o "menos pior" para o meu paladar. Lulas ou ostras... e estes dois aqui.

— Quer trocar?

Élian ri.

— Apesar de eu querer muito entregar isto para você ou preferir que eles estivessem no fundo do mar, temos que mostrar ao seu irmão que ele não está sozinho. Um erro que ele cometeu não pode definir a vida dele. Ele já demonstrou estar mudando e tentando consertar as coisas. Não é justo o que ele está enfrentando, ainda mais com o próprio pai sabendo o que aquilo faz a ele. É cruel.

— Confesso que ele já mudou muito. Em todo o nosso convívio, consegui perceber a evolução que ele está tendo agora.

Quando Élian e eu retornamos à mesa e colocamos os pratos em nossa frente, Brandon parece descrente.

— Vocês não vão fazer isso só por minha causa, né?

— Vamos — Élian afirma, pegando o garfo.

— Idem — concordo, mostrando a ele minha convicção... por fora, porque por dentro eu estou tremendo.

Respiro fundo — fundo mesmo, fechando os olhos — e cravo o garfo em um camarão.

Imagine que esse camarão é um pedaço de macarrão, Olívia... ou um chocolate.

Não pode ser tão difícil.

Obstáculos existem na nossa vida. É normal.

— Ah, meu Deus... Ok! Lá vai!

Levo o garfo à boca em um gesto rápido e começo a comer. Minha mão treme e eu a fecho. É muito estranho para mim. Qualquer um diria que é maluquice comer o que não gosta ou o que não lhe faz bem. Mas há uma razão por trás de tudo isso.

Brandon me olha com um misto de descrença e admiração. Ele não tira os olhos de mim. Eu quase vejo um sorrisinho emocionado querendo surgir em seus lábios.

Assim que termino, é a vez de Élian encarar a salada. Ele faz uma careta e logo a coloca na boca. A careta continua lá e parece que ele quer cuspir, mas aguenta firme. Desta vez, Brandon está olhando para o irmão com atenção, segurando um sorriso. Ele tem mais certeza do que ninguém de como tal ato é complicado para Élian. A sintonia de irmãos gêmeos é uma sensação que poucas pessoas no mundo têm.

Nós nos colocamos no lugar dele e transformamos aquela situação em algo mais descomplicado. Fazemos de tudo uma brincadeira jovial, e o ânimo de Brandon muda. Ele não está mais tão para baixo e desamparado. Pelo contrário, ele ri e se junta a nós. Agora, nós três rimos e encaramos nossos empecilhos.

Por mais que engolir seja difícil — e não quero nem me lembrar da coceira em minha língua —, eu me sinto satisfeita e vale a pena ver que a força que estamos dando a ele de fato funciona.

Vale a pena vê-lo se reerguer.

Vale a pena ver seu sorriso voltar.

Vale a pena por ele.

•

— Você o quê? — Kyra me olha com os olhos arregalados.

No fim da tarde, ela passa no escritório para se acalmar antes de encarar a noite de trabalho no bar — e, segundo ela, conversar comigo a relaxa e a faz se sentir confiante. *Curioso*, quando nem eu mesma sou confiante.

Com isso, aproveito um momento em que Brandon não está no escritório e acabo contando a ela o que Élian e eu fizemos por ele. Uma tortura que teve resultados satisfatórios. A cada palavra pronunciada, o queixo de Kyra cai ainda mais.

— É sério, Kyra. Pense em como foi cruel. Ele terá que passar por isso todos os dias, no almoço e no jantar, enquanto essa disputa prosseguir ou até o pai dele ter consciência e devolver o cartão de líder. E pior, nem Élian, nem Samantha e muito menos eu podemos emprestar o nosso, porque nossos nomes estão neles.

— Quando ele se sentir mal, pode comprar. Ele tem dinheiro e é muito melhor gastá-lo assim do que em medicamentos para aliviar a reação alérgica.

— Sim, mas não dá para ficar gastando à toa. Nem salário ele está recebendo.

— Esse pai dele parece um estorvo. — Kyra solta.

Uma batida na porta soa antes de ela ser aberta e Samantha entrar.

— Com licença. Trouxe os relatórios que Brandon pediu.

— Ele saiu faz alguns minutos.

Sam ergue uma sobrancelha.

— Então para que ele me pediu para vir?

Sam se cala e resolve esperar. Enquanto isso, ela olha para Kyra e eu de um jeito engraçado.

Há algo errado? Além do fato de Kyra e eu estarmos conversando, e não trabalhando.

Quer dizer, tenho algumas planilhas abertas no meu notebook e estou anotando alguns dados. Kyra está se preparando psicologicamente. Assim, podemos dizer que estamos trabalhando.

Sam rompe o silêncio assim que consigo me concentrar:

— O pai que vocês chamaram de estorvo era o meu? — Kyra olha para mim, pega no pulo, e eu a olho de volta. Nem ao menos temos como inventar uma desculpa, pois sabemos que Samantha ouviu. Ela bateu na porta bem no momento exato. Sam abre um sorriso confortador. — Tudo bem, eu sei que às vezes ele age como um tirano. E eu sei que vocês estão dizendo isso pelo que ele fez com Brandon. Élian me contou sobre o almoço de vocês. — Dou um sorriso fraco. — Eu admiro o que fez pelo meu irmão, Olívia. É difícil encontrar pessoas que fariam algo assim, mesmo parecendo simples e irrelevante. Não é qualquer um que comeria o que não suporta de jeito nenhum para ajudar o outro. Até com Élian eu estou surpresa, eu sei que os gêmeos se conectam de um jeito diferente, mas nunca imaginei que ele toparia passar por isso.

— Nós apenas nos colocamos no lugar de Brandon.

— Você tem uma alma pura, Olívia. Eu admito que, mesmo ele sendo meu irmão, meu melhor amigo e eu amá-lo demais... não tenho certeza de que faria isso.

Esboço um sorriso, pensativa, e me viro para ela.

— Sabe de uma coisa, Sam, muitas vezes *eu* já precisei de ajuda e não recebi. Eu ficava lá, refletindo comigo mesma, triste, precisando apenas de uma mão amiga ou uma palavra de conforto. A única que sempre me ajuda é a minha mãe. Mas e quando eu estou fora? Quando estamos em lugares diferentes? Trabalhando? E descobri recentemente que tenho desenvolvido uma síndrome de ansiedade. Grande.

— E pânico — Kyra complementa.

Sam dá um sorriso, mas não responde. Talvez ela ainda não entenda esse sentimento. E eu sei que é difícil para algumas pessoas compreenderem.

Nos próximos minutos, Kyra vai para o trabalho no bar, Brandon volta ao escritório e debate alguns assuntos com Samantha, e eu volto minha mente ao foco principal. Faço o depósito de uma quantia em dólar para as ações do Marinha Grandiosa e pressinto que Brandon fez o mesmo. Apesar de tudo, ainda temos consciência de que estamos disputando.

Após mais algumas horas de trabalho, vou conferir como Kyra está se saindo no bar, fingindo costume como uma frequentadora assídua do clube para não passar vergonha, como aconteceu na última vez que estávamos juntas neste mesmo clube.

É estranho vê-la atrás de um balcão quando já estou acostumada a vê-la desfilando nas passarelas, fazendo carão de poderosa em ensaios fotográficos e editoriais, ainda que apenas pelos vídeos que ela passou uma noite inteira me mostrando. Mas acho que para a sua primeira noite de trabalho ela está indo bem. Exceto talvez pelo esquecimento dos nomes de cada drinque e os erros nas medidas de cada ingrediente. Fora isso, ela está se dando bem. Por vezes, frustrada. Outras, animada porque deu o drinque certo a um cliente. Por muitas vezes, reclamando que manchou sua linda roupinha com limão. E fica ainda mais irritada com as novas notícias de que ficou sabendo.

— Sabia que amanhã é o dia da sessão de fotos "Sublime alto-mar"?

— Que sessão é essa?

— Como assim, que sessão é essa? — Kyra parece indignada e faz jorrar suco de limão na tentativa de chacoalhar um drinque. — A sessão que Bárbara roubou de mim!

— Aliás, eu participei do teste, mas agora que me dei conta de que não sei qual o produto que será anunciado.

— Perfumes — ela responde, já mais calma. — Fragrâncias inspiradas nos oceanos. Por isso decidiram fazer a campanha em um navio. O perfume é o Sublime Ocean, com notas de algas marinhas, recifes de corais e toques da flor de hibisco. Dizem muito por aí que, desde a Grécia antiga, as pessoas gostariam de ter o cheiro de mar e as fragrâncias se tornaram, assim, tão sensuais e sedutoras como as sereias para quem sentir seu aroma. — Kyra se inclina no balcão e dá uma piscadela. — E, falando em tudo isso, poderíamos incorporar essas sereias e sabotar.

— Eu achei muito interessante a história. Você já sabe que sou alucinada por esses contos históricos. Mas que história é essa de sabotar, você está maluca?

— Eu sei. — Ela suspira. — Só não aguento ver Bárbara estrelando uma campanha que era para ser minha. Quero dizer, que era para ser nossa. Sua. Você iria apenas me substituir e eu não ficaria zangada com isso.

— Foi melhor eu ter sido eliminada logo no teste. Assim eu não passo vergonha nas gravações.

— Vergonha? Vergonha, como a palavra proveniente e sinônimo de "mico"? Garota, agora a maluca é você. Você é arrasadora e belíssima.

— É o que você diz. E porque nunca gravei um editorial antes.

— Para tudo tem a primeira vez. E não sou apenas eu que digo que você é a beleza em pessoa. Tem mais alguém por aí que diz... — O quê? Agora ela está me arrumando pretendentes imaginários? Reviro os olhos, mas ela continua com aquele sorrisinho malicioso que me irrita. Nem mesmo para entregar os drinques dos clientes ela o desfaz. — Garota, é nítido e claro no jeito como ele olha para você, com um desejo inebriante na profundidade daqueles irresistíveis olhos azuis como o oceano e a geleira. O que para ele deve tornar toda essa disputa entre vocês ainda mais avassaladora. A verdadeira definição de disputa com desejo.

— Como você pode concluir que ele me olha desse jeito que você está dizendo? Com certeza é um olhar natural, que ele faz sem perceber.

— Olívia, Olívia... Perceba os sinais, garota! Se ele tivesse a oportunidade de escolher, com certeza escolheria você.

— Kyra, aceite que eu perdi. Eu mesma já aceitei.

— Pare de se rebaixar! *You look marvelous, girl!*[1] Mas amanhã vamos acompanhar essa campanha. Eu quero ver bem de perto.

Algo em seu tom diz que ela gostaria de aprontar alguma coisa, o que não é muito bom para nós, já que, a esta altura, estamos complicadas até ao pescoço.

Fecho os olhos e sinto meu rosto queimar. Fico aliviada ao abri-los e perceber que sua atenção se voltou para os drinques.

•

No dia seguinte, Kyra praticamente me arrasta até a proa do navio. Ela parece desconfortável, segurando e apertando a borda do seu chapéu. A princípio, não tenho a mínima ideia do porquê de ela querer passar pela tortura de ver Bárbara gravando, porém levo apenas um minuto para descobrir. Lembro-me do que Kyra disse na noite anterior: sabotar. Olho ao redor, e a proa está com um número razoável de passageiros aproveitando o sol. O clã Wright-Caldwell e o amigo inconveniente também estão aqui, em um canto mais distante.

1. Em tradução livre: "Você é maravilhosa, garota!".

Em determinado momento da gravação, Kyra não suporta mais – tanto assistir àquele tormento quanto ficar olhando para o mar. Ela caminha até a piscina e inicia um drama um pouco vergonhoso. Sorte que ninguém está a ouvindo.

– Posso me jogar nessa piscina, Olívia?

– Kyra, vamos embora daqui. Nada disso está lhe fazendo bem, não percebe? Qual vantagem você terá em ficar e ver tudo isso?

– É verdade – responde. – Não tem sentido eu não ter feito a gravação e ficar assistindo, não é?

Mexo nas pontas do meu cabelo, mania que se faz presente todas as vezes que fico nervosa. Ao olhar para trás, por cima do ombro, vejo Bárbara se aproximando com uma cara carrancuda.

– Bom trabalho! – Ela bate palmas em deboche e com um tom irônico na voz. – Você queria colocar toda a família Caldwell contra mim?

– De que você está falando?

– Não está vendo os irmãos ali no canto? – Ela sinaliza com o queixo. – Eles admitiram na minha cara que estavam torcendo para você ganhar essa campanha.

– E? Eu perdi, você ganhou. O que mais você quer?

– E isso significa que você deve estar muito íntima deles, não é? Para preferirem você a mim, e ainda terem coragem de dizer isso para mim.

– Você quer dizer o quê? Que só você pode ser amiga deles?

– Eu não me importo com o que Samantha pensa de mim, mas colocar Brandon e Élian contra mim...

– Não os coloquei contra você. Eu nem sequer a menciono! Assim como eles também não falam sobre você para mim, não falam mal de você pelas costas. Parece que é você quem tem que crescer.

Não tenho muito tempo para entender a reação dela. Foi uma ideia idiota ter continuado tão próxima à beira da piscina quando Kyra já havia saído de lá. E em segundos eu me sinto engolindo água. Foi tudo tão rápido.

10

BRANDON

— Ela não sabe nadar, sua louca! — Ouço uma voz gritar, parecendo a de Kyra.

Meus pensamentos estão confusos enquanto encaro o oceano à minha frente; está sendo complicado ter um minuto de paz e tranquilidade neste pouquíssimo tempo que consegui separar para arejar minha mente. A proa está uma confusão irritante, e até pensei ter escutado Kyra gritando. No entanto, quando viro o rosto para ver o que está acontecendo com ela, percebo que não é bem com ela que algo está acontecendo.

— Kyra? — pergunta Bárbara.

Olívia não está mais ao seu lado, como estava uns dois minutos atrás. E ela também não poderia ter saído de lá tão rápido como um foguete. E Kyra não gritaria que...

Caramba!

Samantha se levanta às pressas e corre até Bárbara, gritando com ela:

— Ninguém empurra nossa amiga, sua loira aguada!

Sam empurra Bárbara com toda força, fazendo-a cair na piscina também.

Não espero para ver os segundos passarem — sem hesitar e sem me importar com meu cargo, corro em direção à piscina e pulo. Há mais pessoas nadando que poderiam ajudar.

Quando eu a encontro, ela está quase afundando. Assim que percebi, eu corri e ainda assim demorei. De relance, vejo outra pessoa puxá-la pelo braço, mas eu a quero perto de mim, quero ter a certeza de que ficará bem. Seguro-a pela cintura e a levo até a superfície da água. Todo o meu ser se tranquiliza ao vê-la recuperando o fôlego.

Respire, minha gatinha. Respire, Víve...

— Olívia? — sussurro.

Ela não responde, mas vejo que sua respiração está se acalmando.

Viro o rosto para ver Bárbara saindo da piscina com a ajuda de Luccas. Quando ela se ajeita na cadeira, volto minha atenção para Olívia.

Assim que ela abre os olhos, sinto um dos maiores alívios que poderia sentir. O sol ilumina seus belos olhos quando ela os fixa em mim. Levanto uma mão, sem desviar o olhar dela, e tiro uma mecha molhada de cabelo do seu rosto. Aproximo meu rosto até nossos narizes se tocarem e ficar a poucos centímetros dela.

— Minha garota linda. Está sentindo alguma dor? Engoliu muita água? Está bem? — Ela sorri e acena com a cabeça. — Sim?

— Sim... — ela sussurra.

— Sim de "está bem" ou sim de "está com dor"?

— Bem...

Deixo cair os ombros. Ela ainda não está totalmente bem, mas seu sorriso fraco me acalma... até eu ver que a pessoa que a puxou pelo braço ainda está aqui, atrás dela. É um cara jovem, certeza que é um passageiro de férias. Ele é muito parecido com alguém que eu poderia já ter conhecido antes, só não sei dizer quem. Franzo a testa e o agradeço por tê-la ajudado. Olívia também olha para ele e sussurra um fraco "obrigada".

— Ela está bem.

— Ótimo — ele responde. — É melhor tirá-la da água. — Pensei que ficaria nervoso ao ouvir isso, no entanto, para minha surpresa, sinto-me calmo. Respiro fundo e assinto. — A propósito, me chamo Neidhan.

Deve ter uma explicação perfeitamente lógica para ele se apresentar... eu acho. Porém, não tenho mais tempo a perder, pois Víve está tremendo e eu preciso tirá-la daqui. Eu a ajudo a sair da água e, quando pisamos no chão, pego-a em meus braços e a carrego enquanto Kyra coloca uma toalha por cima dela.

— Vou levá-la para o meu quarto — aviso a Kyra. — Depois apareça por lá para ajudá-la a se trocar.

— Claro, eu já vou lá.

Olho para Sam.

— Você leva Kyra até lá?

— Até lá? Isso significa que você vai para o seu quarto, tipo, *o seu mesmo*?

— Sim.

•

Passo horas sentado na ponta da cama, tomado por diversas emoções.

Olívia pegou no sono depois que Sam e Kyra chegaram ao meu quarto e a ajudaram. Samantha molhou o corpo dela com água morna absorvida em uma toalha, enquanto Kyra trazia roupas limpas do quarto dela. O pânico a fez engolir mais água do que pensamos e isso lhe deu uma dor de cabeça terrível, além de ânsias.

Admito que é uma sensação diferente estar no *meu* quarto. Ver Olívia descansando no *meu* quarto. No meu lar desde a infância.

De repente, uma voz suave e bonitinha ecoa:

— Oi.

— Lise! Que bom ver você, pequena.

— É.

Bem, já é alguma coisa.

Annelise tem estado brava comigo, dizendo que não estou mais lhe dando atenção e fazendo um típico drama infantil, dizendo que a abandonei e que me esqueci dela.

— Lise, depois eu posso explicar por que está difícil levar você para brincar? Promete que vai ser uma menininha paciente?

Minha pequena irmãzinha olha para mim, e nos encaramos por alguns longos segundos. Ela está parecendo uma versão em miniatura de Samantha.

— Você vai ser como o papai é com você e Élian?

Agora, de fato, uma menininha pequena vai ser a única no mundo a conseguir me deixar com a consciência pesada. O fato que ela mencionou é o de que nosso pai raramente está com a gente, ela consegue ver como somos tratados.

— Não, pequena. Não vou. Prometo, ok?

Vejo-a balançar a cabeça em uma resposta afirmativa. Meu coração está afundando no peito em vê-la triste. Isso nunca foi algo que cheguei a considerar fazer com ela, deixá-la triste.

— Toc-toc, visita!

Sam bate na porta. O que eu vejo é o que de fato me chama a atenção. Enricco está na porta, ao lado dela, quase entrando.

— Enricco, que surpresa.

Essa, sim, é uma visita inesperada. Enricco não gosta de passar muito tempo comigo ou perto de mim. E quando o faz é só pelo tempo que ele consegue suportar. Pelo menos, é isso que eu digo a mim mesmo para tentar me convencer.

Ele entra e sobe na cama, sentando-se ao lado de Annelise.

— Então, é ela?

— Ela... o quê?

— É ela a moça que Bárbara afundou?

Percebo que ele se refere a Olívia.

— Tentou afogar, você quer dizer?

— É, pode ser. — É quase como se eu pudesse ver as engrenagens em sua cabeça girando. Em seguida, ele coloca o rosto na frente do rosto dela, e eu ergo uma sobrancelha, imaginando o que ele fará. — Oi, moça, você está bem? Você poderia fazer natação para não passar mais por isso.

Minhas sobrancelhas saltam e eu tento puxá-lo para longe dela.

— O que está fazendo? Não a acorde agora!

Felizmente, Olívia ainda está dormindo.

Bem, foi o que pensei, antes de ela rir.

— Até que não é uma má ideia — ela responde, sonolenta.

— Está acordada? — Enricco pergunta.

— Desde que Lise entrou. Estava me concentrando em ouvir vocês conversarem... ou pelo menos trocarem algumas palavras.

Annelise começa a acariciar os cabelos de Olívia.

— Você melhorou, Viva?

Olívia tenta segurar uma risada.

— Sim, estou melhor, ainda mais com você aqui me dando todo o seu carinho. Só um pouco cansada e com dor de cabeça.

— É normal. Você quase bateu a cabeça durante a queda — respondo. — Um médico veio a consultar. Você estava acordada, mas talvez não se lembre. Quando ele viu que não era grave, deixou que você dormisse um pouco. E ele também disse que você pode ter engolido muita água. Isso também pode ter irritado seus olhos, por causa do cloro e...

— *Que nojo!* — Ela torce o nariz, e fico sem entender sua mudança de humor. — Eu preciso tomar banho urgentemente.

— Sam já a ajudou com isso. Não se lembra?

— Ajudou? — Ela abaixa a voz, ainda que pareça cética. — Você ia dizer... é... algo relacionado à xixi? Meus olhos estão ardendo porque tinha cloro e urina na piscina? E eu ainda engoli aquela água toda? Acho que vou vomitar. Preciso de no mínimo cinco garrafas de enxaguante bucal...

Abro a boca para falar algo, e logo a fecho. É melhor não piorar as coisas. Ainda assim, eu devo acalmá-la com uma verdade parcial.

— Calma, Víve...

— Calma? Você está mesmo me pedindo para me acalmar? — Ela olha ao redor, procurando alguma coisa, e fixa os olhos em meu celular na minha mão. Ela o toma de mim e o aponta para mim. — Está?

— Sim, estou. A piscina estava vazia para a gravação da campanha, então todos os passageiros lotaram as outras piscinas disponíveis. Havia apenas alguns figurantes. Durante a madrugada foi feita uma limpeza nela, como é feito em todas as madrugadas antes do amanhecer. Você não engoliu nada nojento. O mais provável é que tenha sido cloro e mais alguma outra coisa que usam para limpá-la, o que colabora na ardência em seus olhos.

— Tem certeza? Está mesmo me dizendo a verdade? — Ela ainda parece cética.

Assinto. É a verdade, pois todas as madrugadas as piscinas são limpas. A maioria das pessoas aproveitam o desenrolar da noite no cassino, nos clubes, bares ou nos restaurantes.

A sombra de um sorriso ameaça aparecer no canto de seus lábios.

Quando faço menção de me aproximar, a porta se abre com um baque e Kyra surge parecendo desesperada.

– Estou começando a duvidar de suas habilidades de me acobertar, Brandon.

Do que essa doida está falando?

– O que é isso? Por acaso o meu quarto virou ponto de encontro social?

– Olha, Brandon – ela começa, mordendo a lateral da bochecha. – Você é o manda-tudo por aqui, e é por isso que você tem que resolver isso para mim. Não deixe que me tirem daqui agora. Você disse que ia me ajudar!

– Kyra – Olívia interrompe –, o que aconteceu?

Kyra não encontra tempo para responder. Meu celular toca com uma notificação de mensagem.

Élian:
Você precisa vir aqui agora!

Brandon:
O que está acontecendo? Por que todo mundo parece desesperado?

Élian:
Você é bom de encrencas, não é? Então, será que consegue consertar uma aleatória?

O quê? Posso jurar que não fiz nada desta vez. Por outro lado, se ele está me pedindo para "consertar", talvez não tenha sido eu que fiz besteira. Não é?

Brandon:
Onde você está?

Élian:
É o seguinte... Luccas e eu estamos em frente ao NightClub. Achamos que você nos encontraria mais facilmente aqui. Ainda irão lhe comunicar o que aconteceu, mas queremos que você já esteja preparado.

Brandon:
Isso não soa bem. Já chego aí!

Já no corredor, esfrego a testa e respiro fundo. Está tudo errado!

•

— Ouviu o que eu disse?

Élian está falando comigo, entretanto eu ainda estou tentando processar a informação anterior. Quando essa ideia passou pela minha cabeça, eu não me convenci de que poderia se tornar real.

— Acho que não preciso explicar o que isso significa — digo por fim.

— Precisa, sim — Luccas responde.

Explico o caso de Kyra aos dois, que me contaram que ela tinha sido descoberta e que será interrogada o quanto antes. O fato de não envolver Olívia na história acaba tornando a explicação mais rápida e resumida. No entanto, envolvê-la é inevitável.

— Nosso pai irá querer um minuto para conversar com você antes de desembarcar no próximo destino.

Viro-me para Élian.

— Mas o próximo destino é as Bahamas.

— Sim, eu sei. Ele não me disse o que irá fazer lá, afinal, como sempre, ele não nos diz muito sobre suas próprias tarefas. — Ele suspira e pigarreia. — Ao menos desta vez não é uma confusão da qual você está sendo acusado. Só teremos que estar presentes. E lembre-se de que esta conversa é confidencial. Você não poderá mencionar nada para Olívia e muito menos para Kyra.

— Eu poderia salvar sua pele se você me deixasse entregar Olívia — Luccas diz sem nenhuma hesitação.

— De jeito nenhum! Se você fizer alguma coisa contra ela, eu não respondo por mim quando acabar com sua cara!

— Relaxa, cara. — Ele levanta as mãos em defesa. — Eu só penso em ajudar você. Aliás, faz pouco tempo que ela chegou aqui por um motivo injusto.

Assinto.

Acabamos entrando no cassino, mesmo que essa não seja a intenção.

— Sala dos jogos, genial! Que tal uma aposta? — Luccas diz perto do meu ouvido, de modo que apenas Élian e eu podemos escutar.

— Aposta?

— Eu não entrego a sua queridinha Víve se você conseguir fazer com que ela venha aqui agora, e Bárbara também.

— Você, que se diz meu melhor amigo, está jogando sujo assim comigo?

— Isso não é jogar sujo, estou sempre tentando ajudá-lo. Se eu contasse ao seu pai e ao senhor Thompson que ela ajudou essa tal Kyra a se esconder e se infiltrar aqui sem que ninguém soubesse, eles a tirariam da jogada.

— Não vou passar a perna nela desse jeito!

— Você vai passar a perna para recuperar algo que é seu e que sempre será seu. É totalmente compreensível! Imagine essa garota se apoderando do seu quarto, da sua posição, de seus bens...

— E o que essa aposta tem a ver com tudo isso? — Élian pergunta.

— Simples, percebi que sua garota se empolga às vezes. Se vocês começarem a jogar, a empolgação dela pode levá-la a pensar que você está se tornando muito mais próximo dela. Ou que está jogando com um amigo. Seja como for, ela irá perder a disputa, tanto quando você bagunçar o emocional dela, quanto aqui e agora, fazendo-a pensar que são amigos, sendo que, na realidade, não são. Qual dos dois é mais divertido? — Ele arqueia uma sobrancelha. — Você escolhe. Eu a entrego e ela é demitida no ato ou... você finge ser seu amigo e, quando Bárbara aparecer, você a beija e desestabiliza Olívia. Um emocional fraco também faz grandes coisas acontecerem.

— Por que tem que ser...? Por que isso? Você não seria capaz de entregá-la caso eu recuse.

— Porque ela é esperta demais e você pode estar ameaçado. E ela tem que pensar que você ainda gosta de Bárbara. Ela tem que ver você beijar Bárbara, só assim ela ficará com o emocional desestabilizado e se atrapalhará no trabalho também.

Ergo as sobrancelhas.

— Do que você está falando? Isso é completamente ridículo. — Quando me dou conta de que estou mais preocupado com as minhas próprias palavras do que em acreditar que ele possa de fato fazer algo assim, percebo que ele está com o celular na mão e um sorriso largo nos lábios. Não! — Luccas, não! — grito. — Você não fez isso!

— Daqui uns minutos as duas estarão aqui. Olívia e Bárbara vão ficar muito preocupadas ao lerem que você entrou em uma briga no cassino por causa de dinheiro e bebidas. A propósito, consegui o número da sua gatinha quando pulou na piscina para salvá-la e deixou o celular desbloqueado na mesa. Sabia que seria útil algum dia, só não esperava que fosse tão cedo.

Que porra é essa?

Somos interrompidos pela chegada de Olívia:

— Brandon, pelo amor de Deus, o que aconteceu com você? — Ela parece estar hiperventilando com sua preocupação. Preocupação causada por Luccas. Olho para trás e vejo Olívia correndo em minha direção, cambaleando um pouco por ainda estar fraca do acontecimento na piscina. — Recebi uma mensagem anônima dizendo que você estava em uma briga. Uma briga, Brandon! Você está machucado? Isso pode prejudicar você! Evitar escândalos, lembra?

— Eu estou bem, calma! Foi tudo um mal-entendido. Nada aconteceu, eu nem mesmo participei de nada. Acabei de chegar.

Envolvendo meus braços em volta de sua cintura, eu a puxo para mim, abraçando-a por longos minutos. Seu medo é nítido e claro, mas ela respira fundo e assente. Essa é a minha garota.

Vejo Luccas e dou-lhe um olhar de advertência.

A esta altura, os medos e todas as sensações estranhas de Olívia já estão passando para mim. Não literalmente — no entanto, ver de perto suas angústias e tremores é algo que dói pra caramba, e eu ainda não entendo o porquê.

11

OLÍVIA

Começo a suar e meu corpo inteiro treme conforme as pontas dos meus dedos começam a formigar. Recebi uma mensagem enganosa sobre Brandon e este lugar estar tão cheio não me ajuda em nada.

— Brandon, este lugar está lotado! Eu... eu preciso sair daqui. — Seguro a mão dele e a aperto enquanto observo em pânico a multidão ao nosso redor. Tocá-lo, mesmo desta maneira inocente, causa-me arrepios indescritíveis, como um pequeno choque apenas por descobrir como é senti-lo. Inspiro pelo nariz e solto o ar com força pela boca. — Me tire daqui, por favor.

Percebo que estou segurando sua mão com tanta força que meus dedos ficaram brancos.

— O que está acontecendo, Víve? — ele pergunta, inocente.

Apesar de não querer alterar a voz ou quase surtar, não consigo me segurar e acabo gritando:

— Eu só quero sair daqui! Não sozinha... não com muitas pessoas por perto.

Ele apenas olha para mim por um tempo antes de oferecer um sorriso fraco e me ajudar.

Olhando de relance para Brandon, sei muito bem o que ele deve estar pensando. E essa não é uma conversa que quero ter. Então uso a conversa para nos distrair enquanto me acalmo. Talvez isso ajude.

— Obrigada por ter me ajudado na piscina. Se você não me socorresse, poderia ter acontecido algo pior.

— Sem problema. Eu fiquei preocupado com você, ainda mais quando Kyra gritou que você não sabe nadar. — Seus olhos se movem para os meus, um pouco envergonhados. — Sabe, eu nunca tive a chance de falar com você sobre algo que vem me incomodando.

— Sim?

Brandon se vira e pega minha mão. O metal gelado de seus anéis contrastando com sua mão quente causam um leve choque na minha pele. Suas pupilas dilatam ao olhar para mim.

— Não sei se você se lembra, mas eu lembro muito bem e é sufocante ficar com isso preso dentro de mim. Na primeira vez que a vi passando mal e você me agradeceu por tê-la ajudado, conversamos mais tarde por telefone enquanto eu cantava, lembra?

— Sim.

— E você sabe que fez muitas perguntas naquela hora. — Engolindo em seco e incapaz de falar, assinto. — Então... eu desliguei a chamada, sem dizer mais nada, e fui embora. Na mesma hora eu percebi que fui ignorante com você e agora quero me desculpar por isso.

Um pedido de desculpas vindo de Brandon Caldwell é algo a celebrar. Ainda mais pela forma encabulada e gentil com que ele pronuncia as palavras. De repente, sem levar em conta a sensatez que eu achava ter, pulo em seus braços, envolvendo meus braços em volta de seu pescoço. Em um primeiro momento, ele fica surpreso, mas relaxa e seus ombros caem quando eu o desculpo, como se ele tivesse tirado um fardo de cima dos ombros.

Minha nossa, Olívia. O que você está fazendo?

Ele envolve seus braços ao meu redor e me puxa para mais perto dele.

Não posso acreditar no que ele está fazendo.

— Eu já contei que não gosto de abraçar? — pergunto suavemente, levantando os olhos para olhá-lo. Ele não parece incomodado, mas sorri e tenta se afastar. Então, eu o puxo de volta. — Deixe-me terminar. Eu disse que não gosto de abraçar... Contudo, abraçar você é diferente e, quem diria, está acalmando minha crise.

Ele enterra o rosto em meu pescoço e eu consigo sentir sua respiração na minha pele.

— Gostei do seu perfume. Combina com você.

Suavizo as palavras, a voz:

— É o *Miss Dior*, meu favorito.

— Doce. — *Brandon, Brandon... Não seja só um sonho.* — Não importa, não é? Como eu consegui tranquilizar sua crise naquele dia. E sempre que puder, eu vou estar ao seu lado. Isso é importante para mim também, gatinha.

Ele estende a mão e aproxima meu rosto do seu. Meus pensamentos se transformam em uma névoa branca e meu corpo se tensiona quando ele leva minha boca a dele e me beija com tanta paixão que eu quase me derreto contra ele.

Embora seus lábios sejam macios, seu toque é forte, como se ele estivesse esperando por isso há um bom tempo. É demorado e intenso, levando-me a ver estrelas.

Estamos tão perdidos e imersos na nossa própria constelação que a princípio não ouço nenhum som que ecoa ao nosso redor. Nem mesmo se há passageiros passando pelo corredor — não parecemos nos importar com mais ninguém. Porém, a insistência de um toque acaba chamando a minha atenção. O celular de Brandon está tocando.

— Tem alguém...

— Ignore.

Ele vira meu rosto de volta e une nossos lábios outra vez.

O toque não para. Atordoada, eu seguro seu rosto suavemente e interrompo o beijo.

— É melhor atender...

Hesitando, ele se afasta de mim e atende o celular. Eu ainda tento acreditar no que acabou de acontecer. Seus olhos parecem examinar cada centímetro meu enquanto ele fala.

Uma respiração profunda, Olívia. Ele está olhando, mas você consegue não corar, ok?

Afinal, meu bem... é o Brandon de todos os dias.

Quer dizer, de quase todos os dias.

Bem, praticamente.

É só fingir que ele está brincando comigo. Tirando sarro com aquele sorriso de menino, como sempre faz. Assim fica mais fácil.

Encerrando a ligação, ele se afasta e dá um passo para trás.

— Eu preciso ir.

Dou um sorriso, embora estranhe sua mudança repentina. Há uma hesitação da parte dele, mas ele pressiona um suave beijo na minha testa, deixando-me com ainda mais dúvidas sobre o que significa tudo isso.

Assim que ele sai, seu amigo Luccas aparece do outro lado do corredor, carrancudo. Queria que não fosse possível encerrar um momento doce e começar outro insuportável em questão de segundos. Todas as vezes que Luccas aparece é para aumentar as minhas inseguranças. Eu sei que ele é um ótimo amigo para Brandon, para toda a família Caldwell, e eles devem confiar muito nele. Porém, o fato é que ele me odeia. Não só ele, como Bárbara também. E não consigo parar de pensar que eles querem me prejudicar de alguma forma. Não sei se pode ser um pensamento real ou apenas ilusão.

— E aí? — ele diz, aproximando-se. — Era atenção o que você queria com aquela ceninha de "estou passando mal"? — Mas que raios? — Peguei o fim do beijo de vocês. Sabe, aquelas últimas cenas. Pareceu verdadeiro, uma pena que não seja.

— Do que você está falando? Você não sabe nada. Se me der licença...

— Opa, aonde vai? — Ele entra na minha frente, bloqueando a passagem. — Ainda estamos conversando aqui, numa boa. Eu sei, eu sei, com tudo isso você acabou pensando que ele gosta de você. — Franzo o cenho, mesmo não querendo escutá-lo. — Até que, olhando de longe, vocês pareciam mesmo um casal apaixonado. Pena que foi uma aposta. Ele não queria beijar você, só queria fazer ciúme em Bárbara. Por que acha que ele a chamou também?

— Aposta?

Cruzo os braços, cética.

— Opa... — Luccas finge arrependimento.

— Que aposta?

— Talvez outro dia você descubra. Não quero ser a pessoa que estraga seus sonhos bonitinhos.

— Isso é ridículo. Sabe por quê? Sua amiguinha Bárbara nem mesmo está aqui.

— Quem disse que não?

Luccas dá um passo para o lado, revelando uma loira irritada e cheia de ódio.

— Conte para ela, Luccas — ela diz. — Conte qual aposta!

— Já que insiste... Nós, homens, apostamos que ele poderia fingir estar atraído por você. Se ele não conseguisse... — ele suspira — teria que desistir de reconquistar Bárbara. Afinal, vocês têm divergências quase o tempo todo e se fosse fácil conquistar você ele mostraria que tem potencial suficiente para qualquer coisa.

12

BRANDON

— Então agora você vai ficar ligando para o meu celular?

— Você é o filho do chefe. Não quero ser demitida.

Passarei a tarde, para minha infelicidade, no consultório da doutora Ottherman, para compensar minha falta mais recente. Seus olhos vão para o bloquinho de notas com sessenta folhas que ela deixou reservado apenas para mim.

Não por ser um bom paciente, e sim por sempre me envolver em algo novo.

A doutora se encolhe em seu assento e balança a cabeça. Sua voz soa cansada:

— Eu não quero forçá-lo a nada, ainda mais se você precisar fingir que está tendo uma consulta decente.

Bem, o meu dia acabou de qualquer jeito, então talvez eu deva aproveitar e fazer dessa consulta algo útil. Um segundo de choque, e estou preparado para me acomodar na cadeira do paciente. Nem mesmo a doutora Ottherman parece acreditar que estou baixando a guarda. Seus olhos se arregalam enquanto nos encaramos.

— Hoje eu não quero que a consulta seja para mim — falo por fim. — Na verdade, há uma pessoa próxima a mim que precisa mais, mas ela não pode saber.

A doutora franze a testa.

— Certo. Explique-me melhor.

Preciso descobrir mais sobre os medos de Olívia, sem que ela saiba e sem entregar sua identidade à doutora Ottherman. Assim, talvez, eu possa ajudá-la.

— Eu tenho uma... amiga... aqui no navio. E tem dias que ela sente medo de algumas coisas consideradas normais por todas as outras pessoas. No início, eu pensei que fosse apenas algum tipo de nervosismo extremo ou estresse, só que, quanto mais acontece, mais percebo que ela começa a reagir com alguns sintomas, como ficar angustiada, tremendo, o coração e a mente começam a acelerar e muitas vezes ela quer até chorar. Eu já tentei ajudá-la, mas fica difícil sem saber o que é.

— E nem mesmo ela sabe o que tem?

— Pelo que ouvi dela nas outras vezes, ela já sente isso há algum tempo, no entanto nunca ficou sabendo o que é ou não achou que seria algo sério.

— Do que você percebeu que ela sente medo?

— Teve um dia em que a encontrei no NightClub e aconteceram algumas coisas que, para mim, a princípio, estavam estranhas... algo errado, talvez. Depois, conversando com uma amiga dela, fiquei sabendo que ela estava reclamando bastante sobre o lugar estar lotado e que ela ficava repetindo que elas podiam ir embora dali. Depois, eu estava junto dela quando houve uma discussão entre ela e um amigo meu. Quando ele foi embora, ela começou a tremer, suando, sua respiração estava tão descontrolada que eu tive que levá-la para fora para que ela pudesse recuperar o controle e os sentidos.

— Você acha que a discussão pode tê-la afetado?

— Eu não sei. Ela chegou a perguntar se eu havia ido com ele até ela de propósito, para zombar da cara dela. Mas eu jamais faria isso com ela. Ela é minha amiga e... eu me importo com ela mais do que ela sabe. — A doutora assente, pensativa. — Enfim, quando a amiga dela e eu a levamos ao seu quarto, notamos que ela tomava alguns comprimidos. Eu havia reparado antes, mas pensei que poderiam ser esses do cotidiano, como para uma dor de cabeça ou para a cólica que as mulheres sentem. E nesse outro dia ela disse que eram calmantes que um médico receitou para seu estresse, e na verdade eram para controlar ansiedade.

— Como você sabe?

— A amiga dela já tomou esses comprimidos quando tinha ataques de pânico causados por ansiedade extrema. — Fecho os olhos. — Teve outros casos também.

— Eu tenho algumas suposições do que sua amiga pode ter. Mas precisaria vê-la para entender melhor e chegar a um diagnóstico.

— Não — digo, virando-me para ela. — Eu acho melhor que ela não saiba disso. Não quero perder a chance de ajudá-la, e se ela souber que fiz isso... pode não confiar mais em mim.

— Certo. — Ela assente. — Então você terá que me contar tudo em detalhes. Pelo que entendi, ela sente medo, e esse medo pode ser associado a uma fobia.

— E qual a diferença?

— O medo é um sentimento mais básico, que todas as pessoas sentem em algum momento. Medo de ameaças, de perigo... medo de perder alguma coisa. Já a fobia é a intensidade desse medo a um nível que possa causar pânico na pessoa. O medo e a ansiedade se unem, causando um estado de apreensão que pode fazer com que a pessoa queira se proteger, fugir, se livrar de um sentimento que a faz sofrer e que muitas vezes é angustiante e incontrolável, mesmo que não tenha um motivo exato. Muitas vezes, vem o medo de *sentir* medo. Ela se antecipa em pensar que podem lhe acontecer preocupações futuras, ativando o ataque de pânico, causado por algo que não é real. Algo que pode ser completamente normal para um, pode ser um desafio intenso e uma experiência terrível para quem sofre disso. Desenvolver um tipo de fobia que, com o passar do tempo, se torna intensa, pode causar o desenvolvimento de outros transtornos, como a ansiedade, o pânico e a depressão.

Minha nossa, isso é mais sério do que algum dia eu já imaginei.

— Como eu posso ajudá-la? — Penso em voz alta.

— Converse com ela, veja o que a assusta, o que a faz ter medo e se sentir insegura. Tente descobrir o que a faz se acalmar. Não vou mentir, Brandon, é um processo lento e muito delicado, é preciso muita paciência e cautela.

•

No dia seguinte, volto ao escritório como se nada tivesse acontecido. Até chego mais cedo, e, por cima do ombro, vejo Olívia chegando ao mesmo tempo.

— Oi, Olívia. Trouxe os papéis que você pediu na segunda. — Encosto-me na porta e fico observando-a se aproximar. E passar reto. Entrar no escritório. Nem mesmo olhou para mim. — Ei! Trouxe os papéis.

— Pode deixar na minha mesa, por favor — responde enquanto arruma seu bloqueio de luz.

Achando estranho sua reação, vou até ela e me aproximo. A primeira coisa de que me lembro ao sentir seu cheiro doce é nossa conexão surreal do dia anterior, nossos olhares, nosso beijo.

Nosso beijo.

Foi real.

O tanto que eu esperei por esse momento, todas as vezes que via sua linda boca carnuda converter-se em um sorriso.

Será que ela se arrependeu?

13

OLÍVIA

— O que foi, gatinha? — ele sussurra em meu ouvido. — Sei que atrasei um dia na entrega... na realidade, uns dias. Mas fiz ótimos relatórios.

Eu me viro para ele, fazendo-o pensar que irei sorrir daquele jeito doce e delicado que ele espera, contudo o que acontece é que eu o advirto com uma voz dura e seca:

— Eu disse que pode colocar na minha mesa.

Após cinco minutos, saio do meu cubículo de trabalho e vou até a mesa de Brandon com uma pasta contendo folhas de pagamento. Eu as jogo com força na mesa, fazendo-o pular de susto.

— Ficou doida?

— Eu preciso apenas fazer uma pergunta.

— Sim?

— Por que Bárbara está aqui? Até onde sei, ela não é funcionária, não trabalha aqui, não é passageira, porque os passageiros terminam suas viagens em no máximo duas semanas. O navio não é uma casa de aluguel, onde as pessoas pagam para morar. O navio é um cruzeiro de viagens, com data de validade. Então por que ela está aqui?

Há apenas uma coisa que faz sentido. Só que não é o que ele me diz:

— Olha, sinceramente eu não sei.

— Não sabe?

— Não. Nós nem somos mais amigos, só que nunca cheguei a questioná-la sobre isso. Eu só me lembro que ano passado ela fez uma entrevista e um teste para trabalhar aqui, para ficar junto de nós, e não conseguiu passar. Então, ela foi ficando... e ficando... Ninguém nunca questionou.

— Foi ficando? Vocês não têm noção de como isso pode ser prejudicial aos negócios? Ela está aqui há mais de um ano, de graça?

— É contraditório essa fala vir de *você*, que está escondendo e hospedando sua amiga.

— Ao contrário de Bárbara, Kyra está trabalhando no bar.

— E por quê? Porque eu decidi assim para não prejudicar tanto ela quanto a empresa.

— Então é isso? Você vai defender a permanência daquela garota usando a situação de Kyra como argumento?

Eu me viro para sair, mas Brandon segura a minha mão e franze a testa.

— O que está acontecendo, gatinha? — Ele me olha, e de repente abre o sorriso malicioso que eu já conheço muito bem. — Está com ciúme?

Ciúme é algo um pouco possessivo, não? Eu me empenho para conter essa emoção, mesmo sem nunca ter sentido nenhum tipo de ciúme por ninguém na vida. Até agora. No entanto, eu precisava dessa confirmação da parte dele, de que Bárbara poderia estar na jogada. Apesar de ele não ter admitido e apenas repetir que Bárbara nem é mais sua amiga.

— Ciúme de você não é o caso, já que eu tenho um encontro marcado para mais tarde.

Choque passa pelo seu rosto ao ouvir minhas palavras. Meu cérebro se distrai e vira nuvem enquanto sinto o toque dele se desfazendo de minha mão e uma decepção explícita se formar em seu rosto.

— Com quem? — ele murmura.

— Sabe quem eu encontrei hoje de manhã, a caminho do escritório? Aquele rapaz gentil que "quase" me salvou na piscina.

— Mas quem a salvou fui eu.

— Por isso eu disse "quase". Nós conversamos por um tempinho e marcamos de nos ver e nos conhecer melhor.

Eu detesto essa frase, "nos conhecer melhor", porém tenho de tentar ser convincente. Embora essa parte do encontro seja verdadeira. Assim que Bárbara e Luccas foram embora, destruíram minha esperança, entregaram-me em uma bandeja a decepção que não imaginava que poderia sentir de Brandon, Neidhan — o rapaz da piscina — esbarrou comigo antes de eu caminhar para o corredor do meu quarto. Com toda sua gentileza, ele me perguntou se eu estava bem e como estava sendo minha recuperação após um quase afogamento. Assim que eu resolvi agradecê-lo, ele notou meu sorriso e me convidou para sair nesta noite. A única invenção que eu acabei de fazer para Brandon é que Neidhan me convidou nesta manhã, quando no caso foi ontem, após Brandon quebrar meu coração em pedacinhos para montar um quebra-cabeça.

— Neidhan é o nome dele.

Esboço um sorrio. Um sorriso que Brandon não percebe ser falso.

— Uhum. — Ele solta um som irritado e gesticula com os dedos entre mim e ele. — E o que aconteceu entre *nós* ontem?

— Eu quem deveria lhe perguntar isso. *E* o que aconteceu entre nós ontem? É algo a mais para você ou apenas uma brincadeira entre vocês?

A julgar por sua expressão, confesso que sei que ele não está entendendo nada; ainda assim, espero que a qualquer momento ele possa se lembrar. Ele olha do chão para mim, e sua intensidade aumenta.

— Por mim, tudo bem — diz por entre dentes cerrados e levanta as mãos em rendição. — Mas você irá perceber que está cometendo um erro.

14

BRANDON

Penso muito antes de enviar uma mensagem para Olívia, porém meu instinto de proteção com quem eu gosto fala mais alto. O problema é que eu só tenho esse instinto com as mulheres da minha família, mesmo que não seja necessário – exceto por Annelise, que precisa do cuidado integral de todos nós. Ainda assim, cuido da minha mãe e de Sam.

Não sei o que essa garota fez com os pinos da minha cabeça; só sei que eles tomam o controle das minhas mãos e pegaram o celular, digitando uma mensagem que faz parecer que estou preocupado com ela. Não estou.

> **Brandon:**
> Cuidado hoje à noite. Fique atenta.

A mensagem passa de enviada para recebida. E de recebida para lida. Vários minutos depois, e ela não me responde, embora eu não esperasse uma resposta. Admito que esperava pelo menos um "cuide da sua vida". Era melhor do que ser ignorado. Porém, eu tenho quase certeza de que ela está olhando para a tela e me chamando de canalha e idiota em seu pensamento.

Sendo honesto, ao reler mais de cinco vezes a mensagem que enviei, começo a pensar que não foi uma das melhores. Pensando em algo mais sensato para fazer – ou não tão sensato assim –, vou ao meu antigo quarto, abro uma gaveta da cômoda e pego o celular que só uso para emergências.

E é uma emergência!

Como parece que não sou bom com conselhos, vou procurar ajuda no sabe-tudo: Google.

Alguns links até poderiam me ajudar, mas não encontro nada que seja tão útil.

O que um amigo diria?, penso. *Se bem que, do jeito como ela me tratou, ela deve estar me odiando para ser seu amigo. E uma amiga...? Se fosse Kyra?*

Pesquiso: "Quais conselhos uma amiga daria a outra em um encontro?".

E o que me aparece é: "Conselhos para sua amiga não se machucar no início de um namoro".

Que raios! Minha Víve não vai namorar esse cara!

"Como fazer uma amiga gostar de você de outro modo".

Hum... isso pode ser útil mais para frente.

Como amiga não está ajudando. E se fosse uma irmã...?

Pesquiso: "Conselhos para dar a irmã que vai em um encontro".

"Conselhos para ajudar sua irmã a escolher um caminho."

"Frases para ajudar sua irmã mais nova. Compartilhe sua experiência."

Que diabos? Eu não quero ajudá-la com isso, o que eu quero é cuidar dela de longe.

Pesquiso: "Quais cuidados ter em um encontro?".

Agora vai.

Escolho algumas dicas que aparecem na primeira página e invento a última. Pego meu celular de emergências e envio uma nova mensagem para Olívia como se fosse anônima.

Anônimo:

Vai a um encontro hoje? Gostaria de algumas dicas infalíveis? Então leia a mensagem até o fim.

1. Observe contradições.
2. Não passe informações sobre sua vida pessoal, sua rotina ou bens materiais.
3. Escolha um local público, aberto e bem movimentado.
4. Não fique com o cara de primeira. Vá por mim!

É inocente achar que ela não vai saber que sou eu. No entanto, como é uma mensagem anônima, eu tenho meus direitos de negar.

Ótimo!

•

– Alguém me diz que o que estou fazendo não é ilegal?

– Eu só queria saber o porquê disso – Sam sussurra.

– Porque eu não confio nesse cara.

– Você nem o conhece.

– Sam, eu tenho meus instintos. E, modéstia à parte, eles estão sempre certos.

Sam bufa.

Como é esperado de mim, não segui meu próprio conselho – "Olívia é inteligente e sabe o que está fazendo. Deixe-a quieta".

Volte para o seu quarto, idiota!

– Você é louco, não é? As consultas com a psicóloga não ajudam em nada?

– O quê? Agora não posso mais caminhar pelo meu próprio navio e encontrá-los por acidente?

– Por acidente? Você está a seguindo.

– Eu não usaria esse termo. Acusar alguém de estar seguindo outra pessoa é algo forte.

Preciso ver de perto que Víve está bem cuidada e que esse cara não irá aprontar nada detestável com ela. Só estou curioso. Então decido ver tudo de camarote, como uns podem dizer. Samantha veio comigo para não dar muitas evidências do que estou fazendo. Posso usá-la como um escudo para me esconder caso Olívia me veja. É difícil de acontecer, mas é sempre bom prevenir.

Um dos conselhos do "Anônimo" – vulgo eu – Olívia seguiu: ir a um local público. Ela escolheu o *American Drinks Bar*, mesmo que isso seja muito difícil para ela. É um dos melhores lugares para frequentar durante a noite. Pena que é com o cara errado.

Abaixo o boné de aba reta inadequado para a ocasião e o lugar para cobrir meus olhos. Samantha ajusta os óculos de grau sem lentes, deslizando pelo nariz para mais perto dos olhos. Eu achei que não funcionaria, ainda mais por os óculos serem chamativos com sua cor *pink* e grande. É muito contrastante em seu rosto pequeno.

Olhamos por todo o espaço, mesmo que as luzes pouco ajudem. Alguns funcionários preparam os drinques atrás do balcão. Samantha e eu nos sentamos nos bancos em frente a eles. Falo direto com um deles:

– Ei, cara, você viu uma moça baixa, rostinho de menininha, de pele clara e cabelo escuro?

O bartender olha de um lado para outro.

– Qual delas?

– Ela tem mechas ruivas e suaves, seus olhos são de um tom de mel e usa uns saltos de mais ou menos dez centímetros.

– Ah! – Ele sorri. Minhas esperanças enfim estão me encontrando. – É a moça que tem o porte da mais elegante princesa. – Acredito que sim. Afinal, é isso o que ela é. – Isso vai dar problema para mim, senhor Caldwell?

Ele arregala os olhos, parando de secar um copo com o pano.

– Não. Eu sou o chefe deste hotel marítimo, então não há com o que se preocupar. A menos que não colabore.

O bartender faz um gesto discreto na direção de uma mesa à esquerda. E lá está ela, bela igual todos os dias, com um vestido curto preto e saltos nude, porém não tão altos. E à frente dela está o tal embuste. Eu não tinha reparado nele no outro dia. Arrumado, até. Cabelos pretos, pele bronzeada pelo sol e... oriental.

— Nossa, ele é bonito! — Sam murmura alto.

Reviro os olhos e a encaro com seriedade.

— Você veio me ajudar ou flertar?

— Uma coisa não afeta a outra, meu bem.

Pego o cardápio que o bartender oferece, mesmo que não vá pedir nada. Para a minha sorte, chega em boa hora, já que Olívia desvia o olhar do cara e quase pega Sam e eu no flagra. Apresso-me a colocar o cardápio em frente ao rosto, e Sam vira com tudo em seu banco, fingindo sorrir para um dos atendentes.

O bartender que nos ajudou a encontrar Olívia continua secando alguns copos, porém olhando para nós com confusão. O cardápio quase está grudado em meus olhos.

— Acho que preciso de óculos também. Pode ser que eu seja míope e não saiba.

Ele sorri, sem jeito.

— Ou não, é a luz ambiente que está ruim — Sam palpita. — É melhor você verificar isso na terça-feira da checagem.

Arrisco um olhar além do cardápio e vejo Olívia com a cabeça inclinada e um olhar ameaçador na nossa direção. Isso está me atordoando e só passa quando ela volta sua atenção ao seu companheiro. Quero dizer, não aliviou tanto porque ela prestando atenção nele é um pesadelo sinistro. Caramba, que raios está acontecendo comigo?

Abaixo o cardápio mais uma vez e vejo o indivíduo roçando o braço dela.

Que merda é essa?

Ele dá um sorriso largo para ela durante a conversa, até que, em um gesto inoportuno, pega a mão dela e a aperta.

— Que intimidade toda é essa? — falo alto, os olhos fixos neles.

Sam levanta como um furacão e cobre minha boca. Estou me sentindo como uma criança birrenta que apronta no supermercado e a mãe cala com uma bronca bem dada.

— Está maluco? Quer que ela nos veja?

Olívia desvia o olhar para o que chamou a atenção dela. Puxo Samantha, colocando-a de pé na minha frente e de costas para os dois. E eu pensando que isso não seria necessário. *Iludido.*

Sinto os olhos de Olívia queimando nossas cabeças.

Tento olhar por cima do ombro de Sam, contudo os dois já não estão mais à mesa. Meu coração acelera com a ideia de ela não ter seguido a quarta dica do "Anônimo". Pego minha irmã pelo braço, dizendo que temos de sair daqui. Seguimos por caminhos contrários para tentar encontrá-los de novo, e quem os encontrar primeiro mandará mensagem. O pior de tudo é que poderá levar a noite inteira, mas eles não podem ter tido tempo de ir longe. Sigo pelo caminho mais vazio, já que sei que Olívia não se sente bem em lugares lotados.

Corro pela ponte panorâmica na área externa e chego ao hall interno, com vários lances de escadas nas quais os passageiros tiram suas fotos. Não sei mais por onde ir, mas continuo a passos largos.

— Não consigo acreditar que ainda me perco aqui dentro mesmo morando aqui desde que nasci!

Ando pelo navio inteiro para encontrar apenas um lugar que estou procurando. Um lugar. *Um!*

O lugar em que ela poderia estar.

Após mais de quarenta minutos de buscas, decido desistir de toda essa porcaria e admitir derrota. Mando uma mensagem para Sam dizendo que podemos encerrar tudo isso, e caminho sem rumo até chegar no nosso escritório.

Para quê? Não tenho ideia.

Caminho a passos lentos até a minha mesa, apoio as mãos em cima e encaro a lua refletindo no oceano à minha esquerda. Resmungo comigo mesmo:

— Não pode ser tarde demais. O quarto conselho não pode ter sido ignorado. Não...

A porta é aberta de supetão e fechada em um estrondo. Respiro fundo duas vezes e me viro. Droga!

— Oi, Víve.

Pigarreio, quase entrando em transe. Olívia está na minha frente. De braços cruzados. Fuzilando-me com os olhos.

15

OLÍVIA

Não acredito nisso! Primeiro ele me beija por causa de uma estúpida aposta, depois me persegue no meio de um encontro.

— Qual é o seu problema?

— Comigo? Nenhum. — Por sua expressão, sei que ele conclui que as coisas vão ficar feias no instante em que me vê colocar as mãos na cintura. — Tenho que tentar entender o motivo de você estar tão aborrecida comigo há muitas e muitas horas.

— Ah, por inúmeros motivos, Caldwell. Primeiro vamos ao fato de você me perseguir sem a menor vergonha.

— Detalhe, senhorita ego grande: eu não estava a perseguindo. Foi apenas uma casualidade. Coincidência, acaso, sorte. Uns diriam que é o destino.

— Se esgueirando pela entrada? Sentando no balcão distante por três outras mesas e olhando para mim a cada cinco minutos por trás de um cardápio?

— Você estava sentada na minha linha de visão, para onde mais queria que eu olhasse?

— Você estava me perseguindo.

— O mundo não gira ao seu redor, gatinha.

— Você nem ao menos gasta seu dinheiro em um restaurante desde que perdeu seu cartão de líder. Está claro que você está me perseguindo.

— Eu já sou alérgico a frutos do mar, e agora enjoei do único tipo de peixe que posso comer. Sem falar que meu dinheiro está indo embora de tanto comprar pasta de dente e Listerine. Porque, enquanto eu era livre, usava quatro vezes por dia. Agora são nove.

— Você sempre tem que fazer uma piadinha no meio de conversas sérias, não é?

— Percebe?

— O quê?

— Você me conhece melhor do que minha própria família. E ainda nega nossa conexão.

Eu nunca neguei, você que brincou com ela.

— Não ouse rir de mim, Brandon Caldwell! — Pego uma caneta da mesa dele e a aponto na direção do seu rosto. — Eu vou dizer uma única vez. Se você me seguir outra vez...

— Você está me ameaçando com... uma caneta?

— Estou! E ela pode ser muito perigosa.

— Não me diga.

— Ela pode muito bem deslizar para o lado — provoco, movimentando-a devagar — e acertar alguma coisa bem frágil e azul.

Faço um gesto na direção de seus belos olhos tão azuis como a água do mar; são como pedras preciosas pregadas em uma caverna de gelo. Eu pensei que estava o intimidando ao manter minha mão tão próxima a seu rosto...

Até ele olhar para a caneta, arrancá-la de meus dedos em um gesto rápido e jogá-la para trás, tudo em uma fração de segundo.

Meu dedo fica estendido na mesma posição enquanto eu abro a boca, incrédula, querendo reclamar, mas a fecho. Em toda sua seriedade, ele deixa um beijo na ponta do meu dedo, que continua como uma flecha apontada em frente ao seu rosto.

— Eu posso mostrar o que é perigoso de verdade.

Então, como na velocidade da luz, Betto entra na sala. Hora errada? Com certeza.

Nossa! Só pode ser pegadinha, não é possível.

Brandon e eu estamos brincando... talvez sendo amigáveis demais... e ele entrou na hora que parecia que Brandon me beijaria. Seus olhos estão cerrados para nós.

Droga, droga, droga!

Tentamos disfarçar nossa perda de sensatez momentânea quando Betto entra, desconfiado.

— Como foi o encontro? — ele pergunta, apertando a mandíbula.

Sei que é apenas para despistar o que Betto possa estar pensando sobre nossa proximidade no momento em que entrou; ainda assim, essa pergunta me incomoda.

— Não seja cínico — falo em um tom baixo, que apenas Brandon pode ouvir.

— Quero saber como acabou. Agora que você já sabe que eu estava lá, deve saber também que eu percebi quando saiu.

Ele balança a cabeça, que está abaixada, e não consigo ver o seu rosto para ler sua expressão.

Mordo meu lábio inferior e volto a mim. Assim que nossos olhos voltam a se encontrar, percebo que ele me analisa, parecendo preocupado.

O momento de silêncio que paira no ar é tão longo que me faz pensar que essa pode ser uma conversa estranha. Mesmo que ele já saiba como eu "funciono". Meus olhos se fecham no instante em que ele roça os dedos em minha bochecha. Com um olhar, ele me incentiva a continuar.

— Quando eu percebi que você estava lá, dei uma desculpa qualquer sobre o lugar estar me deixando... incomodada. Talvez porque eu não quisesse que você nos visse. Então, saímos e fomos pelo lado com maior concentração de pessoas. Ele não sabia de minhas crises nem havia necessidade de saber, então aconteceu que... eu acabei passando mal. Tive uma crise bem na frente dele. Pronto, foi isso. Está feliz?

— Nunca ficaria feliz com isso.

— Ele arregalou os olhos e só depois de uns quinze minutos chamou — suspiro — um segurança para me ajudar. O segurança me levou até a enfermaria e lá me deram calmantes. Só que não é disso que eu preciso, porque são crises nervosas... Pelo menos eu acho.

Ou não.

— Ele simplesmente a deixou sozinha e foi embora? — Brandon parece incrédulo.

Foi o que aconteceu, mas não posso negar que Neidhan foi gentil durante todo o "fiasco de encontro".

— Ele nunca deve ter visto alguém que tenha reações assim e ficou... não sei... assustado. — Eu seguro seu pulso e afasto sua mão em um gesto lento. — Aliás, por que você se importa? Afinal, você parece se interessar mais em apostas. Apostou com algum amigo seu ou com Sam, que, inclusive, estava com você na perseguição, que essa não seria uma noite agradável para mim?

— Do que você está falando?

Lá se vai a minha esperança de que talvez ele pudesse ser sincero comigo.

— Você e seu amigo Luccas, que claramente me odeia, fizeram uma aposta. Você apostou que conseguiria demonstrar que eu estava atraída por você. E se conseguisse isso mostraria que tem potencial para reconquistar Bárbara e desestabilizar meu emocional. Ele disse que eu poderia ser um alvo fácil. Mas eu não sou!

Explosão de silêncio.

O único som que se faz presente é a porta se fechando com a saída de Betto.

— Reconquistar Bárbara? Pelo amor de Deus, de onde você tirou isso? — Ele está começando a ficar irritado, contudo, ao olhar para mim, solta um profundo suspiro e recomeça: — Bárbara pode ter proximidade com meus pais, meus amigos ou quem quer que seja. Não comigo. Mas essa história está toda invertida, gatinha.

— Invertida?

— Claro. — Ele solta uma risada amargurada e balança a cabeça. — Tudo bem, preciso que você não fique nervosa com o que vou dizer agora. — Sinto sua rigidez. Sua postura se endireita e seus olhos azuis tomam uma tonalidade escura. Ele leva um tempo antes de começar a explicar: — A aposta não foi exatamente essa, e também acho que nem posso afirmar que houve uma. — Brandon encolhe os ombros. — Eu não estava concordando com nada que Luccas estava dizendo, e, quando ele pegou o celular e enviou uma mensagem anônima para você e Bárbara, eu estava com minha atenção em outro lugar. E a aposta não apostada era porque... ele ficou sabendo da história de Kyra aqui dentro e que nós dois estamos envolvidos nisso.

Eu lhe dou um olhar exasperado. Incrédulo. Podia acontecer tudo, menos isso.

Estou tão chocada que não digo tudo o que quero dizer, nem o que ele espera que eu diga, seja lá o que for que ele espera. Vendo que eu apenas olho para ele com a boca entreaberta e os olhos em completo espanto, ele acena com a cabeça e seus lábios formam uma linha fina.

— E quanto a essa tal aposta... que, aliás, não aconteceu — ele continua. — Como você sabe, como meu melhor amigo, Luccas está torcendo para que eu vença a disputa, por isso ele sugeriu que eu fizesse com que você se desestabilizasse. E aí ele não a entregaria na hora que coletarem nossos depoimentos.

— Ou seja...?

— Você não vai gostar...

— Bem, eu já não gostei de nada que você disse até agora.

— Ok. Bem, você perderia de qualquer maneira. Ele depondo contra você ou você estando desestabilizada. Então... — Ele remexe os dedos, ansioso. E eu só quero arrancar sua cabeça. — Ele argumentou sobre qual seria o menos ruim...

Não sei dizer qual fato eu preferia que fosse real. O fato contraditório que Luccas inventou sobre a patricinha intolerante de Beverly Hills, ou esse.

Eu o encaro sem expressão. Mas meu coração, por dentro, está dilacerado.

— Isso é ainda pior! No caso, eu posso acreditar em qualquer uma dessas duas opções.

— Não. A primeira é claramente uma mentira.

— E a segunda é pior! Como você tem coragem de dizer na minha cara que eu irei perder de qualquer maneira?

— E o que você queria, Olívia, que eu torcesse por você? Eu a admiro até demais, admiro seu profissionalismo, sua inteligência. Mas... Caramba, você sempre soube que estou tentando recuperar o que perdi. Você sempre soube que somos competidores. A única coisa que parece que você ainda não sabe, ou finge não saber, é que você só me traz problemas. Eu já tinha os piores problemas que poderia ter na minha vida antes, e então você aparece sendo um problema para mim desde que surgiu na minha vida.

Sua voz ecoa e transpassa meus ouvidos. Ele está falando tão rápido que talvez nem tenha percebido o que saiu de sua boca. Ele fecha os olhos como se imediatamente se arrependesse da forma cruel e brusca com que falou comigo.

— Não, Brandon. Não quero sua torcida. Só esperava o mínimo de respeito.

•

Esse sujeito — também conhecido como pedra no meu sapato — é um verdadeiro enigma. Primeiro, ele começa me odiando, depois se torna amigável, aí decide sobre o pagamento de Kyra sem me consultar, e, então, pede desculpas e admite estar errado. Depois, mais amigável... tantos momentos até ele me beijar... e me perseguir. E agora isso.

Ele é um mistério. Um livro incapaz de ser lido. Ignorante, porém inteligente. Ele é um líder nato — um pouco perturbado, eu diria, porém sabe exercer sua autoridade.

Ele já disse que foi para isso que nasceu, afinal. Mas em que sentido?

Meu celular começa a vibrar. Olho para baixo, vejo o nome e, por um momento, considero jogá-lo na parede. No entanto, lembro que não tenho tanto dinheiro para me dar a esse luxo e comprar outro aparelho.

Brandon:
Você não me deixou terminar minha explicação.
Eu sei que lhe devo isso.

Eu me jogo de costas na minha cama, ignorando a mensagem. Preciso tirar meu foco dele. O sentimento de ser subestimada e feita de idiota está de volta. Entretanto, não aceito mais isso. Preciso esvaziar minha mente, então eu me deito e me permito não pensar em nada. Ou pensar em outra pessoa que não seja esse ser com a letra B. Talvez eu possa pensar em Neidhan.

Lembro-me do que aconteceu dois dias antes.

Assim que Luccas e Bárbara saíram, voltei para o meu quarto ferida, machucada... apavorada.

Estava andando e encarando o chão, contando meus passos sem rumo, quando alguém virou no canto do corredor e se chocou comigo. Eu tropecei para trás e por muito pouco não caí de bunda no chão.

— Opa! — Alguém segurou minha mão. — Você está bem?

— Estou bem...

— Moça da piscina?

Ouvindo como fui chamada, olhei para cima e vi o rapaz que quase me salvou.

Eu não havia reparado nele em momento algum, ainda mais porque estava recuperando minha respiração e estava nos braços de Brandon.

Droga!

Esqueça-o.

— Olá? — Suavizei minha voz.

Ele abriu um sorriso largo para mim. Reparei em seus traços orientais. Cabelos e olhos pretos. Um sorriso simpático. Muito bonito.

— Poxa, que bom encontrá-la. Fiquei pensando em como você estava a cada minuto desses dias.

— Ficou?

— Claro — respondeu com convicção, como se fosse algo bem óbvio. — Você quase se afogou.

— Eu não sei nadar, tampouco segurar a respiração em baixo d'água. Mas fiquei bem depois de um breve repouso.

Ele ainda não soltou minha mão e isso estava me deixando irritada. Decidi afastar a mão com delicadeza e distraí-lo.

— Aliás, não cheguei a agradecê-lo direito, então obrigada. Por aquele dia... — *Na verdade, por quase nada naquele dia. Mas deixe-o pensar que sim.* — E por hoje, por não me deixar cair no chão.

Ele encontrou meus olhos e me deu um sorriso de desculpas.

— Sinto muito. Eu não estava olhando aonde eu estava indo.

— Sem problemas, eu também não estava.

Normalmente, uma situação como essas me deixaria inquieta e com a respiração descontrolada causada pelo nervosismo. Contudo, para minha surpresa, estava calma. Talvez por estar em uma situação não planejada e sem muita importância aos meus olhos.

— Eu me chamo Neidhan, e você?

— Olívia. Olívia Mozer.

— Espero que nos vejamos em breve, senhorita Mozer.

— Em breve, sim...

Ele entendeu minha resposta como se fosse de fato "em breve".

— Qualquer dia desses? Poderíamos marcar algo para amanhã?

O quê?

E foi assim que chegamos ao ponto de marcar um encontro. Ou o que quer que tenha sido aquele caos que aconteceu poucas horas antes.

Eu não estava calma, mas também não tão nervosa a ponto de ter uma crise de pânico. Meu problema em ficar pensando por horas em Brandon poderia ter sido resolvido... se ele não tivesse aparecido.

No início, achei que estava apenas imaginando sua presença, porém o rapaz e a moça tumultuando ao balcão do *American Bar* pareciam duvidosos. Quem agiria daquela maneira em uma situação normal? Além disso, o canto do restaurante em que estávamos acomodados contava com poucas pessoas — a meu pedido, que Neidhan concordou, e não achou algo bizarro ou intrigante. Por isso, era fácil reconhecer os rostos de Brandon e Samantha logo mais à frente.

O que mais me irritava era o fato de que eu queria tirá-lo de minha cabeça, tinha feito de tudo para isso depois do que houvera e do que ficara sabendo, mas não adiantava. Parece até que meus olhos precisam desse colírio todos os dias.

Ele estava procurando uma oportunidade para espiar. Fechei os olhos com força; isso com certeza não poderia estar acontecendo.

— Olívia? — o sujeito me chamou. Não, não o sujeito Brandon. Sim, o sujeito Neidhan. — Está tudo bem?

— Sim, está. Só pensei ter visto alguém conhecido.

Ele roçou os dedos no meu pulso, e, com um olhar de esguelha, vi o maxilar do primeiro sujeito endurecer no momento em que ele afastou o cardápio do rosto. Ele murmurou algo que não consegui ouvir, mas que fez sua irmã correr para calá-lo. Isso me deixou curiosa. Quando tentei olhar outra vez, ela estava na frente dele, cobrindo-o, então não consegui ver mais nada.

— Este lugar está me causando umas sensações estranhas — falei a Neidhan, fazendo um biquinho retorcido. — Podemos ir para outro lugar?

— Claro que sim.

Ele me ajudou a levantar oferecendo sua mão, a qual eu aceitei. Ele parecia mesmo ser uma pessoa gentil. Saímos do tormento e seguimos por um caminho com uma maior movimentação de passageiros, o que eu evitava em quase todos os meus dias — para não dizer todos.

Tantas pessoas, tantos olhares... Neidhan segurou minha mão — e não era uma sensação que me agradasse, apesar de generosa. Kyra tinha sido descoberta. Eu seria expulsa do navio e do motivo pelo qual fora contratada. *O que minha família pensará de mim?* Neidhan estava ao meu lado... Incômodo... Alerta... Muitas pessoas... Muitas vozes... Minha mente... Desestabilizar... Ele não gostava de mim... Era fingimento... era uma aposta.

Uma agitação seguida por um calor interno se espalhou por mim pouco antes de um pensamento me atingir e um calafrio afastar qualquer conforto. Um grito alto e angustiante saiu de mim, fazendo Neidhan parar de supetão. Foi horrível.

Eu me joguei no chão e chorei por essa sensação incômoda, quase dolorosa, e pela vergonha de estar sendo observada, ter sido ouvida. Eu me levantei e corri para um lugar mais reservado, jogando-me outra vez no chão ao me ver sozinha.

Neidhan estar ali não me ajudava, não me reconfortava — apenas me causava a percepção de que ele devia achar que eu era alucinada. Seu rosto se retorceu e ele disse que chamaria por ajuda. Sua fala transpassou meus ouvidos e evaporou como uma nuvem de fumaça...

•

Uma batida soa na minha porta no início da manhã. Ao abri-la, deparo-me com Élian.

— Está ocupada?

— No momento, não — respondo, semicerrando os olhos. — Sairei daqui uns dez minutos para ir ao escritório.

— Sem problemas, serei rápido.

Apesar de estar recebendo uma visita, não é apropriado convidá-lo a entrar no meu quarto. Se fosse uma sala, não me importaria tanto. Descubro que essa é uma das desvantagens de morar em um navio. Dou alguns passos e fecho a porta atrás de mim. Ele sabe que é um motivo compreensível.

— Você e Brandon não estão muito bem, não é? Quero dizer... que vocês devem ter discutido...

— Sim.

— Sabe, eu estava com ele e Luccas quando tudo aconteceu. E acredito que tudo não passa de um grande mal-entendido. O caso da mensagem que era mentira, a história sobre ele e Bárbara é incoerente. Ela não tem espaço algum no coração e na mente dele. E ele me disse que você não o deixou continuar sua explicação e ignorou sua mensagem.

— O que me machucou foi saber a verdade, Élian. — Não posso admitir para ele que meu coração se repartiu em vários pedaços ao pensar em Brandon e Bárbara. — Me machucou ouvir o verdadeiro plano dele.

Desse motivo Élian parece que não sabe. Ele cerra os olhos e inclina o queixo, incentivando-me a continuar.

— O que ele disse?

Solto um suspiro. Falo em uma voz rouca e indiferente:

— Que eu perderia de qualquer jeito. Que ele poderia me desestabilizar com facilidade. Pelo jeito, ele me acha fraca e incapaz...

— Ah... Ele disse isso? — Élian parece surpreso de verdade.

Assinto, fechando os olhos.

16

BRANDON

Betto e eu estamos no escritório dele – sim, ele tem um –, ocupados com alguns assuntos de trabalho, embora isso não tenha me impedido de pensar em Olívia.

Senhorita Mozer. Imagino-me falando isso perto dela, em seu ouvido. Ou irritá-la dizendo *senhorita Miller*, já que ela prefere o Mozer.

Como aquele cara pôde deixá-la sozinha e desamparada? Não que ela não seja forte para passar por tudo que passa, mas não precisa passar sozinha. Se eu a tivesse encontrado nesse momento...

Um grito me tira dos meus devaneios:

– Putz, cara, vou repetir para você o que eu venho repetindo ao menos cinco vezes no trajeto do corredor da cabine de Olívia até aqui. Como eu defendo você desse jeito?

Élian para e abre as mãos nas laterais do seu corpo, em incompreensão. Betto e eu nos entreolhamos.

– O que você estava fazendo na cabine da senhorita Miller, Élian? – Betto pergunta.

Eu quero corrigi-lo, pois o certo para Olívia é Mozer, e entre Betto, Élian e eu, nós temos esse tipo de liberdade uns com os outros. Mas pressinto que não é um bom momento.

– Fui defender esse... esse pilantra!

— Calma, Élian. O que houve?

— Assim não dá mesmo para defender você. Você disse que iria desestabilizá-la e fazê-la se sentir uma pessoa fraca? Negou o...

Faço um gesto com a mão para Élian não falar nada sobre o beijo na frente de Betto. Essa é uma das poucas coisas que ele não deve saber.

E caramba! Negar o beijo? Como eu poderia fazer isso? Foi o momento mais doce que já tive em tanto tempo de tormenta.

— Você sabe que eu tentei me explicar por mensagem, só que ela não quis nem mesmo ver. Você me entende e sabe que saiu errado, que me expressei mal. Não era isso que eu queria dizer a ela.

— Faça alguma coisa para consertar isso se não quiser perder algo que pode ser especial para você.

Betto olha para mim, suas sobrancelhas quase chegando na testa.

— Não sei sobre o que vocês brigaram dessa vez, e não estou interessado em seus combates verbais e confusões, mas uma coisa me veio à mente agora. — *Não cite o quase beijo. Não cite o quase beijo. Não cite...* — Por favor, não me diga que ia fazer o que eu pensei quando entrei — Betto diz. Droga! — Você já se meteu em problemas demais, não acha?

— Ok, eu não estava fazendo o que você pensou quando entrou — respondo com uma pitada de sarcasmo. Na realidade, não é mentira; tampouco é verdade. — Sério, Betto, você entrou quando estávamos próximos. É aquela coisa de ter a ideia errada no momento errado.

Mentira...

— Espero mesmo que não seja, uma vez que você já se prejudicou por algo assim. Pior, eu diria, claro.

— Falando nessa situação, Betto, você acha que... eu ainda sou muito odiado? Quero dizer, eu sei que errei muito... — comento e vejo o olhar do meu irmão, atrás de Betto, examinar meu rosto. Talvez ele não esperasse minha admissão. — No entanto, ninguém ouviu isso ainda nem poderiam supor, dada a minha reputação. Eu até mesmo cogitei repassar meu título para Élian, mas depois pensei que poderia sobrecarregá-lo demais com algo que aconteceu por minha culpa. Se bem que já havíamos conversado sobre essa sábia possibilidade. Muito sábia, a propósito.

— Sabe qual é a primeira coisa que você pode fazer para verdadeiramente reconhecer que errou? — Faço uma leve careta, sem entender, e balanço a cabeça. — Parar de ficar se culpando e se lamentando. Você já reconheceu seus erros, por mais que ninguém acredite. E ficar se culpando abre ainda mais espaço para ficar remoendo o que agora faz parte do seu passado. E o que isso causa? Ainda mais erros. Porque ataca o seu emocional, faz você se desestabilizar.

Desestabilizar, bem a palavra que eu não quero ouvir. Posso estar começando a compreender por que essa palavra machucou Olívia. Não é fácil de se ouvir.

— Desestabilizar, é? — murmuro. — Aí está, mais uma coisa em que errei, mesmo que não fosse minha intenção. A cada dia que passa eu só faço tolices. Vocês devem estar me achando um idiota agora.

De repente estou me sentindo um lixo.

— Nós já o achamos um idiota, pare de tentar provar que estamos certos — responde meu irmão, como se "idiota" estivesse estampado na minha testa.

— Isso, Élian. Ria mesmo da desgraça alheia. — Tento descontrair. — Como meu irmão, você deveria estar me ajudando.

— Surpreenda-nos. Diga algo inteligente — Betto intervém.

O que dizer? Paro e fico pensando por alguns segundos agoniantes. Não que eu não possa fazer o que ele acabou de pedir, mas estou quebrado. Há apenas uma coisa lógica a se dizer, e talvez a única existente que possa ser feita.

— Vou consertar tudo. E, principalmente, irei *me* consertar.

•

Levo um segundo para me mover. Estou relutante em olhar para qualquer um à minha frente, até mesmo o meu irmão. De repente, sou atingido por uma chuva de vergonha e pelo pensamento de que, quando tudo isso acabar, se eu tiver conseguido recuperar tudo e reerguer o que destruí, Élian pode ser o primeiro e único que mereça as devidas honras. Ele sempre segura todas as minhas falhas, ele sempre leva tudo para o lado racional, ele merece o respeito que meu pai não reconhece e de que sentimos falta. Ele é a pessoa que merece o amor de todos ao seu redor.

E, do outro lado, hesito em olhar para Olívia. Betto a chamou para comparecer no escritório. Olívia escolhe se sentar na borda de seu assento, porém indiferente ao notar que é ao meu lado. Seu corpo está emitindo todos os sinais do que ouvi da doutora Ottherman: pernas balançando rápida e incansavelmente, mãos frias, rosto pálido, mordidas nos lábios... e o pior, ela pode nem perceber ou sentir.

Já sei que o problema contra o qual ela luta pode se manifestar a qualquer momento, então prefiro prestar mais atenção nela do que no que Betto tem a nos dizer. Sei que Olívia não quer nem lembrar que estou ao seu lado, em pessoa. No entanto, eu quero dar a certeza a mim mesmo de que estou ao seu lado, em qualquer minuto que precisar.

Os ombros dela se enrijecem quando me pega a olhando. Mas ela não diz nada.

Ela é tudo que eu posso ver, o brilho em seus olhos. É a minha decadência ver mágoa neles, preocupação e cansaço mental. Eu não sei mais o que sentir, exceto a culpa me corroendo.

— Senhorita Mozer — Betto se recompõe e inicia —, eu queria saber o que estava fazendo na piscina em horário de trabalho.

— Nada.

— Nada? — Ele ergue uma sobrancelha, impaciente. — É logicamente impossível.

Olívia dá de ombros.

— Pegando um ar.

— Só isso?

Não mencione Kyra, Olívia. Respire.

— É a verdade, eu estava apenas pegando um pouco de ar. Agora isso também é proibido? Ficamos trancados em um escritório por longas horas fazendo trabalho redobrado, e nem mesmo temos direito a um almoço decente? E vocês ainda tiraram o cartão de líder de Brandon. Acham que somos robôs ambulantes?

Minha nossa... Essa é a primeira vez que a vejo estourar com alguém do alto escalão, do qual já não faço mais parte. Élian e eu nos entreolhamos, chocados.

Mas eu gostei de ver esse lado dela, confesso.

— Bem lembrado sobre o cartão, senhorita Mozer. — Betto estende a mão. — Entregue-me o seu.

O quê?

Ela solta uma risada nervosa e incrédula.

— O quê? Está de brincadeira, né?

Betto se levanta e tira os óculos. Seus olhos estão fixos em Olívia.

— Eu não faço brincadeiras com ninguém, senhorita Mozer.

Suponho que minha objeção nem será ouvida, já que Betto demonstra não estar com paciência para debates. Se bem que eu mesmo não considero o que pensei.

— Betto — interrompo por fim —, não tem necessidade disso. Não tem motivo.

— Brandon, acho que você não está em posição de me dizer o que fazer.

— Receio ter que concordar. No entanto, peço que reconsidere, não por mim, mas por *ela*. O que tirar alguns minutos para renovar as forças tem de tão ruim?

— O que tem de ruim é que *vocês não são passageiros* — ele fala pausadamente enquanto aponta na minha direção. — Você... como admitiu agora há pouco, tem muito o que consertar tanto com a sua família quanto com a empresa. Ninguém o odeia, Brandon. Só que você sabe o quanto os decepcionou. — Ele vira o dedo na direção de Olívia. — E a senhorita, Olívia Miller Mozer, deve aprender a se igualar e respeitar as normas impostas.

Segundos se passam sem que nada aconteça. Para ser sincero, eu não tenho mesmo nenhuma moral. Eu não sou mais como um chefe que pode intervir em qualquer decisão. Eu não mando mais em Betto, mesmo que fizesse pouco isso, por sermos amigos. Sei que existe aquele ditado "amigos, amigos, negócios à parte", no entanto não consigo levar isso ao extremo.

— Vocês têm mais perguntas? — Vendo que não respondemos, ele prossegue: — Ótimo. Então não teremos nenhum problema. Me entregue o cartão, senhorita Mozer.

Mais pálida do que já estava ao entrar no escritório, Olívia remexe nos bolsos do terninho, retira o cartão de líder e o entrega a Betto.

Para mim é o suficiente. Decido sair antes que faça mais alguma tolice.

Despretensioso, encosto-me na parede, com as mãos nos bolsos da calça, até que Olívia e Élian saiam do escritório de Betto. Ela não interpreta minha postura como se eu estivesse esperando por um deles. E não estou mesmo. Fecho os olhos com um suspiro pesado.

Ótimo momento para fazer isso, Brandon. Parabéns.

Olívia entende o suspiro como prova de que tudo o que ela imagina que eu pense sobre ela seja verídico. Ela passa por mim com uma postura hostil atípica, como se eu fosse um ser desprezível que ela prefere tratar como desconhecido.

Vendo-a se afastar, inclino a cabeça e a chamo. Ela para, porém não se vira.

— Eu vou deixar vocês conversarem — Élian diz antes de sair.

Como ela ainda está de costas, eu me aproximo e passo de leve as minhas mãos nas dela. Ela abaixa lentamente seu rosto para a direita e olha para nossas mãos.

— Não mereço sua atenção, eu sei.

— Brandon...

— Não quero discutir com você. Você não me vê mais como um possível amigo, se é que um dia viu. Só que eu garanto que vou fazer tudo o que for preciso para ter sua confiança de volta. — Esboço um sorriso ao senti-la estremecer contra mim. Seus olhos castanho-claros se movem para cima, para encontrar os meus. Suas emoções ainda são indecifráveis, mas sei que ela está ouvindo com atenção o que eu digo. — Eu vou consertar as coisas.

Sem dizer mais nada ou esperar por uma resposta, solto suas mãos e vou embora. Nunca em minha vida imaginei que pudesse sentir dor ao ver alguém me olhar daquele jeito. Olívia conseguiu esse feito comigo. Dói em mim saber que sou, em parte, o responsável por aquele olhar magoado no rosto dela.

•

Já durante a noite, quando estou no meu atual quarto, olho para o relógio do celular pela centésima vez: 4h50 da madrugada.

Remexo-me o tempo todo, não consigo dormir. É a culpa falando para a minha consciência que eu sou um babaca estúpido. No momento em que vou olhar o relógio pela centésima primeira vez, aparece uma notificação de mensagem de... Olívia.

Minha Víve... Ela quer falar comigo!

Sento-me num salto e me preparo para ler sua mensagem.

Olívia:

Espero não ter o acordado, caso você leia esta mensagem agora. Caso não, não espero nada. Às vezes você me deixa confusa, Caldwell. Perdida. E sim, respondendo sua pergunta retórica de hoje mais cedo: eu o considerava meu amigo.

Não que você mereça explicações minhas, mas não sei por qual motivo eu gostaria de lhe contar algo mais pessoal. Mais íntimo, na verdade. Eu sei, sim, o que se passa comigo, só nunca quis admitir ou reconhecer. É extremamente difícil para mim estar nesta posição em que estou agora. Basicamente, se fosse por escolha minha, eu provavelmente pensaria duas vezes. Estou aqui para mostrar a algumas pessoas da minha própria família que sou capaz de fazer algo útil, mesmo que não seja necessário. Ninguém precisa provar nada a ninguém. Mas eu estava cansada.

Cansada de ser tratada como inferior. Cansada de ser perseguida pelo meu passado. Cansada de ser tachada como a garota que não sabia o que queria.

Durante muito tempo da minha adolescência, eu era motivo de brincadeiras ofensivas. Principalmente no colégio, onde até os professores faziam piadas sobre meu jeito quieto em outras salas. E eu sabia, porque tinha uma amiga em outra sala que me contava tudo. Nos conhecíamos desde muito pequenas.

Quando eu falava, alguns adolescentes me olhavam com zombaria, alguns riam quase que silenciosamente, me imitavam, mas falhavam. Porque eu ouvia. Eu via a hora passar lentamente, torcendo dolorosamente para que o dia naquele lugar terminasse. Eu chegava em casa chorando, e não queria falar com ninguém para que não vissem. Muitos dizem que isso é besteira. Drama. Coisa de criança.

O que eu tenho hoje é talvez o que pode ser chamado de desconfiança. Medo. Trauma. Quando estou envolvida em alguma coisa em que me sinto desconfortável ou que tenha *muitas* pessoas, tudo o que eu ouço são todas aquelas vozes e risos de volta em minha cabeça. Elas vêm e demoram para ir embora. Me vem a insegurança. Parece que eu volto no tempo, desde os meus onze aos dezesseis anos, passando por tudo aquilo novamente.

Eu não sou a mesma de antes, mas também não sou quem poderia ser.

Eu agradeci aos céus por ter você. Se você soubesse o tamanho do medo que senti no primeiro dia... Agradeci pela Kyra, pela Sam, pelo Élian. Por todos terem me aceitado. Mas eu estava tão, tão agradecida por você. Porque parecia que você era o que mais me entendia, sem saber. Parecia que você tinha cruzado meu caminho para ser um acalento. Um presente divino. Porque você me disse que me entendia.

Não estou me vitimizando, pelo contrário, precisei tirar forças e coragem de onde não tinha para lhe contar isso. Porque tudo tem um motivo, não é? E, apesar de tudo, eu não sei explicar o porquê... mas sinto que talvez um dia eu possa voltar a confiar em você. Aquele não era você. Eu senti isso pela primeira vez na minha vida. No entanto, esse é um pensamento longínquo, por agora.

P.S.: segure o ego grande, capitão!

17

OLÍVIA

Brandon e eu nos sentamos frente a frente na sala de reuniões. Estamos segurando um bloco de notas e canetas. Nosso dia se resume em anotar soluções para o navio. Durante metade do período da manhã, nós ficamos em um silêncio perturbador e também não ousamos olhar um para o outro. Não sei o que ele deve estar pensando depois da mensagem que enviei.

Meu celular está no meio da mesa quando uma notificação soa. É uma mensagem de Neidhan, e é inevitável que Brandon veja. Não tem como ele não ver, pois estamos a poucos centímetros um do outro, e o meu celular está no meio, embora devesse estar ao meu lado. Não sei onde estava com a cabeça ao colocá-lo ali.

Brandon franze os olhos, mas não diz nada.

Neidhan:
Tudo certo para hoje à noite?

Puxo o arquivo em que estou trabalhando para mais perto e continuo rabiscando alguns pontos, mesmo com minha mente não sabendo definir quais palavras estão saindo neste papel.

Outro toque.

Neidhan:

Porque eu estou ansioso.

Brandon solta um suspiro alto. Recosto-me na cadeira e suspiro também. Ele levanta os olhos de seu bloco de anotações e mira os meus. Engulo em seco. Ficamos em silêncio por alguns minutos, apenas nos olhando.

Uma parte de mim quer pegar o celular e cancelar qualquer saída com Neidhan. Porém, a outra parte de mim – a mais sensata – lembra que o sujeito irresistível aqui, bem na minha frente, é meu concorrente. E filho do meu chefe. E neto do chefe dos chefes.

Eu balanço a cabeça e volto a atenção para meus rabiscos.

– Você já se perguntou se está fazendo a coisa certa? – ele pergunta por fim.

– Como é?

– Já?

– Bem, eu anotei algumas sugestões de lazer para aquele espaço vazio...

– Não estou falando disso – interrompe. – Estou falando desse cara, Nathan.

– É Neidhan. E o que tem ele? – Ele assente com indiferença. Falar o nome errado não importa para ele. – Você leu a mensagem, seu babaca?

Rasgo um pedaço de papel, amasso e o jogo nele.

– Ei, ei! – Ele se defende com as mãos. – Você deixou seu celular bem na minha frente, o que esperava? Posso até pensar que foi de propósito.

– Jamais seria. Não que eu lhe deva satisfações, mas nós vamos tentar um segundo encontro.

– Olha, é melhor pararmos por aqui. Estou assumindo que essa história não vai resultar em nada de bom para mim.

– Que bom que você sabe que não tem que ser bom para *você*.

Pego meu celular; estou hesitante sobre o que farei a seguir, porém é o certo. Ou não é o certo – talvez apenas adequado e educado.

Olívia:

Sim, continua certo. Um lugar mais reservado? Asseguro que vou explicar meus motivos.

Neidhan:

Claro, como você quiser.

Não sei por que, mas pressinto que isso será difícil.

•

– Oi – falo a Neidhan enquanto desço as escadas.

Ele se vira e abre um sorriso largo para mim. Em seguida, abraça-me com carinho e me cumprimenta com um beijo em cada lado do meu rosto. Isso foi um pouco estranho.

– Oi, linda. Então, aonde quer ir? – *Algum lugar em que certos dois irmãos não decidam se aventurar, por favor. Esse dia já foi vergonhoso demais.* Consigo manter minha cara séria. – Sei que você pediu um lugar mais reservado, mas qualquer lugar público e aberto que seja em um navio terá muitas pessoas – ele diz. Nossa, não pensei nisso! – Que tal algum restaurante?

Ah, não!

– Na verdade, Neidhan... a ponte panorâmica é vazia neste horário, em que as pessoas costumam procurar por diversão. Poderíamos ir lá?

Neidhan faz uma careta e tira um momento para refletir antes de concordar. Contudo, suas palavras seguintes demonstram que ele não está satisfeito com minha sugestão:

– Veja bem, Olívia Miller, se você procura um lugar vazio para estar, creio que vir a um navio não é a melhor opção para você.

– Você teria liberdade para dizer isso se eu estivesse aqui por escolha própria, pessoal e por lazer. Mas eu estou aqui a trabalho.

– Trabalho, é? – Ele não parece muito surpreso. – Eu queria apenas passar um tempo e conhecer você, Olívia. Então, o que acha de mudarmos de assunto e aproveitarmos? Pensei nisso o dia todo.

Respire, inspire, expire e respire mais uma vez.

Fazemos um tempo de percurso até chegarmos à ponte panorâmica.

— Sabe, eu estou há dias curioso sobre uma coisa.

— O quê? — pergunto.

— Aquele rapaz que a ajudou primeiro na piscina, que chegou antes de mim... — Ele dá uma risadinha. — Vocês se conhecem? São próximos ou algo assim? Porque ele parecia estar muito preocupado e disse que cuidaria de você.

Ele disse? Ah, meu Deus!

Eu não me lembro de nada do que aconteceu depois que Bárbara me jogou na piscina, exceto o momento em que acordei com as crianças bagunçando ao meu lado. E quer saber no que estou pensando agora? Posso fechar os olhos e descrever em detalhes. Apenas não seria apropriado.

— Brandon é... um amigo meu. Nós trabalhamos juntos aqui no navio.

— Trabalham?

— Sim. Então é normal ele querer me ajudar naquela hora.

— Ele dizer que cuidaria de você também tem a ver com aquele dia em que ele surgiu não propositalmente em nosso encontro? — Posso ouvir um tom de sarcasmo vindo dele.

Sem querer, enquanto Neidhan e eu conversávamos por mensagens, esse fato me escapou.

— Ele só estava preocupado comigo.

— E por quê? — Neidhan está começando a se irritar.

Eu não devo satisfação nenhuma a ele, e esse nervosismo todo não tem sentido. Estamos nos conhecendo há apenas alguns dias, e ele se sente nesse direito?

— Escute, eu tenho problemas com os quais não consigo lidar sozinha. Já suportei essa solidão por muito, muito tempo e decidi que não irei recusar ajuda se precisar.

— E o que é que você tem?

— Pressinto que você não entenderia.

Neidhan me para e segura minhas mãos nas suas.

— Tente.

Inalo uma dose de ar puro suficiente para reunir coragem. Depois de Brandon, Neidhan será a segunda pessoa a quem eu contarei.

— Não sei explicar muito bem o que é. Mas todas as vezes que fico nervosa, ansiosa ou com muito medo de algo... eu começo a passar mal. Me sinto muito mal mesmo, como se estivesse sendo sufocada e alguém estivesse amarrando um nó impossível de desfazer dentro de mim. — A testa de Neidhan franze e seu aperto em minhas mãos suaviza. Será que ele não está entendendo nada do que estou tentando dizer? — Eu evito lugares com muitas pessoas, lugares muito fechados... Eu fico com medo de certas coisas por antecipação. Então, a angústia se apodera de mim. E fica.

Sua inexpressividade é ainda mais angustiante. Quando decido me abrir com ele, tentar explicar o que causou tudo aquilo no nosso primeiro encontro — que não passou de nada mais que um completo fiasco —, ele cospe:

— Desculpe, Olívia, mas isso é besteira.

— Besteira?

— É... sabe, frescura. Passar mal por medo e se sentir triste pelo quê?

Não consigo acreditar nos meus ouvidos. Ele está me dizendo que o que eu sinto é frescura? Para mim sempre foi complicado me abrir para outras pessoas, contar a elas sobre meus problemas, minhas frustrações, meus medos, meus sentimentos. Sempre imaginei que poderiam ocorrer reações como a que Neidhan acabou de demonstrar, e o que me vem à mente são as repetidas vezes que penso que posso estar errada em tudo, falando coisas erradas. Entendo que isso é o que recebo por falar aos homens sobre meus problemas antes de nos conhecermos. A necessidade de desabafar, jogar tudo para fora, às vezes faz isso.

Minha cabeça começa a girar, e não presto atenção em mais nada. Tudo ao meu redor está girando. Eu apenas sinto que concordei com ele com um assentir de cabeça — não que eu esteja concordando, mas eu já não tenho controle do que passa por mim. Começo a me afastar e andar depressa. Neidhan está me seguindo, chamando pelo meu nome. Então aperto ainda mais o passo, até o momento em que percebo que estou correndo. Corro, com o coração acelerado, querendo chegar logo em meu quarto. Nem percebo que Samantha está no meu caminho. Esbarro nela sem querer, e, quando ela nota meus olhos segurando lágrimas, preocupa-se.

Não consigo responder a nenhuma de suas perguntas. Estou tão imersa na minha agonia e mágoa que as palavras não saem. O pensamento acelera – por mais que queira, meu físico não consegue acompanhar o pensamento; o nervosismo faz com que me atrapalhe na colocação das palavras, que, em pensamento, são tão objetivas, porém, quando quero me expressar e explicar, não consigo e elas saem como se estivessem "embaralhadas" umas nas outras.

Seguro nos ombros de Sam e logo a solto. Sua expressão ainda não mudou; ela está preocupada, confusa, e eu estou perdida. Tonta, começo a andar e a cambalear. Tiro as sandálias dos pés e as carrego na mão, sentindo o chão frio tocar e arranhar a planta dos pés descalços. Agarro meus cabelos e os fios se soltam na minha mão sem esforço. Minhas palmas estão suadas e meu corpo treme. Não me vem ao meu completo entendimento que Sam está me ajudando e me guiando até meu quarto, mesmo que eu esteja observando e sentindo seu toque no meu braço direito.

É demais para mim.

Primeiro, Brandon.

Depois, Neidhan.

Por que tudo isso me acontece? O problema é comigo?

Eu gostaria de ter dito inúmeras coisas a ele, mas algo me travou. De novo.

A última coisa que vejo antes de me jogar na cama é uma mensagem no meu celular:

> **Neidhan:**
> Por que você correu de mim? Não queria magoá-la.
> Me desculpe. Pode acreditar que vou consertar
> as coisas com você.

Mesmo não absorvendo completamente a tal mensagem, sinto que aquela frase é familiar, como um *déjà-vu*.

"Vou consertar as coisas com você."

18

BRANDON

— O que aconteceu? — pergunto, atravessando a porta em um estado de histeria.

— Ela está muito nervosa — Sam diz. — Parecia estar hipnotizada enquanto eu tentava falar com ela, parecia que queria chorar, mas sufocou as lágrimas e começou a ficar brava.

Samantha está apreensiva, contudo eu já sei o que é assim que ela começa a explicar.

— É melhor eu ficar aqui com ela — digo.

— Brandon... ela pode não gostar disso quando acordar.

— Confie em mim, Sam. Eu não faria nada que a incomodasse, invadisse sua privacidade ou a machucasse. Você é minha irmã, tem que confiar em mim. Eu já presenciei esse momento dela, sei o que fazer.

Ficamos em silêncio por vários momentos.

Ela assente.

— Ok. Vou confiar em deixá-la com você — ela diz duramente, apontando um dedo para mim.

Assim que Sam sai, olho para Olívia e penso no que fazer. Óbvio que não vou causar desconforto algum a ela, e, mesmo dormindo, ela ainda está tremendo, com algumas lágrimas manchando suas bochechas vermelhas. Preciso tranquilizá-la, mostrar a ela que não está sozinha.

Eu me deito na cama e me aproximo dela. Chegando mais perto, a ponto de abraçá-la, apoio suas costas em meu peito, e, mesmo assim, consigo sentir seu coração acelerado. Tento encontrar uma solução para acalmá-la sem que ela acorde. Lembro-me de quando a vi no corrimão do segundo andar enquanto eu estava com Élian, Samantha e Luccas na proa. Ela me viu tocando e cantando, e é disso que ela precisa agora. É isso que farei.

Não tão alto, e mais como um sussurro, afasto algumas mechas lisas de sua testa e começo a cantar uma música de James Arthur, *Certain things.*

And there's certain things that I adore
And there's certain things that I ignore
But I'm certain that I'm yours
Certain that I'm yours
Certain that I'm yours.[2]

Sinto o seu coração ir se acalmando aos poucos a cada palavra cantada. Ela ainda não sabe que estou aqui, e continua dormindo; ainda assim, ela recebe a conexão que envio a ela. Não precisa olhar para saber que a temos. Basta estarmos próximos um do outro.

Eu puxo as cobertas sobre nós e continuo cantando até sentir minha própria exaustão se manifestando.

Espero que ela não fique brava comigo por fazer isso. Por ficar aqui com ela. Espero que ela não compreenda isso como uma invasão de privacidade.

— Fique bem, minha gatinha.

E assim continuo cantando, até eu mesmo adormecer.

2. Em tradução livre: "E há certas coisas que eu adoro / E há certas coisas que eu ignoro / Mas estou certo de que eu sou seu / Certo de que eu sou seu / Certo de que eu sou seu".

19

OLÍVIA

Quando acordo, sinto um peso perto de mim. E um perfume que reconheço como meu próprio nome. Mexendo a cabeça, vejo um braço em cima de mim, envolvendo minha cintura.

Ele está usando sua jaqueta jeans preta e o relógio de ouro ainda está em seu pulso. Pode ser que ele tenha vindo me ver e ficou.

Eu me viro e o observo dormindo. Tão calmo e bonito que me atrevo a acariciar seu rosto e seus cabelos macios – e, poxa, é um cabelo tão gostoso de acariciar –, até me dar conta do que estou fazendo. Como pode alguém mexer tanto assim comigo? Até dormindo?

Eu me sento e balanço seu ombro algumas vezes.

– O que você está fazendo aqui, Brandon?

Espero alguns minutos. Sonolento, ele responde:

– Sam disse que você estava nervosa.

– E?

– E nada. Você se acalma mais rápido quando eu estou por perto. Bem perto. – Ele abre um olho. – Ou vai negar?

– Tá, pode até ser. Mas não fique se gabando.

– Não estou me gabando. Só que também não estou mentindo.

Meu coração está batendo na minha garganta. Suas palavras são como um sussurro, e eu mantenho meus olhos fixos no cobertor, hesitando em voltar a olhar para Brandon.

— Era você cantando no meu ouvido durante a noite, não era? Eu achei que estava sonhando.

Brandon abaixa a cabeça e confirma.

— Funcionou. Eu acho — ele diz, dando um sorriso fraco. — Está vendo isso? Conseguimos sentir um ao outro, mesmo não estando completamente conscientes.

— Não exagere...

— Não estou exagerando. Eu consigo mesmo... descrevê-la até de olhos fechados, Víve.

Fico hipnotizada enquanto ele olha nos meus olhos e então, em um gesto lento, seus olhos caem para a minha boca por um longo momento. Seu olhar é tão doce e cheio de um sentimento reprimido e amordaçado que eu não sei definir o que é. Posso dizer que ele está se forçando a voltar o olhar para meus olhos, contra a sua vontade, quando seus belos olhos azuis se atam aos meus e suas pupilas dilatam.

Perco minha breve concentração e me forço a desviar o olhar antes que ele perceba minhas bochechas coradas.

— Eu agradeço, e muito, pelo que você fez nesta noite. Mas não adianta me dizer que consegue me descrever de olhos fechados, porque, até onde sei, você precisaria ter algum tipo de sentimento para conseguir esse feito. E pelo que sabemos sobre aquela aposta ridícula, o que você me disse antes ou o que quer que tenha sido aquela falta de decoro, não há nada. — Faço questão de dar ênfase no fim e lembrá-lo de tais detalhes, se é que ele esqueceu.

Ele se aproxima de onde estou sentada. Sinto seu calor atrás de mim.

— Eu disse por mensagem que você não me deixou terminar minha explicação. Posso agora? Você vai me ouvir?

— Não estou pronta para ouvir mais nada sobre esse assunto agora, Brandon.

— Por favor, gatinha. Não faça isso...

— Não dá! — Olho para ele. Seu rosto estampa dor. Porém, meu coração se quebranta em decepção. — Aquilo doeu em mim, Brandon. De todas as pessoas no mundo, você fazia parte daquelas que eu não esperava nem algo parecido.

Mais uma vez ficamos em silêncio. Ele abaixa a cabeça e concorda.

— Tudo bem, querida. Eu espero seu tempo.

Querida...

Tenho certeza de que essa palavra, que deveria soar afetuosa, é apenas um deslize de sua parte.

Quero entender se esse gesto dele, de me acalmar e cantar para mim durante a noite... saber se também foi um deslize. Ou se é alguma pegadinha de mau gosto, assim como a "aposta".

•

Passei o resto do dia anterior me animando: eu era uma profissional, poderia apenas esquecer o que aconteceu durante a noite e trabalhar com Brandon normalmente, como se nada tivesse acontecido.

Tudo bem que não estou convencida de meu próprio pensamento, mas não custa nada tentar. Isso é de graça.

E é o que eu tento fazer na sala de reuniões. Brandon e eu fomos convocados para uma reunião de última hora na sala do senhor Beaumont. Agora, o negócio vai ficar sério. Pra caramba! Porque chegar a esse ponto — de o senhor Dono de toda a Marinha Grandiosa querer uma reunião conosco... É perturbador.

Na nossa frente, atrás de uma mesa, está o senhor Matthew Beaumont. Ao seu lado, Patrick Caldwell — o pai de Brandon; sem querer, eu me pego fazendo uma inspeção discreta. Sapatos e ternos caros. Olhos azuis também. Barba bem aparada, corpo alto e largo, maxilar forte... compostura digna de um rei. Bem que essas características devem passar de geração para geração.

Do lado dele está a senhora Emília Wright, a mãe de Brandon. Lindíssima, por sinal. Uma ruiva alta, esbelta e com uma elegância exuberante. Seu cabelo preso e a maquiagem estão impecáveis. Bochechas um pouco rosadas e com sardas quase imperceptíveis em seu rosto fino.

Imagine essa mulher em sua juventude. Devia capturar toda a atenção para ela. Seus olhos verdes são muito claros. Já posso ver de quem ele puxou o olhar atraente.

Esses são os donos da coisa toda. Eles humilham sem nem ter intenção.

Já Brandon e eu estamos em pé, com Betto atrás de nós.

Que encontro meio macabro. Qual será a desordem da vez?

— É um prazer enfim conhecê-la, senhorita Miller.

O pai de Brandon me estende a mão e eu a aperto.

— Igualmente, senhor.

— É Mozer — Brandon murmura, dando de ombros.

— O quê?

— Ela prefere que a chame de Mozer. O segundo sobrenome.

Admito, acho doce da parte de Brandon se lembrar de como prefiro que me chamem. Quando meus olhos se voltam para o senhor Caldwell, vejo que ele me observa com atenção. Dou um sorriso tímido e um pouco incomodado. Gostaria de saber no que ele está pensando e se é sobre mim, já que está me olhando.

— Temos um anúncio a fazer antes de reunirmos o restante da equipe. — Opa, espere aí. Como é? — Mas antes gostaríamos de saber como tudo está indo. — O avô de Brandon diz e sorri, simpático.

Brandon e eu nos olhamos, perdidos sobre quem deve começar. Ele quer me dar a prioridade, no entanto, levando em conta que sua família é a proprietária da empresa, seria mais lógico deixá-lo falar primeiro. E é no que insisto, mesmo com sua hesitação.

Ele começa a falar sobre nossa cooperação e trabalho juntos, sobre a resolução de problemas, a imposição de ideias e melhorias. Admiro como ele domina a sala com seu carisma natural e profissionalismo. Todos olham fixamente e admirados para ele, como se pudessem notar sua mudança drástica. Pelo que relatam os tabloides, Brandon não passava de um riquinho que não se importava com os negócios nem fazia nada muito útil. Sua fala sempre foi bem desenvolvida e inteligente quando acompanhava sua família em eventos obrigatórios. Já vi um vídeo de uma declaração sua em um evento de caridade quando ele tinha apenas dezessete anos, e confesso que achei muito bem formada. Mas agora é impressionante. Ele está ciente do que está falando e em nenhum momento se atrapalha.

Seu avô está sorrindo, satisfeito. Sua mãe está entorpecida, com as mãos entrelaçadas. E seu pai... parece... abismado, espantado, chocado. O que é, afinal?

Assim que Brandon termina, é assombroso o silêncio que parece infinito, até alguém decidir falar. Chego a pensar que ficamos horas em silêncio, mas foram apenas dois minutos. Dois longos minutos.

— Meu... Deus... — sua mãe sussurra.

Eu também reagiria igual a ela se soubesse o que ele aprontou no início. Mas ainda sei que não foi algo bom. Dou um sorriso para ele, porém Brandon parece entender o meu sorriso como uma vantagem para mim e derrota para ele. Ele não acredita muito que poderia ter feito uma excelente apresentação.

— O quê? — ele diz, nervoso. — Vocês não ficaram satisfeitos com o que eu acabei de dizer?

— Ah, meu filho, nós estamos... Não sabemos nem o que dizer. Como você mudou e amadureceu, meu amor... — Ela está derretida pelo filho, contudo, assim que percebe que usou um apelido carinhoso no ambiente profissional, logo se corrige, ainda procurando a palavra ideal: — Quero dizer... hã... Brandon. — Por fim, se decide pelo nome.

Brandon esboça um sorriso leve.

Em determinado momento, comento sobre a importância de coletar as considerações dos passageiros e dos funcionários direto com eles e que fizemos isso logo no início.

— É ótimo ver que, mesmo que estejam em uma competição... — o senhor Beaumont começa, enfatizando essas palavras de propósito.

— Uma lamentável competição — o pai de Brandon interfere.

— Como dizia, é bom ver que vocês estão se dando bem.

Ele acredita mesmo na outra faceta dessa história. Na verdade, o nosso "se dando bem" é na base de amor e ódio. Ou em palavras menos fortes, parceria e... bem... E o quê? Ah, desavenças. É, essa serve!

— Talvez tenha entrado na cabeça dela que é melhor assim — Brandon murmura, olhando para o outro lado.

Ah, vai começar! Estava demorando, até.

— Entrado na minha cabeça? Foi você quem começou a desprezar e ignorar o meu estilo de trabalho, por medo de perder.

— Eu não tenho medo da concorrência, ao contrário de certo alguém bem aqui...

— Não, é? Mas ficou todo nervoso com minhas ideias quando havia acabado de começar meu trabalho.

— Claro — ele desdenha. — Grande foi a ideia de entrevistar o antigo funcionário, como se não houvesse outros problemas para resolver antes.

Eu sei que nossa discussão está sendo assistida, mas continuo:

— Você tem muito o que aprender comigo.

— Quer me ensinar, então? Eu sabia!

— Não sou sua professora, seu arrogante.

— Isso a atraí, não é? Admita.

— Você não tem outra coisa para fazer em vez de ficar fazendo charminho?

— Olha só, notou meu charme, é?

— Chega, pombinhos. — Betto coloca o rosto entre a gente, sem sair do lugar. Ele eleva o tom de voz: — Compostura, senhor e senhora administradores. Líderes não agem dessa forma.

O senhor Caldwell balança a cabeça.

— Já vi que isso não é fácil. Você tirou uma conclusão precipitada, senhor Beaumont.

Hum...?

Há algo estranho nisso ou é impressão...?

— Acredito que isso faz parte. Diria até que é interessante vê-los assim, fora, é claro, do ambiente profissional — diz o senhor Matthew. — E vendo como é *curiosa* a relação de vocês, lamento em ter que dizer e fazer isso com ambos. — Ah, meu Deus. O que é agora? Meus dedos já estão formigando só com esse início. — Sei que isso pode ser inesperado, mas vocês são profissionais, e sei que irão dar o melhor de si para enfrentar esse desafio.

— Qual desafio? — A voz de Brandon treme.

A tensão aumenta não só em mim, mas nele também. Nós nos olhamos, assustados com o que virá.

O senhor Caldwell continua, a pedido do sogro:

— Um de vocês passará um mês administrando a sede da companhia, enquanto o outro continuará aqui, no *Captain of the seas*. — O quê?! — E não podemos permitir certos apegos... — ele olha para Brandon — se é que me entende, quanto a ser gêmeo. Samantha irá com você, Brandon. Olívia ficará e terá a ajuda de Élian.

O sorriso fraco do senhor Beaumont me diz que Brandon não está nada satisfeito com isso.

•

O relógio do meu celular, no dia seguinte, marca 6h da manhã.

Hoje, Brandon está de partida para a sede, a qual ele deverá administrar por um mês. O navio atraca de volta no porto de Miami para a saída dos passageiros e, consequentemente, a dele. Se estivéssemos numa boa, como estávamos antes, eu até me arriscaria a lhe desejar boa sorte e, talvez, um abraço.

Quem sabe, um beijo.

Beijo *no rosto*... Foi isso que eu quis dizer.

Estou me arrumando e passando uma maquiagem bem leve quando duas batidas soam na minha porta.

— Um momento — peço.

Termino de passar um brilho labial e vou em direção à porta, abrindo-a. Estranho, não há ninguém. Então, desisto, fecho-a e volto a me arrumar.

Outra batida.

Que raios?

O barulho leve na porta chama minha atenção e a terceira vez é mais alta. *Inacreditável!*

Frustrada, abro a porta e, de novo, não há ninguém aqui. Dou um passo para frente a fim de olhar as laterais do extenso corredor e acabo pisando em algo fino. O caule de uma flor.

Meus olhos se arregalaram. No chão, bem em frente à minha porta, está uma belíssima rosa vermelha – que merece todos os elogios possíveis, entre eles: majestosa, admirável, esplêndida, suntuosa. E, ao lado, um pequeno cartão. Pego-os em minhas mãos e lanço um último olhar para o corredor antes de fechar a porta.

Esta é a rosa mais bela que já vi em minha vida, seu tom forte de vermelho está quase me hipnotizando. E o cartão... Ele é pequeno, e não está dobrado nem amassado. Parece ter sido escrito há pouco tempo. Estabilizo minha respiração para começar a ler.

Bilhete 1
Meu desejo é que você me perdoe.
Minhas mais sinceras desculpas.

Pisco. Releio a mensagem por quantas vezes são possíveis.

É alguém me pedindo que eu o perdoe.

Penso nas possibilidades e há apenas duas pessoas que querem se desculpar comigo. Brandon? Neidhan? Tem de ser um deles, são os únicos que me pediriam desculpas depois do que disseram para mim. Depois que decidiram abrir o portal espiritual das minhas decepções.

Se fosse apenas a rosa, eu pensaria que poderia ter sido qualquer pessoa, mesmo sem ainda imaginar quem. Mas com um bilhete?

Pensando por outro lado, eu já conheço Brandon o suficiente e sei que não é a cara dele fazer algo assim. Tudo bem que ele me ajuda quando preciso, porém na maioria das vezes ele é... sarcástico, brincalhão e arrogante. Ah, e ele é lindo!

Crie vergonha na cara, Olívia. Foco!

Sendo honesta, acredito que romantismo não seja uma característica dele.

Já Neidhan... saí com ele por dois dias. Quer dizer, duas tentativas frustradas que claramente deram errado. No entanto, mesmo a primeira tendo sido interrompida por Brandon e Samantha, a segunda foi por ele mesmo. Ainda não tive chances de saber como ele se comporta e como ele é.

Ambos me disseram que consertariam as coisas comigo. E agora?

Vou até a varanda respirar um pouco do ar fresco que vem com a brisa da manhã. O navio está bem tranquilo, silencioso, dado o fato do desembarque...

Ah, meu Deus. O desembarque!

Pego a chave da minha cabine, uma bolsinha para colocar meu celular e saio às pressas. Esta é a primeira vez, desde que cheguei, que colocarei os pés em terra firme. Encontro o irmão 2.0 no meio do caminho.

— Olá, Élian — cumprimento com um sorriso simpático.

— Olá, parceira. — Ele ri. Ah, ele é tão agradável... ao contrário do seu irmão. — Fiquei sabendo que iremos trabalhar juntos a partir de agora.

— Sim. E Samantha vai desembarcar com Brandon. Irá trabalhar com ele.

— Fiquei sabendo. Aliás, também fiquei sabendo que meus pais gostaram de você. Meu avô, então, nem se fala.

— Você tem uma família bem... — Olho para ele. Élian joga a chave de sua cabine para o alto e a pega, para então jogá-la no ar de volta. Isso, sim, é uma chave, e não um cartão. — Bem interessante. Espirituosos, determinados. Sem falar... que genética boa, hein?!

Ele ri, jogando a cabeça para trás.

— Espero que seja um elogio.

— Com certeza é. Todos vocês têm uma personalidade forte. Sem mencionar que foram bastante agraciados na aparência física.

Élian olha para mim.

— Você também é muito linda, Olívia, e gentil. Doce. Não é surpresa que Brandon a apelidou carinhosamente de "gatinha".

Franzo a testa. Hum...

— Ele deve ser acostumado com essa palavra. Eu não sou a primeira pessoa.

— A única que ele chama de gatinha é nossa irmãzinha Annelise. Ele diz que essa palavra é a que ele escolheu para a pessoa mais especial de sua vida. Vulgo, ela. E, no entanto, ele passou a chamar *você* assim também desde que se conheceram.

— Não deve ter encontrado outra. Não sei como ele não escolheu a palavra "esnobe" para se referir a mim, já que foi isso que ele pensou de mim logo no início.

O rosto de Élian relaxa com um sorriso lento.

Chegamos na rampa de desembarque e avisto Sam e Brandon já fora do navio. Samantha está sorridente, como sempre — o que já não é novidade. Brandon está sério, como se estivesse no fim das férias de verão.

Viro-me para Élian.

— Já que vocês dois são gêmeos, me sinto forçada a perguntar... vocês já ficaram muito tempo longe um do outro?

— Não acho que um mês seja considerado muito tempo, mas... em algumas poucas ocasiões. Até mesmo no inte... hã... — Semicerro os olhos quando ele se interrompe. — No colégio... estávamos sempre juntos. Era um lugar difícil de lidar, então protegíamos um ao outro sempre que possível. E crescemos assim. Nos mudamos para o navio e, sinceramente, é difícil ficar longe desse jeito, mesmo se quiséssemos. Às vezes, Brandon passava três ou quatro semanas em seu apartamento em Miami, às vezes chegava a ser uns dois meses, mas logo que o navio atracava ele voltava para nós e ficava mais tempo.

— Ele tem um apartamento em Miami?

— Sim. No início, ele não estava em plena concordância sobre morar em um navio de cruzeiro em alto-mar. Ele só começou a se acostumar quando fez dezenove anos. Ou seja, bem recente.

— E você... concordou com a ideia?

Élian balança a cabeça.

— Para ser sincero, eu queria estar onde minha família estava. Mesmo Brandon estando fora por alguns dias, eu ainda estaria com meus pais e meus irmãos. E com meu avô... quando ele sentisse vontade. Então, eu não ficaria isolado.

Do alto da rampa, noto Brandon olhando para Élian e eu. Os seus olhos azuis estão queimando. Aceno um "tchauzinho" com a mão, e ele revira os olhos com minha provocação. Se ele tiver entendido bem... *ela tem duas facetas.*

Tchau, tchau, capitão.

Após alguns minutos, Annelise desce a rampa correndo como um tufão e pula com tudo nos braços de Brandon. Ele recua dois passos com a força da pequena, mas logo se equilibra.

— Para Annelise, será difícil — Élian continua, olhando para eles. — Ela ficará triste todos os dias sem vê-lo, já que suas férias e de Enricco irão terminar antes que Brandon retorne. Ela é muito apegada a ele. O que é engraçado, pois, quando ela era bebê, Brandon a ignorava, e agora ela é a princesinha dele.

— E com você e Sam?

— Ela é um amor com a gente também. Mas, não sei por que, ela tem um apego muito grande a Brandon. Já Enricco... ultimamente, prefere manter distância dele, e isso nós não estamos entendendo. Pensei no início que fosse uma coisa normal por que as crianças passam, aquilo de ser de um jeito diferente a cada idade. Mas ele não é assim comigo ou Samantha.

— Brandon me disse algo parecido.

— Bem, eu vou lá me despedir deles.

Élian sorri e desce a rampa em direção a seus irmãos. Aproximo-me pouco, apenas o suficiente para escutá-los em baixo tom.

Brandon coloca Lise no chão e se ajoelha na frente dela, que tem lágrimas nos olhos.

— Desculpe, pequena. Eu não queria que suas férias terminassem assim. Aliás, não queria que elas fossem assim. Só que agora eu tenho uma obrigação a cumprir por causa de uma bagunça que fiz. Em breve tudo vai voltar ao normal, como era antes. Ok? — A pequena, ainda triste, balança a cabecinha. Brandon se levanta e se dirige a Élian. — Por que isso agora? Por que eu tenho que ir para outro lugar? Por que não ela?

Ele gesticula em minha direção, tendo consciência de que estou olhando.

— Vá com calma com as perguntas. Quer que ela ouça?

— Não me importa que ouça!

— Você está se exaltando e perdendo a cabeça por besteira. Antes você gostava de ficar em seu apartamento.

Brandon bufa.

— Quer saber, eu vou para o carro. É melhor acabar com essa situação logo.

Élian o puxa pelo colarinho da camisa, envolvendo-o em um abraço.

— Ei, cara. Cadê meu abraço? Não é assim que você vai.

Depois, Sam dá mais um abraço em Élian e de longe acena para mim, que retribuo. Brandon entra no carro depois dela e sai logo em seguida. Eu ouço o que ele diz:

— Esqueci a chave do apartamento. Deve ter ficado no meu antigo quarto.

— Agora é antigo? — Élian brinca.

— Cale a boca! Eu vou lá pegar.

Brandon corre, passando por mim, e sobe a rampa. Tomo uma decisão e, sim, é a coisa mais idiota que já fiz.

Eu o sigo, espreitando pelas sombras e qualquer coisa que possa me esconder se ele perceber. Deixo uma certa distância entre nós.

Sou fraca para bebida, mas talvez um golinho de álcool fosse útil para meus nervos agora.

Brandon *e eu* chegamos à Suíte Royal, no Yatch Club — sua amada suíte. Ele encaixa a chave na fechadura de sua porta e ela se abre com um rangido. Espero ele entrar e a abro devagar, sem fazer barulho. Noto que ele vai até a outra extremidade de seu enorme quarto e desce uma escada caracol.

Para onde ela leva? O que há lá embaixo?

Porém, não ouso entrar em seu quarto; pelo contrário, fico imóvel à porta, esperando até que ele volte. Leva cerca de quatro minutos. Assim que ele sobe de volta, para ao me ver parada em sua porta, com os braços cruzados. Ele franze as sobrancelhas e me estuda com desconfiança.

— Você não queria se despedir de mim? Sua concorrente...

Sinto meu rosto esquentar enquanto falo.

— Você me seguiu até aqui? — Ele parece perplexo, apesar de uma pitada de diversão em sua voz.

— Você não tem moral para reclamar sobre estar sendo seguido.

Um sorrisinho culpado faz aquelas atraentes covinhas surgirem em seu lindo rosto.

— Justo.

— Então, reformulando minha pergunta não respondida e ignorada. — Faço uma breve pausa antes de continuar: — Não acha que seria educado se despedir de mim?

— Concorrentes não precisam ser educados, Víve. Por que eu me despediria de você? Aliás, você mesma gosta de ressaltar a todo momento o que nós somos. Concorrentes.

Suspiro.

— Você não foi muito profissional na maioria das vezes que me encontrou. O que o faz pensar que dizer um simples "até logo" e eu responder com um "boa sorte" seria motivo para afetar seu profissionalismo?

— Por que você me desejaria boa sorte?

— Porque eu tenho coração — murmuro. — Quero dizer, prefiro a concorrência de forma justa.

Brandon olha nos meus olhos e parece me analisar por um momento.

— Seja sincera, Olívia. Você ainda está brava comigo?

— Brava, chateada e o evitando a qualquer custo, sim.

Não só ele, como Neidhan também. Os dois foram canalhas comigo.

Brandon assente, desviando o olhar para o chão.

— Então é isso, Olívia? É isso o que você quer, um tchau? Que seja. Tchau, Olívia. Até a vista! Não precisa me desejar boa sorte.

Brandon caminha até a porta e se vira, olhando para mim por alguns segundos. E ele vai para seu mês em Miami.

20

BRANDON

Peço ao motorista que deixe Samantha e eu em meu apartamento. São apenas alguns minutos do porto até lá. O bairro é o lar de vários dos melhores e maiores edifícios da cidade. É o meu lugar preferido da vida e não consigo compreender quando o meu lar se tornou uma casa para passar férias.

Olhando para os dois lados da avenida, Sam e eu atravessamos em direção ao edifício. É uma sensação nostálgica saber que estou de volta e meu coração palpita forte enquanto nos aproximamos das portas de vidro.

No elevador, aperto o botão do 25° andar no painel. Ao enfim abrir a porta do apartamento, uma sensação de paz me toma. Fico olhando ao redor por um tempo, processando que estou mesmo aqui. No entanto, o fundo da sala me chama atenção. O horizonte de Miami é um espetáculo, assim como o de Nova Iorque e de Chicago, e é ele que ilumina a sala enquanto as luzes estão apagadas.

Jogo-me no grande sofá cinza, e Sam se acomoda em uma poltrona à minha frente.

Samantha ri. Ela parece mais feliz do que eu.

— E aí, como é estar de volta? Você não queria de maneira alguma sair daqui para morar em um navio.

— Eu sempre quis morar em grandes cidades, como Los Angeles ou Nova Iorque, você sabe. Mas nossos pais não me queriam distante.

— Você ainda não se esqueceu disso, né?

— Sobre o acordo entre eles? Não tem como esquecer, Sam. Eu acho que talvez nunca vou esquecer. Eu dou graças a Deus por você não fazer parte disso, por você ser tratada como uma filha. Élian e eu não temos essa opção. Somos um termo assinado com cláusulas mal lidas.

Sam suspira.

— Que tal mudarmos de assunto? Não quero trazer isso de volta à tona sabendo que lhe faz mal.

— Não quer me ver para baixo, irmãzinha? — brinco.

Ela joga uma almofada em mim, rindo alto.

— Nunca quero, irmãozinho. — Ela faz uma pausa, pensando antes de continuar: — O que aconteceu quando o deixei com Olívia?

Balanço a cabeça.

— Por quê?

— Não consigo entender vocês dois. Dizem que um atormenta o outro, mas não conseguem passar muito tempo sem se falar. O que foi aquilo que aconteceu?

— Assina um termo de confidencialidade?

Samantha, Élian e eu temos um termo mental de confidencialidade. Contamos uns aos outros um segredo e logo depois esquecemos, fingimos que nunca ouvimos nada e nunca mais tocamos no assunto. Assim, podemos contar e saber qualquer coisa sem correr o risco de alguém sair prejudicado. Alguns diriam que é fofoca, mas para a gente não é nada disso.

— Assino.

— Olívia tem alguma coisa... algum trauma ou pânico, não sei direito. Na última consulta com a doutora Ottherman, eu mencionei esses casos para ela, e ela me disse os possíveis diagnósticos. Semanas depois, Olívia me enviou uma mensagem. — Entrego meu celular a Sam, com a mensagem de Olívia aberta. Não há mais nenhuma depois daquela. O mais provável é que, ao término dessa disputa, Olívia não irá querer mais ver minha cara nem pintada de ouro. — Eu fiz a maior idiotice com ela e agora ela deve me odiar. Porém, naquele dia, eu precisava ajudá-la, ficar perto dela. Não sei como, mas consigo ajudá-la a se acalmar durante as crises.

— Logo você?

— Não me pergunte como ou por quê.

— Simples.

— Qual a sua fantástica teoria desta vez?

— Vocês podem ter a sintonia que acontece entre duas pessoas. Significa que se compreendem em um nível emocional e até nos pensamentos. Podem ter uma conexão emocional que os une em um vínculo forte, profundo e natural. Não importa que tenham conflitos, isso pode acontecer. Dizem que, em momentos de crise, se você tem alguém assim do seu lado para dar apoio e estar ali com você, já é uma sensação que pode ajudar a encontrar uma solução. Porque você percebe que ela não está bem. Mesmo sem ela dizer em palavras ou com todas as letras, você apenas sente algo mínimo e diferente. Vocês são como duas peças perdidas de dois quebra-cabeças diferentes tentando se encaixar para preencher o vazio do coração um do outro. Em um mundo sombrio como é agora, vocês são duas almas que se apoiam uma na outra em busca de salvação do que os atormenta.

— Sam, você faz isso parecer romântico demais.

— Vai além do âmbito romântico, não precisa ser assim. — Ela inclina a cabeça e me olha nos olhos. — Porém, pode haver romance entre vocês?

Arregalo os olhos e abro a boca, mas logo a fecho. Minha irmã não desgruda os olhos de mim e está claro que espera uma resposta. Ela não irá desistir até receber uma.

— Romance entre nós, está maluca?

— Diga, Brandon, seja honesto. Se não há essa possibilidade, por que não apenas negar?

— Ela é uma pessoa incrível, mesmo que em alguns momentos tente se convencer do contrário. Já eu, não existe "contrário" nisso. Decepcionei todo mundo, desde a minha família até Betto, fãs que eu nem sabia que tinha, ferrei com os associados do nosso pai... E parece que tenho um ímã para atrair confusão. Ela não precisa de mais essa na vida dela. Além disso, sinceramente, Sam, não há o que existir.

— Você tem sentimentos por ela, é nítido!

— Não! — Tenho? — Não... eu... não tenho, não.

— Primeiro sinal, não saber nem mentir. Você não costumava se atrapalhar com isso.

— Sam, eu não sei se estou preparado para me permitir me abrir para alguém...

Ela faz um estalo com a língua.

— Está dizendo isso por causa de Bárbara? Porque você não conseguiu dar o que ela queria, não é? — Não confirmo nem nego. — Preste atenção, Brandon. Você e Bárbara tinham quinze anos e uma amizade bonita. Mas em relação a vocês dois, nenhum era maduro o suficiente para entender o que estava sentindo. O amor dela por você floresceu, e o seu, não; você só não queria magoá-la. No entanto, você não pode se deixar enganar por isso. Não deixe que a pessoa certa escape da sua vida. E essa pessoa pode justamente ser a que você sente que é. Você sabe que é. E se não fosse recíproco, não haveria essa energia.

Fico um tempo olhando para ela, depois relaxo.

— Você tem mesmo só dezoito anos ou tomou meus vinte e um para si?

— Três anos não é uma diferença tão grande, espertão.

Samantha sai de sua poltrona e vem se sentar ao meu lado, passando os braços ao meu redor. Apoio o queixo no topo de sua cabeça. Sua voz é doce quando fala — diga se eu não tenho sorte em ter uma irmã como ela:

— Tente ficar mais calmo agora, ok? — Ela levanta os olhos para encontrar os meus. — Esqueça o acordo, esqueça os problemas, se dê um tempo para relaxar a mente. Amanhã já teremos muitas coisas para resolver.

— Você deveria ser psicóloga, sabia? Leva jeito.

— Eu me contento em aconselhar você.

Ficamos um tempo assim, sem pensar em mais nada.

•

Pela manhã, ficamos sabendo que nosso avô também desembarcou e se hospedou em um hotel próximo. De acordo com as notícias que recebemos, ele participará de algumas atividades na sede do escritório da Marinha Grandiosa.

Ligo para ele e tento convencê-lo a ficar aqui em casa comigo e Sam, mas ele prefere nos dar espaço. Pelo que entendi, por enquanto temos de lidar com isso sozinhos, mesmo ele estando aqui.

— Venham conhecer o início de tudo. — Meu avô puxa Sam e eu para dentro da empresa. — Brandon veio aqui muitas vezes quando era bem pequeno, e Samantha talvez seja a primeira vez, já que mora no *Captain*.

— Eu já andei por aqui outras vezes, ainda mais enquanto morava em Miami — contesto.

— Gostariam de um tour pela empresa e conhecer os funcionários ou querem começar os trabalhos, que são muitos?

— No meu caso, prefiro ir direto para o escritório e começar o dia. Talvez mais pra noite o senhor possa nos reapresentar tudo.

O sorriso do meu avô se alarga.

— Esse é o meu grande neto!

Ele nos leva até a sala em que ficaremos, com vista para o porto Dodge Island. Se olharmos com atenção, tenho certeza de que poderemos ver nosso navio aportado lá.

Alguns minutos depois, estou adaptado em meu novo lugar e confiro algumas tarefas que devo fazer antes de iniciar as mais complexas.

— Os trabalhos que Bárbara faria como modelo para a campanha Sublime alto-mar foram cancelados. Com isso, ela deve arrumar suas coisas e desembarcar enquanto o navio ainda está atracado no Dodge Island.

Sam não consegue disfarçar seu sorriso, mesmo tentando.

— Bárbara Chanpês? — meu avô pergunta.

— Ela mesma.

— Ela não é sua namorada?

Respiro fundo.

— Não, vô. Ela não é minha namorada. Já foi, não é mais.

— Já faz mais de um ano que eles não estão juntos, vovô — diz Sam. — Quer dizer, ela ainda tenta, mas não é a garota para ele. A garota da vida dele é outra, e ele sabe bem.

— Quem?

— Uma "amiga" que ele tem conhecido. Só que eu não quero provocá-lo. Essa é uma decisão entre eles dois.

— Eu ainda estou aqui se vocês não perceberam — interrompo, exasperado. — Enfim, Sam que vai repassar as tarefas, não é? Então envie um funcionário como mensageiro para levar essa informação até ela.

— Certo.

Risco a tarefa da lista e prossigo:

— Próximo tópico... — O próximo é a situação de Kyra. E essa tal situação ainda não está complicada. Bárbara a viu, no entanto os agentes não acreditaram. Já no bar em que Kyra está trabalhando, ela é a responsável por fazer os drinques, então é pouco percebida. Pulo essa questão para pensar em como resolver depois. — O próximo é... Quais são as melhores estratégias para ampliar nossos resultados?

— Precisamos fazer algumas mudanças.

— Alguns dos passageiros relataram problemas ao utilizar seus cartões de acesso às cabines e também alguns poucos problemas entre o vão das portas. Outros solicitam o reparo no ar-condicionado de suas cabines enquanto ainda estão em viagem.

— Por isso nosso navio está atracado. Enviaremos pessoas responsáveis pela manutenção, além dos que já estão a bordo.

— É melhor que seja feito assim. Levará menos tempo, questão de horas. Assim fidelizamos esses clientes em vez de perdê-los. E para compensá-los, incluímos um dia a mais para aqueles que aceitarem. Os que não aceitarem, receberão como crédito em sua carteira de viagem.

— Esses são os únicos problemas relatados. Eles nem deveriam existir mais.

Assinto.

— O vão das portas ficam comprometidos por causa da vida útil delas. Já faz anos que não têm algum reparo. No entanto, é melhor você e Samantha realizarem um mapa estratégico a partir de agora.

Analisando a tarefa, penso que é melhor que Olívia a execute. Um pouco hesitante, envio um e-mail a ela.

Assunto: **Saberá quando abrir (profissional, claro)**

De: **Brandon Wright Caldwell**

Para: **Olívia Miller Mozer**

Cara Olívia...

Será que essa formalidade é muito dura?

Senhorita Mozer,

Recebi hoje de manhã uma notificação de que uma equipe de manutenção será enviada ao navio para o conserto dos aparelhos de ar-condicionado de algumas cabines. Concorda em dividir essa tarefa, assinar os contratos de reparo e manutenção, e em breve eu me junto a vocês para avaliarmos o orçamento?

Atenciosamente,
Brandon Caldwell.

Muito, será?

Meu dedo fica viajando pela tecla *Enter* por longos segundos. Embora seja um e-mail profissional e formal, ainda assim me sinto estranho falando com ela dessa maneira, ainda mais agora que ela me responde da mesma forma.

Olívia responde ao meu e-mail uma hora depois.

Assunto: Não teste minha paciência (no quesito profissional, é claro)

De: **Olívia Miller Mozer**

Para: **Brandon Wright Caldwell**

Prezado jovem senhor Caldwell,

As informações que me passou por e-mail serão consideradas. Irei me preparar para receber a equipe de manutenção e lhe deixarei atualizado sobre quaisquer questões.

Até breve,
Olívia Mozer.

Bem... Poucas linhas, palavras muito mais formais do que as minhas, no entanto já é alguma coisa.

Coloco alguns arquivos de investimentos de lado ao ouvir baterem na porta.

– Senhor Caldwell, com licença. Tem uma moça lá fora tentando invadir sua sala e está exigindo falar com você.

– Que moça?

– Eu não estava invadindo até ter certeza de que devo invadir agora! – diz a mulher.

– Bárbara? Como você chegou aqui?

Bárbara pigarreia.

– Por que está fazendo isso comigo? Me expulsando do navio como uma qualquer... me repelindo de perto de você. – Balanço a cabeça uma vez, mas não respondo. – Você prometeu que ficaria comigo.

– Bárbara. – Seguro em seus ombros para que ela olhe em meus olhos. – Não posso continuar permitindo que fique lá sem termos nada...

– Nada? Como assim, não temos nada?

— Já faz muito tempo não temos mais nada. Eu lhe expliquei que não poderia dar o que você queria. Não era recíproco, e eu seria um covarde se continuasse a enganando. Você sempre soube disso.

— Mas eu o amo...

— Eu sempre fui o maior fã da nossa amizade. Você me proporcionou momentos que salvaram a minha sanidade. Eu estava a ponto de enlouquecer com toda aquela mídia perseguindo minha adolescência. Então, você apareceu e me fez ver que eu era mais do que aquela coisa toda, que eu era uma pessoa normal com minhas emoções.

Ela envolve as mãos em meu rosto, sua voz soando aflita:

— Não faça isso. Você não está pensando direito. Eu aceito ter perdido a campanha, não conto nada sobre Kyra... Mas fique comigo, meu amor.

— Bárbara...

— Por favor.

Tento segurá-la quando sua boca se move para o meu pescoço antes de seu corpo se colar ao meu. Bárbara se lança em cima de mim, como se não quisesse me soltar mais, e então tenta aprofundar o beijo. Recuo e viro a cabeça para o lado.

— Bárbara, pare com isso...

— Sua família me permitiu ficar. Eles sabem o que somos.

— Sim, eles sabem. Sabem que terminamos há anos. Aliás, você não me respondeu... Como chegou aqui?

Ela sorri para mim com seus olhos verdes.

— Sempre o acharei em qualquer lugar.

— É uma pergunta séria, Bárbara.

Sua mão acaricia meu rosto, e eu a afasto.

— Sam enviou um mensageiro, não foi? Peguei uma carona com ele. Falei que precisava falar com você com urgência.

Suspiro pesadamente.

— Ok. Certo. Olha, você pode sair um momento? Tenho que ir a uma reunião agora.

— Claro que sim. — Ela sorri. — Mas sabe que ficarei esperando por você.

— Tá, tanto faz. Você precisa ir. Depois resolvemos isso.

Claro que não temos mais nada a resolver, no entanto preciso dizer algo que a contente e a faça sair daqui. Preciso de um espaço depois disso tudo. Tento acalmar a sensação tensa na minha mente e aperto o botão do ramal cinco, que é uma ligação direta à sala do meu avô.

— Sim? — ele atende.

— Sou eu, vô. Podemos nos encontrar na sala de reuniões? Depois explico.

— Algo errado?

— Não. Só faça isso, por favor. E leve Sam.

Afasto-me do escritório e caminho em direção à sala de reuniões. Durante o caminho, vejo de relance Bárbara sentada em um sofá na outra extremidade do saguão de entrada. Embora a sede tenha vários andares, ela faz questão de ficar próxima de onde eu estou. Não tenho muito o que fazer além de passar por ela, já que a sala de reuniões fica no terceiro andar, e tanto o elevador quanto as escadas ficam na mesma direção. Eu diria que essa ideia de ela ficar bem naquele sofá é estratégia pensada.

— Quando você quer muito alguma coisa, você se torna uma estrategista calculista, não é?

Ela abre um sorriso malicioso.

— Com quem será que aprendi isso, hein? Você me ensinou tantas coisas, Brandon.

— Se eu pudesse voltar no tempo... — murmuro, afastando-me e seguindo meu caminho para a suposta reunião.

Chego na sala de reuniões e tiro meu tempo para ter uma conversa longa com meu avô e minha irmã. Explico que não é uma reunião de verdade e que só os convoquei como desculpa para despistar Bárbara — o que não adiantará por muito tempo, já que ela não pensa em sair daqui tão rápido.

— Como ela chegou aqui? — Sam pergunta, parecendo tão frustrada quanto eu.

— Veio com o mensageiro que foi enviado.

— Se ela se recusar a ir embora, posso acionar os seguranças e chamar a sua mãe para retirá-la de lá — meu avô diz.

— Minha mãe?

— Sim, precisamos de uma autoridade feminina para exigir a partida de outra.

— Isso não vai adiantar. Minha mãe gosta dela.

— Não mais do que de você. Você e seus irmãos são mais importantes para ela do que qualquer coisa.

Passo a próxima hora olhando para o teto, tentando descobrir o que fazer. Talvez a alternativa do meu avô seja a mais coerente. Ainda sem sair do lugar, mando uma mensagem para Élian.

Brandon:
Como estão as coisas por aí?

Espero alguns minutos, até a notificação de mensagem soar.

Élian:
Quer mesmo saber?

Brandon:
Claro. Só mudei de local, não de cargo.

Élian:
É, você está mesmo mudando. Os boatos são verdadeiros, então. Mas quer mesmo, mesmo, meeesmo saber sobre como estão os negócios aqui? Ou sobre como está alguém?

Brandon:
Poxa. Não quero saber como você está.

Élian:
Estou bem, obrigado.
A propósito, ela também.

Ela...

Sorte a minha que eu não precisei ser patético e perguntar para saber a resposta. Tenho certeza de que Élian pode inventar para Olívia que eu perguntei sobre ela.

Élian:
Há dois dias, eu perguntei o que eram alguns comprimidos que ela está tomando frequentemente. Mas ela não quis responder. Claro, ela é gentil e tenta mudar de assunto com delicadeza, é só que... eu não sabia que ela fazia uso desses remédios. Você sabia?

Inquieto, troco o peso de uma perna para a outra, lendo e relendo a última mensagem. Lembro-me da vez que vi Olívia esconder a cartela de calmantes, que logo depois Kyra e eu descobrimos o que era. Se ela voltou a fazer uso deles é porque deve ter tido uma crise recente, e não tem ninguém lá que saiba. Com um sibilo, mando minha resposta, decidido a não destruir o pouco de confiança que Olívia ainda tem em mim.

Brandon:
Não, não sabia. Vi uma vez. Devia ser só dor de cabeça.
Mas ela está bem? Notou algo diferente nela?

Élian:
Ela chegou atrasada no escritório hoje. Estranho para quem é sempre pontual. Se encolheu na mesa dela, que, aliás, está com uma placa no meio para impedir a passagem de luz. Depois, enquanto estávamos conversando, ela sorriu e recompôs a postura, mas senti que ela estava tremendo um pouco. Como se segurasse alguma coisa dentro dela.

Brandon:
Me faça um favor, Élian. Se isso acontecer de novo, me avise. Se eu não atender, chame Kyra... elas são amigas, talvez Olívia só precise desabafar.

Élian:
Ok. Se eu souber onde a amiga dela está. Mudando de assunto, os negócios estão bem, Olívia e eu estamos trabalhando bem juntos. As crianças já voltaram para a escola em Nova Iorque e nossos pais retornaram depois de uma breve saída. E como estão as coisas aí?

Brandon:
Não queria que as crianças já tivessem ido, nem me despedi direito. Aqui estamos trabalhando sem parar. O vovô por perto é mais exigente do que eu pensava. E ainda tem mais... Bárbara apareceu por aqui depois que eu solicitei sua partida do navio. Como se já não bastasse, a garota me agarrou.

Élian:
Bárbara? Como? Brandon, não acredito que você a beijou.

Brandon:
Eu não, está maluco? Ela me beijou, e eu me afastei. De qualquer maneira, ela terá que ir embora.

— Que cara é essa? — Samantha pergunta em voz baixa, aproximando-se.

— Aquilo está acontecendo de novo com Olívia. E como só nós sabemos, ela não encontrou outra opção a não ser voltar a tomar os comprimidos.

Sam aperta as mãos, nervosa. Desde que expliquei a ela sobre o caso de Olívia, ela passou a se preocupar tanto quanto eu. Mesmo com o termo de confidencialidade, talvez ela não esqueça esse assunto — e tampouco deveria, já que se trata da saúde de uma amiga.

— E a amiga dela?

— Kyra? — Ela assente. — Kyra sabe sobre esses medicamentos, mas não sabe a real razão por trás deles.

— E agora? Ela sozinha em um momento assim não parece bom.

— Olívia não me mandou nenhuma atualização sobre a manutenção. Isso me faz pensar se ela está bem. Talvez eu deva adiantar minha passagem para a assinatura dos orçamentos.

•

Assunto: **Venha aqui! (Profissional)**

De: **Olívia Miller Mozer**

Para: **Brandon Wright Caldwell**

Prezado jovem senhor Caldwell,

Alguns problemas encontrados aqui, por si só, são autoexplicativos. O técnico-chefe recomendou que você venha verificar antes de assinar os orçamentos. Esperamos que seja breve, pois, assim que assinarmos, o navio sairá do porto.

Até logo,
Olívia Mozer.

Rindo do assunto que ela deu ao e-mail, penso em responder por ali mesmo, mas, em vez disso, penso em como ela está — e essa preocupação vive na minha cabeça desde que Élian me contou sobre os medicamentos. Decido enviar uma mensagem curta e vaga.

Brandon:
Está tudo bem?

Olívia:
Sim, tudo bem.

Ok, então...

Mais três horas se passam. Está na hora de voltar ao meu apartamento. Preciso driblar Bárbara de algum jeito. É grosseiro, eu sei, contudo que outra opção eu tenho? Se eu aparecer na frente dela, corro o risco de ela avançar em mim, como uma leoa faminta. E se passar por ela — mesmo sem olhá-la —, corro o risco de ela ficar no meu pé e descobrir onde moro.

E esse detalhe ela não sabe.

O navio é o único lugar a que a levei — como esperado, já que ela está morando lá. Ainda assim, quando enfim a levei, já nos conhecíamos havia cinco meses e meio e éramos amigos. Amigos com benefícios... para um. No caso, ela. O que poderia dar errado, não é mesmo?

E foi esse pensamento que me colocou na situação em que estou.

Apesar de Bárbara não ter sido o motivo de eu jogar minha sensatez pela janela naquela noite comprometedora, eu saí de lá com ela — mesmo que já não estivéssemos mais juntos havia muito tempo.

Eu fui um idiota. De verdade.

Não posso arriscar passar por ela. Não que isso signifique alguma coisa, mas é melhor precaver do que remediar.

O que significaria alguma coisa seria encontrar Víve e ter a certeza de que ela está bem e poder respirar aliviado. Mesmo que eu não queira e não tenha coragem suficiente de admitir isso em voz alta, meus pensamentos estão focados nela, e não na loira me esperando no saguão. Grosseiro demais? Bem, não podem me culpar nesse quesito, não é? Quem é que manda nessas coisas?

Sim, eu gosto de Bárbara. Muito. No entanto, o que acontece comigo só de pensar em Olívia? Nem eu me reconheço. Ela causa eletricidade apenas de olhar para mim. E isso é algo normal, né? É como se essa eletricidade fosse um medo — medo de dizer ou fazer algo errado e ela se afastar de mim, porque ganhei a amizade dela e não quero perder.

Espere. Isso já aconteceu. Aconteceu?

Aliás, esta é uma conversa desnecessária comigo mesmo.

Tenho de fazer o que ia fazer e estou me preparando: ir para casa!

Ando por fora da área de perigo e procuro por alguma coisa que possa me cobrir ou pelo menos o meu rosto. Ando pelos escritórios fechados – que não são fechados para mim, já que posso abrir as salas com a minha digital. Mas não há nada nessas salas.

Passo pelo saguão do segundo andar e subo para o terceiro. Também nada. Desço para o térreo, escondendo-me atrás do balcão da recepção. Bárbara está logo à frente, sentada na mesma posição, mexendo no celular. Por vezes, ela levanta o celular e estica o braço, fazendo biquinho. Suponho o óbvio: está tirando *selfies*. Ótimo. Isso pode distrai-la.

Procuro por alguma coisa útil na bancada, mas só há uma pequena bagunça. Não tem jeito, tenho de tentar escapar de outra forma, exceto o banheiro; subir na pia e escapar pela janela, como nos filmes, está fora de cogitação. Até porque só funciona em filmes.

Volto a caminhar, meio agachado, até sair do saguão, voltando por onde vim. Então, abro uma porta branca e desço as escadas de emergência que levam a uma outra porta de aço. Essa leva até um ponto isolado do grande estacionamento, que mais parece o de um shopping. Os funcionários estão aglomerados, caminhando até seus carros.

Tenho de me lembrar de trazer um casaco de moletom com capuz da próxima vez. Será mais fácil.

Mal-educado? Sim. Mas o que aconteceria com a minha paz e tranquilidade se ela me importunasse o dia todo? Pelo menos reconheço que é falta de educação.

Escolho sair pela porta dos fundos, que só abre com a senha de segurança numérica própria para nós, a família Wright Caldwell.

São vinte caracteres para criar uma defesa a mais para uma grande empresa, e o normal é de dezoito ou mais. Hackers sempre criam estratégias para quebrar as senhas. Existem até programas criados com essa finalidade – todas as senhas são sistematicamente jogadas na rede até que apareça a correta. Se esses hackers tiverem uma ideia do que seria escolhido para criar a senha, será bem mais fácil para eles a quebrarem.

Digito a senha e pressiono a digital no painel. A porta se abre com um estalo e enfim saio correndo para o meu apartamento, que fica perto. Assim que chego, faço as honras de enviar uma mensagem para Bárbara dizendo que eu não estou mais lá e que ela pode ir embora. Ainda digo que ela pode utilizar os serviços do meu motorista para levá-la de volta até o navio para fazer as malas. Também envio uma mensagem a ele para confirmar.

Bárbara devolve uma infestação de mensagens, quase travando meu celular. Depois, desiste. Aí, ela começa a me ligar. Cansado de ignorar e fingir que nada está tocando, resolvo atender e ser direto.

— Bárbara, quero continuar sendo legal com você, mas para isso você tem que aceitar o que falei.

— Eu procurei você por todo canto dessa empresa, até os seguranças me tirarem de lá.

— É claro, já não tem mais nenhum funcionário aí.

— Eu vou embora, Brandon. Alguma hora você terá que aparecer no navio, e saiba de uma coisa: eu ainda estarei lá.

Não percebo que bati a porta com força, descontando o estresse, até Samantha aparecer na sala, arregalando os olhos e reclamando.

— Brandon, que pancadaria é essa? Você me assustou. — Ela para o que está dizendo e anda na minha direção. — Onde você estava? Não vi você saindo da sede.

Estou derrotado hoje, ouvindo tudo o que ela diz, mas sem entender. Suas palavras se tornam meras letras emaranhadas, não sendo registradas, enquanto eu caminho até os vidros com a vista do horizonte.

— Apareceu, enfim. — Ouço a voz do meu avô. Posso ver seu reflexo no vidro, destacando-se pela escuridão da noite e as luzes de Miami. Ele caminha atrás de mim, com as mãos nos bolsos da calça social, imitando a minha posição. No entanto, não me viro para encará-lo. Continuo fazendo parecer que estou observando a cidade, porém estou olhando seu reflexo. Seu cabelo prateado e sua pele bronzeada adquirida por ser um residente do alto-mar parecem imperceptíveis sob tantas luzes. — Como terminou o problema com aquela menina?

— Bárbara? — Ele assente. — Acabou que eu escapei dela pela porta dos fundos do estacionamento, igual um idiota. Depois mandei uma mensagem dizendo para ela ir embora porque eu já não estava mais lá.

Há alguns minutos de silêncio, com meu avô caminhando de um lado para o outro.

— Eu gostei daquela moça.

— Bárbara? — Bufo. — Se você diz...

— Se você diz que é ela... — Ele ri e se aproxima, fechando um longo espaço. — Estou falando da moça que está disputando com você. Pude conhecê-la melhor durante a reunião que fizemos todos juntos. Ela parecia o admirar enquanto você falava.

— Aquilo não era admiração, parecia mais raiva reprimida. Eu fiz besteira outra vez, vô. Magoei Olívia... e agora ela me evita tanto quanto pode. Afinal, não é novidade, não é? Eu só faço isso.

— Fazia. — Ele balança a cabeça. — Você não é a mesma pessoa de antes, e eu posso provar.

— Como? — Reviro os olhos. É claro que ele não tem como provar isso. — Eu nunca me senti útil. Nunca fiz nada que valesse a pena. Isso não é autopiedade nem vitimismo...

— É um pensamento para lhe fazer mudar. — Meu avô vai até o balcão da cozinha, onde há um minibar, e serve um pouco de uísque em dois copos. Ele volta e me entrega um deles. — Eu levantei aquela empresa com muito esforço e dedicação. Ralando todos os dias e todas as horas. — Aonde ele quer chegar com isso? — Você conhece toda a história do que aconteceria anos à frente... Do que possivelmente aconteceu, para ser mais sincero. — Desvio os olhos do horizonte para olhar para meu avô. Estreito os olhos, de repente interessado no que ele tem a dizer. — E você sabe que meu relacionamento com sua mãe foi salvo por sua causa e de Élian. Foi tudo graças a vocês, e você ainda diz que não faz nada de útil? E não digo só por isso, digo também que o que você e aquela moça vêm fazendo juntos é melhor do que o trabalho que fiz com seus pais... E não vou nem mencionar a equipe que vocês formam com Samantha e Élian. Os tempos se modernizaram, Brandon. Com isso, a modernidade também alcança as pessoas, e isso é um assunto que vocês dominam mais do que nós. Nós somos grandes profissionais, experientes. E vocês trazem todas as ideias novas de que nossa empresa necessita. Vocês são grandes. Enfim, eu o agradeço por estar lutando por nossa empresa, mesmo que ser herdeiro desse cargo não seja bem o que você queria. — Ele se aproxima de mim e coloca uma mão no meu ombro. — Muitas pessoas pensam que ser herdeiro de um negócio de família é fácil. Mas não compreendem que é preciso muito esforço e sabedoria para superar os obstáculos, assim como qualquer outro emprego, para manter a empresa de pé por muitos outros anos. E, assim como você está lutando por tudo isso, lute por quem você quer, por quem faz você se sentir melhor quando está perto.

— Você conhece a história do copo quebrado? É assim que está.

— Não. — Ele eleva a voz.

— Como assim, não?

— Como você ousa responder minha célebre filosofia falando de um copo quebrado? O caso de vocês não é de um copo, esse seria o erro grave que não teria como voltar atrás. O caso de vocês é de uma bateria descarregada.

— Bateria descarregada?

— Sim. Seja lá em qual das moças você está pensando, a confiança dela descarregou quando você a magoou. Agora, você tem que ser paciente e fazer algo com que vá aumentando a confiança dela em você, até a bateria estar carregada. — Quando demoro muito para falar, ele abre um sorriso triste. — O quê? Isso é muito pessoal?

— Não é isso. — Retorço a boca. — Ela está conhecendo outra pessoa. É só que... ela merece alguém melhor que aquele cara. Tudo bem, ela notou tudo o que eu disse para ela e com razão. Mas como é possível ela não notar o que ele faz?

— Uma hora ou outra, a verdade sempre vem à tona. Às vezes, é preciso passar por algumas experiências ruins para obter mais lições na vida.

Eu o chamo assim que ele chega à porta.

— Não tenho certeza de que não é um copo. Como o senhor pode presumir que o que fiz não foi grave?

Ele me observa com atenção antes de responder. Quando o faz, está mais sério do que antes:

— Tem razão, não posso. No entanto, eu conheço você e sei que não agiria como um covarde.

— Não mesmo? E o que fiz com o nome da empresa e da família? Sei que já falamos sobre isso, mas não há como negar os fatos e a realidade.

Ele termina de beber o uísque em um único gole e caminha para colocar o copo no balcão.

— Brandon, eu disse que, o conhecendo, sei que você não agiria como um covarde. Não disse nada sobre ser perfeito. O que você fez está lhe servindo como aprendizado. Basta não repetir esse erro, que, a propósito, tem volta. Você recebeu essa chance, aproveite-a.

21

OLÍVIA

Depois que Brandon vai para Miami, os dias parecem voar. Élian e eu trabalhamos dia e noite para implantar novas técnicas de publicidade e entender os problemas encontrados pela equipe de manutenção. Porém, Brandon não estar aqui me causa uma sensação estranha, e não sei até que ponto isso é bom. Parece que está faltando alguma coisa.

Não... Isso não é tão bom, na verdade.

Não posso me permitir sentir falta dele. Não quando ele agiu de maneira tão grosseira comigo. E não teve a decência de insistir em pedir desculpas. Ele tentou uma vez. Ok, duas. Mas eu esperava mais para saber se ele teria força de vontade, de verdade.

Tento buscar algo que distraia a minha mente no fim do expediente. Hum... vamos ver. Pego meu celular para navegar pela internet. Só que não tenho certeza se consigo me lembrar de Brandon... Você sabe, né? Certo, ele tem um irmão gêmeo, no entanto algumas características os diferem. E isso faz com que não sejam iguais. Talvez seja importante eu relembrar... para quando o encontrar por aí.

Não posso ser julgada por isso, né? É normal, embora eu não precise gastar meu tempo com ele. Quem hoje em dia não faz algo assim?

Deslizo o dedo até a barra de busca de uma rede social e digito seu nome.

@BrandonCaldwell... Nada.

@BrandonWright? Nada também.

Como assim? Ele não tem redes sociais?

@BrandonWrightCaldwell... Que raios!

— Élian? — Chamo. Assim que ele levanta a cabeça para me olhar, continuo: — Qual é a rede social da Marinha Grandiosa?

Ele me olha com interrogações nos olhos.

— Marinha Grandiosa Cruises.

— Ah.

Claro, isso é meio óbvio. Como não pensei nisso antes?

Digito esse nome na lupa e busco por Brandon por meio das contas que a Marinha está seguindo. Com certeza eles seguem os "donos". Passo verificando as contas até encontrar seu nome, que está gravado como @Brandonwc.

Talvez, se ele colocasse o sobrenome, chamaria atenção de quem ele não quer. Clico em cima, até que... *privado.*

O quê? Não é possível!

Eu não me atrevo a segui-lo. Ele nem mesmo deve ter pensado em me seguir. Franzo o cenho e volto para a conta da Marinha. Desta vez, procuro por Élian na cara dura. Também é privado. No caso dele, eu até entendo, já que Élian é o irmão mais reservado. No entanto, o de Brandon ser privado, apesar de ter milhões de seguidores, é tão inesperado quanto um elefante voar. Sinto-me fazendo biquinho enquanto penso no que fazer. Sam!

A conta de Sam contém um sobrenome: @SamWright. Ao contrário de seus irmãos, seu perfil é aberto, e ela tem muitas fotos sozinha. A maioria delas no navio. Algumas *selfies* que dizem "eu sou linda" sem nem precisar de legenda.

Ah, sim, ela é ridiculamente linda. Que genética abençoada!

Faz poucos dias que Samantha postou uma foto e não está sozinha. Na foto, ela, Brandon e seu avô estão em uma sala de estar. Deve ser no apartamento de Brandon. Estão sentados no sofá, o avô atrás de Brandon, meu "rival idiota e um absurdo de gato" está com um braço ao redor do pescoço de Sam e sorrindo. Já Sam está na frente, estendendo o braço para tirar a *selfie.*

A legenda diz: "Chegamos, Miami, lugar que é meu segundo amor".

E mesmo o perfil do seu irmão sendo privado, ela o marcou. Logo, aí está o que eu buscava. Uma foto dele. *Para me lembrar de seu rosto, é claro, nada de mais.*

Camisa preta, alguns botões abertos, corrente de prata no pescoço, cabelo loiro-escuro um pouco bagunçado e um sorriso leve, porém convencido, estampado no rosto. Poxa vida, que sorte achar a conta de Sam. Como pode um ser humano ser lindo desse jeito? E gostar de ser arrogante comigo!

Hunf!

Decido fazer algo que seja mesmo útil, apesar de já quase ter anoitecido e de eu não ser uma passageira que possa aproveitar o navio, mesmo ele estando atracado no porto há dias e não ter passageiros a bordo. Bom... É o que penso, até cruzar com Neidhan no corredor.

Meus olhos quase saltam.

— Neidhan, o que está fazendo aqui? Não estamos recebendo passageiros no momento.

Ele sorri.

— Eu sei. É que... eu tive um compromisso aqui mais cedo.

— Aqui? — Ergo uma sobrancelha. — Qual compromisso?

Ele parece perdido e encurralado.

— Hã... uma conversa com o senhor Caldwell, o pai do seu amigo.

— Eu sei quem ele é.

Viro-me e começo a caminhar em direção à minha cabine. Neidhan não entende a deixa e segue atrás de mim conforme eu me distancio. Ele começa a falar de repente:

— Olha, Olívia, eu tenho algo para você.

— O que isso significa?

— Significa que eu quero que voltemos a nos falar como antes. Você é uma pessoa incrível e ver você assim, distante e me evitando, é duro para mim.

Reviro os olhos e volto a encará-lo. Ele tira a mão esquerda de trás das costas e me oferece um delicado buquê de margaridas brancas.

Cerro os olhos, mas aceito o buquê.

— Para que isso?

— É um jeito de pedir desculpas por qualquer coisa que eu tenha feito que a magoou.

Qualquer coisa? Ele não sabe mesmo o que fez? E acha que margaridas irão resolver?

— Certo. Obrigada.

Viro-lhe de costas e continuo meu caminho. Descrente, vejo-o voltar a me seguir. Ou ele não entendeu que só quero ir para a minha cabine ou está esperando uma resposta mais elaborada.

Não sei qual é a dele, mas, ao chegar à minha cabine, paro bruscamente. Pisco algumas vezes. Bem ali, no chão em frente à minha porta, está uma rosa e um cartão. Pela segunda vez.

Aproximo-me sem desviar os olhos daquela arte e abro a porta devagar. Sendo honesta, acho que não estou raciocinando direito, pois eu deveria pegar a rosa e o bilhete, e não abrir a porta primeiro. Olho para cima e encontro os olhos de Neidhan. Ele olha para os itens no chão e, quando se volta para mim, sua boca se curva em um sorriso e, logo depois, ele vai embora.

Curiosa, pego a flor e o pequeno bilhete, entro apressada no meu quarto e leio o que está escrito.

Bilhete 2

Você é linda.

Hã... Obrigada? Eu acho.

É fofo e cativante, ainda que me deixe com dúvidas. Pergunto-me o significado dos cartões desde o primeiro dia.

Coloco a rosa em cima da mesa junto com a outra, já um pouco murcha, e guardo o bilhete na gaveta com o anterior. Ao fazer isso, alguém bate na minha porta. Sabe aquela sensação que você tem que causa calafrios na barriga sem nenhum motivo? Pois é, sinto isso no exato momento em que abro a porta. Meu coração bate duas vezes mais rápido, como nunca bateu antes.

— Brandon? Olá.

— Olá, gatinha.

— Quando chegou? Eu não sabia que você estava vindo...

— Cheguei de manhã. E como sei que seu humor não é dos melhores logo cedo, decidi esperar para aparecer. — Ele dá um sorriso presunçoso, aquele sorrisinho que fez falta. *Ok, chega, concentre se.* Ele inclina a cabeça para o lado quando vê as duas rosas em minha mesa. Então, cerra os olhos para elas e depois para mim. — Presentes?

— Ah. Não... — Enrolo-me. Como eu explicaria toda essa situação? Não que ele precise saber. No entanto, seria divertido mostrar que alguém, pelo menos, é fofo comigo, mesmo sem eu saber quem. — Não diria que são presentes. Mas é alguém que talvez me admire... Ou erraram a porta por duas vezes.

— Duas vezes?

O celular começa a tocar em minha mão. Brandon olha para baixo e, vendo o nome na tela, contrai o maxilar, porém não diz nada.

Por enquanto... São doze segundos sem dizer nada. Porém, ele não aguenta por muito tempo e resolve falar:

— Então... você ainda fala com esse cara?

— Pare de olhar para o meu celular! — retruco.

— Olha, gatinha, isso não é possível, você está o deixando no meu campo de visão de propósito.

— Não é de propósito. Está na minha mão, eu estou no meu quarto e você veio me visitar. Eu tenho todos os benefícios a meu favor.

— Continuo acreditando que é de propósito. Víve, ele? Ainda? Sério?

— Brandon, você veio para assinar os orçamentos, não foi? Então vamos logo!

Puxo-o pela manga da camisa, saindo daqui o mais rápido possível.

— Na verdade, você disse por e-mail que o técnico-chefe da manutenção preferia que estivéssemos juntos quando ele mostrasse todos os problemas. Aliás, você foi bem formal nos seus e-mails.

— É claro, Brandon. Como ficaria nossa situação se eu respondesse do jeito que costumamos conversar e alguém visse através das nossas contas?

— Hum... Agora faz mais sentido, então. Ainda assim, você tem me evitado.

— Não preciso dizer por que, não é?

Reviro os olhos.

— Eu já pedi desculpas...

— Você acha que essas desculpas da boca para fora adiantam alguma coisa?

— Se você as recebesse de boa vontade, não seria da boca para fora.

Não desisto e respondo secamente ao parar de andar e olhar para ele:

— Sabe quando vou recebê-las de boa vontade? Quando você for sincero.

— E como sabe que não estou sendo sincero?

De repente sinto que minhas palavras foram precipitadas, receio ter sido um pouco rude. Não pisco, pelo contrário, fico o encarando de frente, como se pudesse ver no fundo de seus olhos algum resquício de ele está mesmo sendo sincero. Mas não posso.

Não posso me entregar, preciso me acalmar e não permitir que minhas emoções fiquem evidentes. Olho em seus olhos azuis por um momento. Ele me admira com infinita doçura, no entanto tenta continuar indiferente assim que percebe.

— Somos uma bateria descarregada, Olívia.

— O quê?

Ele pisca para mim e sai do caminho, deixando-me sozinha.

Bateria descarregada? Que diabos ele quer dizer com isso?

Vou ao local em manutenção e vejo que Brandon já está aqui. Ele nem olha para mim.

— A madeira das portas está mole e deformada. Não é nada muito grave, mas, se quiserem manter a fama de um navio suntuoso e com móveis de requinte, recomendo trocarem por uma mais moderna. Notamos o principal erro: o espaçamento entre a folha e o piso não foi calculado corretamente.

— Todas as portas? O orçamento ficará maior do que o planejado — Brandon reclama.

— Seria o ideal ter todas as portas de material e formato padrão.

Eles trouxeram uma das portas para serem avaliadas e viram que as fechaduras estavam ruins. Além disso, sobre o espaçamento mencionado entre folha e piso, justifica que a legislação estabelece um espaçamento padrão entre a folha RU e o piso seco com e sem desnível, seja lá o que isso signifique. Vão trocá-las hoje em todas as portas que estão com defeito.

— Bem, explicando melhor: a folha da porta tem a capacidade de resistir à umidade, ainda mais por estar em contato o tempo todo com o oceano, com resquícios e respingos que as pessoas trazem das piscinas. Elas precisam ter um espaçamento de sete milímetros da soleira ao piso e com um desnível de dez a dezessete milímetros no piso sem desnível.

— Bem, eu trouxe esses arquivos já atualizados com o que estão fazendo no momento — falo. Aproximo-me de uma bancada e os espalho. Brandon se aproxima para ver, inclinando-se ao meu lado, fazendo nossos ombros se tocarem. Sinto aquela droga de calafrio apenas com esse mínimo contato entre nós. Nós nos entreolhamos e nos afastamos um centímetro. — Concordo com todos os termos e valores que estão aqui. Se você concordar, é só assinar nessas linhas aqui. Élian também já assinou.

Entrego-lhe uma caneta, que ele pega antes de ler as cláusulas. Depois de um tempo, ele concorda com a cabeça, parecendo satisfeito.

— Ok. — Enquanto assina as cinco páginas, sigo seus dedos transformando seu nome em uma assinatura artística... — Sabe, nós até que fazemos um bom trabalho juntos, gatinha.

Mordo o interior da minha bochecha para reprimir um sorriso.

— É o que parece. — Tento mudar de assunto em seguida. — Trouxe umas cópias desse mesmo contrato para você guardar. O original ficará nos arquivos da Marinha, uma cópia ficará com as equipes de manutenção, assim como você e eu, dessa forma não teremos desordens e talvez futuras complicações.

Ele parece surpreso, e fico orgulhosa de poder mostrar a ele que também sei tomar minhas próprias iniciativas. Posso sentir o olhar dele me admirando enquanto ele contrai os lábios em um meio-sorriso arrogante.

Assim que a equipe sai, vejo-me sozinha com Brandon dentro da sala vazia e um pouco escura. É normal ficar nervosa por nada? Não sei mais como reagir em sua presença.

Estou de costas para ele, mas ainda o sinto se aproximar. Devagar. Por cima do ombro, vejo-o com as mãos nos bolsos, parecendo um pouco cansado ou envergonhado, não sei bem o que é. Ele levanta os olhos para encontrar os meus, e eu logo desvio e viro a cabeça para a frente.

Por que ele não diz nada? Foi apenas uma semana longe. Na verdade, ele ainda voltará para Miami para completar o mês. Será que em uma semana ele se desacostumou a conversar comigo?

Ouço-o rindo baixinho, e não tenho mais certeza se isso foi só um pensamento ou se eu disse em voz alta, mesmo eu rezando para ser a primeira opção.

Ele suspira quando para atrás de mim. De repente, sinto sua mão quente e macia passando pelo meu braço em uma carícia suave. Minha pele reage instintivamente a ele. E ele percebe.

— Você acredita se eu disser que, em apenas uma semana longe, senti falta de discutir com você?

Eu ainda não me viro, apenas o olho por cima do ombro.

— Não posso imaginar como será em um mês...

Ele ri, divertido. Não pode saber de maneira nenhuma que eu bisbilhotei o Instagram de sua irmã apenas para olhar esse rosto bonito de modelo. Faço o máximo que consigo para disfarçar minha reação a ele.

— Você está bem? — ele pergunta. Confirmo com a cabeça, sem saber ao certo o que estou fazendo. Os calafrios na minha pele continuam enquanto ele não resolve tirar a mão do meu braço. Em vez disso, ele a sobe até o meu ombro, deslizando o tecido da minha blusa branca para cima. — E você?

— Eu o quê? — pergunto, confusa.

— Sentiu minha falta? De brigar comigo, na verdade.

— Sem querer ferir seu ego... não.

Só senti falta de ver você todos os dias...

— Hum... que decepcionante. Se bem que eu sei que você está mentindo...

— O quê? Não viaja. Você não tem argumentos para considerar algo assim.

— É claro que tenho.

— Do que está falando?

Ele segura meu braço com mais firmeza e me vira para ficar de frente para ele. Bem, no caso, eu tenho de levantar a cabeça, já que meus olhos ficam na altura do seu peito.

— Por qual outro motivo você me enviaria uma solicitação para me seguir nas redes sociais?

O quê? Não brinque comigo!

Os olhos dele focam em mim, esperando por uma reação. Eu só consigo sentir minha boca aberta em um grande "o" e meus olhos se arregalarem.

Eu balanço a cabeça, quase frenética.

— Não... eu não fiz isso...

— Fez, sim — ele responde com tranquilidade, como se estivesse aproveitando o meu vexame.

— Não, não fiz!

Ele pega o celular e abre o aplicativo, mostrando a notificação da minha solicitação.

Que enorme *droga*! Como foi que isso aconteceu? Será que meu dedo encostou sem querer enquanto saía e entrava de uma conta para outra?

— Só para acalmar seu coração... eu aceitei. — Meu rosto deve estar vermelho como um pimentão. — Ainda não olhei suas fotos nem seu perfil. Mas a foto de perfil está bonita.

Uau, um elogio.

Fecho os olhos e conto até dez. A foto do meu perfil vem à mente. Eu estava maquiada e com um lindo penteado, pois foi o dia em que fui madrinha de casamento de uma amiga. Eu tentei fazer um carão de modelo e foi uma das poucas vezes que isso funcionou. No recorte da foto não aparece meu vestido ombro a ombro rosa-claro, porém aparece meu colar de diamante e ouro branco que ganhei da minha mãe no meu aniversário de dezessete anos. A única joia que tenho, por enquanto.

Ele olha entre minha foto e eu, com um sorriso irritante. Seus olhos são como brasa.

— O quê? Está tentando ter certeza de que sou eu na foto?

— Não precisa de esforço, você é sempre linda.

— Olha... — Suspiro. — Eu não sei como isso aconteceu. Eu... devo ter clicado sem querer, esta é a explicação mais lógica.

Vejo, pelo canto do olho, ele clicar para me seguir.

— Não tem problema se foi desse jeito. Pelo menos você me encontrou, e não fica difícil para mim. Só que agora você vai ter que seguir meus irmãos ou eu vou pensar outra coisa...

Reviro os olhos. Por quê? Eu não sei. Até porque ele está sendo gentil e atencioso. E brincalhão. Não me dando meu espaço para ficar indiferente e com raiva dele.

Eu o observo enquanto seus olhos estão grudados na tela do celular.

— Por que você tem uma bandeira da França na biografia?

— Porque um dos meus maiores sonhos é ir para Paris.

— Ah. — Ele me olha por um momento. — Paris é mesmo sua cara. Encantadora e de uma beleza surreal.

— Eu sei que as pessoas costumam colocar as bandeiras para mostrar para onde viajaram. Mas eu coloco no sentido de para onde quero ir.

— Você é diferenciada até nisso, então?

— Você que está dizendo... — Ele esboça um sorriso, dando de ombros.
— Você já foi para Paris? — pergunto.

— Já, sim. Minha mãe é apaixonada por Paris. Nós costumamos ir no fim de todos os anos. Já que estamos nesse assunto, vou confessar: minha avó, mãe de minha mãe, é francesa, por isso minha mãe tem a cidadania, que pôde ser passada para meus irmãos e eu.

— Uau. Isso é incrível. Então você também é um cidadão francês?

Ele pigarreia, sem jeito.

— Graças à minha avó.

Ele olha para as próprias mãos e depois de volta para mim. Parece estar tirando algum pensamento da profundidade de sua mente.

— É linda como nos filmes e nas fotos? — pergunto baixinho.

Brandon levanta os olhos e assente, com um meio-sorriso estampando seu rosto.

— Sim, muito além das fotos. Você vai sentir vontade de ficar lá quando for.

Sinto meu rosto já inseguro murchar um pouco mais.

— É... hã... talvez um dia.

Ele se posiciona ao meu lado e seus olhos me examinam com intensidade.

— Um dia, sim. Você vai estar lá e, depois de aproveitar um dia inteirinho em frente à Torre Eiffel, irá me mandar uma foto mordendo aqueles grandes croissants de chocolate, com o pôr do sol refletido na Dama de Ferro até chegar a você.

Dou um sorriso.

— Essa é uma bela leitura de foto. Mas eu não sei. — Não tenho outra escolha a não ser constatar o óbvio. — Eu disse talvez um dia, só que... Como?

— Não acredita que possa acontecer?

— Eu tento, contudo devo encarar os fatos, Brandon. Até mesmo estar aqui foi difícil. Consegui chegar aos EUA em um possível golpe de sorte. Esse também era um sonho. E chegar a este navio foi como uma obrigação para não continuar sendo tratada como um "nada". Eu sempre fui invisível mesmo, e esse foi um motivo para provar até para mim mesma que sou capaz de fazer alguma coisa útil. No entanto, a realidade é que todo esse dinheiro que irei investir aqui não é de fato meu, é de minha família. Eles quiseram me enviar para cá. Então, eu não tenho nada.

— Isso significa que, se você vencer... não ficará aqui? Quem ficaria?

— Talvez eles me deixem tomando conta disso tudo... se me contratarem.

— Ah... — Ele faz uma pausa. — O que você quer, de verdade?

Suspiro e solto o ar. Meus olhos passam pelo espaço escuro e vazio antes de olhar para ele. Eu dou uma risada tímida e espero que ele faça o mesmo, contudo ele apenas continua a me observar com uma expressão séria, claramente esperando uma resposta. No entanto, eu não posso dar uma resposta. Nunca pude me dar ao luxo de fazer algo que me agradasse. Pareço estar fazendo papel de boba, olhando para ele, abrindo e fechando a boca sem nada sair dela.

— Você não sabe? — ele pergunta por fim.

— É. Eu... Pode parecer uma besteira incoerente, mas nunca parei para pensar sobre isso e... Aliás, algumas coisas que pensei que poderiam dar certo não deram. Então, eu desisti, joguei tudo para o ar e segui o caminho da razão em vez do coração, que parecia mais estar em um parque de diversões, pois ele só me encaminhava coisas que eu não podia alcançar. Dá para entender?

— Dá, sim...

Ele cruza os braços em frente ao peito e começa a encarar um ponto fixo na parede. Sua expressão está muito mais séria e severa do que antes. Após mais ou menos dez minutos, ele volta a falar:

— A única razão para estarmos aqui foi por uma decisão do meu pai.

Eu o observo, tentando compreendê-lo. Ele está na mesma posição há uns dez minutos, nem ousa se mexer. Parece estar remoendo uma dor antiga.

Se for dor...

Angústia...

Trauma.

Alguma ferida ainda não cicatrizada do fundo de sua alma, assim como eu.

— Não foi por um erro que você cometeu?

— Não exatamente. Essa enorme empresa marítima ainda existe por um motivo. Isso poderia não ter acontecido.

— Como assim?

— Élian e eu nascemos para isso. Futuros CEO e COO, exclusivamente. Seguindo sempre a mesma linha: enquanto meu pai seguir como CEO, eu deveria ser o COO e Élian, o meu braço direito. Então, quando o senhor Caldwell decidir se aposentar e passar a estrela de CEO para mim, Élian sobe para COO. E assim continua. Já Samantha, Enricco e Annelise, não. Como eu já disse uma vez, eles nasceram para viverem suas vidas, seguir seus planos e sonhos, sem se importar em ter uma missão para cumprir.

— Missão?

— Sim, essa é nossa missão. A princípio, éramos para ser apenas um. Ou nasceria Élian ou nasceria eu. Apenas um. O outro, sem definir qual, veio de brinde.

Ele franze a testa e permanece assim por um longo período. Eu reluto em desgrudar os olhos dele, e, por fim, não o faço. Algo está me prendendo a ele e preciso entender a profundidade de suas palavras.

Por fim, ele olha para mim mais uma vez. Algo estranho cruza seu rosto: tristeza, incompreensão e algo mais.

– A empresa do meu avô estava falindo. A Marinha Grandiosa já não estava sendo mais tão grandiosa, como o nome diz. Estava à beira do precipício. Minha mãe e meus avós estavam em pânico, em desespero, tentando recuperar o controle. Quando meu pai entrou em cena, foi para comprar a empresa e reerguê-la. No entanto, minha mãe, como a herdeira disso tudo, negou seu pedido. Foram inúmeras as vezes que meu pai tentou convencê-la, mas de nada adiantava. Até que ele decidiu propor a ela um acordo.

– Qual acordo?

Arregalo os olhos e me viro para ele. De repente, encontro-me tão interessada na história que quero cada vez mais descobrir um pedaço dela.

Ele suspira pesadamente e solta o ar.

– Bem, é um acordo que faz a minha mãe odiar quando deixamos escapar o motivo que a levou a engravidar. Ela sempre nos repreende quando mencionamos esse assunto. Eu sei que ela nos ama mais do que a si mesma, mas ela também sabe que somos seus filhos fruto de um acordo. Isso é algo que ela jamais esquecerá.

23 ANOS ATRÁS

EMÍLIA WRIGHT

— Nunca venderei os bens de minha família e todo o suor colocado neles em uma bandeja de prata para você, senhor Caldwell.

— Não é como se a senhorita tivesse outra escolha, é? Se não o fizer, você, seus pais e tudo o que construíram irão afundar.

Eu estava tremendo; escondi as mãos atrás de mim para impedir que Patrick as visse suando e tremendo.

Meu pai fundara a Marinha quando era jovem, e não seria eu a causar algum tipo de dano nos longos e duros anos investidos nela.

— Não, de fato não tenho. Porém, vendê-la a você não é nem mesmo uma opção.

— Então, me esclareça uma coisa, Emília. Como você planeja salvá-la? — Senti meus joelhos fraquejarem. Eu não tinha uma resposta plausível para essa pergunta. Eu não tinha ideia do que fazer, mesmo que, no fundo, eu soubesse que não iria salvá-la. *Aposto que ele tem uma resposta!* — Vamos fazer um acordo, Emília...

A-há! O que eu disse?

Abri um sorriso que era claramente forçado.

O que ele sugeriria? Casar-se comigo? Porque, de verdade, isso era bem clichê.

Olhei em seus olhos com assombro. Eles estavam escuros. E o conhecia bem havia tempo o suficiente para saber que isso só acontecia quando Patrick Caldwell tramava algo para o próprio benefício.

— O quê?

— Me dê um filho!

O quê? Alguém me sufoque agora, por favor!

— O que está dizendo, Patrick? — Eu o olhei, franzindo a testa, como se ele estivesse ficando louco. — O que isso tem a ver com a empresa?

— Vamos fazer um acordo, Emília. Você me dá um filho, um herdeiro da Marinha Grandiosa. E eu desisto de comprar sua empresa, apenas invisto o suficiente para tirá-los da falência.

— Mas... um filho? Isso é... Não dá para...

— Uniremos tudo o que é útil com o que é agradável. Apenas um herdeiro. O primeiro sucessor, que nascerá para carregar *o nome*, aquele que dará continuidade à linhagem da Marinha Grandiosa. Um elo entre Beaumont e Caldwell. Convenhamos que é uma proposta irrecusável. Sempre fomos apaixonados um pelo outro, eu quero comprar sua empresa, e você e sua família querem tirá-la desse desastre. Tudo caminhará bem.

— Correção, Patrick: *você* sempre foi apaixonado por mim.

— E você também, minha querida. — Girei nos calcanhares para evitar sua presença ao meu campo de visão. Pressionei a língua nos dentes e balancei a cabeça, insatisfeita. — O primeiro filho apenas será o que carregará o nome. Os próximos filhos terão uma vida normal e pacífica — ele continuou.

— Ah, quer dizer que você planeja mesmo essa coisa clichê de casamento arranjado e ainda mais... ter outros filhos?

Continuei a encará-lo de boca aberta. Não fazia sentido iniciar um escândalo, pois ele não cederia. E nem eu!

Mas eu podia demonstrar minha indignação.

Suspirei, derrotada.

— Eu *era* apaixonada por você, Patrick. *Era!* Até você me apunhalar pelas costas, sempre querendo o que é meu. Nos conhecemos como duas pessoas comuns, até que você soube quem é o meu pai. Até descobrir que a Marinha é a segunda filha dele. Então eu percebi como a sua "paixão" estava se tornando uma obsessão. — Balancei a cabeça. — Você sempre quis ser parte do nosso mundo, mesmo já tendo tudo o que tem. Você tem dinheiro, popularidade, tem uma ótima vida. E ainda quer...

— Você, Emília. Você não percebe que eu só me sujeitei a comprar a Marinha para ajudar você? — Ele se aproximou devagar. Ao me alcançar, tomou meu rosto em suas mãos. — Eu sei que você ficou com raiva de mim quando soube que o comprador era eu. Mas sua raiva se desfez e renasceu como o amor que temos há anos, desde que nos conhecemos há cinco anos... E vamos de novo aos fatos: você tem outra opção, Emília?

22 ANOS ATRÁS

EMÍLIA WRIGHT

Uma guerra era travada dentro de mim.

Desde que soube que teríamos gêmeos, comecei a perceber que eles brigam entre si para nascer. Mas não de um jeito bom. Por mais incrível e assustador que parecesse, eles guerreavam e se escondiam um atrás do outro. Estava ruim para mim. Era uma dor terrível e dilacerante. Eu só queria que tudo isso acabasse. Por que eles estão assim?

Meu Deus!

— Ah!

— Não era para ela sentir tanta dor! — Ouvi o médico gritar para os outros quatro.

Imaginei que uma cesariana nunca fora tão difícil quanto a que eu estava causando.

Eu não entendia e achava que nem mesmo eles conseguiam compreender a situação. Eu não me sentia mais. A dor era absurda, minha cabeça latejava, meus olhos marejavam e minha respiração estava fraca e pesada. Capaz que eles estivessem me vendo roxa de fraqueza.

Constatei, então, que o tal acordo para dar um filho a Patrick para salvar nossas vidas não fora um pensamento racional.

Tudo ficou preto de repente, e eu sabia... minha consciência estava falhando.

Eu sabia...

Nem um segundo a mais, e desmaiei.

•

No dia 09 de abril às 14h22 nasceu Brandon Wright Caldwell e, às 14h29, nasceu Élian Wright Caldwell, frutos da união entre Patrick Caldwell e Emília Wright Beaumont.

— Senhora. — O médico se aproximou. — Eis seus filhos: dois meninos.

— Meus gêmeos... — Dei um sorriso fraco. Apesar de quase ter passado para outra, agora estava me recuperando aos poucos. — Meus meninos.

— Meus parabéns, senhor e senhora Caldwell.

O médico se retirou, e eu e meus meninos ficamos a sós com Patrick. Ele estava radiante. Não muito por ser pai — ele iria se acostumar —, mas porque conseguira o que queria.

— E agora, meu caro marido? — perguntei, sem olhá-lo nos olhos; preferia estar perdida na beleza desses meus meninos loirinhos.

Será que eles serão melhores amigos quando crescerem? É justo ter essa dúvida considerando a minha luta. Luta que agora compensa tudo!

— Vocês irão ser grandes amigos, muito mais que irmãos. Ninguém poderá fazer com que o contrário aconteça, está bem? — sussurrei para eles. Sabia que eles não compreenderiam e jamais se lembrariam. No entanto, essas palavras estavam implantadas em seus corações e iriam se concretizar. Eles seriam diferentes de nós e teriam amor em seus corações, sensibilidade e razão em suas mentes. Eles dois seriam o tipo de ser humano que nós não éramos. Quer dizer, eu não era cruel, porém tivera de fazer uma escolha. — Eu amo vocês dois mais que tudo.

— Agora — Patrick começou a responder a minha pergunta anterior —, esses dois meninos são o resgate de que sua família precisava.

Notei que ele me fitou intensamente ao dizer essas palavras.

— Lembre-se, Patrick: acima de tudo, são nossos filhos.

— Sim, eu sei.

Ele chegou perto do que estava em meu braço esquerdo.

— Como esse se chamará?

— Eu já escolhi: este será Élian.

— E o outro?

Ele acenou com o queixo para o bebê em meu braço direito.

— Eu também já havia escolhido um nome. Você quer nomeá-lo?

— O que você escolheu está bom. Eu confio em seu bom gosto.

Analisei a postura de Patrick antes de declarar:

— Ele se chamará Brandon.

— Élian e Brandon. — Ele acenou com a cabeça. Sua expressão estava severa, mas sabia que no fundo ele gostou. — Muito bem, então.

— Eles são iguais por enquanto. Como iremos distingui-los?

— Não se preocupe, senhora — uma enfermeira interferiu delicadamente enquanto me fazia tomar um analgésico. Eu ainda estava um pouco fraca e com dor de cabeça. — Eles não são gêmeos idênticos; assim que crescerem um pouco mais, suas características físicas também se modificarão um do outro. Não muito, só o suficiente para saber quem é quem.

— Ótimo! — Patrick levantou a voz. — Enquanto isso, mandei fazer estes dois broches. O de ouro com uma esmeralda é para saber que aquele é Brandon. E o de ouro com um rubi é para saber que este aqui é Élian. Grave isso.

— Hum... bem pensado — admiti.

— Foram inspirados em você.

Em mim?

Depois de entregar o broche de esmeralda para a enfermeira prender na manta de Brandon, ele colocou o broche de rubi na manta de Élian. Eu tinha de reconhecer que eram joias magníficas e seriam bem úteis para distingui-los por um bom tempo.

Mudei meu foco para os dois rostinhos à minha frente. Eles eram recém-nascidos, mas já eram tão lindos! Não que eu fosse uma mãe coruja, mas eles eram mesmo. E seriam dois cavalheiros quando crescessem, e fraquejariam e derreteriam os corações das moças à sua volta.

Eu não tinha muito orgulho das escolhas que fizera em minha vida, no entanto de uma coisa eu tinha certeza: eu fizera dois seres humanos que já eram meus motivos de orgulho.

Nem nos meus sonhos eu teria esperado que, alguns anos mais tarde, Élian me presentearia com um olho com heterocromia, e Brandon com covinhas em seu sorriso.

Ah, meu Deus! Eu era, sim, uma mãe derretida.

Eles fizeram cinco anos, e colocamos os broches em suas roupas.

– São bonitos, não são? – perguntei enquanto me ajoelhava em frente a Brandon para prender o seu em sua roupa: um terninho preto tão pequeno que dava vontade de ficar admirando. *Pequeno grande homem!*

Não, não era uma ordem de Patrick que eles usassem terninhos, eram seus uniformes escolares. Embora nós já soubéssemos quem era Élian e quem era Brandon, os professores ainda precisariam se acostumar.

– Por que são cores diferentes, mamãe? – Élian perguntou.

– Porque é um jeito de seus professores reconhecerem vocês.

– O meu é verde – Brandon disse. – Da cor dos olhos da mamãe.

– O meu é vermelho.

Então, eu me dei conta: embora se parecessem fisicamente mais com o pai, eles eram diferenciados com características minhas. Patrick dissera que se inspirara em mim para escolher as joias. Brandon carregava as esmeraldas verdes de meus olhos, enquanto Élian carregava o rubi vermelho, um pouco mais escuro do que meus cabelos ruivos. Eram características que Patrick sempre admitira admirar em mim.

Vê-las em um pequeno objeto em meus filhos acalentou minha alma. Patrick não devia saber, mas esse gesto significava muito e era importante para mim. Isso mostrava que ele era capaz de amar seus filhos, assim como dizia amar a mim. Éramos uma nova família, e pelo menos isso eu tinha certeza de que ele sabia.

22

OLÍVIA

Brandon quer rir, mas percebo que ele está se contendo.

— Simplificando, ela deu a ele uma realização. Anunciou a gravidez, e, pouco depois, meu pai levantou a empresa, a recuperou. Até que viemos, nós, os gêmeos. Ela sempre diz que Élian e eu brigávamos antes mesmo de nascer para decidir por quem seria o segundo. Eu sempre dou risada disso, lembrando as tantas vezes que ouvi a mesma história. — Ele faz uma pausa e me fita, seu sorriso murchando. — Entende? Agora, você entende de verdade? Eu sou apenas um nome, a cláusula de um contrato. Nasci para carregar o nome da família, da empresa, do troféu da vida deles. Nasci para que todos saibam que meu pai tem importância nesta empresa que, antes, era uma herança para a minha mãe. E tenho que passar todos os dias vendo Sam e as crianças receberem amor paterno, enquanto Élian e eu somos menosprezados, e temos que dar garantias o tempo todo de que não iremos arruinar essa sucessão ou fracassar. E até isso eu estraguei. Pelo visto, em vez de cumprir meu papel, eu o levei à ruína.

— Não diga isso. Você não tem que remoer seus erros passados, não deve trazê-los à tona. Você e seu irmão são donos de uma força inimaginável. Você, Brandon... você é mais do que seu nome. Nunca duvide disso. — *Caramba! Que peso eles dois carregam.* — Obrigada por compartilhar isso comigo. Significa muito para mim, ainda mais porque imagino que não deve ser fácil contar isso a alguém.

— Não, não é. Nunca contei a ninguém.

Significa ainda mais agora.

Deve ser por isso que ele se culpa todos os dias por colocar a Marinha em risco. Ele já carrega o fardo de não poder tropeçar e cometer erros comuns que os jovens de nossa idade costumam cometer para amadurecer.

Essa foi a coisa mais estranha que já ouvi. Noto que Brandon está inquieto e penso que, pelo menos por agora, posso esquecer o motivo pelo qual ele me magoou e esquecer também a competição entre nós. Levanto meu rosto para vê-lo melhor e tomo uma atitude que não tomaria em relação a ele ou qualquer outra pessoa.

Pego sua mão na minha — nem sei por que minhas mãos agiram assim — e a aperto.

— Podemos fazer uma coisa antes de voltar a Miami — sugiro.

— O quê?

Brandon encara nossas mãos entrelaçadas. Certamente, ele não compreende minhas ações. Bem... Para começar, nem eu mesma entendo.

Entretanto, depois de toda essa confissão dolorosa, ele precisa de apoio, não de uma indiferença desentendida. Em um mundo complexo e estressante, um simples gesto pode se tornar uma salvação.

Esboço um sorriso e continuo:

— Tem um cômodo dentro do navio que está vazio e aposto que você já saiba disso.

— Estamos nele, Víve — ele responde baixo e rouco.

— Isso! Por que nós quatro não trabalhamos juntos em uma reforma aqui? Independentemente de quem vencer a disputa, teremos a linda memória do nosso "primeiro trabalho em equipe". Porque os outros são mais uma obrigação pela disputa. Já esse será...

— Um momento que fizemos juntos.

— Sim.

— Quem são os outros dois?

— Eu pensei que você gostaria de chamar as crianças...

— Mas elas não estão aqui...

— Quem disse que não? — Brandon me olha, desconfiado. — Eu não queria estragar a surpresa... Fiquei sabendo que amanhã vocês comemoram o aniversário do seu avô. Então...

— As crianças estão aqui?

Assinto.

— Por favor, não diga a Élian que eu contei. Ele quis fazer você pensar que Lise e Enricco já tinham ido. — Ele abre a boca e deixa escapar uma risada. A simples menção das crianças estarem aqui eleva o astral dele e o deixa mais feliz. — Promete que vai fingir surpresa?

— Prometo. Eu sei atuar muito bem.

Ele pisca para mim, fazendo-me rir.

O momento com ele começou de uma maneira pesada, no entanto agora está leve, como se desabafar todos os seus sentimentos em relação à vida tivesse o libertado de algumas amarras. Ele está deixando de lado seu jeito de Brandon, o filho herdeiro, para o Brandon humano e empático. Um jovem rapaz que quer ver o lado bom de ser ele mesmo.

Estar com ele quando está assim é tão agradável. Sentir uma pequena porcentagem de seu toque é algo tão natural — sempre foi.

Brandon se inclina um pouco.

— E como passaremos despercebidos? Ainda mais indo buscá-los e...

— Eu irei buscá-los. Enquanto isso, você fica aqui.

— Você ainda não sabe onde ficam os quartos deles. Seria melhor eu acompanhá-la, e então damos um jeito divertido de sair e trazê-los até aqui, sem que ninguém perceba.

— Quer mesmo correr esse risco?

— Já corri riscos piores...

— Verdade.

— Talvez, enquanto eu preciso saber como me controlar, você precisa experimentar algumas aventuras, gatinha. — Por que essa palavra tem tanto efeito em mim? Distraio-me e não percebo que estou o encarando há mais de dois minutos. — Olívia?

Ele balança a mão na frente de meus olhos para chamar minha atenção. Pisco ao me dar por mim e balanço a cabeça.

— Sim, sim, claro.

— Você ouviu o que eu disse?

Ele arqueia uma sobrancelha.

— Ouvi. Posso ser lerda às vezes, mas sou antenada. Não foi uma frase tão difícil de ser compreendida.

Viro nos calcanhares e começo a caminhar a esmo, sem saber aonde estou indo. Claro, tenho de esperar por ele se quiser que nossa aventura comece. Brandon para ao meu lado e me oferece o braço gentilmente. Confusa, apenas fico o olhando, antes de perguntar:

— Por que isso?

Ele ri.

— Eu que pergunto. Por que não me deixa ser educado uma vez, já que estamos agindo como duas pessoas normais agora? Sem disputas, sem desavenças, sem relembrar por que brigamos. Só oferecer meu braço não fará com que se apaixone por mim, certo?

Ah, meu caro...

Disfarço.

— Não. Óbvio que não.

Aceito seu braço e ele me guia pelos corredores vazios do navio até chegar ao lounge. Antes de continuarmos, ele espia para se certificar de que o caminho está livre. Não está: Samantha e Kyra estão lá, envoltas em uma conversa animada. Então, com cuidado, afasto o braço que se enrolou no dele, e ele faz um gesto para segui-lo. Passamos pelas meninas, sorrindo — ao contrário delas, que nos observavam com incredulidade por estarmos tão tranquilos e ainda por cima caminhando juntos. Elas nos seguem com os olhos até subirmos as enormes e cristalinas escadas e sumir da vista delas.

— Que barra pesada — comento.

— O quê?

— Clima constrangedor...

Eu tenho de parar de usar expressões esquisitas.

— Ah! Com certeza as duas não entenderam nada.

— Compreensível. O normal seria nós dois atravessarmos aquele lounge discutindo, e não sorrindo para elas.

— E outra coisa normal é que depois Samantha virá me perguntar como isso aconteceu.

— E o que você vai dizer? — pergunto, curiosa e divertida.

— Bem... — Ele pensa por um momento. — Que estávamos a caminho de um assunto muito importante que estava pendente e tínhamos que entrar em um acordo.

— Certo, é uma boa explicação. Mas onde está a diversão que você diz que eu preciso? Isso é profissional, não divertido.

Ele para e me olha com um misto de ternura e uma *diversão* diferente.

— Olha só, a moça mais certinha e elegante quer se divertir? Me diga, como eu posso recusar um pedido desse?

Vejo que a palavra "diversão" pode ter vários sentidos se pararmos para analisar com calma.

E tem de ser assim, porque tudo o que fiz até agora foi adotar uma postura séria e dramática, sem me permitir algumas descontrações.

— É mesmo? — pergunto, surpresa. — É assim que você me vê, então?

Ele olha para baixo, e eu penso que disse algo errado. Mas noto que ele o fez para começar a me analisar de baixo para cima.

— Olhe como você está vestida, Více. — Olho para minhas roupas, pensando se ele encontrou algo estranho. Até que, por fim, ele suspira, chamando minha atenção. Levo os olhos para ele. — Você é uma mulher elegante sem esforços. Requintada por natureza. E séria, no sentido de ser muito dedicada, responsável e... bem, dificilmente aceita cometer algum deslize.

Sinto-me corar e desvio os olhos, sem graça.

— Obrigada...

Continuamos nosso percurso em um silêncio agradável e amigável. Por mais inimaginável que possa ser, caminhamos devagar, a fim de estender este momento, e acho que ele também sente isso.

Minutos satisfatórios, admito.

É bom poder saber como ele se comporta sem estar sob pressão. Conhecer o seu lado doce e gentil.

— Poderíamos aproveitar e dar uma olhada nos quartos, já que o navio está vazio...

— Você quer dizer conhecer as cabines das classes mais econômicas, nas quais você nunca nem pisou — eu falo brincando, mas noto que ele fica envergonhado.

— É...

— Ok. Depois eu quero que você me apresente o deque das suítes Yatchts. — Dou um leve empurrão de brincadeira em seu ombro, fazendo-o rir. Ele está tão tranquilo hoje, já o vi rir tantas vezes em poucas horas, como nunca havia visto. — Pela primeira vez estou vendo seu sorriso de mostrar os dentes.

— Talvez você esteja merecendo hoje. São poucos que conseguem vislumbrar essa arte. Por falar nisso, também quase não vejo o seu.

— Bem, eu não me considero extrovertida, então só dou risada ou sorrio quando há motivos para isso.

— Então, se eu der um motivo para rir, você irá rir?

— Claro que sim. Que tipo de pergunta é essa, Brandon?

Olho para ele. Seus olhos têm um brilho malicioso, um sinal de que ele está planejando aprontar algo comigo. Seus lábios se curvam em um sorriso torto, e, ao me dar conta, ele já está em cima de mim fazendo-me intermináveis cosquinhas.

— Vamos, Olívia. Dê liberdade à sua alegria!

— Brandon, espere! — Começo a rir descontroladamente, e, mesmo que tentasse prender, não consigo mais. — Espere... Ah, meu Deus!

Ele se junta a mim nas risadas e, se qualquer pessoa passar por nós neste momento, é capaz de pensar que estamos bêbados. Mas por sorte o navio está vazio. Um navio que, com muitos passageiros, fica parecendo uma cidade, agora parece com algo maior, com um novo planeta. Ou talvez um novo continente dentro da Terra.

Quando consigo me desvencilhar de seus braços, saio correndo pelo navio. Brandon sai correndo atrás de mim, e, como suas pernas são bem mais longas que as minhas pequenas, logo ele me alcança. No entanto, ele não continua com a brincadeira. Seus olhos escurecem e ele me puxa pela cintura.

Eu continuo sorrindo, com a respiração ofegante. A intensidade do brilho em seus olhos só aumenta.

— É assim que você vai sorrir quando estiver em Paris?

— Provavelmente. É o melhor que eu posso fazer — respondo.

— É lindo.

Seu rosto está tão perto do meu que demoro a me dar conta do que estou pensando. Nós nos beijamos uma vez, e foi tão bom... O tipo de maravilha que me levou às nuvens; porém, depois veio aquela decepção, a aposta.

E mesmo que a verdadeira explicação seja a dele, e não a de Luccas, as duas machucam.

Tento quebrar o encanto entre nós, a atração que nos puxa como um ímã. Mesmo sendo um fato quase irrealizável, dada a nossa conexão, preciso disfarçar.

— Brandon... — Apoio as mãos em seu peito para impedi-lo de se aproximar mais. — Acho que estamos perdendo um pouco do tempo que poderíamos já estar aproveitando com as crianças.

— Um pouco... — Sua voz está rouca e isso enfraquece meus joelhos.

Ele afasta um pouco sua cabeça e sorri para mim daquele jeito irritante que me tira todo o juízo. Consigo me sentir tremer e o olhar que ele lança sobre mim me causa arrepios intensos.

Isso é anormal. Nunca senti algo assim antes.

— Nós... bem, eu... Não acho que seja uma boa ideia ficarmos tão próximos assim...

— Acha que eu não posso me controlar?

Meu bem, eu tenho medo é de eu mesma não conseguir.

— A primeira vez que nos beijamos não terminou de uma maneira muito amigável, você sabe. Eu ainda me sinto magoada quando lembro o motivo.

Ele suspira e deixa a cabeça cair. Sua testa encosta na minha.

— Então é isso? — murmura. — Você disse que por hoje iríamos esquecer todo o resto. Os nossos respectivos passados, nossas decepções, tudo.

— Eu não imaginei que fôssemos estar tão perto assim um do outro.

— Você não está me cobrando muito, gatinha? Afinal, não fui só eu que a magoei. Aquele sujeito Nathan também... e você ainda está falando com ele.

— É Neidhan.

— Tanto faz.

— Mas de quem eu *menos* esperava algo assim era de você.

— Isso é bom? Significa que eu mexo com você?

— Não interprete errado, Caldwell. Eu esperava que você fosse mais compreensivo.

— Deixe-me ver quem foi pior. O que ele disse?

Arregalo os olhos.

— Você quer comparar? Como você pode passar de um cavalheiro para um babaca em segundos?

— Não é comparação, Olívia. Só quero saber o que ele fez.

Talvez eu esteja começando a apreciar seu lado gentil e atencioso, mesmo que o menino mau apareça de vez em quando.

Assim como ele confiou em mim para desabafar, sinto vontade de fazer o mesmo.

Meus próprios sentimentos parecem triviais comparados aos dele. Contudo, consigo sentir que da parte dele não haverá julgamento. Ele nunca me julgou pelos meus medos, minhas crises; muito pelo contrário, ele quis me ajudar. Preocupou-se com o que eu estava sentindo, ainda que não saiba lidar com isso. Mesmo sem o entendimento necessário para me ajudar, ele conseguiu — conseguiu me acalmar, conseguiu fazer com que minhas crises se estabilizassem.

Preciso e devo compartilhar com ele.

Ainda que, depois, esse clima amigável passe, ele nunca caçoaria de mim quanto a isso, senão já o teria feito antes. Posso afirmar com toda convicção que ele não é esse tipo de pessoa.

— Depois do que aconteceu... Quer dizer, depois de eu ter tido uma crise na frente dele, ele me procurou para saber como eu estava. — Mesmo sem levantar a cabeça, sinto seus olhos me observando com atenção. — Chegou um momento em que contei a ele, quase que da mesma forma como contei a você. O resultado, porém, não foi como eu esperava.

— O que ele disse, Olívia? — Sua voz se torna mais severa, como eu nunca havia escutado.

Tremo e limpo a garganta, tentando o máximo possível me acalmar.

— Ele disse que era frescura.

Ele desvia o olhar e sua expressão muda drasticamente para um ar mais sério e sombrio. É notável o aborrecimento surgindo em seu rosto.

Espero alguns segundos, querendo desabar, mas consigo controlar as lágrimas que ameaçam cair. Olhando para mim, logo sua expressão dura e fria se suaviza.

— Nem todo mundo entende, Olívia. Algumas pessoas ficam cada vez mais impiedosas. Mas ainda existem as empáticas, e é esse tipo que você deveria querer ter por perto.

— Não adianta muito esperar nada de ninguém. Devemos cair na real e reconhecer que estamos sozinhos quando isso acontece. Nesses momentos, poucos são os que ficam ao seu lado. E olhe lá se não for raro. É melhor reconhecer do que se permitir ficar levando tapa na cara.

Ele toma meu rosto em suas mãos para que eu o olhe.

— Ei, eu estou aqui, você sabe. Eu ode... não gosto de vê-la mal. Quero vê-la sorrindo, feliz. Quero ver o sorriso parisiense embelezando seu rosto.

A menção ao “sorriso parisiense” me faz sorrir de verdade. Parece que ele acredita mais no meu sonho do que eu mesma. Decido exagerar um pouco e inventar uma pequena historiazinha para ver até onde isso o leva. Tomo coragem e invento as palavras:

— Ele se desculpou comigo. — Brandon arqueia a sobrancelha, duvidoso. — É, ele me pediu desculpas e eu resolvi dar mais uma chance a ele.

Claro que isso não é verdade. Bem, são meias-verdades, já que ele tentou mesmo se desculpar. A mentira é que lhe dei uma chance.

— Hum... Você não pode ter feito isso...

— Por quê? Isso o incomoda, por acaso? — falo, parecendo indiferente.

— Incomoda — responde na mesma hora. Nem sequer deve ter pensado em uma resposta que não entregasse seu desconforto. — Quer dizer... Não me incomoda que você o tenha desculpado, afinal você é uma moça de coração bom e puro. O que me incomoda é você não perceber que ele está a enganando e a usando, sendo que você poderia estar com quem a compreende e a apoia.

— Você não tem o direito de dizer algo assim quando você também me enganou.

— O que eu fiz foi bem menos do que ele está fazendo.

— Agora tem tamanho? Você quer medir e comparar?

— Ele vai enganar você, Víve. E sabe o que vai acontecer? Você irá querer que quem estivesse lá fosse eu.

— Você é muito...

— Não venha me chamar de egocêntrico, Olívia. Essa é a primeira palavra que usam comigo, mesmo sabendo que estou certo. E você sabe melhor do que ninguém que, quando você está no chão, sou eu quem lhe oferece uma mão. E você vai querer. Só que eu não vou estar lá, porque você quis assim. No entanto, todas as vezes que você olhar para ele, irá se lembrar. Isso eu garanto, você *irá* se lembrar.

Ele se afasta de supetão e me apresso a segurar sua mão, puxando-o de volta.

Desta vez, ele está muito mais perto do que antes.

— Às vezes você me confunde...

Seus olhos vão para meus lábios.

— Posso dizer o mesmo de você, gatinha.

— Ei, loirinho... — Ele olha de volta para mim. — Esse é o meu charme.

— Com certeza é. — Sua mão repousa na minha mandíbula. — Loirinho? Arrumou um apelido para mim, é?

— Eu gostei e só a minha opinião importa.

— Ah, é? Pois lamento decepcioná-la, mas eu também gostei.

Seu polegar está acariciando a minha bochecha, e não consigo evitar os milhares de calafrios que ultrapassam meu corpo. Seu rosto está muito próximo ao meu e, com um sorriso atrevido, ele me faz entender que vai me fazer enfraquecer.

— Brandon... não devemos...

— Você que me puxou de volta.

— Não estava raciocinando direito.

— Estava, sim.

— Não estava, sei que não.

Fecho os olhos tamanha a tensão entre nós.

— Pague para ver, então. Prove... comece a se afastar, a me empurrar...

Eu tento. De verdade, eu tento. Faço de tudo, porém é demais para mim. Agarro seu pescoço e grudo minha boca na dele. Ele corresponde, beijando-me como se sua vida dependesse disso. É forte e terno ao mesmo tempo.

Sorrio contra sua boca, de repente percebendo o que fiz, e imediatamente interrompo e fico sem graça.

— Bem, como eu dizia... hã... é melhor irmos buscar as crianças. Logo você terá que ir embora.

A conversa fica por aí, e caminhamos em direção ao deque das suítes Yatchts. Por incrível que pareça, eu quase nunca fui lá — mesmo estando na linha de frente do comando do navio, este lugar ainda é inacessível a mim.

E a vez que Brandon me resgatou na piscina e me levou ao seu quarto não conta, afinal foi o único cômodo do navio que pude ver de todo o deque. E quando saí do quarto dele foi com tanta pressa que não prestei atenção em todo o resto. Porém, pelo que vi do quarto dele, entendi o porquê de ele amá-lo tanto.

Ao contrário dos outros corredores, o deque Yatcht tem seus corredores todos brancos com tapeçaria dourada — estilo *clean* elegante —, alguns quadros com imagens da natureza emolduram suas paredes: oceano, fundo do mar, corais, pôr do sol, ilhas tropicais e paradisíacas. No entanto, o maior de todos eles é o que parece ser a sede em Miami.

Fico surpresa com o esplendor do lugar. Quando a tapeçaria dá lugar a ladrilhos brancos, meus saltos começam a fazer um barulho ao bater no piso. É um som gostoso de se ouvir.

O lugar está vazio, calmo e sem barulho. É ideal para não me provocar tensão.

Passamos pelo segurança que toma conta do local privado, e, em seguida, Brandon diz a ele que veio buscar as crianças, então ele libera nossa passagem. Não é algo que ele precisaria fazer em uma situação normal, mas já que está proibido de habitar seu quarto por ora...

— É muito luxuoso aqui.

Bem, verdade seja dita, nem todos têm a chance de conhecer a parte mais alta deste hotel flutuante.

Brandon parece satisfeito com meu comentário e me faz parar em frente a uma porta branca, com uma placa prateada em que está escrito "Enricco".

Ele suspira antes de bater e abrir a porta.

Coloco uma mão em seu braço e ele me olha com uma expressão curiosa.

— Lembre-se de pedir às crianças para não contarem nada a Élian ou qualquer outro de sua família. Era para ser uma surpresa e eu meio que estraguei.

— Não se preocupe. Vai dar tudo certo.

Com a porta aberta, vejo que a luz interior é suave e calmante.

— Este é o quarto pirata de Enricco. Era meu e de Élian. Nossas camas eram iguais à dele.

Vejo um véu de nostalgia se formar em seus olhos enquanto fala, o qual ele lutou para segurar.

O quarto é um verdadeiro cenário de filme: paredes azul-escuras, detalhes amadeirados e uma pequena estante branca com livros infantis. Logo na entrada, vejo uma escadinha de madeira que dá acesso a uma ponte que leva a um barco pirata. Não sei o que há dentro do barco, mas é bem interessante.

Embaixo, onde estamos, as paredes no lado da cama de Enricco são de um tom mais claro de azul, enfeitadas com quadros e decorações de oceano e pirataria. Sua cama de madeira tem o formato de um barco, cobertores azuis, da mesma cor da parede com estampas xadrezes e imagens de peixinhos, e, em vez de uma cabeceira, há uma pequena cortina com uma letra "E" estampada.

— Ele gosta de barcos, né? — falo, brincando.

— Bem... Na verdade, quem gosta somos Élian e eu. Essa era nossa decoração. Ele viu e gostou, então ficou por isso mesmo.

Aceno com a cabeça e me viro para o barco em cima.

— E lá dentro? O que tem?

— Ele deve estar lá dentro. Atravessando a ponte e entrando no barco, você encontrará o grande closet do pirata.

– Closet do pirata?

– Sim. Imagine um navio pirata por dentro, porém à esquerda tem um guarda-roupa aberto e, à direita, uma vista para a piscina das crianças. Mas ele prefere manter a cortina fechada.

Estou ficando cada vez mais surpresa. Por isso Enricco gosta tanto de ficar aqui, pelo que ouvi falar.

Brandon aumenta a voz e chama por ele. Depois de uns minutos de espera, o menino decide responder ao seu irmão e aparece.

– O que foi?

– Tire esse mau humor todo da minha frente e desça. Precisamos de sua ajuda com uma coisa.

– Que coisa?

– Você vai saber quando descer.

– É assim que vocês normalmente conversam? – interrompo.

– Não era. E aí já faz alguns meses que ele está se achando um adolescente, sendo que ainda não é. Acho que a rebeldia chegou mais cedo para ele. Mas tem um lado bom nisso.

Franzo a testa.

– Tem, é? Qual?

– Quando ele chegar aos vinte anos, talvez não aja como eu.

– Você se acha tão babaca assim?

Ele me encara e um brilho passa por seus olhos.

– Acho. – Enricco desce bufando e cruza os braços. – Pelo menos contenha essa expressão e troque por uma mais feliz, você está na frente da moça que acha bonita.

Enricco quase não quer dar atenção ao que Brandon diz, mas ele se força a se virar para mim. Ao menos, sua expressão suaviza ao me ver.

– Oi, moça bonita.

– Olá, capitão pirata.

Ele abre um sorriso largo. Saindo do quarto, damos de cara com a mesma plaquinha na porta do outro lado do corredor, mas desta vez está escrito "Annelise".

Nesse quarto, Brandon não bate na porta. Ele abre uma fresta com cautela e verifica se há alguém lá dentro. Recuando, ele termina de abrir a porta e nos deparamos com uma princesinha de cachinhos loiros dormindo.

Olhando para a pequena menina, Brandon diz:

— O quarto de sereia de Annelise era de Sam.

— É lindo!

— É, sim. Samantha chorou muito ao descobrir que seria de Annelise quando ela nascesse e fosse adotada por meus pais. Sam amava este quarto.

— É compreensível. É o quarto mais perfeito que já vi.

E é mesmo. Agora entendo por que Brandon a chama de sereia. Seu quarto é da *Pequena sereia*, da Disney, Ariel. As paredes não são pintadas: cada uma delas tem uma cena diferente do filme da princesa dos mares.

Os móveis são todos brancos, a mesinha de colorir, as estantes, o tapete...

Os lençóis de sua cama são azuis, como o oceano, e a cabeceira é no formato de uma concha cor-de-rosa. O pequeno lustre no teto e o abajur ao lado da cama são da mesma cor.

Há uma escada do outro lado, branca e com corrimão também rosa.

— Venha. Vou lhe mostrar lá em cima.

Eu o sigo, duvidosa se devo ou não ir com ele. Ainda assim, nós subimos a escada e entramos em uma salinha. Há um sofá quadrado e florido, quadros de sereia, paredes pintadas em diferentes tons de azul e faixas brancas, piso de carpete bege e uma mesa branca em frente a uma janela, que tem vista para o mar. No entanto, a janela não pode ser aberta para a segurança da menina, e é decorada com uma cortina *clean*.

— Nossa. Este, sim, é mais que um quarto. É o castelo dela, não é?

— Sim. Por isso Sam chorou. — Solto uma risada alta. — Bem, vamos chamá-la? — ele pergunta.

— Tem certeza de que devemos acordá-la? Ela está dormindo tão tranquilamente.

— Ela sempre dorme depois do banho, que costuma ser neste horário. Já está perto da hora de ela acordar.

Assinto e o sigo escadas abaixo.

Brandon se aproxima da irmãzinha e a chama baixinho. Ela se senta, ainda sonolenta e esfregando os olhos. Ao ver Brandon ao seu lado e perceber que é ele quem a está chamando, um sorriso alegre e enorme se forma em seu rosto.

Lise está tão feliz que quase grita:

— Você voltou!

Brandon leva um dedo aos lábios em um gesto rápido, pedindo silêncio. A princesinha acha graça e o imita. O jeito como Brandon sorri quando está com a irmã caçula é diferente de tudo que já vi.

Ele a ajuda a se arrumar e nós saímos. Enquanto caminhamos, ele pede às crianças que mantenham nossa saída em segredo do restante da família e eles compreendem, já que antes foram avisados que voltariam para o navio para fazer uma surpresa para Brandon e o avô.

De forma civilizada, todo o espaço Yatcht me é apresentado conforme caminhamos por ele. Há cinco tipos de piscinas: uma interna quadrada, duas externas, sendo uma redonda e infantil ao lado da dos adultos, uma com água salgada e uma com água aquecida — estilo ofurô.

De repente, paro e ergo uma sobrancelha.

— Uma lareira?

Em um espaço da área externa, em meio aos sofás de veludo cinza, há uma lareira em formato redondo, posicionada no chão e com vista para o mar. Algumas pilastras de mármore sustentam a faixa de teto.

— O que acha? Exagerado?

— Jamais imaginaria encontrar algo assim em um navio.

— É bem útil quando passamos por lugares frios e nórdicos.

— Você está certo, pensando por esse lado. Ah, eu me esqueci de mencionar...

— O quê?

— Preciso dar uma passada rápida na minha cabine. Eu sei que já estamos enrolando muito, mas preciso deixar todos estes papéis lá. Nem sequer percebemos que andamos por todo lado com os documentos das manutenções nas mãos.

— É verdade. Ok, então.

Percebo seus ombros ficarem tensos, mas ele logo se recompõe. Caminhamos atrás das crianças, Enricco de mãos dadas com a irmã menor.

Assim que chegamos ao meu corredor, surpresa e impulsionada pela emoção que meu coração acelerado transmite, reconheço de longe o que está acontecendo.

Encontro-me diante de uma rosa vermelha e um bilhete. *Mais uma vez... Que raios se passa aqui? Quem está fazendo isso?*

Franzo a testa e percebo que Brandon faz o mesmo. Ele encara a rosa e o bilhete como se fossem dar um choque, porém não fala nada. Seu maxilar fica tenso.

Sem jeito, eu me inclino e os pego do chão.

O bilhete diz:

Bilhete 3

Você é incrível!

Então, vejo que não é apenas um, e sim dois. Recolho o segundo, que deixei no chão sem perceber. Em letras gravadas no canto e quase imperceptíveis, diz:

Para me absolver do atraso, deixo mais um...

Bilhete 4

Você é única e especial.

Ok, tudo bem, esse foi mais impactante. Alguém aqui me acha única e especial? Meu Deus... Quem poderia...?

Levanto os olhos e encontro o olhar escuro de Brandon. Seus olhos não estão naquele tom inebriante de azul geleira. Ele está me encarando desde que peguei a rosa e os bilhetes. Eu quase gaguejo ao falar:

— O quê?

Ele responde com os olhos fixos nos meus e a voz rouca:

— Nada. Eu não disse nada.

— Mas está me encarando. Há algo errado?

— Não. — Seu tom é firme e seco.

Eu tento disfarçar a situação constrangedora e entro no meu quarto. Deixo os papéis na mesinha, assim como deixo meus "presentes". Por gentileza, pego os documentos dele — mesmo ele hesitando — e digo que ele poderá pegar de volta mais tarde. Ele ficou difícil de repente, mas acaba por ceder diante da minha insistência.

Ele já sabe que sou teimosa.

Confesso que estou extasiada com tudo isso acontecendo mais uma vez. Eu de fato não esperava, e estou ficando cada vez mais e mais curiosa.

•

Estamos de volta ao enorme cômodo vazio, agora com as crianças. E, claro, elas não entendem por que as trouxemos aqui.

— Bem, crianças, precisamos da ajuda de vocês com algo — falo.

— Ajuda com o quê? — Enricco pergunta, confuso.

Brandon se manifesta:

— Decidimos interromper a brilhante ideia de nossa família de surpreender nosso avô...

— E você... — sussurro.

— E eu — concorda —, para saber o que vocês gostariam que tivesse neste lugar.

— Sim — continuo. — Só não poderá ser uma ideia tão simples. Pensem grande!

— Por isso nós pensamos que Enricco e Olívia podem pensar em algo juntos... enquanto Annelise e eu pensamos em algo também.

— Oba! — Annelise exclama e bate palminhas.

— Certo. Mas para quê? — Enricco pergunta fazendo careta.

— Porque este lugar está vazio e chegamos à conclusão de que estamos perdendo muito espaço, sendo que poderia ser um lugar bem útil. E diferente. Um lugar que tenha algo que saia da mesmice.

— O que é mesmice? — a pequena pergunta.

— A última vez que nosso pai decidiu fazer deste lugar um museu não deu muito certo...

Sério que essa criança tem mesmo apenas nove anos?

— Sim. Por isso eu disse "diferente" — Brandon responde.

— Venha, Enricco. Vamos pensar em algo do outro lado...

Estendo minha mão para ele, que a pega.

Brandon pega Lise no colo e eles vão para a extremidade oposta. Lise está bem animada, Enricco nem tanto. Eu tenho de fazer algo para tirar alguma reação boa dele.

Eu me ajoelho ao seu lado.

— Antes era um museu?

— Sim. Fizeram um museu subaquático, mas as pessoas ficaram enjoadas e entediadas com a repetição sempre que entravam aqui. Porque, em terra firme, elas já encontram muitos museus. E quando estão aqui querem encontrar algo diferente.

— Entendi. Era diferente do aquário?

— Não muito. Tudo aqui tinha vista para o fundo do mar, mas o aquário já é assim. Então, mandaram revestir todos os vidros, que agora são como paredes.

— E o que mais?

Enricco me explica em riqueza de detalhes como este espaço era antes. É incrível ver que, mesmo com pouca idade, ele se lembra de como era cada espaço e sabe como me explicar.

Querendo saber mais sobre as reações de Enricco diante de seu irmão, eu tento perguntar a ele de forma leve, porém direta, já que ele é esperto o suficiente para compreender aonde quero chegar:

— Posso fazer uma pergunta, Enricco?

— Pode.

— Por que você não é mais tão próximo de Brandon?

— Foi ordem do papai — responde. Eu não compreendo e peço a ele que explique um pouco mais. — Nosso pai disse que, enquanto Brandon estiver consertando a bagunça que fez, eu não posso estar perto dele, para que não me influencie e eu faça coisas parecidas ou aprenda coisas erradas com ele.

— Por isso você o evita tanto?

— Sim. Eu tenho que obedecer. E acho que meu pai sempre cita Brandon nos sermões familiares para dar alguma lição de vida para Élian.

Eu fico sem reação e querendo rir por dentro. Não era para essa ser uma situação cômica, porém quando uma criança de nove anos coloca desse jeito...

— Ok, entendi.

— Tiveram alguma ideia? — Brandon reaparece, aproximando-se de nós.

— Estamos indo bem por enquanto, não é, Enricco? — Ele concorda com a cabeça. — E vocês?

— Podemos fazer uma votação com todos os nossos conhecidos reunidos.

— É uma boa ideia, já que não conseguimos entrar em um consenso.

Brandon olha para o relógio de pulso. Ele não insiste e muda de assunto:

— Podemos terminar depois? Eu tenho que ir, a comemoração do aniversário é hoje à noite. Não posso faltar.

— Claro.

Nós saímos e deixamos as crianças de volta em seus quartos. Enquanto caminhamos, lado a lado, Brandon olha para frente e seus olhos demonstram enorme surpresa.

— Vovó?

— O quê?

Ele olha para mim e me puxa pela mão.

— Venha comigo.

Nós corremos pelo saguão em direção a uma senhora mais velha e elegante que está com o senhor Beaumont e Élian.

O senhor Caldwell nos interrompe, querendo falar com Brandon. Ele quase hesita, mas me pede para esperar um segundo. Quando ele se afasta, de longe ouço Élian chamar meu nome. Olho para ele, e ele me chama com um aceno de mão. Eu franzo a testa e caminho até eles.

— Essa é a menina Olívia Mozer — o senhor Beaumont comenta com a senhora —, a que eu lhe disse... sobre aquele assunto...

— Sobre o que ela está fazendo aqui?

— Sim.

— Ah, *enchanté.*

Ela estende a mão, e, assim que a pego, ela aperta a minha com suavidade.

— Essa é minha avó — diz Élian. — E de Brandon. E de Sam... e das crianças... Você entendeu.

— Ah... claro. Eu também, muito... *enchanté.* — Envergonhada, meu estômago embrulha, e eu levo uma mão aos olhos. — Ah, meu Deus... Desculpe, eu amo Paris, só não sei falar francês.

Ela ri.

— Tudo bem, querida.

— Sei que vocês gostam quando tentamos primeiro, mas...

— Então, comece com um simples *bonjour.*

— Certo. Hã... *Bonjour, madame.*

— Continue com o que sabe.

— *Comment ça va...?*

Semicerro os olhos. Ela ri e continua:

— Que graça essa moça. Apenas *ça va. Comment ça va* significa "como vão as coisas". Aliás, muito bem, *merci.* E você, senhorita? *Et vous, mademoiselle?*

Fico olhando para ela, sem piscar. Levo um tempo, mas lembro que essa resposta já tinha escutado antes. Ainda assim, respondo com hesitação, já que estou em frente a uma francesa.

— *Très bien.*

— Ora, magnífico.

Ela me olha, surpresa, e em seguida olha para seu marido.

— Vejam só. — Brandon aparece perto de nós, sorrindo. — Aprendendo francês? — Dou um sorriso. Brandon se aproxima dela com um grande sorriso e a abraça. — Vó! Que surpresa ver a senhora. Por que não disse que viria?

— E estragar exatamente esta surpresa? Não. Toda vez que vejo meus netos me surpreendo com como estão cada vez mais lindos. Olhe só para isso. Quebrando corações por aí, meu neto? — Ele ri, e ela o abraça de novo e mais forte. — Que saudade! — Ela o solta depois de longos segundos. — Meu querido neto, por que não me apresenta a bela moça aqui?

— Como assim? Vocês não já foram apresentadas?

— Não de verdade. Seu avô apenas me disse que ela é... uma grande amiga sua.

— Grande... amiga?

— Grande *amiga* — Élian enfatiza, provocando o irmão.

Brandon o encara com um olhar cortante que o cala.

Será que é possível ver minhas bochechas ficando vermelhas? Não quero pagar esse mico na frente dessas pessoas elegantes. Seria um fiasco!

E agora eu consigo ficar ainda mais nervosa do que já estava.

— Ela trabalha aqui. É minha amiga, sim. E... parceira de negócios... — Ele parece mais nervoso do que eu. E envergonhado... o que não é nada comum nele, embora seja fofo. — Bem, ela é Olívia Mozer. Olívia, essa é minha avó, Dalila Beaumont.

— Senhora Dalila Beaumont, é um prazer. É um lindo nome.

— E o seu... Olívia. Puro, singelo e delicado. — Dou um sorriso. — Mathew, pode me deixar a sós com estes jovens?

— Por que isso? — ele pergunta.

— Porque eu quero conversar com eles por um momento. Ora, jovens precisam dos conselhos da avó de vez em quando. Você já está há mais tempo com eles. — Ela é pontual na sua resposta e não abaixa a cabeça.

— Tudo bem, então. — Ele fica nervoso, mas parece não gostar de demonstrar isso à esposa. — Vou para o escritório.

Ele dá um beijo na testa dela e se afasta. Apesar dessas cutucadas que um dá ao outro — pelo que se pode ver —, é lindo ver esse tipo de gesto doce entre eles. O tipo que diz ao mundo que se amam e se respeitam. Só não consigo ter certeza de que são casados, dado o tempo que passam longe um do outro, em lugares diferentes. A senhora Beaumont continua:

— Bem, é difícil mantê-lo longe. — Ela revira os olhos. — Eu vim especialmente pela comemoração do aniversário dele. Creio que já saibam que teremos uma confraternização.

— Sim — Élian responde. — Nossa mãe nos avisou.

Eu me sinto meio deslocada. Esse assunto não me diz respeito. Fico vagueando meu olhar entre os três, sorrindo feito uma boba.

— É, desculpe. Eu não tenho... Eu vou indo.

Fico nervosa e me atrapalho em minhas próprias palavras.

— Espere, aonde vai? — ela pergunta.

Neste momento, o meu celular vibra. De relance, vejo que é uma mensagem de Kyra.

— Com licença.

Kyra:
Estou na porta da sua cabine. Onde você está?

Olívia:
No meio de uns planos familiares...

Kyra:
Como assim?

Olívia:
A avó dos meninos está aqui, e eles estão planejando uma festa para o aniversário do senhor Beaumont. Eu me sinto deslocada e uma intrusa em um assunto que não me diz respeito.

Kyra:
Uau. Tente descobrir mais!

Olívia:
Está louca, Kyra? Fazer isso é a sua cara, não a minha. Além disso, por que eu faria isso? Não é como se fôssemos participar.

Kyra:
Seria interessante saber mais sobre as festas de gente rica.

Olívia:
Daqui uns minutos eu chego aí. Preciso pelo menos me despedir direito dela.

Kyra:
Ok, docinho.

Rindo do jeito dela, volto até o grupo, no entanto só consigo andar metade do caminho, já que a senhora vem até mim, deixando os netos para trás. Antes que eu possa dizer algo, a senhora Beaumont toma a frente:

— Querida, já que você é amiga dos meus meninos... Bem, amiga de Élian e grande amiga de Brandon... Por que não vem comemorar conosco?

Eu fico surpresa com suas palavras e esboço um sorriso.

— Não... não, não. Obrigada, mas... eu não posso.

— Por que não?

Eu tenho de inventar alguma coisa. É chato, porém necessário. Pelo menos na minha opinião.

— Eu não costumo participar de grandes festas. Nem mesmo tenho uma roupa ideal, então... Não será possível. Além disso, marquei de encontrar uma amiga que também trabalha aqui no navio.

Ela ergue uma sobrancelha.

— Roupa ideal? Mas você se veste tão bem! Tão elegante e charmosa.

— Obrigada. Ainda assim, não acho que esse tipo de roupa que uso seja o ideal para uma festa, baile, esses tipos de eventos.

– Ah, entendo. Bem, é verdade. Pelo menos você se veste bem.

– Obrigada pelo convite, de coração.

– De nada, querida. Eu gostei de você.

Ofereço um sorriso e, com um último olhar, ela se vira e vai embora. Eu balanço a cabeça e caminho em direção à minha cabine. Kyra está lá, parada na porta. Quando me vê, começa com suas perguntas:

– Ela é chique?

– O quê?

– Como ela é?

– Quem?

– A senhora dona e proprietária dos mares...

– Ah. – Ela me lança um olhar curioso. Eu me viro para destrancar a porta do quarto. – Ela é como a senhora Emília... só que mais velha.

– E como é a senhora Emília?

– Bonita, elegante, ruiva... e com uma pele perfeita, apesar da idade.

– Ah... – Ela concorda com a cabeça, pensativa. Acredito que está tentando imaginar tudo o que eu disse. – E os planos de aniversário? Descobriu mais alguma coisa? – pergunta.

Entramos no meu quarto e eu me jogo na cama.

– Não. Mas algo estranho aconteceu. Ela me convidou!

– E o que há de estranho nisso?

Eu me sento.

– Ela me convidou porque acha que Brandon e eu somos "grandes amigos".

– E é mentira? – Ela ergue uma sobrancelha, aproximando-se e colocando uma mão em meu ombro. – Você não tem me contando muita coisa. E, quando contava, você já tinha uma queda por ele. Agora que se conhecem há um tempo, o sentimento deve ter aflorado ainda mais. Se todos ao redor percebem, e só vocês dois que não percebem, é porque tem algo, sim, acontecendo, e vocês não querem enxergar. – Eu franzo a testa e olho para ela com curiosidade. – Há um brilho nos seus olhos toda vez que você fala dele. Até sua voz muda, fica ainda mais suave do que já é, e, quando está irritada com ele, fica uma voz fervente.

— O quê? O que é uma voz fervente?

Ela anda pelo quarto em seus saltos de quinze centímetros.

— É uma voz com uma mistura de raiva e paixão e parece que você quer se vingar, mas na realidade só é atração mesmo.

Eu a olho como se ela estivesse maluca.

— Kyra, você está delirando? Isso que você chama de "voz fervente" nem faz sentido.

— Eu só digo o que vejo. E, ei, foi a melhor forma de explicar como você fica. Eu sei, você não pode controlar, não consegue disfarçar, coitadinha.

Ela vem e se senta ao meu lado, porém eu me levanto.

— Não dá para continuar esta conversa.

— Eu até fiquei sabendo que ele mandou uma ordem para Bárbara ir embora. Tenho certeza de que foi por ele não querer que ela atrapalhe.

— Ou é porque ela não faz nada aqui, não paga a estadia, e não podemos mantê-la a bordo.

— Você tenta se convencer disso à custa de quê? De negar tudo? — Não estou entendendo mais nada. — Tudo bem, eu não estou forçando nada entre vocês — diz. — Só acho que vocês combinam, vocês se atraem... e mudam quando estão juntos. É nítido. E eu acho isso fofo. — No fundo, entendo o que ela quer dizer... Só não sei como a conversa chegou nesse ponto. — Bem — ela se levanta, caminha até o espelho e coloca de volta a peruca e os óculos —, vou comprar croissants na padaria. Quer alguma coisa?

— Não, obrigada. Eu vou tomar um banho.

— Tudo bem. Eu já volto.

Ela sai, fechando a porta, e eu vou ao banheiro. Tiro a roupa e abro a torneira do chuveiro.

A água quente cai sobre a minha pele, aliviando a tensão aos poucos. Fecho os olhos e aproveito a massagem que a água faz em meus músculos. Minha mente vagueia pelas palavras de Kyra, até que, de repente, muda de direção e vai para a ênfase na fala de Élian.

"Grande *amiga*."

Inclino a cabeça, ainda de olhos fechados, então percebo o que estou pensando. Abro os olhos e balanço a cabeça.

— Pare com isso. Não delire também.

Eu pego o sabonete e o passo pelo meu corpo, a ponto de fazer espuma. Se não fizer espuma, eu não sinto como se tivesse tomado banho. Ela é tão relaxante. E o perfume é inebriante.

Fico debaixo d'água corrente por cerca de vinte minutos. Eu poderia ficar aqui por horas e horas. Então, ouço a porta da cabine se fechar. Sei que é Kyra; ela levou o cartão que abre a minha porta.

— Cheguei, meu bem! — grita.

Eu dou risada.

— Já estou saindo.

— Eu que fui rápida. Corri e, quando cheguei, não tinha muita fila. Só umas cinco ou seis pessoas na frente.

Cinco ou seis pessoas? Como assim? Passageiros? Já?

Eu fecho o registro, e, enquanto me seco, continuo falando com ela:

— Cinco ou seis pessoas? Kyra, tem passageiros entrando no navio?

— Tem, ué. Desde cedo. Vai começar tudo de novo. Não sei dizer se quem estava na padaria era passageiro, mas tem gente nova subindo.

Coloco um roupão branco e saio pela porta do banheiro. Kyra está sentada na minha cama, comendo seus croissants de chocolate. Ela olha para mim, olha para algo na cama, olha para mim de novo e ri discretamente, com a boca escondida atrás do seu lanche.

— O que foi? — Olho para ela com a cabeça inclinada. Ao lado dela há uma caixa preta com uma fita prateada. — O que é isso?

— Não sei, estava esperando você perguntar. Eu também estou curiosa, abra logo!

Olho para ela, surpresa e curiosa. Apresso-me a desfazer o laço, retiro a tampa e desembrulho os finos papéis de seda que envolvem o presente. Ao ver o tecido vermelho brilhante, abro a boca e fecho, sem palavras. Eu olho para Kyra, que também olha para mim. Deslizo o vestido para fora da caixa e fico impressionada.

— Kyra. Minha nossa... meu Deus... isso é...

— Um vestido...?

— Foi você que fez isso?

Levanto uma sobrancelha.

— Não. — Ela ri, larga seu croissant de lado e se levanta, ficando ao meu lado. — Ele é divino! Que arraso! Quem está dando isso a você está de parabéns.

— Tem certeza de que não foi você? Eu só contei sobre o evento para você!

— Não. Estava na sua porta quando cheguei. Eu nem tenho dinheiro suficiente para comprar algo assim. E é de marca de luxo. — Nós olhamos para o vestido que eu levanto na nossa frente. — Será que foi Brandon?

Ela abre a boca e arregala os olhos.

— Por que ele faria isso? Ele não costuma me dar nem bom-dia. E ele nem deve saber que a avó dele me chamou, ainda mais depois da recusa que eu dei.

Kyra procura em toda a caixa por alguma coisa que evidencie quem foi. Ela acaba encontrando uma assinatura na parte interna da tampa. Eu aceno com o queixo para ela ler.

— *Todos esperamos por você na comemoração do aniversário de Mathew. Não sei se este vestido é de seu agrado, mas vermelho e brilho são as melhores opções para uma noite de festa em alto-mar. De sua nova amiga, Dalila Beaumont. P.S: Sua amiga também está convidada.*

— Ah. Meu. Deus.

— Olívia! — Nós nos entreolhamos, em choque com seu grito. — Eu fui convidada para uma festa chique! E esse vestido é o mais lindo que já vi na minha vida! Você vai usar, não vai?

— Eu não tenho certeza se deveria. Muito menos se devo ir. Não tenho tanta intimidade com eles. Eu já havia dito que não posso.

— Com Brandon você tem.

— Só que ele não me convidou. Quem está fazendo isso é a avó dele.

Kyra me encara, espantada.

— Não me decepcione! Ela a convidou, e você vai recusar? Duas vezes? Não seja indelicada. Ela deve ter percebido que você só negou porque não sabe como se comportar no ambiente de luxo.

— Vai comigo? Ela convidou você também...

— Fico tentada, muito mesmo. Estou até arrepiada; olhe os calafrios no meu braço. Mas não posso, ainda estou me escondendo, lembra?

— Tem certeza?

— Lamentavelmente, sim. No bar em que Brandon me colocou para trabalhar é diferente, todos estão se divertindo, dançando, bebendo, a música é alta e a luz ambiente quase me faz ficar com sono. Já nessa festa aí, se eu fosse, seria desmascarada na hora. Focariam no meu rosto de um jeito que eu seria chamada de intrusa em oito idiomas diferentes. Ainda mais nesses lugares chiques, que devem ter jantares à luz de velas com aqueles castiçais enormes, músicas ambientes clássicas, luz tão suave como o nascer do sol em um campo de margaridas. Mas você não tem por que não ir.

Eu fico em dúvida, no entanto já sei o que devo fazer. Pedirei a opinião da melhor pessoa que existe para me aconselhar. Pego o meu celular e início uma chamada de voz. Quando a linha conecta, eu me jogo na cama e coloco no viva-voz.

– Oi, mamãe.

– Olá, minha querida.

– Como estão as coisas? Tudo bem?

– Tudo bem. E essa sua voz? O que houve?

Conversei por mensagens com minha mãe de manhã, mas ela conhece a voz que só aparece se algo estiver me pressionando.

– Eu preciso da sua ajuda em uma coisa...

– Pois me diga. Me conte tudo!

– Lembra quando falei sobre Brandon? O rapaz com quem estou trabalhando?

– Ah, sim. Não me diga que vocês estão juntos. Acertei?

– *Não!* Mãe, não é nada disso. Acontece que avó dele está me convidando para uma celebração do aniversário do marido dela... Bem, eu acho que são casados... E é avô de Brandon. A minha amiga Kyra está implorando, dizendo que devo ir. Mas antes de decidir eu precisava da sua opinião sobre isso.

– Bem, se foi um convite, por que não?

– Eu disse! – Kyra exclama.

Eu olho para ela com um olhar cortante.

– Acalme-se, Kyra. – Continuo na ligação: – Tem mais problema. Ela me enviou um lindo vestido vermelho e disse que é para eu usá-lo. Quando conversamos mais cedo, eu mencionei que não tinha roupas adequadas para tal ocasião. Mas nunca imaginaria que ela iria me convidar. É um pouco estranho receber um vestido de presente, ainda mais de quem não tenho tanta intimidade.

– Sim, eu entendo.

— Mãe de Olívia, com licença — Kyra se intromete. — Não tem motivo para ela recusar, você não acha? Não teria nem como dizer que foi um erro, pois ela escreveu no fim: "Sua amiga também está convidada". Amiga que, no caso, sou eu. Eu só não posso ir, mas fui convidada.

— Bom, meu bem, se você se sente incomodada, certifique-se de que seja apenas um empréstimo. Vá para onde foi convidada, seja educada com a família e tenha certeza de que sua presença é bem-vinda.

— Acho que você tem razão. Tudo bem, eu vou.

Kyra dá um soquinho no ar.

— *Isso!*

— Obrigada, mãe. Boa noite.

— Tenha uma boa noite, querida. Fique tranquila e aproveite.

— Sim, obrigada. Beijos.

Depois que desligo a chamada, Kyra me puxa pelo pulso com toda a empolgação e me senta em frente ao espelho. Ela solta os meus cabelos e começa a arrumá-los, fazendo um coque moderno. Quando termina, passa para a maquiagem; leve e brilhante, do jeito que eu gosto.

Coloco o vestido que recebi da senhora Dalila: longo, de seda vermelha com brilhos e uma fenda até a coxa.

Meus sapatos não são tão novos quanto eu esperava. Isso se nota na cara de Kyra quando ela olha para os que coloquei em sua frente. Então, coloco as sandálias que ela me empresta. São lindas. Sandálias de salto alto, cor nude, com pedrarias nas tiras.

Eu trouxe o colar que ganhei da minha mãe e o coloco no pescoço. Assim que estou pronta, viro-me para a minha amiga.

— Você está linda! Não. Deslumbrante! Não... Magnífica!

— Eu nunca usei um vestido assim na minha vida... até agora. — Vou até o espelho e paro na frente dele. Todo o conjunto de roupa, acessórios, penteado e maquiagem... estou quase irreconhecível. Quer dizer, ainda dá para todos saberem que sou eu, só estou... diferente. — Será que é mesmo uma boa ideia, Kyra?

— É, sim, Olívia. E, como eu disse, você está magnífica. Brandon vai ficar de boca aberta quando a vir.

— Kyra!

— Pense comigo, talvez a avó dele tenha feito tudo isso por algo específico.

— Como o quê?

— Como — ela faz gestos com os dedos — unir vocês.

Pego minha bolsinha combinando com o vestido e sigo até a porta.

— Não fale bobagens, ok? Tem certeza de que vai ficar bem sozinha aqui?

— Tenho chocolates e croissants também de chocolates, então... ficarei sozinha, mas tenho chocolate.

Eu a abraço e ela me deseja uma boa noite. É mesmo uma pena que todo esse caos de se esconder esteja acontecendo com ela apenas porque faltou a uma sessão de fotos. Claro, é um trabalho, obrigação e uma responsabilidade, mas ela estava muito mal naquele dia.

Um pouco antes de sair, há uma batida na minha porta. Será...?

Quando abro, sorrio com o que eu já esperava. A rosa e o bilhete! E a pessoa que os deixou aqui já foi. Leio o bilhete:

Bilhete 5
Não duvide de sua força!

As mensagens estão ficando cada vez mais profundas. Maiores. Com mais significado. Mesmo sem ainda saber de quem é, isso me emociona.

Kyra olha entre os agrados que recebi e eu, curiosa.

— De quem é?

— Eu não sei. Isso já está me acontecendo pela quinta vez. Não tem o nome do remetente, apenas mensagens. — Eu os entrego a ela. — Você pode, por favor, colocá-los em cima da mesinha?

— Claro. Onde estão as mensagens? — Ela sorri. — Quero ler. Talvez eu consiga ajudar a saber de quem é.

— Estão na gaveta. Agora eu tenho que ir. Não posso me dar ao luxo de chegar atrasada.

— Boa noite, supermodelo da festa!

Eu saio da minha cabine rindo.

23

OLÍVIA

— Olhe só — diz a senhora Beaumont assim que estou perto o bastante. — *Lady in red*, uma dama de vermelho.

Atravesso o saguão, sorrindo timidamente e parando ao seu lado. Meu vestido vermelho se destaca no meio do salão vazio, *clean* e brilhante.

— Eu fiquei na dúvida se deveria vir. E este vestido é muito lindo, mas... não precisava.

— Minha querida, eu senti que você precisava de um empurrãozinho. Quanto ao vestido, encontrei este, que é parecido com o primeiro vestido que usei quando comecei a namorar Mathew. Exceto, é claro, por esta fenda, que é divina. Mas a cor e o brilho são bem semelhantes. Vermelho costuma ser a kryptonita dos homens — murmura, encostando seu ombro no meu. Ah, quando começou a namorar Mathew? Que legal, porém... o que isso significa? Ela não quer me empurrar para alguém, quer? — O quê?

— O quê? — repito, saindo de meus devaneios. Será que pensei em voz alta? — Ah, nada... eu devia estar pensando em voz alta.

Dou uma risada sem graça.

— E sua amiga? Por que não veio?

Não posso contar a verdade de jeito nenhum. O que eu digo?

— É... ela não está se sentindo bem. Coisas de mulher, você me entende, não é?

— Ah, sim. Que pena.

— Vovó, a senhora está linda! — Brandon diz, aproximando-se.

A senhora Beaumont estende as mãos para segurar as do neto. Ela usa um vestido longo e dourado, com brilhos e um grande colar de diamantes no pescoço.

— Obrigada, meu bem. Só não tanto quanto esta moça.

Ela se vira para mim, fazendo Brandon se virar também. Ele esboça um sorriso educado para mim, contudo sua expressão muda ao perceber que sou eu. Seus olhos brilham intensamente, fazendo-me ficar corada e envergonhada. Um sorriso admirado se estende em seus lábios.

— Olívia. — De início, sua voz é apenas um sussurro. Então, ele balança a cabeça. — Você está...

Ele pausa, e neste momento eu fico ainda mais nervosa. A avó dele sorri, triunfante.

— Querido, diga. Está...?

Ele desvia o olhar para ela, mas logo o volta para mim. Pela primeira vez, vejo-o um pouco envergonhado em falar algo. Ele continua ainda assim:

— Está linda! De verdade. Quero dizer, você já é bonita de qualquer forma, mas... nunca a vi assim.

Eu sorrio.

— Obrigada. Foi um presente de sua avó, que eu devolverei depois, não posso aceitar algo tão caro assim.

— Não me decepcione, querida. Receba como um presente de uma amiga. Somos amigas, apesar da diferença de idade, não somos?

— Sim, somos. É claro. Bem... obrigada, senhora Beaumont.

Ela faz um gesto com o dedo indicador.

— E, por favor, não me chame de senhora, apenas de Dalila. Sei que já tenho idade, mas não precisa usar esse termo para me lembrar, mesmo que seja por educação.

— Sim, senho... Dalila. E quanto ao evento... Tem certeza? Eu não quero incomodar, ainda mais em uma ocasião que é íntima e familiar.

— Em aniversários, não temos essa de que é familiar e intimista. Não é mesmo, Brandon?

— Sim, não temos isso.

— Eu mesma tive que lhe convidar, já que uma pessoa não teve a *decência* de o fazer. — Ela olha para o neto com o canto do olho e enfatiza a palavra "decência". — E, além disso, Mathew a adora. Ele ficará feliz em vê-la, não é, Brandon?

— Hã... Acredito que sim.

— Bem, meus bens preciosos, eu vou ver como está a organização toda.

Assim que Dalila se afasta, fico sozinha com Brandon. Passamos alguns segundos quietos e sem jeito.

Eu olho ao redor e, pelo que vejo da correria, parece que será mesmo um evento. Com convidados, buffet e tudo mais. Decido quebrar o silêncio:

— Será uma festa?

— Na verdade, o navio abriu durante a manhã para os passageiros da semana, então de uma forma ou de outra meu avô será parabenizado por outros além de nós.

— Se a viagem irá recomeçar, como você voltará para Miami?

— Assim que o evento terminar. Eu irei descer antes de o navio iniciar a viagem. Desta vez eu não sei dizer se meu avô irá junto. — Eu aceno com a cabeça. — Vamos?

— Sim. Antes devo perguntar: você não está incomodado por eu estar aqui?

Ele franze a testa.

— Por que eu estaria?

— Não sei. — Dou de ombros. — Eu só pensei que... hã...

De repente, eu já não sei mais o que dizer.

— Não. Na verdade, estou feliz por minha avó ter a convidado, já que eu não tive a decência de o fazer.

Eu dou risada de sua brincadeira. Brandon se aproxima mais e me oferece o braço para apoiar minha mão em volta dele. Eu faço isso, e ele começa a me guiar até o restaurante.

— Eu fiquei na dúvida se deveria vir e não contei a ninguém o motivo. Como você já sabe sobre isso, eu sei que posso contar a você. Eu não me dou muito bem com multidões ou lugares com uma alta concentração de pessoas, se lembra disso?

— Sim.

— Por isso, não acho que seria uma boa ideia eu ter uma crise de ansiedade ou nervosismo bem na frente da sua família e com pessoas ao redor do salão. Seria uma vergonha difícil de suportar.

— Não precisa se preocupar, vamos ficar na área restrita, no andar de cima do restaurante. — Ele olha para mim de relance. — E eu estou aqui com você, não se esqueça disso.

Eu sorrio, surpresa com suas palavras.

Chegamos ao local em que a família está se reunindo.

Todos olham para nós, mas não vejo animosidade ou antipatia, longe disso. Eles parecem ser bem receptivos e inclinados a uma boa afinidade para comigo.

— Me desculpem aparecer assim, eu não quero incomodar o momento familiar de vocês.

— Imagine, seja bem-vinda — diz a mãe de Brandon. — Não é incômodo algum, pelo contrário, o aniversariante do dia irá adorar sua presença.

— Ei, venha! — Sam diz, alegre. — Sente-se aqui ao meu lado. Vamos colocar o assunto em dia.

— Onde está a vovó? — Brandon pergunta.

— Ela foi buscar o seu avô, e as crianças imploraram para ir junto.

Eu me viro para ele e tento falar discretamente:

— Eu não quero parecer indelicada ao perguntar, mas considerando que seus avós não se veem há algum tempo... Pensei que fossem casados...?

— E são. Eternos namorados apaixonados. Apenas durante esse tempo eles fizeram outras coisas. Meu avô é mais inclinado aos negócios e quis acompanhar de perto tudo que está acontecendo. Enquanto a minha avó é fascinada por moda. Ela decidiu que iria acompanhar festivais de moda, desfiles, semanas de moda, inclusive a *Fashion Week* de Paris. Ah, e, detalhe, junto com as amigas.

— Amigas? Que incrível!

— Sim, ela e mais três senhoras da mesma faixa etária. — Ele ri e balança a cabeça. — Minha avó é um ícone, basta conhecê-la melhor.

— Parece ser divertido passar tempo com ela.

— Sim. No entanto, eu entendo por que você pensou que eles não são casados. É mesmo difícil ficar longe da pessoa que ama. E imagino que deve ter sido difícil para eles, então a partir de agora será difícil vê-los desgrudados um do outro. Eles são como um ímã.

— Acho que entendi. As questões profissionais exigiram isso, não é? Felizmente, ela conseguiu vir da França para cá sem perder sua amada semana de moda.

Eu vejo Samantha me esperando e vou me sentar ao seu lado. Depois de alguns minutos, as crianças aparecem correndo, e Lise se joga em Brandon — como combinado antes — e demonstra estar surpresa.

Atriz mirim encantadora...

Porém, quem demonstra maior surpresa é o senhor Mathew Beaumont. Ele de fato não tinha ideia sobre a confraternização pelo seu aniversário. Ele é um senhor experiente, porém diferente — não se mostra como um patriarca tradicional, não se importa em se sentar na ponta da mesa como os senhores mais velhos. Qualquer cantinho vazio está bom para ele e fica alegre em soprar velinhas.

Ele é mesmo casual, não parece ser o tipo de pessoa que sente a necessidade de relembrar a todos quem está no comando e que deve ser respeitado.

Todos estão misturados ao redor da mesa. Élian está à esquerda de Samantha, eu fico ao lado direito dela, Brandon à minha frente e ninguém ao nosso lado — a ponta da mesa.

As crianças estão junto da mãe e do pai, e o senhor e a senhora Beaumont estão na outra extremidade.

— Enfim vai comer comida de verdade, Brandon? — Élian brinca.

Brandon ri e joga um amendoim da petisqueira no irmão. A mãe deles lhes lança um olhar de advertência.

— Rapazes! O que pensam que estão fazendo?

Os garçons se aproximam com bandejas redondas de metal, que são colocadas cada uma à nossa frente. Sam tira a tampa de sua bandeja e eu faço o mesmo. Sim, é escargot na manteiga... Caracol.

Ah, legal... Fala sério.

— Não sou acostumada com... isso.

Será que estou sendo convincente?

— Vamos — diz Samantha —, eu ensino. É muito simples. Segure o escargot com a pinça na mão esquerda e, com a mão direita, retire-o da casca com o garfo de dois dentes.

Ela faz a demonstração com seu prato, e posso ver de perto o caracol com uma consistência meio mole. Com todo o respeito, isso me dá arrepios. Brandon está recostado em sua cadeira, divertindo-se com minhas expressões. Noto que não há nenhum prato na frente dele, apenas um *sousplat* vazio.

— Você não vai comer?

— Sou alérgico, lembra?

— Mas não é um animal marinho, é terrestre.

— Continua sendo um molusco — ele comenta.

Faz sentido... Tento disfarçar e sigo as instruções de Sam. Não é necessário que todos saibam que sinto um pouco de aversão. Preciso ao menos provar, mesmo que eu abandone o prato depois.

— Você não quer ir para Paris, Víve? — ele me provoca, com um sorriso malicioso. — Isso é comum lá.

Respiro fundo e tento. É um pouco difícil no começo, mas está começando a funcionar... até que a casca é retirada e eu quase canto vitória... se não deslizasse dos dois dentes do garfo, voando e caindo dentro do copo d'água de um homem da mesa vizinha. Sam e eu abrimos a boca sem saber como reagir. Sinto minhas bochechas ficando vermelhas. Por sorte, quase ninguém vê essa cena patética, exceto por ela, Élian e Brandon.

O homem também não percebe. Será que posso comemorar o fato de ele estar tão focado na conversa divertida com seus companheiros de jantar que não percebe o que eu acabei de fazer?

— Ah, meu Deus. Que vergonha! — murmuro, com os olhos arregalados. — Acha que devo ir lá pedir desculpas?

Estou quase me levantando quando Sam me puxa de volta, segurando meu pulso.

— Não. Pelo menos não por enquanto. Ele nem percebeu nem estão jantando ainda. Ele nem mesmo deve estar bebendo essa água. Quando ele vir, ficará perplexo, mas... é só ele pedir para o garçom trocar.

— Sim, ele irá reclamar com o garçom, que levará a reclamação ao gerente do restaurante, e este levará até a diretoria do navio, da qual eu também faço parte.

Outro garçom chega com o prato de Brandon, que diz alguma coisa para ele. Brandon olha para mim e retira o meu prato de escargot e coloca o seu no lugar.

— Essas coisas acontecem...

— O quê?

— Não o fato das reclamações, e sim os escargots voarem em uma primeira experiência. De qualquer forma, espero que goste desse.

Olho para o prato que ele colocou à minha frente. Esse eu posso dizer que é mais atrativo: risoto de mignon e parmesão, batatas rústicas.

— Este está mais convidativo, admito.

Ele sorri levemente e me dá uma piscadinha. O garçom volta com outro prato de risoto para ele.

O garçom nos entrega a cartela de vinhos divididos em categorias que harmonizam com cada tipo de risoto.

Isso está parecendo um jantar romântico... se a família dele não estivesse junto.

Sam se inclina e aponta para uma categoria.

— Hum... eu gosto deste, Sauvignon blanc. Harmoniza com frutos do mar.

Brandon me observa com atenção e diz:

— Gostaria de provar?

Eu sorrio e aceno com a cabeça. Ele devolve os menus para o garçom e pede uma taça para mim. Ele está sendo tão gentil nesta noite. Eu deveria estar filmando, isso é um marco!

— E você? — pergunto, já que ele pediu apenas para mim.

Ele limpa a garganta e disfarça.

— Eu não posso. Bem... estou apenas dando um tempo.

— Ele tem muito conhecimento sobre vinhos — diz Sam. — Só que esse conhecimento se *aprofundou* em outros tipos de álcool — ela termina, dando um olhar crítico para ele.

Eu não entendo essa troca de olhares como facas afiadas entre eles, mas me recordo de algo.

— Ah, sim. Lembro que estava no *drink bar* externo com uma amiga, e ele nos recomendou o clássico Merlot.

— Quase. Eu disse que o Merlot era padronizado, o que costuma ser o caso dos clássicos, e um dos mais aclamados entre todos, mas não era o mais caro do menu. Eu sempre recomendaria primeiro o mais caro.

— E qual seria o mais caro, senhor sommelier?

— Do mundo ou do nosso navio?

— Ambos.

— Os mais caros do mundo são arrematados em leilões. Porém, no nosso navio fica complicado dizer se os que possuem rótulo com uma reputação ímpar são de fato caros ou não. Depende das suas circunstâncias financeiras...

— Qual é o mais caro? — Eu me inclino para frente. — Por que não me diz? Acha que irei ficar tão impressionada assim?

Ele ri.

— É o Château Pétrus, de quatro mil dólares. Porém, depende muito de qual é a sua moeda oficial. Para quem recebe em dólar ou euro, pode até parecer caro, mas para quem recebe em real, por exemplo, e precisa converter, o vinho se torna bem mais caro.

Um garçom chega com a minha taça e um copo d'água.

— Eu fico satisfeita com este.

Ergo a taça e bebo um gole.

•

Eu acho incrível a capacidade dessa família conversar sobre assuntos diversos de maneira divertida, porém ainda com um grau de sofisticação admirável.

Levo o garfo à boca, no entanto prestando atenção e sorrindo sobre o que ouço de interessante.

Os escargots e as ostras eram as entradas, as quais Brandon e eu pulamos. Bem, eu pulei por acidente. A cena foi lamentável, contudo depois fiquei feliz por não precisar comê-los. Logo em seguida, o risoto que comemos é servido como prato principal aos outros. Enquanto presto atenção nas falas da carismática senhora Emília Beaumont, desvio minha atenção para um pouco atrás de mim, para as mesas cheias de pessoas confraternizando e se divertindo. Porém, ainda não está cheio como costuma ficar em horário comercial. Este é um dos poucos restaurantes que não ficam abertos vinte e quatro horas, como a maioria, por isso estamos aqui.

— Por que está tão insegura?

Viro a cabeça de volta para a frente e dou de cara com os olhos de Brandon me examinando. Tiro o garfo limpo de meus lábios. Não notei que não o tinha mexido.

— Hum...? O que disse?

— Por que ficar olhando para trás ou à sua volta? Não precisa ter medo, eu disse que estou aqui com você. Esqueça que tem outras pessoas.

— Eu sei, mas não posso evitar certa insegurança. Você por acaso não tem momentos assim?

— Não muito. Já fui emocionalmente fraco como você, na minha infância.

— Não estou sendo fraca!

— Eu sei, só estou provocando. — Ele pisca. — Contudo, a esta altura, você já deve saber que não sou o orgulho da família, como meus irmãos são. Nessa fila, até os pequenos estão na minha frente. Ainda assim, tive que aprender a dar a volta por cima. Sabe por que aceitei ir às consultas com a psicóloga, mesmo não precisando?

— Você só marca presença, pelo que me disse na primeira vez.

— Mas eu fui, isso é o que importa.

— Engraçadinho. E por quê?

— Para não demonstrar que essa é a minha fraqueza. Às vezes eu faço isso da pior forma. Decidi me rebelar. Alguns até me chamam de golpista. Muitos acham que eu queria dar um golpe na minha própria família.

— Isso não é verdade!

— Tente explicar isso para eles...

— Eles quem?

— As pessoas que pensam isso sobre mim. São poucas, mas elas ainda existem.

— Isso é ridículo. Você jamais faria uma coisa absurda dessas.

— Eu sei que é, só que não podemos controlar a mente das pessoas e fazê-las enxergar a verdade por trás do que é visível. Isso já foi implantado na cabeça delas. O que mudou é que agora eu não me importo com o que pensam.

Como podem pensar algo assim dele? Ainda não sei o que ele fez, tampouco sei por que ele nunca me contou, mas não insisto em saber. Talvez isso possa machucá-lo, e não quero voltar a brigar com ele. Ainda assim, não acredito que tenha algo tão grave a ponto de o julgarem dessa maneira. Pelo que conheço dele, é tão espirituoso e preocupado com a família que jamais pensaria em fazer isso. Mesmo às vezes sendo rebaixado pelos próprios ou ignorado, ele continua sendo leal a eles. E mesmo que um dia essa história venha à tona, sei que posso continuar pensando que ele é um ser humano de bem.

Mais uma hora se passa, nós conversamos e recebemos crème brulée de limão siciliano como sobremesa. Em seguida uma pequena taça de pannacotta de frutas vermelhas.

Tenho dó de comê-la, está com uma decoração tão bonita.

Após alguns minutos, a música clássica é trocada pelas músicas dançantes que Samantha escolheu. Essa família está me surpreendendo de verdade.

Ela puxa Enricco para dançar, e Élian leva a pequena Annelise.

— Por que vocês dois não se juntam a eles? — pergunta Emília suavemente, como só ela consegue.

— Depois levarei minha amada Dalila para dançar grudadinha em mim — diz Mathew, sorrindo. — Nesta mesa, ficarão apenas os de pouco carisma.

Brandon, que está sério, olha para o avô, depois para o pai. Pelo canto dos olhos, vejo Patrick dizer algo a Brandon apenas com os movimentos dos lábios:

— Levante daí e faça alguma coisa! — Brandon franze a testa. Se ele for bom em leitura labial, será que leu o mesmo que eu? Ou ele pode estar pensando que seu pai está o incentivando a...? — Ela é uma moça de bom caráter, seja inteligente.

Brandon balança a cabeça e vira o rosto para olhar os irmãos. O senhor e a senhora Beaumont se levantam e vão na frente. Ele dá um tapinha no ombro do neto.

— Só os de pouco carisma sobrarão...

— Quando eu tento fazer algo legal, cometo besteiras. Foi assim que parei nesta encruzilhada...

— Quando você se envolve com o álcool, você quer dizer. Não se preocupe, você sabe que está limpo. Percebi que não bebe há algum tempo.

Eles caminham já dançando para a pista, sendo seguidos por Emília, que arrasta o marido pelo braço. Antes de sumirem, Patrick sussurra sobre os ombros do filho:

— Não deixe a chance que está bem na sua frente passar. É difícil o raio cair duas vezes no mesmo lugar.

Olho para baixo e depois para o lado, respirando devagar. Estamos sozinhos à mesa, como somos acostumados a estar no escritório. Embora conversemos e nos cutuquemos várias vezes no dia a dia, hoje está sendo constrangedor, talvez por estarmos nos comportando de maneira diferente, de forma intensa e não habitual. Penso que podemos ser nós mesmos na frente um do outro, sem o peso das responsabilidades em nossos ombros por uma noite.

Às vezes é difícil sermos nós mesmos. A nossa própria essência às vezes dói, pois a necessidade de usar uma máscara para cabermos na caixinha dos outros é constante. Por outro lado, às vezes pode ser uma libertação, depende de nosso conceito ao nos revisitarmos. E nos encontrarmos outra vez, do jeito como realmente somos, é uma lição e um aprendizado que a vida nos dá.

Viro a cabeça outra vez, e, em um piscar de olhos, Brandon me oferece sua mão em um gesto gentil.

— Reconheço que sou um cara persistente, não sei por que não fiz isso antes.

Noto que seu sorriso é aquele que dá quase todos os dias: presunçoso. E é assim que eu o conheço, e gosto disso. Começo a perceber que combina com ele.

— Eu acho que você só não quer parecer um cara sem carisma.

Pisco. Ele ri e balança a cabeça.

— Está aprendendo essas piadinhas com o meu avô?

— Como não?

Coloco minha mão na dele e me levanto. Mesmo de salto alto, ainda é necessário que eu erga os olhos para poder vê-lo, já que ele é bem mais alto. Ele me guia até a pista de dança e coloca as mãos na minha cintura, e eu envolvo seu pescoço. Começamos devagar e tímidos — embora a música seja alegre e envolvente.

Vejo sua pele reagir ao meu toque, e, aos poucos, a tensão que parece infinita começa a diminuir. Sentimo-nos mais leves a cada passo que damos. Seus olhos claros ficam mais intensos e me fitam com extremo carinho.

Seu toque parece tão natural... diferente de qualquer outra sensação que eu já possa ter sentido e que não esperava que pudesse acontecer.

Para minha surpresa, nós nos soltamos mais. Ele segura minha mão e me gira, então volto para ele, ainda mais próximos um do outro. Nós rimos e nos perdemos no nosso próprio espaço.

Ele me vira de costas para ele e começa a cantar suavemente no meu ouvido a música que toca: *I'm yours*, de Jason Mraz.

— Samantha tem um gosto ótimo — digo. — Mas mais inesperado e surpreendente é que o seu avô parece estar gostando. E ainda mais surpreendente, o seu pai!

— Sobre Mathew, é perceptível que ele é um avô bem diferente, né? Por muito tempo, ele foi uma pessoa mais séria e reservada. Conforme Élian e eu íamos crescendo e tínhamos oportunidade de estar com ele, ele também passou a aprender mais sobre o "nosso mundo". Agora, ele tem um estilo de vida mais livre e eclético, sem deixar de lado suas responsabilidades e seriedade quando necessário. E isso é algo que eu venho percebendo nos últimos tempos e penso que não saberia lidar com todo esse bom senso e equilíbrio antes.

— Antes, você quer dizer...

— Sim, quando eu estava com meu psicológico abalado. — Ele desvia os olhos, no entanto, ao voltá-los para mim, ele abre um de seus sorrisos devastadores. — Sabe o que eu notei?

— O quê?

— Depois que voltei de Miami, não tivemos mais nenhuma discussão.

— Exceto pelo momento em que você reparou nas rosas e...

— Eu sei — ele me interrompe abruptamente. Isso seria ciúme? O jeito como seu maxilar endurece cada vez que faço menção a esse assunto é diferente. — Não vamos começar a debater sobre isso e estragar a noite, não é? — continua.

Assinto. Olho ao redor e vejo que seus familiares nos lançam alguns olhares curiosos vez ou outra. Se eu estiver certa, a leitura labial que fiz transpassa a mensagem da conversa entre eles:

— Ela gosta dele — Emília comenta.

— E ele gosta dela — Patrick concorda.

— Como sabe?

— Eu reconheço.

— Lembro quando ele a viu pela primeira vez — Mathew diz. — Quase a pediu em casamento sem precisar dizer nada.

— E quem não gostaria dessa moça? — Dalila pergunta. — Ela é um encanto. E Brandon é um perfeito cavalheiro quando quer.

Desvio o olhar, pois pode parecer que estou os encarando. Não quero parecer uma intrometida logo na primeira noite em que os conheço melhor.

— Eu já disse que estou feliz por minha vó tê-la convidado?

— Sim, já. Mas uma grande parcela se dá à minha mãe, que me ajudou a decidir vir.

— Então me lembre de agradecê-la qualquer dia desses.

Começo a rir, no entanto o sorriso dele vai desaparecendo aos poucos. O meu começa a murchar reparando sua expressão.

— O que foi?

— Temos algo inacabado. E eu não queria voltar nisso, mas preciso saber...

A ansiedade começa a me atingir.

— Estou ouvindo.

Suas feições endurecem mais.

— Estamos bem no momento. No entanto, isso se deve ao fato de que podemos esquecer todos os problemas que estávamos enfrentando durante essa disputa. E ver você assim, mais aberta e por todo o transcorrer do dia... Posso considerar que você me desculpou por ter a magoado, mesmo sem ter tido a intenção?

Essa pergunta me pega desprevenida; eu não a esperava. E admito que me esqueci desse assunto.

— Brandon, eu...

— Você desculpou aquele outro... Neidhan, não é? Por que eu não mereço um voto de confiança também?

— Eu não o desculpei exatamente. Ele também continua tentando, assim como você. Eu tenho dois tipos no meu caminho: duas pessoas me odeiam e duas estão buscando meu perdão. Como posso saber se vocês não estão interligados?

— Você me conhece. Por que ainda não confia em mim?

— Porque quando confiei você me magoou.

— Olívia... — Ele se afasta e passa as mãos pelos cabelos. — Certo. Eu não esperava mesmo que você mudasse de ideia de repente.

Neste momento, Betto aparece.

— Brandon, o senhor Caldwell escolheu fazer um discurso para homenagear e parabenizar o senhor Beaumont. E para que tanto o público quanto a mídia não saibam o que está acontecendo com a diretoria, é necessário seguir como se estivesse tudo normal. Por isso ele quer a família reunida.

— Sim, entendo. Já estou indo.

— Sua família estará situada na grande escadaria central do salão, no saguão. Apareça o mais rápido possível. — Ele se vira para mim. — Senhorita, se quiser assistir, poderá se juntar aos passageiros, ou melhor dizendo, ao público. Tenha uma excelente noite.

— Obrigada, Betto.

Ele se afasta, deixando-me a sós com Brandon — o que não dura muito. Ele me dá um último olhar frio e se direciona para a saída, sumindo da minha vista.

Decido enviar uma mensagem a Kyra.

Olívia:
Kyra, preciso de você agora.
Não tem como você usar o seu disfarce?

Kyra:
O que foi? Algo deu errado?

Olívia:
Sim e não. Bem, estava tudo perfeito, até que Brandon e eu discutimos um assunto delicado. Mas não é por isso que estou chamando você. O senhor Caldwell irá fazer uma declaração em público.

Kyra:
Sobre o quê?

Olívia:
Eu acho que é mais como uma homenagem a Mathew Beaumont. É aberto ao público, e todos já se reuniram no local. Parece que estão ansiosos.

Kyra:
Minha nossa, essa família é realmente admirada. Vou dar um jeito de estar aí, sei que você não se sente bem sozinha.

Olívia:
Obrigada, Kyra.

Eu me direciono até o saguão e fico espantada com a quantidade de pessoas esperando para ouvir a tal declaração. Eu tento me aproximar, porém ainda me mantendo afastada. Um garçom passa, e eu pego uma taça de champanhe para aliviar meus nervos. Ando e encontro um balcão vazio e caminho até lá. É ali que vou ficar.

Meu celular vibra.

Kyra:
Onde você está?

Olívia:
No fim do salão, perto da saída do restaurante onde estava com a família de Brandon. Estou apoiada em um balcão vazio.

Kyra:
Dá para ter uma boa visão daí?

Olívia:
Acredito que sim... Bem, por enquanto dá, sim.

— Aí está você, rainha da beleza!

Eu dou um pulo de susto e olho para trás.

— Kyra! Você me assustou!

— Foi difícil encontrar você, sabia? Eu já volto.

Ela se afasta, pega uma taça de champanhe da bandeja de um garçom e volta para ficar ao meu lado. As luzes diminuem um pouco e o local é iluminado apenas pelo brilho das escadarias.

— Uau — Kyra solta —, isso é um espetáculo!

— De qualquer forma, é até melhor para você...

— Sim, concordo. — Ela tira os óculos. — Bem melhor assim.

Os quatro mais velhos da família aparecem: Mathew, Dalila, Patrick e Emília. Eles se posicionam no topo da escadaria principal, e até os funcionários do navio param seus afazeres para presenciar o momento. Betto se aproxima do senhor Patrick Caldwell e lhe entrega um microfone.

O lugar exala um silêncio profundo para escutá-lo.

— Boa noite a todos, senhoras e senhores. A família Marinha Grandiosa agradece a presença de todos, desde amigos próximos do senhor Beaumont até a toda a tripulação, passageiros, público em geral, repórteres e fotógrafos... Enfim, todos aqui reunidos. Hoje é um dia mais que importante, pois comemoramos o aniversário do fundador desta companhia que nos é tão especial. Mathew Beaumont. — Salva de palmas interrompem seu discurso. — E, como todos os anos, viemos a público. Porém, desta vez é diferente. Em todos os seus aniversários anteriores, Mathew costumava agradecer a todos vocês pelo carinho. No entanto, hoje somos nós quem devemos agradecê-lo. E prometo que serei breve.

— Eles estão fazendo isso com medo de perder a empresa? — Kyra sussurra no meu ouvido.

Começo a me preocupar, mas sei que não devo.

— Eu não sei...

Volto minha atenção a eles, porém percebo de canto de olho a expressão engraçada que Kyra faz. Patrick continua:

— Por isso, nada mais justo do que chamar para se juntar a nós aqueles que são o seu maior orgulho. Aqueles que serão os maiores responsáveis por tudo isso, e, mais do que isso, aqueles que são a maior conquista de sua vida: sua descendência. Seus netos tão amados e que todos conhecem: Brandon, Élian, Samantha, Enricco e Annelise.

Eles aparecem e param junto de sua família, diante de mais e mais palmas e saudações.

Brandon não aparece diante da mídia desde o seu "problema", que eu nem tive tempo de saber qual é. Quando fui procurar, as notícias tinham sido amenizadas.

Ao que parece, ninguém está preocupado com isso — o público é só sorrisos para eles. Algumas meninas gritam histericamente os nomes de Brandon e Élian, que mantêm a compostura e permanecem sérios e discretos.

Mesmo a distância, os olhos de Brandon percorrem a multidão e me encontram. Ele me observa com uma ousadia que não transparece tanto, mas eu ainda consigo identificar.

O senhor Caldwell continua com seu discurso, e confesso que não estou mais prestando a mínima atenção. A intensidade com que Brandon fixa seu olhar em mim me impede de desviar os olhos. Eu vejo a sugestão de um sorriso aparecendo em seu rosto. Sorrio de volta.

— Ulalá. — A voz de Kyra me acorda. — E quase fez um escândalo na cabine, negando a existência de qualquer coisa.

— Eu não fiz escândalo nenhum. Só quis dizer que estava errada.

— Isso mesmo. Mais errada, impossível!

— Eu quis dizer você...

— Bem, querida Olívia, ele não tira os olhos de você. — Eu arrisco voltar a olhar para ele, e ele continua lá, observando-me. — Ai, como ele é lindo. — Kyra suspira. — Ele tem um irmão gêmeo?

— Tem.

Kyra pisca.

— Ah, é, verdade...

Nós rimos.

— Enfim, acho que a maioria dessas mulheres são fãs dos irmãos. Não devem nem mesmo estar ouvindo o pronunciamento.

— Pelo jeito como algumas delas gritam os nomes deles, acho que sim.

Brandon desvia sua atenção e volta a observar a multidão e sua família. Decido ouvir o discurso, que prossegue sendo dito com propriedade, admito.

— O que mais eu poderia dizer? Temos um sadio orgulho de tudo o que o senhor Mathew representa a nós, sua família. E principalmente a mim, desde que ele fazia bons negócios com meu pai. Isso fez com que eu me aproximasse de sua filha, que hoje é minha amada e encantadora esposa, Emília Beaumont Caldwell. A mãe dos meus cinco filhos. — Brandon suspira e dá um sorrisinho exasperado, quase sarcástico. Ele deixa de olhar para seu pai e olha para baixo. Uma mecha do cabelo loiro cai em sua testa. — Mathew, sua família o parabeniza com os mais sinceros votos. E obrigado a todos!

O público aplaude, incluindo Kyra e eu. Mathew começa a agradecer:

— Agradeço a presença de todos. Este está sendo um dia muito mais do que especial, de um jeito que eu não esperava. É muito gratificante poder contar com tanta gente e ver todos vocês formando essa multidão em um lugar que é uma verdadeira bênção que conquistei em minha vida muito me comoveu. Todos os tripulantes, que são parte disso existir, e, mais importante de tudo: a minha família. Minha querida esposa, Dalila, minha maior incentivadora. Com ela, pude resistir às dificuldades para conseguir levantar esta empresa. Ela é a responsável por todos os sorrisos que tenho hoje em meu rosto. E aos meus queridos Patrick e minha filha, Emília, o casal em que mais amei ver os sentimentos florescendo. Emília é o presente mais precioso que Dalila me deu. E desse casal nasceram minha fortuna: meus gêmeos tão extraordinários e admiráveis. Brandon e Élian sempre foram minhas crianças lindas. E hoje, já homens feitos, tenho orgulho de dizer que são meus melhores amigos. Em seguida, veio Samantha, minha netinha que tanto paparico até hoje, minha princesinha tão doce e forte. E anos depois, quando pensei que já não havia como ser mais feliz, fui surpreendido com a adoção de Enricco e Annelise. Minhas crianças alegres que provam que ainda sou um avô que tem força para correr e brincar. Cada um de vocês é responsável por eu estar transbordando de gratidão hoje. Me alegra saber que sempre posso contar com tanta gente para seguir firme com a Marinha. Obrigado!

Os aplausos diante desse discurso são ainda mais enérgicos, acompanhado de saudações, gritos e assobios.

— Nossa, isso foi lindo — digo.

— Foi mesmo. Não costumo me emocionar com discursos, mas esse foi vigoroso.

Os três irmãos mais velhos correm para abraçar o avô, juntos. Eles o cobrem de carinho.

Mathew começa a receber parabenizações dos funcionários do *Captain of the seas*. Decido aproveitar a oportunidade. Aviso Kyra e respiro fundo para poder atravessar a multidão e subir a escadaria principal.

Não é nada fácil, mas foco o meu olhar em um ponto fixo. Ergo o queixo e começo a rezar baixinho. Devo ser rápida e muito breve para poder sair disto aqui.

Chegando lá, ele termina de cumprimentar uma funcionária, e, vendo que sou a próxima, abre um sorriso largo.

— Senhor Mathew, eu estava esperando por um momento oportuno para poder parabenizá-lo. — Ele me abraça com carinho. — Receba meus votos de bênçãos, e muitas, muitas alegrias mais.

— Você é uma menina preciosa, sabia? — Ele coloca as mãos em meu rosto. — Muito obrigado por este singelo carinho e que Deus a ilumine, minha querida.

Eu sorrio e aceno com a cabeça. A fila continua atrás de mim, então desço as escadas, passando pelos gêmeos, e volto para Kyra.

Quando chego perto dela, ela está com a mão cheia de docinhos.

— Eu amo doces, são tão gostosos! Faz toda a minha noite valer mais a pena.

— Fale pelos doces, só eles estão fazendo a noite valer a pena. — Roubo um docinho dela. — Passei um perrengue durante o jantar.

— O que houve? Desembucha.

— Serviram caracóis, que chamam de...

Kyra faz uma careta.

— Escargot?

— Isso. E ostras, que deixei intocadas, mas...

— Não diga que eles viram como você é estranha quando come coisa de que não gosta.

Eu a encaro.

— Sabe, Kyra, às vezes eu questiono nossa amizade.

— Vai passar, rainha da beleza, vai passar.

— O que aconteceu foi que, ao puxar o "conteúdo" de dentro da casca do caracol, ele voou direto para o copo de água de um homem da outra mesa.

Kyra arregala os olhos e começa a gargalhar.

— Você é hilária, Olívia! Eu gostaria e pagaria para ter visto essa cena.

— Fofa.

— Eu sei. Mas e aí, você ficou sem jantar?

— Não. Brandon me ofereceu o prato dele, que era diferente.

— A-há! — ela grita, assustando-me.

— O que foi, ficou maluca?

— Mais uma prova.

— De quê?

— De que vocês se amam, do que mais seria? Ele entregar o prato dele a você é uma singela prova de amor.

— Por favor, Kyra, foi apenas uma gentileza. Muito nobre, por sinal.

— Ah, essa é boa. — Ela olha para algo atrás de mim. — Aliás, ele não vai embora do navio ainda hoje? E ficar mais algumas semanas longe, antes de retornar?

— Sim, por quê?

— Então não é melhor você resolver a discussão pendente? — Ela acena com o queixo para onde está olhando. Eu me viro e vejo Brandon saindo do salão, indo em direção ao deque de cima. — Nos vemos amanhã? — Ela dá um sorriso torto. — A gente se encontra nas lojas da galeria.

— Tem certeza? Talvez ele...

— Vá, garota. Amanhã você me conta tudo.

Hesitando, suspiro fundo. Aceno com a cabeça e decido segui-lo. Aperto o passo e atravesso o salão. Com cautela, faço todo o percurso que ele faz, que consiste em subir as escadas laterais, passar pelo lounge, ir até a área externa das piscinas. Ele anda rápido, já que suas pernas são mais longas do que as minhas. Eu quase preciso correr sem chamar atenção.

Olho o relógio do celular. São 1h40 da madrugada e cá estou eu, seguindo um cara em um navio gigante, sem ter ideia de para onde ele está indo. Quando guardo o celular e me distraio com o brilho da lua cheia, ele passa por umas pilastras e eu o perco de vista.

— Droga — resmungo.

Eu atravesso todo o espaço da área externa de piscinas e subo a escada. Este é ponto mais alto do navio. *A vista do mar daqui é de tirar o fôlego!*

A lua ilumina as águas, dando-lhes um visual natural deslumbrante. Olho tudo ao redor e foco em um painel redondo, bem próximo à grade em frente ao mar. Quando entro atrás desse médio monumento, ele está lá, encostado casualmente e com os braços cruzados... cantando. Olhando para baixo, ele ergue a cabeça com um sorriso provocante.

— Me procurando? — Ele me fita e caminha até mim. — Sabe, na tarefa de perseguir alguém, você falha muito bem. — Dou de ombros. E ele continua: — Você conseguiu a proeza de me fazer perceber tudo. Se fosse para ser uma espiã, já era.

— Eu só queria me explicar.

Ele franze a testa.

— Sobre o quê?

— Você não me deixou terminar de falar, saiu apressado. — Suspiro. — Eu só queria explicar toda aquela situação, dizer que tenho problemas para confiar nas pessoas. Não queria afetar tanto você, mas...

— Você sabe que eu sempre a apoio. Um deslize, que foi pensar em uma aposta idiota, não deveria interferir no que você já sabe que eu faço por você.

— Sim, eu sei, eu... Eu não pude evitar. Não consegui evitar. O medo constante de me machucar acaba falando mais alto, seja com o que for.

— Eu sei que o que fiz foi errado. Porém, você precisa acreditar quando digo que estou arrependido. Depois de tanto tentar ajudá-la, você acha mesmo que eu gostei de magoá-la?

Respondo sem olhar para ele:

— Agora sei que não. E é justamente por isso que vim atrás de você, com essa vontade de incomodar o seu momento de paz para dizer que o desculpo e... Bem, acho que não tenho que pedir algum tipo de desculpa, mas quero dizer que irei me acalmar.

— Me desculpa? Você está falando sério?

Não entendo.

— Como assim? Você me persegue há dias, tentando insinuar que eu não o desculpo, e agora pergunta se estou falando sério? De verdade, Brandon...

— Só estou dizendo isso porque é justamente o que estava fazendo: tentando de tudo para você me desculpar. E agora, ouvindo isso, quero ter certeza de que é verdade.

— É verdade.

Olho na direção dele e fitando — de forma não proposital — sua roupa: calça social preta, camisa branca e blazer cinza. Então, noto algo brilhando em sua lapela. Algo verde; um verde tão intenso que me pergunto como não vi antes. Parece uma pedra. *Um bóton?*

Brandon percebe que parei de falar e estou encarando sua roupa.

— O que foi? — ele pergunta, preocupado.

Eu me aproximo e examino enquanto respondo:

— Não é nada de mais, só que isso me chamou a atenção.

Aponto para a pedra presa em sua lapela do blazer. Ele ri.

— Ah, isso. É o antigo broche de esmeraldas e platina que meu pai comprou para a família e as pessoas em geral conseguirem diferenciar Élian e eu no início.

— É muito lindo!

— Élian tem um igual, com exceção da pedra, já que a dele é um rubi.

Ele tira o broche e o coloca na minha mão. Eu o olho, questionando--o, e volto minha atenção para a esmeralda brilhante. É um broche estilo vitoriano, banhado a ouro e platina, cravejado com pequenos diamantes e pérolas e, bem no centro, uma grande esmeralda lapidada. O verde é tão profundo que me deixa extasiada, quase me hipnotizando.

— É, eu não tenho nem palavras para descrever o que eu acho.

Ele se aproxima mais e segura a minha mão.

— Você nunca precisou disso para saber quem eu sou. É engraçado como desde o primeiro dia você me reconhece. Exceto pelo dia em que Élian bateu na sua porta, mas ali você não fez a conexão de que poderia ser meu irmão gêmeo. — Brandon tira uma mecha do meu rosto e coloca atrás da minha orelha. — Sei que não é tão difícil, a maioria das pessoas conseguem nos diferenciar, é só que você não me conhecia *muito* bem.

Bem, não. Quer dizer, eu sempre soube que os proprietários da Marinha Grandiosa tinham herdeiros e que dois eram gêmeos. Só nunca cheguei a procurar saber sobre eles. Uma vez, no início do ano passado, pesquisei apenas por curiosidade sobre a família Beaumont e Caldwell.

Havia muitas fotos, no entanto a que mais chamou minha atenção era uma dos herdeiros ainda crianças. Ali, vi os gêmeos pela primeira vez, porém sabia que eles haviam crescido.

Quando fui procurar por uma mais recente, vi a primeira notícia de um tabloide, que dizia: "Brandon Caldwell, o famoso gêmeo herdeiro da empresa marítima Marinha Grandiosa, é flagrado saindo de uma boate em Miami ao lado de uma loira misteriosa".

Naquela determinada foto, Brandon cobria o rosto e abraçava a moça loira para protegê-la dos flashes. A foto tinha um foco muito bom, era uma foto de qualidade. Um jovem homem de qualidade... o que me fez fechar o site. Eu não queria ver. Mas minha curiosidade cutucava o meu cérebro, insistente. Decidi abrir de novo e tentei analisar a foto: vi que ele era alto, seus cabelos, loiros, e um corpo de modelo muito atraente que poderia estampar campanhas de moda. Roupas caras, além de relógio e anéis de prata nos dedos, incluindo um com uma pedra ônix. Infelizmente, não conseguia ver o rosto dele. A maioria das fotos eram acompanhadas por notícias, e em todas o rosto estava coberto.

Já a moça era alta, tinha postura de modelo, cabelos longos e loiros – mais claros que os dele. Ela usava um vestido prateado brilhante e saltos altos; além, é claro, de uma identidade secreta. Rolando pelos links no Google, outra notícia: Brandon havia assumido um relacionamento com essa mesma garota. A partir dali eu desisti de procurar mais.

Espere aí... relacionamento. Garota loira. Alta. Bárbara.

– Olívia? – Uma voz tenta interromper meus pensamentos. – Olívia? Ei! – Olho para cima, ainda um pouco aérea, e encontro Brandon me encarando, curioso. – Está com os pensamentos longe?

Tento disfarçar com um sorriso.

– Outra dimensão... relembrando algumas coisas, apenas.

– Pensando em quê?

– Nada importante. – Não há motivo algum para eu contar a ele que estou pensando nas *suas* notícias antigas; principalmente *nela*. – Bem, acho que eu já lhe disse tudo o que queria dizer. Então, é melhor eu ir embora.

— Espere! — Eu me viro para sair, mas ele me puxa pela mão. — É que... este momento entre nós está tão tranquilo. E daqui a pouco eu já tenho que ir. Pensei que talvez você pudesse ficar mais um pouco aqui.

— Brandon...

— Fique. — Sinto os lábios dele se aproximando do meu pescoço, subindo pelo queixo, bochechas. Um calafrio corre pelo meu corpo quando ele me dá um último olhar antes de deslizar seus lábios sobre os meus, intenso e profundo. Toco o lado do rosto dele, beijando-o mais fundo, enquanto ele acaricia minha cintura. Assim que ele vai deslizar uma mão pela minha perna, ele para. Então, algo lhe ocorre. — Espere... Não, não. — Brandon respira com dificuldade. — Eu não posso fazer isto com você.

— Fazer o que comigo?

— Isto.

— Por quê?

— Olhe para você! — Ele pausa, gesticulando para mim. — Eu não posso estar com uma garota como você.

Um choque atravessa direto pelo meu coração.

— Uma garota como *eu?*

Seus olhos estão pesados e cerrados. Ele parece ter ficado abalado de um minuto para o outro. Eu não tenho chance de falar mais nada — seu rosto se transforma com a raiva visível e ele sai correndo.

24

OLÍVIA

— Uma garota como eu! Como ele pôde dizer isso na minha cara?

— Você tem certeza de que ele quis dizer isso?

São apenas 5h20 da manhã, e Kyra decide me arrastar para conversar com ela enquanto caminhamos pelo longo corredor quase vazio da galeria de lojas. Pelo horário, algumas ainda estão fechadas e outras estão começando a abrir, exceto as que são vinte e quatro horas. Em todo o navio, a galeria comercial e alguns restaurantes são os únicos lugares que fecham por algumas horas.

Nós duas estamos caminhando segurando copos de frapuccino — o que é ruim, pois o formato do copo me faz lembrar a mistura de milk-shake de Brandon, o que me faz lembrar o que aconteceu poucas horas antes.

— Uma garota como eu?! Como eu sou, então? Tão ruim assim para esse tipo de gente?

Conforme desabafo e tiro todos os pesos de meus ombros, dividindo-os com a minha boa amiga, já não me sinto mais triste, decepcionada ou irritada. Eu estou indignada!

— Primeiro, você não deve se rebaixar, perguntando se é ruim — Kyra me responde. — Segundo, essas palavras depreciativas nem deveriam existir no seu vocabulário sobre si mesma. E terceiro, o que você quis dizer com "esse tipo de gente"? Empresários bilionários? Queridinha, os responsáveis por tudo isto aqui – ela gesticula com dedos – escolheram *você* para concorrer com o herdeiro deles. Não teriam feito isso se você fosse "ruim".

– É sério, Kyra, eles têm até mordomo. Dentro de um navio. *Qual será a escolha do dia, senhor? Travesseiros de linho ou algodão egípcio?* – Kyra ri alto. – Sério, eles são assim. Nós estamos rindo, mas é real.

– Uma vez ouvi Bárbara espalhando para as modelos da agência que um mordomo colocava o celular dela para carregar.

Ela faz uma careta divertida.

– Exagerado. Acho que isso não faz o tipo dele.

– Faz o tipo dela.

Solto um suspiro exasperado.

– Eu nem tive tempo de confrontá-lo. A esta altura, ele já deve estar enfurnado em seu amado apê em Miami. Quer saber? É melhor assim. Não consigo entender como ele faz com que eu me sinta uma pessoa especial e um lixo no mesmo dia.

– Corte a parte depreciativa.

– Um caco. – Kyra esboça um sorriso malicioso. É tão perverso que eu já sei que, quando ela fica assim, está planejando alguma coisa sem-noção. – O que está dando em você? – pergunto.

– Eu acho que *você* deve tirar essa questão a limpo.

– Kyra, isso já era. Ele não está aqui. E que bom, porque como eu olharia na cara dele depois disso? Eu acabei de desculpá-lo por uma coisa, e, em seguida, ele estava pronto para me decepcionar com outra.

– Por isso mesmo! Agora eu também quero saber de onde saiu isso. E já sei o que fazer.

– Não diga para ligar para ele. Odeio ligações. E não irei mandar mensagens ou e-mail. Não quero que ele pense que estou desesperada.

– Não é nada disso. – Ela faz uma pausa tensa antes de continuar: – Mas preciso que você me passe o número dele para resolver uma questão pessoal antes de prosseguirmos com o meu plano.

Eu me viro bruscamente para ela, paralisada.

— Do que você está falando?

— Por favor, confie em mim. Sei que nos conhecemos há pouco tempo, porém você já deve saber que pode contar comigo. Assim como eu contei com você quando precisei.

Eu hesito, acreditando mais na hipótese de que o plano dela é uma *má ideia*. Só que quem pode parar Kyra Mabell? Resmungando, passo meu celular para ela pegar o número.

— Tudo bem. Mas não faça besteira, por favor.

Ela adiciona o número no celular dela e começa a primeira parte de seu plano mirabolante ligando para Brandon. Encolho os ombros e peço para que ela não me mencione.

— Você acha que ele está acordado?

— Não sei.

— Alô? — Vem a voz dele do alto-falante do aparelho.

Kyra congela, ainda que tente não demonstrar. Ela logo volta a ser a pessoa extrovertida e sincera que é.

— Oi, Brandon. É Kyra. Desculpe o horário, só que você já sabe que sou uma pessoa inconveniente a todo custo com meus amigos. Não que você me considere sua amiga, mas eu considero você meu amigo, então dá no mesmo. Não sei se você estava dormindo ou se já está ocupado com seus negócios, mas preciso muito falar com você, e, no caso, trata-se de parte dos seus negócios.

— Kyra. Kyra. — Ele chama a atenção dela até ela parar de falar. Esse sermão dela logo que ele atende me causa uma vergonha divertida. — Kyra, desacelere um pouco, ok? Calma.

— Desculpe.

— O que é tão importante?

— Você já chegou em Miami?

Eu dou um tapa na minha própria testa, sentindo a linha ficar silenciosa. Quando ele responde, inclino-me para mais perto do celular para ouvir melhor.

— Sim. Por quê?

— Ah, que maravilha! É que eu desci na cidade enquanto o navio estava aportado.

— Você desceu? Quero dizer, desembarcou?

— Sim! É que eu decidi que preciso resolver minhas contas na agência. Talvez tentar voltar ao normal, às minhas obrigações. E acredito que já lhe paguei o que devia pelo tempo que fiquei.

— Na verdade, ainda falta uma semana de...

— Ora, o que é uma semana a mais ou uma semana a menos, não é mesmo? Posso passar no seu escritório na sede para pegar os comprovantes de pagamento? Talvez sejam úteis algum dia.

— Bem... sua insistência não me permitirá contrariá-la. Tudo bem. Passo o endereço por mensagem.

Kyra dá um soquinho no ar, e eu não compreendo aonde ela quer chegar com tudo isso.

— Ótimo, maravilha! Eu sabia que você é um ser humano iluminado por trás desse porte elegante e sério.

Um homem sério? Brandon?

Eu sinalizo para ela com as mãos e sussurro:

— Kyra, já deu...

Do outro lado da linha, Brandon parece achar graça e ri baixinho.

— Ok, está bem, Kyra *Korbell*. — Ele ri outra vez, errando o sobrenome dela de propósito. — Ficarei esperando.

Kyra agradece a atenção e desliga. No fim, ela suspira, encantada.

— Eu falei com Brandon, Olívia! Ao telefone! Eu falei com Brandon Caldwell ao telefone! Toma essa, Bárbara de Beverly Hills! Acho que posso desmaiar a qualquer momento. — Eu dou risada da piada dela, mas ainda fico me perguntando *o que* e *para que* foi tudo isso. — Você viu como a voz dele é sexy? — continua.

— Por que você mentiu dizendo que está em Miami e vai passar lá?

— Eu não vou estar lá, mas alguém *vai*...

— O quê?

— Nosso plano irá funcionar se conseguirmos falar com mais duas pessoas. Venha comigo!

Ela me puxa pelo pulso e saímos correndo pelo navio.

— *Nosso plano?* Eu não tenho ideia do que você está tramando, como pode ser o *nosso plano*?

•

Quando volto ao meu quarto, fico atordoada com tudo o que Kyra tramou. E fiquei ainda mais perplexa com o fato de que as duas partes interessadas que ela havia mencionado concordaram em ajudar.

Porém, meu ceticismo se desfaz quando vejo o que me espera em frente à porta. Eu já estou ficando acostumada com esses mimos e creio que não é por engano. Ninguém se enganaria de porta tantas vezes.

Bilhete 6
O mundo não pode tirar a
pureza de seu coração.

Entro no meu quarto sorrindo e guardo cada mimo em seu devido lugar. Antes de fazer minha participação no plano de Kyra, abro o meu notebook na mesinha e envio um e-mail para Brandon.

Penso por alguns minutos antes de digitar, tentando encontrar uma forma de não parecer tão amigável nem hostil.

Assunto: **Estritamente profissional.**

De: **Olívia Miller Mozer**

Para: **Brandon Wright Caldwell**

Prezado jovem senhor Caldwell,

Estou enviando o breve relatório de que precisará para solucionar as questões que venha a enfrentar nos próximos dias. Fui instruída a lhe passar algumas normas, inclusas no relatório em anexo.

Anexo o arquivo, que diz:

Este texto é um breve artigo escrito por Élian Caldwell e Olívia Mozer.

Para suas próximas reuniões, instruímos que utilize o método CNV, um método comunicativo eficaz e um instrumento fundamental no ambiente profissional, a fim de finalizar uma reunião em concordância e como um mediador de conflitos.

A CNV é um método para combater os conflitos existentes nas organizações, estimulando a empatia, sabendo escutar o outro e lidar com as diferenças. Tudo começa com os trechos conhecidos e populares entre estudantes: atenção na escolha das palavras e na linguagem, ou seja, devemos pensar antes de falar, trocar ideias, para que não se torne um ambiente de conversas e debates hostis. Por um longo período, passamos a maior parte do nosso tempo discutindo, o que pode gerar conflitos e brigas no momento em que estamos acertando um negócio ou fazendo uma reunião.

Nessa questão, devemos repensar nossos mais ínfimos movimentos. Muitas vezes as pessoas não querem ouvir e ainda preferem rebater e querer que o outro concorde com suas ideias a todo custo. A CNV propõe o oposto disso. É saber ouvir, controlar nossos impulsos na hora de falar, trocar ideias e ter empatia para aceitar as diferentes opiniões. Não podemos definir os pensamentos das pessoas como certos ou errados. Tudo isso nos traz um ambiente mais produtivo e com valores, pois as pessoas que se sentem livres para expor suas opiniões também se tornam mais produtivas, pois aceitam e compreendem as opiniões de cada um, tornando o ambiente um lugar mais leve.

No entanto, também não devemos ouvir e aceitar tudo calados, pois a CNV propõe que nós possamos demonstrar nossos sentimentos e sermos honestos, tanto para os ouvintes quanto para com nós mesmos.

Tudo depende do nosso modo de falar, pois uma frase ou palavra que sejam usadas sem pensar, de forma não branda e com falta de empatia, podem resultar em uma reação negativa de quem está ouvindo, podendo gerar discussões. Quando nos colocamos em uma postura pacífica e neutra, melhoramos a convivência e deixamos espaço para a abertura de debates saudáveis e sem julgamentos, promovendo também uma maior participação das pessoas, pois elas se sentem seguras com isso.

Sendo assim, é possível que um acordo seja feito em boas circunstâncias.

— Tenho certeza de que ele achará tudo isso estranho e desnecessário, mas faz parte do que me mandaram fazer. Além do mais, ele irá precisar. No entanto, se ele irá cumprir esses requisitos já se torna uma incógnita.

Assim que eu envio, preparo uma bolsa, tomo um banho e me arrumo. Desligo o notebook e saio do quarto, encontrando mais dois mimos.

Bilhete 7
Minha admiração é sua, menina.

Bilhete 8
Siga evoluindo. Não se culpe.
Não escave o passado. Cuide de si mesma.

Eu inclino a cabeça, sorrindo.

— Hum... hoje foi produtivo para o Shakespeare misterioso. Três seguidos. Será que essa pessoa notou seus pequenos atrasos?

Então, algo me ocorre. "*Não se culpe*"? "*Não escave o passado*"? *De onde veio isso?*

25

BRANDON

Ela está me chamando...

Não posso sucumbir, não posso me entregar. Estou conseguindo mudar e me controlar. Tento levar meus olhos para qualquer lugar que não seja a garrafa cheia do líquido âmbar que só me colocou em problemas.

Desde que cheguei no meu apartamento, só consegui ficar horas parado no banho e me jogar no sofá, encarando o teto e evitando olhar para álcool. Ah, sim... Teve a ligação de Kyra também.

Ah, céus. Estou uma lástima.

Irei para o escritório em duas horas. Na mensagem que enviei para Kyra, confirmei seu horário para as 10h, então tenho algum tempo para descansar, sem me preocupar com horários.

A quem quero enganar? Não consigo nem tirar a névoa de confusão que está na minha cabeça.

•

Como eu havia pensado antes, poderia chegar mais tarde ao escritório. Cumpri? Não. Cedi ao líquido âmbar? Parcialmente. *Digamos que o confundi com uma xícara de chá...*

E agora estou um caco sentado em frente a uma mesa. Um toque leve soa na porta, fazendo-me erguer a cabeça ao ouvir a secretária colocar a cabeça para dentro.

— Senhor Caldwell, uma moça chamada Kyra Korbell está aguardando. Ela diz que tem horário marcado com o senhor para as dez.

— Pode mandar entrar.

A secretária assente e sai. Não muito depois, ela volta acompanhada e se retira, deixando-me sozinho com minha convidada. Eu suspiro, parecendo um derrotado, e levanto a cabeça mais uma vez para encontrá-la...

— Olá, senhor Caldwell. Bom vê-lo outra vez. — Franzo a testa e engulo em seco. Só penso que meus olhos podem estar me pregando uma peça. Ela inclina a cabeça, esperando por uma resposta. Mas eu não tenho a menor ideia do que dizer. — Você parece um pouco pálido.

Sua preocupação é genuína, porém eu ainda não entendo. Por baixo da mesa, olho para a garrafa aos meus pés, só não por tempo suficiente para que ela olhe também.

— Eu não sabia que tinha ficado bêbado... — resmungo.

— Por que ficaria?

— Cadê Kyra? Você não é Kyra. Você não é... É a minha Olívia...

Ela sorri para mim, mas seu sorriso fraco logo desaparece.

— Sim. — Certo, então não estou bêbado. É melhor eu me recompor. Levanto-me e arrumo minha roupa. Ela se aproxima de mim, determinada e com um rosto impassível. — Quero questionar você.

— Era eu quem deveria fazer isso. Onde está Kyra? E o que você está fazendo aqui?

— Kyra não virá. Sou eu.

— Você gosta de se passar por ela, parece.

— Foi um jeito que ela achou para eu poder enfrentar você.

— Sobre o quê? — Minha voz está entrecortada de surpresa.

Ela olha nos meus olhos com uma expressão séria. De um jeito que eu nunca vi.

— Você acha mesmo que eu sou uma piada, não é? Eu preciso saber e ouvir com palavras concretas que tipo de garota eu sou. Não saí de um navio e vim até a cidade para ficar sem uma resposta. Porque se eu for um "lixo" para você, nós cortamos nosso laço de amizade por aqui.

Ela me deixa abalado, com o coração quase saindo pela boca.

— Lixo? Do que você está falando?

— É uma palavra pesada demais para você?

— É.

— Sim, Kyra me disse para eu ser mais elegante e cortar essas palavras depreciativas do meu dicionário pessoal.

— Que lixo, Olívia? O que é isso?

— Qualquer material sem valor ou utilidade. Substantivo. No meu caso, você o transformou em adjetivo, mesmo sem completar a frase em voz alta. — Olho para o rosto dela, analisando suas palavras e sentindo o choque se espalhar pelo meu corpo. — Se eu quisesse ser mais delicada no meu modo de falar, eu diria que você pensou "em uma garota como eu", no sentido de envergonhar você. Eu costumo ser mais suave do que isso.

Minha respiração chega a falhar com a ideia. Acho que agora entendo o que ela quer dizer por trás de sua fachada constante, atrás da qual esconde que está devastada e magoada. Meu Deus, ela entendeu tudo errado. Eu me expressei de forma totalmente errada! Ela olha para baixo, com aqueles lindos olhos castanhos, à espera de uma resposta. A expressão dela está tímida, desesperada, confusa.

— Não... Olha, não foi isso que eu quis dizer. Vou reformular tudo o que eu disse. Não sei se consigo explicar, mas vou tentar. — Respiro fundo e tento continuar, algumas travas impedindo minha voz de sair. — Você não sabe o que eu fiz. Tudo o que eu fiz. — Ela franze a testa. — Talvez um dia você saiba. Por enquanto, posso afirmar que todas essas palavras que você usou poderiam ser direcionadas a *mim*, e não a você. Eu não sou uma pessoa que merece uma garota como você. *Uma garota como você*, porque... *Olhe para você!* Você é uma garota forte e sonhadora que merece todas as coisas mais lindas que possam existir neste mundo. Você merece tudo de melhor que a vida tenha a lhe oferecer. Você merece ser feliz e amada por alguém que entenda seus sentimentos e suas batalhas. – Seguro seu rosto em minhas mãos, fazendo seus olhos se fincarem nos meus. – Você é uma garota especial e linda... muito linda e atraente. Inteligente, um pouco cabeça quente e estressada, mas isso é adorável em você. – Dou um sorriso tímido para ela, analisando suas reações: timidez, surpresa e nervosismo. Afasto as mãos de seu rosto de porcelana para poder acariciar seus longos cabelos castanhos, alguns fios ruivos que pego em minhas mãos. *Caramba, ela é tão linda!* – Sinto muito ter feito você pensar que fosse outra coisa. Eu me expressei muito mal e não me dei conta disso.

Ela respira fundo e coloca as mãos no meu pescoço. Depois de um longo tempo, ela fala comigo, de forma tão mais suave, do jeito que conheço:

– Acho que passei do limite. Tirei conclusões precipitadas. É que você disse tudo de um jeito tão sério, parecia abalado ou arrependido. Eu não sei o que dizer. Isso me deixa envergonhada. Eu vim aqui à toa, parecendo uma boba.

– À toa? Estava começando a pensar que já era saudade. – Ela ri, fechando os olhos. É magnífica. Não consigo tirar os olhos dela. Então, um pensamento me ocorre. – Falando nisso... como você chegou aqui?

Ela ergue os olhos para mim e responde com tranquilidade, como se fosse óbvio:

– De barco.

Eu sorrio para ela.

– O barco salva-vidas?

Ela desliza as mãos do meu pescoço para os meus braços, para entrelaçar seus dedos nos meus, e eu estou sorrindo feito um idiota. Seu sorriso torto me faz sorrir, e eu perco a linha de raciocínio.

– Foi tudo um plano esquematizado por Kyra. Acho que eu deveria contratá-la depois como uma assistente ou algo do tipo. Ela formou toda uma equipe apenas para isso.

– Como foi?

— Bem, primeiro ela fez aquela ligação estranha para você. Depois, ela correu até o seu mordomo, Betto.

— Betto? É sério, Betto? Ele topou isso?

— Nós explicamos que eu tinha algo muito importante para fazer aqui, por ordens do senhor Beaumont, e, a propósito, você pode me ajudar com isso depois, já que é seu avô... Enfim, Betto me liberou e prometeu que eu não me daria mal se trabalhasse online. E aí, passamos para o seu irmão. Élian nos ajudou com o barco salva-vidas. Como o navio não estava muito longe, levou cerca de uma hora e meia, por aí.

Eu fico boquiaberto com tudo que estou escutando.

— Eu não acredito nisso! Isso tudo para tirar satisfação?

— Sim. A propósito, Élian veio comigo. Ele está andando pela orla, disse que sentia falta de caminhar ao ar livre.

— Ele veio?

— Sim. Ah, e a propósito, você leu o artigo que Élian e eu fizemos e que encaminhei para você?

Hum... Balanço minha cabeça, confiante.

— Claro... — *que não.*

Ela sorri graciosamente e eu forço um sorriso alegre.

— Você vai precisar, porque tem algo a resolver mais tarde. Palavras diretas do senhor Beaumont.

— Sim, eu vi uma hora marcada para uma reunião com... Um momento... — Volto à minha mesa para ver na agenda o nome da pessoa com quem irei me encontrar. Passo o dedo sobre as linhas até encontrá-lo. — Ah! Marco Calegari.

— Parece ser um assunto importante, já que o seu avô irá participar antes de ir a Paris com a senhora Dalila.

— Sim, parece. — Faço uma careta. Terei uma reunião com meu avô e esse tal de Marco Calegari, e não tenho ideia de qual é o assunto. — Enfim, tenho tantas perguntas para fazer. — Ela me oferece um sorriso inocente, e eu a guio até a cadeira à minha frente. — Eu ainda estou processando o fato de que Kyra me enganou.

— Ela não viria comigo. Só de se imaginar em um barco pequeno, com apenas água ao redor... ela entraria em pânico na mesma hora. Talvez desmaiasse antes de começarmos a navegar.

— E você veio acompanhada só de Élian?

— Sim. Você sabe, foi muito difícil conseguir uma liberação para uso desse tipo de bote, já que é só para situações urgentes, mas Élian também manda no navio, eles tinham que atender sua ordem ou ele ameaçava afastá-los, alegando que era um compromisso importante em Miami e que o impediram de prosseguir. É cruel, eu sei. Só que não tínhamos uma alternativa.

Dou risada. Olívia me olha com um brilho aventureiro e rebelde nos olhos. Essa é uma história que ela conta com empolgação e que ficará marcada.

— Élian é duro e responsável. Me admira que ele tenha topado participar disso com vocês.

Ela assente.

— Apesar disso tudo, trouxe algumas informações para você. Seu pai, sua mãe e seus avós desembarcaram enquanto você também estava vindo embora, Samantha ficou com Kyra enquanto Élian vinha comigo. As crianças já foram enviadas de volta a Nova Iorque... e Bárbara estava muito relutante em sair, mas deu certo. Esteja preparado, caso ela apareça por aqui.

— Não consigo entender como ela consegue sair e voltar sempre que quer.

— Ela ainda deve ter o passe livre por ter sido sua namorada.

— Exatamente. *Ter sido*, mas não é.

— Bom... Pelo menos agora conseguiram que ela saísse. No entanto, ela não irá desistir assim tão fácil. Próxima pergunta.

Espertinha.

— Ok. Por que você deu o sobrenome de Kyra como Korbell?

— Porque ela já estava começando a ficar famosa no auge daquela campanha. E se a secretária a conhecer? Iria me chamar de impostora e me chutar daqui. Graças ao seu erro criativo quando a conheceu, eu sou a Kyra *Korbell*, não a Mabell.

— Faz sentido. E até quando você e Élian ficarão aqui?

— Na verdade, depois de amanhã o navio irá parar nas Bahamas durante a manhã. Então nós combinamos de comprar passagens de avião e ir até lá. — Ela olha ao redor da sala e caminha até um sofá perto da janela. — Farei isso agora.

Olívia tira o celular de sua bolsa e começa a pesquisar por passagens de avião com saída amanhã. O que mais me surpreende nessa mulher é que ela se deu todo esse trabalho para tirar satisfação comigo. Ela me diverte até em uma situação simples como essa.

•

Brandon:
Em qual rua da terra firme você está pisando?

Élian:
Olá, irmãozinho. Estou muito bem, obrigado por perguntar.

Brandon:
Eu o vi há poucas horas, por que perguntaria se você está bem?

Élian:
Porque é seu dever como irmão. E por educação.

Brandon:
Ser dramático assim não combina nada com você, idiota.

Começo a organizar uma pasta com alguns arquivos financeiros enquanto espero a mensagem, que não leva muitos minutos para chegar.

Élian:

Olívia já resolveu o que tinha pendente com você?

Brandon:

Sim. E eu ainda estou chocado que você ameaçou demitir um funcionário se ele não liberasse um barco salva-vidas. Isso não é de seu feitio.

Élian:

Caramba. Falando assim você mancha minha reputação. Isso é muito forte. Digamos que eu apenas dei um alerta. Claro que eu não ia demiti-lo sem fundamento, foi apenas para fazer o plano funcionar.

Já leu o artigo que escrevemos?

De novo isso? Por que isso é tão importante?

Brandon:

Sim.

Élian:

Bom mesmo. Não quero que você perca o controle durante a reunião com o tal Calegari.

Brandon:

Por que vocês estão me pressionando tanto com esse cara? O que você sabe dessa reunião que eu não sei?

Há uma pausa prolongada no meio desse assunto que começa a me irritar. É só após uns cinco minutos que ele responde, e aposto que ele devia estar pensando em como me explicar.

Élian:

Prefiro não comentar por enquanto. Não se preocupe, não é nada para alarde. A gente se vê mais tarde.

Brandon:

Vai pro apê?

Élian:

Eu, sim. Mas só durante a madrugada. Vi um clube novo que fiquei curioso para conhecer. Já Olívia eu não tenho certeza. Comentei sobre isso com ela, mas ela insiste em ir para um hotel.

Brandon:

Tudo bem, eu converso com ela mais tarde.

— O clima é muito leve aqui. — Sua voz curiosa me faz tirar os olhos da tela do computador. Olívia e eu estamos sozinhos no meu escritório, e ela apenas solta esse comentário, mas não parece surpresa com o lugar. Até parece que ela já o conhece, dado que ainda não pediu um tour e também não está observando nada. — Não discutimos ainda — continua. — Será que, quando estamos no navio, a maresia mexe com a gente?

— Não estamos muito longe da praia. Tem maresia de qualquer jeito.

26

OLÍVIA

Há uma pergunta presa em minha garganta, mas que nunca tive coragem de fazer a Brandon. Agora, penso que nos aproximamos e quebramos barreiras que nos distanciavam de uma comunicação

— Brandon.

— Hum...?

— Eu queria perguntar... talvez não devesse, mas quero saber. O que irá acontecer quando tudo isso acabar? Vamos continuar nos falando?

Suas sobrancelhas se levantaram em confusão e curiosidade.

— Pensei que você ter vindo até aqui fosse uma prova disso.

— O que isso significa?

Brandon se mexe, desconfortável. É de se imaginar que ele possa estar pensando em algo diferente do que eu. Ele estreita os olhos, demonstrando uma curiosidade genuína ao inclinar a cabeça para o lado. Recosta-se na cadeira e cruza os braços sobre o peito.

— Seja sincera comigo, Olívia, ou não chegaremos a uma trégua. O que você veio buscar aqui, além de uma satisfação?

— Por que você está fazendo drama em cima de uma pergunta tão simples? Certo, sim, decidi vir até aqui *apenas* por uma explicação. Eu costumo ir atrás do que quero quando tenho coragem, e eu queria isso. E agora também quero saber se, quando acabarmos com toda essa confusão corporativa, vamos continuar sendo amigos.

— Amigos?

— Sim, amigos. Como estamos sendo agora, pelo visto. Nossa comunicação melhorou, apesar das provocações. Nós estamos na mesma sala sem ter vontade de estrangular um ao outro. Simplificando, estamos pacíficos.

Brandon começa a brincar com uma caneta ao mesmo tempo que a sugestão de um sorriso se estende em seus lábios.

— Amigos? — ele pergunta de novo.

— Não comece a me provocar!

— Eu gostei do que você fez hoje. — Ele aponta um dedo para mim, cheio de confiança. — Isso mostra que você se importa comigo tanto quanto eu me importo com você.

— Eu não disse isso, exibido.

— Você se preocupou em vir até aqui só para saber o que eu penso sobre você. Repare em certas coisas, como: estamos bem desde antes de ontem, numa sintonia muito aguardada. E ontem vivemos ótimos momentos desde a decisão do que fazer com aquele cômodo vazio com as crianças, um tour pelas suítes Yacht, até a festa do meu avô. Então, você vem atrás de mim por duas vezes em poucas horas. Só pode significar que você se importa comigo, mesmo que se convença de que não.

Faz sentido, não é? Eu não pensei nesse detalhe quando topei com esse plano. Como pude ser tão óbvia e previsível? Todas as provas constatam isso e não me incomoda mais o fato de estar na presença de seu sorriso presunçoso e convencido, que antes me irritava. Agora, derrete-me; causa-me calor em todo o corpo e frio na barriga. Ainda mais quando as covinhas querem aparecer discretamente. Seu rosto esculpido é hipnotizante, e tenho de me esforçar para desviar o olhar antes que ele perceba que estou quase babando. Isso lhe daria mais motivos para se orgulhar.

— Esqueça a pergunta. Já está tudo resolvido, então temos que focar no trabalho e na sua reunião com Calegari. Nem ao menos sabemos do que se trata. Pode ser uma tática nova do senhor Thompson?

— Se fosse, você participaria. E já não entendo por que Élian não participará comigo. Ele que comandará tudo ao meu lado. — Ele para e passa a mão pelo queixo, parecendo estar pensando. — Ou... iria, antes de você aparecer.

Opa.

De repente, uma pergunta aleatória escapa da minha boca, antes que eu possa evitar:

— Quem nasceu primeiro?

Brandon parece surpreso com a pergunta repentina e com pouca lógica. Ele mergulha nas profundezas de seus pensamentos, antes de responder. Até parece que ele está tentando lembrar o momento do próprio nascimento.

— Eu — ele responde. — Sete minutos antes.

— E por que Élian está na linha de frente no futuro? Nada contra, mas pela ordem de nascimento de vocês...

— Parece óbvio. Ele é responsável, íntegro, honesto, de caráter. Eu sou o oposto de tudo isso. Chegamos nesse acordo juntos.

— Você diz isso com tanta naturalidade. Parece até que acredita.

— Eu acredito.

Meu coração se aperta. Ao que tudo indica, ele se culpa e se subestima muito desde que foi submetido a "consertar" seus erros. Ele desdenha de si mesmo e parece não perceber. Parece que está acostumado com isso.

É um sentimento conhecido, não acreditar em sua própria capacidade, em seus méritos e inteligência, inferiorizar suas qualidades. Uma limitação de seus sentimentos e uma avaliação negativa sobre si mesmo que subsiste.

— Você descreveu a si mesmo também. E não venha me dizer que não. Se você não acreditar nisso, comece por perdoar tudo que você acredita que tenha feito de ruim ou errado. Com a consciência limpa, é mais fácil voltar a gostar de si mesmo e aí você deixará de se enxergar como se não possuísse todas essas características.

Pela primeira vez desde que nos conhecemos, noto um leve estremecimento percorrendo o corpo dele. Suponho que ele absorve minhas palavras e sabe que deve fazer isso. Ele é corajoso o suficiente para fazer isso?

Desta vez, ele não tira os olhos de mim por um longo tempo. Um contato intenso e real.

Antes eu precisaria de uma fuga para não encarar os fatos, não encarar Brandon. Parece que é isso que nós fazemos sempre que não estamos no comando de nossas emoções.

— Me dê um minuto — falo, interrompendo o contato visual.

Meu coração bate forte enquanto saio. Mesmo sem vê-lo, sinto seus olhos me observando a distância, até eu fechar a porta e soltar um suspiro estupefato. O que, por sinal, piora ao me deparar com o senhor Beaumont, inexpressivo.

— Senhor Beaumont, olá.

— Olá. Eu vim pedir a alguma assistente avisar a Brandon que o cliente de hoje antecipou a reunião.

— Ah.

Apesar de ele não fazer qualquer observação sobre a minha presença, consigo imaginar que esse fato está impregnado em sua mente.

— Estaremos na sala de conferências. E, já que a senhorita está aqui, gostaria de lhe apresentar os clientes de hoje. — Ele acena para dois homens atrás dele, e eu congelo ao vê-los se aproximar. — Essa moça aqui é Olívia Miller Mozer, trabalha conosco — diz. — Nos conhecemos pelos corredores do navio e eu já havia tido, naquele momento, certo carinho e afeição por ela. Um tempo depois, descobri que é amiga de Brandon.

— Olha que interessante. É um prazer conhecê-la, senhorita Miller. Sou Marco Calegari.

— O prazer é meu, senhor.

Cumprimento os homens, que parecem ser pai e filho. Fico boquiaberta e percebo que o rapaz está me olhando com um pequeno sorriso no rosto. Eu não estou gostando nada disso. Ainda mais por quem ele é. Não posso demonstrar ao senhor Beaumont e ao senhor Calegari que o conheço.

— Me desculpe a inconveniência, mas que bela moça. Não é à toa que rasgue elogios a ela. Parece ter a mesma idade de meu filho aqui.

De repente, sinto-me ansiosa e olho para o senhor Beaumont. Ele entende minha situação, e, mesmo quase achando graça, o chefe decide intervir antes que a ansiedade se torne nervosismo:

— Querida, chame Brandon. Você deve saber onde ele está, já que são muito próximos. — Isso soa como um corte no filho de Calegari. — Estaremos na sala de conferências, como dito antes.

— Claro, senhor Beaumont.

Sorrio para ambos e saio. Quando volto ao escritório, Brandon continua olhando fixamente para a tela de seu notebook. Ele está bastante focado nos negócios nos últimos tempos, diferentemente da época em que o conheci. Espero-o notar minha presença, mas não posso perder muito tempo. Limpo a garganta e o chamo gentilmente:

— Brandon, seu avô está chamando na sala de reuniões — digo, caminhando para o sofá.

Ele suspira e se levanta.

— Spoiler?

— Não sei muita coisa. Apenas que duas pessoas estão com ele. Um rapaz, que me faz temer sua reação, e um homem mais velho, assim como o seu pai.

Brandon franze a testa.

— Hum... Certo. Mas por que temer?

— É melhor você ver com seus próprios olhos.

Mal acabo de falar e ele já parece entrar em conflito consigo mesmo. Uma vulnerabilidade nunca vista antes se faz presente e acaba por encontrar um espaço liberado para ela em sua personalidade. Ele se aproxima um pouco e, olhando para a porta, sussurra:

— Vem comigo? — Surpresa, quase fico sem fôlego. — Por favor? — continua.

— Por favor? — Eu lhe dou um sorriso em meio a uma quase risada. — Às vezes, vê-lo implorando é encantador.

Ele revira os olhos e disfarça com um sorriso satisfeito.

— Isso é um sim?

— Se fosse apenas com você, eu iria. Mas, com o senhor Beaumont lá, não acho que seria adequado, ele pode não gostar.

— Ele não irá se opor a algo tão simples e indiscutível.

— É discutível. Não quero me intrometer onde não me encaixo.

— Se você trabalha comigo, é normal ter conhecimento sobre tudo que ocorre na Marinha. Não quero cometer injustiças. Não mais.

Bem, diante disso, ele que dê explicações ao seu avô depois. Não me preocupo muito em dar uma resposta elaborada, apenas concordo e nos retiramos. Quando chegamos lá, os três homens estão esperando.

Abro a porta da sala de reuniões e fico de lado, fazendo Brandon entrar primeiro, tomando as rédeas de *sua* reunião. Brandon vê o homem que não conhecemos. E o outro, cuja presença ele não compreende.

— Mandou me chamar? — ele diz essa frase ao avô, mas o homem desconhecido, que eu disse parecer ter a idade de seu pai, deixa-o confuso.

Ele parece conhecer Brandon.

— Brandon! — exclama, animado, abrindo os braços. — Deixe-me olhar para você, rapaz. Como você cresceu. Espere... você é Brandon, não é? Deixe-me ver seus olhos.

— Meus olhos? — Brandon pergunta, claramente assustado.

Ele não é um cara de ficar assustado com qualquer coisa, no entanto esse homem é esquisito demais.

— Azuis...

— O quê?

Posso ver que Brandon está ficando desesperado. O homem segura seus ombros enquanto o avalia.

— Seus olhos são azuis.

— Sim.

— Já sei. Dê um sorriso.

— Para quê?

— Sorria, garoto!

Ele dá um sorriso fraco e sem jeito.

— Aí está! As covinhas. Você é Brandon.

O senhor Beaumont ri e concorda.

Já eu, mesmo sem compreender nada da situação, sinto-me impactada quando suas covinhas ameaçaram surgir.

O senhor Beaumont se manifesta:

— Este é o presidente da B.C. YATCHTS, Marco Calegari. E seu filho, Neidhan Calegari. Marco é um grande amigo da família, fundamos a B.C. juntos.

— Que droga é essa? Esse é Neidhan, que foi um canalha com você? — Brandon sussurra no meu ouvido.

— Fique quieto quanto a isso. Não faça nada que possa nos prejudicar, por favor.

— Ah, é claro — ele responde em um tom mais alto, voltando sua atenção a eles. — B de Beaumont e C de Calegari. B.C.

— Exato. A última vez que o vi, você era bem pequenino. Você e seu irmão deviam ter por volta de uns sete ou oito anos. E agora, hein?

— Vinte e um.

— Olha só. Lembra-se da minha filha mais nova? Vocês brincavam juntos no quintal de casa... Ela está lá fora, passeando pela orla de Miami.

— É, acho que... Talvez, sim.

— Enfim, viemos tratar de negócios. — Marco muda a feição e a postura imediatamente. Seu avô sinaliza para que ele se sente na cadeira presidencial e ele fica logo atrás. Brandon coloca a mão nas minhas costas, guiando-me a uma cadeira ao lado da sua, o que não escapa dos olhos de Neidhan. Brandon faz um gesto para Marco e Neidhan se sentarem nas cadeiras em frente a nós. — Gostaria de tratar sobre os assuntos pendentes da fusão da B.C. com a Marinha Grandiosa — Marco diz.

— Sim?

— Como todos devem saber, tenho outros negócios em São Francisco e pretendo me mudar com minha família para lá em definitivo. Foi decidido que uma fusão, diante dessas circunstâncias, não é mais a melhor opção. Assim, decidi vender a minha parte da B.C. Já recebi algumas ofertas, mas gostaria de ouvir a de vocês. Se optarem por continuar com a fusão, terão que negociar com os novos compradores. Se não, teremos que cancelar todos os contratos anteriores sobre os projetos que faríamos, e isso nos renderia uma bela multa.

Putz, cara...

Brandon respira fundo, tentando encontrar o que dizer.

— Senhor Calegari, *eu* estou assumindo o lugar do meu pai no *Captain* enquanto ele resolve alguns assuntos aqui mesmo, na sede. Mas justamente desta vez alternamos. Ele só estará por aqui em três dias. Então...

Ele não o deixa terminar e interrompe:

— Fiquei sabendo disso. No entanto, o prazo é curto. Vocês têm dois dias para me dar um retorno.

— Dois dias?

Brandon arqueia uma sobrancelha. O senhor Calegari assente. E agora?

Segure a cabeça, Brandon, não olhe para o seu avô.

Sei que Mathew está olhando para o neto, esperando para ver o que ele fará. Brandon tem de dar uma resposta coerente.

— Bem, senhor... Dois dias? É... — Ele suspira. — Vamos fazer o seguinte: se o senhor precisa de uma resposta em dois dias, amanhã mesmo eu lhe darei um retorno.

Ele e seu filho se entreolham, e o jovem sinaliza para o pai deixá-lo falar. Enfim, ele responde:

— A fusão continua sendo a mais prática para vocês. Ainda mais com o projeto em andamento. — Eu apenas ouço. Neidhan olha para mim e me encara com um sorriso largo. É bastante óbvio que ele está tentando desestabilizar Brandon para fazer a escolha errada, conhecendo o histórico entre nós três. — O projeto em questão é lançar os novos iates da B.C. em parceria com a Marinha Grandiosa, um pacote de viagens que inclui o iate, seguido pelo navio — Neidhan me explica. Concordo com a cabeça, e ele continua me olhando, com um sorriso enigmático nos lábios. Brandon percebe e muda sua feição de atento para incomodado. Pelo canto dos olhos, vejo seu maxilar se contraindo ao meu lado. Colocando sua mão por debaixo da mesa, Brandon cobre a minha. — O projeto se desenvolverá melhor com a continuidade da fusão — Neidhan continua.

— Você está tentando me sabotar? — Brandon o enfrenta.

Em um gesto rápido, olho para trás e vejo o senhor Beaumont empalidecer. Voltando o foco para Brandon, eu aperto sua mão com força e lhe dou um chute na perna. Ele aperta a minha mão de volta, mas não para me assegurar de que está tudo bem, e sim tentando disfarçar a dor do chute recebido.

Uma vez tendo aliviado mais a dor, ele desliza os dedos pelo meu pulso e os afasta para repousá-los em minha coxa.

Para minha sorte, não sou eu quem deverá tomar uma decisão aqui, porque, francamente, está difícil me concentrar desse jeito. Minhas bochechas queimam e tento olhar para qualquer lugar que não seja sua mão repousada em mim, evitando ficar cada vez mais com as bochechas ruborizadas. Tento me concentrar na conversa tensa para ignorar os arrepios pelo meu corpo causados pelo seu toque.

Cruzo as pernas na tentativa de afastar sua mão. Porém, ele segue o caminho. Brandon desce um pouco a mão e massageia meu joelho. Eu olho para ele, questionando-o, porém ele ignora. Brandon parece controlado e atento à conversa, mas sabe provocar ao mesmo tempo.

Afinal, ele está com raiva da maneira com que os negócios estão seguindo e procurando meu apoio, ou isso é um ciúme encubado pela maneira como Neidhan me olha e sorri para mim?

— Por que eu faria algo assim? — Neidhan rebate.

— Não preciso dizer.

— Bem, vamos fazer um acordo. — Marco tenta retomar o rumo da discussão. — Não podemos esperar muito tempo. Tenha uma resposta o mais rápido possível, e garanto que irei analisar meticulosamente a sua proposta em específico. Talvez eu consiga um acordo com os compradores da companhia ou poderia ao menos suavizar a multa. Eles não estão interessados em uma fusão bem no início da compra.

— Terei, em breve.

Brandon e seus clientes se levantam e se cumprimentam, embora o cumprimento entre Neidhan e ele seja mais hostil. Eu me levanto e ajusto meu vestido, que ficou um pouco bagunçado pelo pequeno ataque de Brandon.

Eles se despedem do senhor Beaumont, em seguida vindo até mim.

O senhor Calegari me cumprimenta com educação. Já Neidhan põe uma mão em meu ombro.

— Foi ótimo vê-la outra vez, Olívia. Espero que possamos estar bem um com o outro.

Ele me olha com um brilho em seus olhos enquanto espera pela minha resposta.

— Ah, é claro. Está tudo bem entre nós. Não como antes, mas sei que entende.

— Estando bem e tendo esta conversa amigável, eu já fico satisfeito. Saiba que continuarei lutando por sua confiança e, talvez, por algo que seja mais intenso do que uma amizade. Esperarei pelo seu tempo.

Eu lhe dou um aceno de cabeça e olho para Brandon, que o desafia com um olhar cheio de uma raiva nítida e explosiva. Ele vem para o meu lado e passa um braço pelos meus ombros, puxando-me para mais perto.

— Reuniões de negócios só acabam quando aquela porta se fecha. — Ele acena para a porta da sala de conferências. — Não é o lugar mais apropriado para flertar com uma colega de trabalho.

Por mais engraçado que seu ciúme seja, isso tudo é o que ele sempre fez: flertar com a colega de trabalho. Se bem que, vindo dele, nunca foi desconfortável. Com apenas essas palavras, ele cala Neidhan, mas não faz com que os olhos dele se desviem de mim.

— Certo. Nos falamos em breve, Olívia. Esperarei ansioso.

Assim que os dois homens se retiram, é a vez do avô de Brandon explodir:

— O que há de errado com você? O que pensa que está fazendo?

— Negócios.

É muito difícil ver o senhor Mathew Beaumont perder a calma e ficar furioso, então, por mais vergonhoso que seja assistir a esta cena, também é algo que não dá para perder.

— Negócios? Você estava sendo um perfeito líder no início, mas depois quase estragou as coisas com seu ciúme!

— Ciúme? Do que você está falando? — O senhor Beaumont olha na minha direção, e não diz nada. Apesar de seu olhar estar frio e assustador, sei que não é para mim. — Olha, vovô, eu não tinha como decidir algo assim agora. Não preciso tratar disso com o meu pai, mas devo pelo menos discutir sobre isso com Élian, não acha? E sobre isso que o senhor chama de "ciúme", aquele cara estava sendo inconveniente com Olívia. Não era o momento para isso.

Mathew solta um suspiro exasperado. Já que eu estou sendo o assunto principal, decido me manifestar:

— Senhor Beaumont, por favor, vamos entender o lado dele. Eu estava mesmo ficando envergonhada e desconfortável com a situação, mesmo já conhecendo Neidhan há algum tempo, estávamos na frente do pai dele e do senhor. Foi uma coisa boa Brandon ter tentado interferir.

— Está vendo? — Brandon abre os braços e estampa em seu rosto um sorriso tanto vitorioso quanto derrotado. — Mesmo quando tento ajudar ou fazer algo bom, sou julgado! *Finalmente* chegou o momento em que nem mesmo você confia em mim, meu avô?

Querendo fugir dessa discussão familiar, decido sair e esperar lá fora, até que o clima se amenize.

•

No fim do dia, visto um casaco leve e saio da empresa, encontrando Brandon me esperando do lado de fora. Sua postura é casual, encostado em uma moto, com as mãos nos bolsos da calça e um sorriso provocante nos lábios.

— Ei, loirinho.

— Ei, gatinha.

— É sua? — pergunto, acenando para a moto com o queixo.

— Não, é de Élian. Ele já não a usa mais; morando em um navio é complicado, sabe?

— Sei.

— Mas eu fui educado e pedi permissão para usá-la. — Hum... Seu lado educado está amadurecendo. — Vamos? — ele pergunta, parecendo convicto disso.

— Para onde?

Ele sobe na moto e, quando se prepara para girar a chave, ele para e me observa, franzindo a testa.

— Como para onde? — Ele balança a cabeça, confuso. — Para a minha casa.

Eu faço um beicinho culpado.

— Eu vou para o hotel. Tenho um quarto reservado.

Sua expressão muda, deixando claro que está decepcionado com a minha resposta. Em um instante, ele se recompõe e olha para mim, determinado.

— Por que eu deixaria você ficar em um hotel se você pode ir para a minha casa?

— Porque é o mais sensato.

Ele me interrompe:

— Qual é, Olívia? Não é como se fôssemos dormir juntos. Tenho um quarto de hóspedes, que Samantha usou quando veio comigo, em que minha família costumava ficar todas as vezes que vinham me visitar. Seria insensato se eu deixasse você pagar por um hotel, sendo que o seu amigo aqui tem um grande apartamento na cidade.

Vejo que, ao mencionar a palavra "grande", ele não está exagerando. Ele abre os braços e fala com animação.

Como recusar perante uma explicação tão convincente? Afinal, o que poderia acontecer? Devo admitir que ele está sendo supereducado e gentil nos últimos dias, diferente do provocador irritante que era quando o conheci.

Se bem que ele ainda é um sujeito provocante. Só não é mais irritante. Agora, eu me assusto todas as vezes que penso em dizer em voz alta que gosto dele.

Olho para a moto e, em seguida, para ele, pensando que não tenho muita coragem para subir nesse tipo de coisa. E podemos ir conversando mais se caminharmos até o seu apartamento.

Brandon hesita um pouco diante da minha sugestão de caminharmos juntos e conversarmos, mantendo sua linha de pensamento durante vários minutos. Então, seu rosto se desenha em um sorriso presunçoso, deduzindo que eu quero passar mais tempo com ele, enquanto ele ergue os olhos e diz que poderia deixar a moto de Élian no estacionamento privativo da empresa.

E é o que ele faz. Quando volta, começamos a caminhar pela direção que nos leva até a orla da praia.

Eu o puxo pela mão e o levo para caminharmos pela areia. Tiro meus sapatos de salto para senti-la, macia e quente nos meus pés.

O céu alaranjado do fim de tarde, o mar azul e calmo, a brisa fresca e suave tocando no rosto...

— Não sabia que sentia falta de pisar na areia, até agora — comento, fechando os olhos e me permitindo sentir.

Ele me olha.

– Venha aqui.

Em seguida, ele segura minha mão e me guia até a água morna do mar; leva-me até sentirmos o acalento da espuma cobrindo nossos pés, até a sensação de paz e tranquilidade, apreciando o silêncio do mundo e as notas musicais que vêm das ondas. De mãos dadas em frente ao mar, ambos sorrimos e fechamos os olhos para sentir cada segundo de renovação e reestabelecimento. *Leveza na alma.* Focando nossas mentes em mais *nada*, além de liberdade e despreocupações.

Aos poucos, sinto a conexão e o calor de nossas mãos entrelaçadas me instruir a virar de frente para ele, mesmo ainda estando com os olhos fechados, atraindo-me como um ímã – qualquer possibilidade de sentir algo contrário à paixão se esvai neste momento doce.

Quando dou por mim, estou me erguendo na ponta dos pés e, com uma lentidão exagerada, faço o que nunca fiz antes: deixo-o receber o toque dos meus lábios nos dele.

Minhas mãos se soltam das dele para segurar em seus antebraços. Surpreso, ele leva um segundo para se deixar levar em longos minutos de rendição ao nosso momento. Uma corrente elétrica transpassa meu corpo, e, pelo seu estremecimento diante de nosso contato caloroso, sei que o mesmo lhe ocorre. Ainda mais, com a certeza vindo, ele segura meu pescoço para aprofundar nosso beijo, tornando-se mais apaixonado e ardente.

Interrompo o beijo, recuperando o ar que me falta, porém sem me afastar completamente.

– Está anoitecendo...

– Sim... – ele murmura baixinho, parecendo entorpecido.

– É melhor nós irmos.

27

OLÍVIA

— Então vou conhecer o famoso apartamento de Brandon Caldwell, em Miami?

Ele ri conforme caminhamos lado a lado, nossos ombros quase se tocando em alguns momentos. Ele me olha de lado e responde:

— Sabe qual é a melhor parte de vir para cá?

— Qual?

— Não vamos nos limitar a um restaurante que serve frutos do mar, do que você não gosta e eu tenho alergia.

Meu coração se alivia apenas em ouvir essas poucas palavras. Fecho os olhos e imagino.

— Hum... Estou sentindo tanta falta do tipo de comida a que sou acostumada.

— Se eu já fosse o chefe, não teria feito o que fizeram com a gente. Jamais faria isso com nenhum funcionário.

Olho para ele com seriedade e uma pitada de esperança.

— Está reconsiderando sua posição?

— Não — responde, sem tirar os olhos da rua à nossa frente. — Apenas estou aceitando o fardo que carrego junto com meu nome. Querendo ou não, é a minha função. Não adianta ficar me fazendo de desentendido, tentando evitar o inevitável, quando a única opção que resta é aceitar.

Imerso em seus pensamentos, ele começa a caminhar de cabeça baixa e com uma energia mais fraca do que a adrenalina que o dominava antes. Viro-me um pouco para observá-lo: seus músculos tensos, a mandíbula tensionada, os olhos fixos em seus sapatos, a respiração superficial.

Ele parece tão forte e ao mesmo tempo tão vulnerável. Querendo ser aberto sobre como se sente, mas com uma mínima barreira ainda presente que o impede de ser completamente quem é.

— Apenas irei pedir um favor, caso eu recupere a empresa. — Ele faz uma pausa e olha para mim. — Com todo o respeito a você.

— Claro. — Eu balanço a cabeça e dou de ombros, embora esteja curiosa. — E que pedido seria esse?

— Pedirei o favor se recuperar a empresa. Até lá, não faz diferença.

Em pouco tempo, chegamos em frente ao seu prédio, em uma área repleta de condomínios de luxo. Ele cumprimenta o segurança e nos leva até o saguão de entrada para pegar o elevador. Permanecemos no elevador em silêncio, trocando alguns olhares furtivos e intensos enquanto os andares passam, até chegar no seu, o vigésimo quinto. Sua porta fica no fim do corredor; ele a abre e se afasta para o lado, dando-me passagem.

Eu sorrio e entro.

— Bem-vinda ao meu lar.

Hipnotizada, aprecio sua bela casa. É a cara dele, não há quem diga o contrário. É fascinante e eletrizante. E isso porque é apenas uma casa.

— Sem maldade, mas imagino que depois de toda uma viagem em um barco de resgate, de passar um dia inteiro em um escritório fechado e ainda por cima misturar areia e água salgada nos pés... Imagino que queira um banho.

Não consigo conter uma risada alta.

— Eu tenho certeza de que sim — respondo. — Seria ótimo.

Ele sorri.

— Cada quarto tem seu banheiro. Vou levá-la aos seus aposentos, sua alteza.

Ele faz uma reverência exagerada. Como pode estar sendo adorável hoje?

— Ah, obrigada, milorde!

Eu o sigo com um leve sorriso no rosto.

O quarto de hóspedes é lindo e mais claro, diferente dos outros cômodos da casa. As paredes têm cor de areia, assim como o enorme tapete no piso de madeira; um lustre de cristais habita o teto branco, iluminando os lençóis brancos da cama. Nas cômodas de madeira ao lado da cama, há abajures e alguns livros.

Brandon sai rapidamente e volta, entrando no banheiro e colocando algumas roupas limpas na bancada.

— Sam não deixou nenhuma peça de roupa dela aqui, mas pelo menos para passar a noite mais confortável pode usar alguma minha. Sabonete e xampu estão na prateleira de vidro ao lado do chuveiro e tem toalhas no armário.

Olho ao redor do banheiro digno de cinco estrelas, fascinada.

— Obrigada. — Dou um sorriso, de fato agradecida. Ele está sendo um completo cavalheiro. Vou até o chuveiro para observar todos aqueles botões e alavancas e inclino a cabeça. Da porta, Brandon me observa, divertido. — Para que serve todos esses botões?

— Quer ajuda?

— Seria muito útil, sim.

Ele se aproxima, rindo, e me explica a função de alta tecnologia de cada um dos botões. Eu concordo quando ele me apresenta o botão que deixa a água quente.

— Ótimo — ele diz. — Então, eu também vou tomar um banho no meu quarto e espero por você na sala.

Assinto e ele me deixa sozinha.

Tiro minhas roupas e fico embaixo do jato de água quente por um longo tempo, pensando. A sair do boxe, olho para as roupas que Brandon deixou na bancada da pia e escolho vestir uma camisa xadrez preta, que no meu corpo pequeno fica longa e um pouco folgada, mas ainda assim me deixa atraente.

Brandon me disse que estaria na sala, no entanto eu o encontro na cozinha preparando alguma coisa — ou tentando. Ele me olha de cima a baixo. O que deve passar na cabeça dele é o fato de esta ser a primeira vez que me vê assim.

— Bem, parece que minhas roupas caem bem em você, mesmo grandes e folgadinhas.

A boca dele se estica em um sorriso orgulhoso e eu não consigo não olhar para ela.

— Você também fica muito bem de roupas casuais. Calça jeans e camiseta também funcionam em você. — Eu pisco e desvio o foco do assunto: — O que você está aprontando aí? Sabe cozinhar?

— Por incrível que pareça, sei fazer algumas coisas. Às vezes, quando eu fugia do quarto para a cozinha do inter... — Ele para e disfarça antes de tentar explicar de outra forma. Ainda assim, percebo que o que ele ia dizer era algo bem diferente do que ele está dizendo agora: — Eu me metia em alguma cozinha de algum restaurante do navio para fugir do meu pai e do meu avô, e então, observando, aprendi algumas coisas.

— Eu acredito nisso, e é impressionante. Só não é o que você ia dizer.

— Quê?

— Alguma cozinha do navio... Você começou a dizer "inter". Seria internato?

Ele pisca e levanta a cabeça para olhar para mim. Fica um pouco tenso e muda de assunto:

— Eu não tenho muita coisa aqui, mas o que tem deve servir. Me diga o que dá para fazer com isso aqui.

E aponta para a geladeira. Eu vou até as portas abertas e vejo o que há dentro: ovos, leite, queijo. Hum... amoras e açúcar.

— Quando foi a última vez que você fez compras?

— Não tenho ideia. As amoras eu comprei ontem em uma frutaria no navio.

— Bem, dá para fazer panquecas.

Ergo uma sobrancelha, esperando sua expressão.

— Ou podemos partir para a alternativa mais lógica, comprar algo pronto.

— E onde estaria a graça em vê-lo cozinhar?

— Ah, entendi. Tudo o que você quer é rir de mim?

Ele me joga um daqueles sorrisos presunçosos dos quais não me canso mais. *Ah, garoto.*

— Isso é algo que preciso ver antes de voltar para o navio.

— Também temos pães no armário. E aí? O que dá para fazer?

O sorriso de Brandon me aquece. Ele deve estar pensando: *é isso o que acontece quando se passa a morar em um navio.*

•

Pouco tempo depois de caçar vestígios de alimentos na geladeira e no armário, Brandon e eu nos encontramos na cozinha, em uma noite atípica, com panelas no fogo. As amoras que ele trouxe, misturadas com açúcar, servem para fazer geleia. Quanto aos pães, eles viram fatias na frigideira para fazer torradas francesas. Seria um típico café da manhã, transformado em "café da noite", se não fosse pelo vinho que ele abriu para mim.

Continuo fazendo ovos mexidos, enquanto ele corta o queijo.

— Esse queijo está saindo em formato quadrado, e não ralado — provoco, abafando uma risada.

— Mas já não é mais a mesma coisa de antes. Não está mais inteiro, e isso significa que estou ralando bem.

Conforme a geleia esfria, pego um pouco na ponta do dedo e salpico no nariz dele. Ele para o que está fazendo e um sorriso lento se espalha por seu rosto. Aquelas covinhas sedutoras tramam alguma coisa. Então ele se inclina e me beija na bochecha, de um jeito que seu nariz se esfrega na minha pele e faz ficar um pouco da geleia em mim.

Ele pega um pano e limpa o nariz e depois a minha bochecha.

— Agora, xô! Um chef não pode se distrair.

Paramos em frente à mesa e Brandon se inclina, segurando o topo de uma cadeira, para olhar melhor o nosso trabalho. Quando seus olhos divertidos e admirados encontram os meus, eu só consigo rir, sem jeito.

Não se diz que este é um jantar chique das pessoas grã-finas, mas é aquele comum que faz as pessoas se aproximarem de um jeito confortável.

Assim que nos sentamos à mesa, ele me serve uma taça de vinho e outra de água. No entanto, coloca apenas água para ele mesmo, e eu não pergunto, embora saiba que ele não está pronto para uma gota de álcool que seja; começo a entender o que está acontecendo.

Com tudo tão organizado à perfeição, eu me forço a dizer:

– Isso parece um encontro. – Assim que as palavras saem da minha boca, eu me arrependo de tê-las dito. E não ouso pensar em esperar sua reação. – Quer dizer... do jeito como as pessoas costumam fazer... Não que seja... E eu nunca fui muito fã disso...

Com um suspiro, desisto no momento em que o vejo me olhando por cima de sua taça de água.

– Você quer que seja? – Eu não respondo e ele continua: – Podemos fazer isso. Se você quiser. Para mim já é, desde o início. Desde que você me mandou guardar a moto.

Ele se levanta e eu o observo apagar as luzes, voltar para a mesa e acender a lanterna do celular no meio da mesa para simular iluminação de velas.

– Pronto. Melhor?

– Melhor – respondo.

Brandon ergue a taça e nós fazemos um breve brinde.

Olho para Brandon e o encontro olhando para mim. Não de forma amigável – na verdade, mais que isso.

28

OLÍVIA

É meia-noite no relógio.

Já estou no quarto de hóspedes, porém fico me revirando na cama e não consigo dormir. E não sei dizer por quê. Apesar de meu corpo estar exausto, simplesmente não consigo.

00h01.

Afasto os cobertores e decido pegar um pouco de ar fora do quarto. Vou parar na sala de estar, onde a cidade de Miami lá fora reflete uma noite magnífica e brilhante pelas janelas que vão do chão ao teto. Eu passo meus dedos de leve pelo vidro, admirando o horizonte. A sala está escura, o que torna a vista ainda mais surreal.

De repente, uma voz forte e grave me faz dar um pulo:

– Não consegue dormir?

Eu me viro e encontro Brandon deitado em seu sofá vestido em roupas sociais e olhando para mim.

– Ah, eu... eu não sabia que você estava aqui. – Ele esboça um sorriso verdadeiro. – Eu estava pensando em muitas coisas ao mesmo tempo – explico. – Não consegui dormir e vim até aqui me distrair um pouco. E você? E por que está vestido assim, com roupas sociais?

– São novas. Eu não estava nem um pouco exausto, então decidi vesti-las para ver se precisam de ajustes.

— Ah, sim. São ótimas. É um smoking, black tie, não é? Giorgio Armani?

Ele acena com a cabeça e me olha com admiração.

— Sim, como sabe? Ainda mais no escuro?

— Eu conheço um pouco sobre moda.

— Isso foi impressionante. Nem todo mundo sabe a diferença entre smoking e terno.

Eu me viro outra vez para o horizonte, suspirando.

— É lindo, não é?

— Sim. É a segunda visão mais linda.

Eu me viro para ele devagar.

— E qual é a primeira? O mar?

E me viro para o cenário. Ele não hesita:

— O mar é a terceira visão mais bonita. — Ele pisca para mim, e eu o olho por cima do ombro, com um tímido charme. Agradeço o fato de o escuro não permitir que ele veja meu rubor. Além da certeza de que ele sabe que eu entendi. — Ei — chama gentilmente. Quando o olho, ele morde o lábio e desvia o olhar. — Você pode me ajudar com uma coisa?

Surpresa, arregalo os olhos e me aproximo dele, que não se move. Essa é a primeira vez que ele me pede ajuda, ainda mais em voz alta. Começo a pensar que foi um ótimo feito ter vindo para a cidade, visto que ele parece mais aberto e disposto a ser sincero comigo em vários sentidos. Com ele ainda deitado no sofá, eu me sento próxima a ele, cruzando as pernas.

— Com o quê? — pergunto.

— Com o que você ouviu hoje na reunião com Calegari. Eu sei que você entende de negócios, e o correto seria você decidir isso comigo, já que nos forçaram a estar no mesmo nível. — Mordo o lábio em um hábito nervoso, porém não falo nada. — O mais certo seria decidir com Élian presente — prossegue. — Mas eu posso falar com ele depois.

— Você já sabe o que vai fazer?

— Estou tentando... Se eu soubesse mais sobre os benefícios que teríamos se continuássemos com a fusão...

— Você quer que eu explique como funcionam as fusões?

Ele murmura baixinho de volta:

— Sim.

Eu sorrio e me aproximo mais, sentando-me mais para trás e puxando as pernas em frente ao peito. Ele parece um pouco envergonhado por pedir isso, contudo eu o tranquilizo ao apertar de leve sua mão enquanto penso em um jeito de explicar. Estudei sobre negócios depois que saí do colégio, então tenho um entendimento até que bom sobre o assunto e que pode ajudá-lo.

— Bem, para começar... — Ele espera, paciente, ao passo que eu penso melhor em como elaborar. — Fusão é uma forma de expansão da empresa, que se une a uma outra grande empresa ou mais, formando uma nova entidade. Elas se tornam uma só. Os acionistas de todas essas empresas fazem parte da nova, assim como seus funcionários. Mas, antes de isso acontecer, elas devem entrar em um consenso para que isso possa ser feito. As empresas que se fundem devem ser necessariamente do mesmo ramo de negócio, o que está acontecendo no caso, a Marinha Grandiosa e a B.C. YATCHTS são companhias marítimas, então estão na mesma linha e setor. Quando a fusão acontece, adquire-se uma nova identidade, como, por exemplo, a alteração do nome da marca da empresa, para que elas realmente se tornem uma só. — Nessa parte, Brandon faz uma careta que me faz segurar uma risada. Ele continua prestando atenção. — É diferente da aquisição, que não é necessário alterar sua identidade. Os benefícios são que as produções aumentam, assim como o market share.

— Deixe-me ver se entendi direito. Duas empresas se unem em uma só e o que eram antes deixa de existir legalmente?

— Isso. Por outro lado, aumentam suas chances no mercado e também sua visibilidade, o que ajuda a evitar riscos.

— Você mencionou antes sobre... aquisição? Isso eu sei bem o que é, mas... é melhor?

— Não posso afirmar que seja melhor, depende da situação. A empresa adquirente compra a empresa-alvo. A empresa adquirente é maior em sua estrutura e em suas operações, o que define bem a Marinha Grandiosa. Já a B.C. não é tão desenvolvida assim, então se encaixam bem nessa categoria.

— Em uma aquisição, a compradora deve ser maior que a empresa-alvo. Não perdem sua identidade. A fusão faz sentido econômico... — resume, um brilho pensativo em seus olhos. – Só que a união de duas empresas diferentes pode trazer um choque cultural. É uma mudança repentina para os funcionários.

Brinco com a bainha da camisa.

– Pense se é de fato necessário ou importante realizar essa fusão.

Ele olha para mim e depois para o teto. Imagino que esteja tentando considerar suas opções – ou, pelo menos, fingindo. No entanto, ele parece mais tranquilo com minha ajuda, já que não tem tempo para decidir com seus pais. É uma responsabilidade que está carregando sozinho e qualquer passo errado que seja dado será mais um fardo para ele, que já carrega tanto. Porém, ele não pode desistir desse controle justo agora que já avançou tanto. E esse também pode ser um grande passo.

– Eu sei que você vai saber o que fazer. Eu acredito em você.

Sinto que nos conectamos em mais de um nível durante nossa conversa. Ele me permitiu ajudá-lo, abriu-se para mim sobre suas inseguranças e dúvidas quanto à fusão. Ele não se importou em pensar sobre a "disputa". Ele quis minha ajuda assim mesmo, e não sabe o quanto isso significa para mim.

Com o queixo erguido, ele olha para mim. Isso me dá a oportunidade de estudar o rosto dele. A cor azul intensa de seus olhos, a curva da mandíbula, o nariz definido, o cabelo bagunçado, que lhe dá um charme incontestável. Ele se apoia em um braço e me questiona, mas não tento evitar responder:

– Acredita?

– Sim. Você mudou muito desde que o conheci. Mesmo eu ainda não sabendo qual foi o motivo de iniciarmos isso tudo, ainda assim vi que mudou e que se arrepende do que quer que tenha feito.

Ele pragueja baixinho enquanto se mexe.

– Se você soubesse, iria me odiar.

– Não vamos pensar nisso agora – sussurro. – É bom ver você assim, como estava até tocarmos nesse assunto.

– Assim como?

— Relaxado. Ainda mais depois de tudo o que aconteceu hoje e o encontro com Neidhan. Saber que ele é filho de Marco Calegari...

— Isso é algo que nunca me ocorreu. Eu nem lembrava que o filho dele se chamava Neidhan. E que seria justamente esse...

— Ok, sem irritações! — Franzo a testa. — E o que nunca *me* ocorreu é que vocês se conheceram quando crianças. Isso é de certa forma estranho.

Uma mecha loira-escura cai sobre sua testa quando ele abaixa a cabeça. Ele agarra a minha mão e a aperta com força.

— Isso nem conta. Foi por muito pouco tempo. Apenas brincávamos juntos, com a irmã dele também. Mas não é grande coisa. Já ele... com certeza me reconheceu desde o início e nunca disse nada.

— Bem, isso não importa agora.

Ele sorri. Gosta desse meu lado franco. Gosto quando ele é fofo.

— Agora eu jamais irei esquecer que você não se importa com ele enquanto está na minha casa.

— E eu nunca vou esquecer como este dia está sendo bom. *Especial* — sussurro uma confissão. Seus olhos florescem, como se minhas palavras fossem ouro fino. — Você é um excelente anfitrião.

— O que posso fazer para deixar sua estadia mais que especial? Inesquecível...

Eu digo a mim mesma que não posso soltar o que está passando pela minha cabeça. Suspiro e junto as sobrancelhas, de repente me sentindo abatida.

— Você pode... pode...

— Você está bem, Víve?

Não quero ficar emburrada agora. Por que isso veio na minha mente justo agora? Ele me observa, preocupado.

— Você pode... Quer dizer, se um dia eu o decepcionar por alguma razão não tão grave... Se eu esconder um segredo, você pode me perdoar. É apenas um pedido.

— O que é que você está escondendo?

— Por agora, nada — gaguejo sem perceber. — É só uma suposição, porque estamos bem mais... íntimos agora. E não gosto de deixar cicatrizes em aberto entre nós. O que estou dizendo pode não fazer muito sentido, mas confie em mim.

— Tudo bem. — Ele não entende e tenta mudar de assunto: — Eu gostei da parte que você disse sobre sermos "íntimos". Isso permite me aproximar mais de você?

— Claro — respondo com convicção. — Pode me contar qualquer coisa.

— Eu não quis dizer nesse sentido. — *Que universo paralelo é este em que sua voz transborda calor ao falar comigo?* Deixo os dedos dele deslizarem sobre meu lábio. — As mulheres costumam dar em cima de mim, mas elas nunca param para me ouvir, para conversar comigo de verdade. Eu só preciso de um minuto com você. Um minuto, e eu me abro e me mostro um pouco vulnerável. Isso é algo que meu pai sempre disse que não posso ser. Vulnerável diante de uma mulher. Mas você arranca isso de mim, você sabe.

— Eu fico feliz com isso e grata por confiar em mim, mesmo com nossas pequenas "tretas". Porém... Por que você está me olhando assim?

— Porque estou começando a perceber que eu a... — *Ah, meu Deus.* Ele para repentinamente e reelabora: — Eu a... a considero muito.

Ah.

Ele abaixa a cabeça, envergonhado, no entanto, ao levantá-la, lança um daqueles largos sorrisos magníficos — que, para mim, só ele tem.

— Essas covinhas são hipnotizantes...

Estendo as mãos para segurar seu rosto e admirá-las mais de perto. É difícil acreditar em como ele é lindo. Aí está mais uma coisa que não passou pela minha cabeça: que um dia eu estaria *na casa* de Brandon Caldwell, elogiando-o e me sentindo terrivelmente atraída, que eu conheceria o seu verdadeiro eu — desde gentil, atencioso e tranquilo, até o seu lado ousado, brincalhão, ignorante e sarcástico. Nunca imaginei que eu quisesse ver também como é o seu lado apaixonado.

O olhar dele é tão afetuoso e verdadeiro que me aquece por dentro.

— Você gosta? — ele pergunta, segurando meus pulsos e movendo minhas mãos para mais perto. Perto da sua boca.

— Muito... — Minha voz sai como um suspiro inaudível.

Há um fogo no olhar dele que eu nunca vi antes. De repente, ele se inclina e me beija de um jeito firme e ousado, sem qualquer tipo de hesitação. Meu coração dispara quando sinto suas mãos acariciando meus braços e descendo para a cintura, para me puxar para mais perto dele.

Sem saber como se conter, ele me puxa para cima dele e eu tenho de apoiar minhas mãos em seu peito para me segurar.

Seu toque quente me envia calafrios pela espinha. Brandon assume o controle com beijos dominantes, ferozes, possessivos. O tipo que transmite a certeza de que nos encaixamos. *De que somos certos.*

A mão dele percorre suavemente minhas curvas, fazendo-me estremecer. Há ternura em sua voz enquanto ele me pressiona mais contra ele:

— Respondendo à pergunta que você fez mais cedo... O que acontecer no fim da disputa não vai mudar nada entre nós. Agora que você entrou na minha vida, irá permanecer nela.

Outro beijo fervoroso faz meus olhos se fecharem na mesma hora, sem me dar tempo para responder. Passo os braços em volta do seu pescoço e me junto ainda mais a ele, como uma substituição da minha resposta não dita.

Quando nos afastamos, ambos estamos sem fôlego.

— Sabe outra coisa que não me ocorreu antes? — Tento dizer, meu peito subindo e descendo em uma respiração pesada.

— O quê?

— Que um dia eu estaria me envolvendo com você.

— Isso não é apenas um envolvimento — ele diz, encarando a minha boca. — Eu a... — Diga, Brandon, vamos. Três palavras. Apenas três. — Eu a considero muito importante na minha vida.

A decepção inesperada toma conta de mim. Por mais inacreditável que pareça, não era isso que eu esperava ouvir.

De repente, as imagens das notícias que li sobre ele nos tabloides percorrem a minha mente, como um impacto. Sem intenção. Eu não quero pensar nisso.

Brandon me observa, preocupado, e chama a minha atenção.

Talvez esteja na hora de ser sincera e honesta sobre isso com ele.

— Sabe, esses dias eu estava pensando. Me vendo aqui, assim, tão próxima de você. Eu me lembro que, quando li algumas notícias sobre vocês, principalmente você, eu não imaginava falar sobre isso com você cara a cara, viver isso...

Há uma faísca de surpresa nele.

— Você leu notícias sobre mim?

— Sim, algumas. Vi muitas fotos que a mídia publicou de você e seus irmãos crianças. Mas desde a sua adolescência você cobre o rosto. Por isso eu não o reconheci de início. Fiquei surpresa quando você soltou quem era naquele *drink bar*.

— Ficou agradavelmente surpresa com a vista? — Ele abre um sorriso malicioso. — Viu uma beleza que a atrai?

— Você é muito convencido, Caldwell. — Dou um tapinha em seu ombro, fazendo-o rir alto. — Você sabe que deve ser o máximo se olhar no espelho e ver... tudo isso.

— Hum... Você também é linda, gatinha. Desde o primeiro dia eu só pensava em como seria beijar você.

— A ponto de quase me pedir em casamento, como o seu avô disse? — falo brincando.

— Não. Apesar de linda, tive um pouco de raiva de você no começo.

— Raiva?

— Sim. Eu sei que isso nunca foi culpa sua, mas... Droga, você é minha concorrente. Você me atraía, e eu me proibia.

— Nunca teve a ver com Bárbara? E aquela suposta aposta? — Ele franze a testa. Continuo: — Eu sei que vocês dois namoraram. Você já me contou. E uma das notícias que li foi exatamente sobre você sair de uma boate com ela, a loira misteriosa, e outra quando você assumiu o relacionamento.

Os olhos dele se arregalam, e ele sussurra algo inaudível. Ele pondera sobre o que eu falei.

— Tem uma coisa que eu não contei... — Ele se afasta um pouco de mim, deixando-se sem fôlego. — Lembra quando estávamos nos conhecendo ainda, e eu disse que Bárbara era um refúgio para mim, longe da mídia?

— Sim.

— Acontece que nessa época eu comecei a beber de modo descontrolado. Em uma dessas bebedeiras, em que eu fiquei bêbado de verdade, ela seguiu o mesmo caminho. Quando eu estava sóbrio, eu tentava afastá-la para não machucar ainda mais os sentimentos dela, isso você sabe. Sempre que eu me embriagava, para irritar o meu pai e mostrar que ele não poderia me dominar, que eu tinha minha própria vida e fazia dela o que quisesse, eu sucumbia a Bárbara. Eu assumi o relacionamento com ela em um desses momentos. Ela ganhou um pouco de visibilidade com isso tudo, o que a ajudou a entrar em uma agência. — Ele para e suspira pesadamente, como se estivesse tirando um peso de cima dele. Em nenhum momento ele olha nos meus olhos. Seus olhos vagam pelo vazio, em um ponto cego. — Eu não tenho orgulho do homem que fui no começo, mas aprendi minha lição. Porque o fato de eu cair na armadilha do álcool foi o que me levou a quase perder a empresa. Foi minha culpa sucumbir a essas porcarias e deixar que isso tudo acontecesse. Quase destruiu minha vida. Eu não sou assim. — Fico tensa de repente e sei que estou boquiaberta, em choque. — Só não pense mal de mim, por favor. Como estou dizendo, eu *não* sou assim.

— Você ainda não está pronto para me contar o que aconteceu?

— Ainda não. Desculpe. Gosto do que temos aqui e, sabendo da verdade, temo que você possa me odiar. Eu sei que chegará o momento em que devo ser honesto com você, porém ainda não é a hora certa. Uma parte você já sabe, o meu problema com a bebida ainda tão jovem me fez estragar muitas coisas. Por isso passei a evitar as bebidas desde que comecei essa cruzada para recuperar a Marinha Grandiosa. Às vezes, eu ainda sou fraco e acabo cedendo, mas... faço o meu melhor para evitar que aconteça.

— Eu acredito que agora você aprendeu alguma coisa.

— Aprendi da pior maneira possível. Mas ao menos, como conforto, essa situação toda me trouxe você. Uma pena que tenha sido nessas condições, e não em uma mais romântica, como você merece.

Meu coração acelera.

— Eu sinto muito por fazer você se sentir como se tivesse que se explicar para mim. E agradeço por confiar em mim.

— Tudo bem, não peça desculpas. Eu entendo. Sigo lutando por sua confiança, então tenho que mostrar que você também pode confiar em mim. Um dia, quando você souber de todas as besteiras que já fiz, só espero que olhe além de todas elas, e veja este homem que você conhece agora. Este que estou sendo com você é o meu eu real. E você é a única pessoa a quem eu já contei tudo isso assim, desse jeito tão aberto.

Olho profundamente em seus olhos antes de puxá-lo para um abraço. Nós nos abraçamos por muito tempo. Sinto meus medos se derreterem aos poucos.

— Só uma última pergunta, e não falo mais dela...

— O quê?

— Você ainda sente alguma coisa por ela? Por Bárbara, quero dizer. Você já disse que não, mas quero aproveitar este momento de honestidade entre nós. Antes, eu não tinha como saber se você disse todas aquelas histórias para mexer comigo ou...

Ele pega minha mão e a coloca sobre seu coração para que eu possa sentir o quão acelerado está.

— É a primeira vez que ele está assim. Se eu sinto alguma coisa aqui, não é por ela. É por quem está aqui agora, causando isso. Nunca duvide do que isso significa para mim. — Eu precisava disso, precisava sentir seu coração, saber que isto é muito mais para ele, mesmo que ainda não tenha dito aquelas três palavras. Ele sorri e lá está o combo de kryptonita para o meu cérebro: os olhos azuis brilhando, uma mecha do cabelo sobre a testa e as covinhas. — Sente o que você faz comigo? O que você faz comigo desde que a vi entrando naquela sala?

Ele emite um som baixo e rouco que vem do fundo de sua garganta e mordisca meu lábio inferior.

— Por isso mesmo que eu vim de barco para Miami. Não tem um dia sequer que você não está na minha cabeça. — Os olhos dele brilham, triunfantes, e sua boca volta para a minha. — Mesmo que tenha entendido errado o que você disse e nós já estejamos resolvidos agora, mas naquele momento, se fosse qualquer outra pessoa que tivesse dito aquilo para mim e eu tivesse entendido errado também, ainda assim eu não me importaria. Não me importo com o que os outros pensam. Mas me importei sendo você.

Ele me coloca de volta em seu colo e se deita no enorme sofá, com minha cabeça apoiada em seu peito. Seus batimentos cardíacos são tranquilizadores enquanto ele acaricia meu cabelo.

— Durma um pouco, você tem um voo de manhã.

Ficamos assim por bastante tempo, nossas respirações se sincronizando na sala escura, iluminada apenas pelo horizonte de Miami, e silenciosa. Pouco depois, meus olhos começam a ficar pesados e eu adormeço, sentindo-me segura, do jeito como ele consegue fazer.

E como fazia tempo que não me sentia assim.

•

Meus olhos piscam de maneira confusa e sonolenta diante da claridade da luz do dia refletindo pelos vidros. Estávamos tão envoltos em nosso próprio mundo durante a noite anterior que não nos lembramos de fechar as cortinas.

Desperto aos poucos e percebo que dormi nos braços de Brandon. Inspiro profundamente pelo nariz e solto o ar pela boca. Estar aqui, deste jeito, não me causa nenhuma crise, nenhum medo, nenhuma dúvida. Eu sinto como se estivesse em meu habitat.

— Trouxe café da manhã! — Élian grita entrando no apartamento e levantando os braços para revelar duas sacolas. — Opa.

Eu viro a cabeça, assustada, e ela dá um estalo alto.

— Ai!

— Minha nossa, desculpe... — ele começa a gaguejar, arregalando os olhos. — Eu não... eu não quis assustá-la.

— Que barulho é esse? — um Brandon sonolento pergunta, cobrindo os olhos com o braço.

— Hã... — Élian murmura.

Assumo que esse murmuro está relacionado a alguma pergunta indiscreta. Ele apenas deve estar pensando em como perguntar.

— Hã, o quê?

— Vocês...?

— Não! — grito, assustando Brandon, que dá um pulo.

— O que foi?

— Trouxe café da manhã — Élian repete.

— E o que foi esse grito?

Brandon abre bem os olhos e me encara, seguindo depois para o irmão.

— Eu só ia perguntar se esse sofá não deixou vocês com dor nas costas. Olívia e eu temos uma viagem daqui a pouco.

Caramba, por que ele teve que perguntar dessa maneira?

Eu assumo que entendi errado.

— Ah. Não, não... é um sofá bem confortável. Os benefícios de se ter um sofá-cama de hotel cinco estrelas.

Meu rosto fica corado e desvio os olhos, constrangida.

— Então... — Élian deixa as sacolas em cima da mesa e começa a desempacotar os itens. — Vamos comer ou não? Eu quis ser um bom irmão e amigo, considerando a exaustão que vocês já devem estar sentindo com tudo isso. Eu trouxe o clássico café, pão de cereais com pasta de amendoim, o que meu irmão mais gosta, mesmo sendo cedo. É um pouco contraditório, mas ele é assim mesmo. — Ele levanta os olhos e olha para mim. — Estranho seria se ele não fosse.

Balanço a cabeça, concordando, enquanto Brandon se deixa cair de testa na mesa, ainda cansado.

Élian continua:

— E para a senhorita trouxe croissant de chocolate. Ouvi Brandon dizer no jantar de aniversário do meu avô que você quer muito ir a Paris. Não é a mesma coisa, mas...

— O que vale é a intenção — completo, agradecida com seu gesto de gentileza. — Obrigada.

— De nada, cunh... — Ele para, e Brandon parece acordar, levantando a cabeça em um gesto brusco. Élian pigarreia. — Cun... cumpra sua palavra e prove que pode ser uma típica parisiense.

Brandon olha com seriedade para o irmão, sem dizer nada. É incrível como às vezes eles se comunicam com os olhos e nada mais. Brandon coloca tanta intensidade observando seu gêmeo que Élian se vê obrigado a tentar explicar o que ia dizer. Na realidade, ele se atrapalha todo e começa a balbuciar e tentar encontrar outras saídas para cada tentativa de explicação que ele dá:

— Quero dizer... Bem, é óbvio que Olívia faz parte da família... Não, bom... da família, que eu digo, a família da Marinha Grandiosa. Ou seja... por agora... porque meu irmão vai recuperar a empresa... Sem querer ofender você e seu belíssimo e exemplar trabalho...

— Já chega, Élian — Brandon repreende suavemente.

Meus olhos se movem entre os dois, a mesa e até o além. Um ponto fixo sem nada.

Depois disso tudo, nós tomamos nosso café da manhã com conversas agradáveis e divertidas. Então, chega a hora de irmos ao aeroporto.

•

Élian e eu já estamos no avião, para um voo de apenas cinquenta e três minutos até a capital de Bahamas, Nassau, famosa pela parada dos navios de cruzeiro, além dos encantadores recifes de corais.

— Então... — inicio uma conversa. — Onde você estava a noite toda?

— Fiquei rodando pela praia e depois fui a um clube novo que abriu um tempo atrás. Na inauguração eu já estava no navio. Achei que seria uma boa ideia passar por lá dessa vez e deixar você e meu irmão resolverem melhor as coisas, sem interrupções desnecessárias. — Ele se vira e pisca para mim. — Parece que funcionou. Eu cheguei de madrugada, mas não quis acordá-los, vocês estavam bem tranquilos e confortáveis. Ali eu tive certeza de que as coisas deram certo. Por isso, antes de vocês acordarem, eu saí para comprar café da manhã para nós.

— Você podia ter nos acordado, não teria problema.

Seus olhos percorrem meu rosto.

— Mas vocês se resolveram, não é? Isso que é importante.

— Sim. Nós resolvemos as questões que estavam no escuro. Eu só... Ele ainda não se sente seguro para me dizer por que tudo isso começou. O que ele fez de tão ruim a ponto de quase perder a empresa?

— Não cabe a mim contar. Eu o conheço tanto quanto conheço a mim mesmo, e se ele ainda não contou é porque no fundo sente um pouco de medo do que você possa pensar dele.

— Ele disse que eu provavelmente iria odiá-lo. Isso é muito forte.

Élian fica quieto por um longo tempo depois disso. Quando consegue encontrar as palavras para responder, ele suspira.

— Bem, não há sentido em mentir. Não irei falar sobre o que ele fez, só que foi errado. Em palavras mais compreensíveis, foi uma tremenda burrice. Mas não acredito que chegue ao ponto extremo de você o odiar. É o medo que está falando por ele, mesmo que ele tente manter essa fachada de alguém que não sente medo. — Meu maxilar fica tenso. Agora, eu estou com medo. Não medo *dele*, mas do que possa ter feito. Se depende do entendimento de cada um, o que será que pensarei sobre esse "mistério"? Élian continua: — As notícias se espalharam como um foguete na mídia, ainda que não por muito tempo. Deve ser por isso que não deu tempo de você ler sobre nada disso. E, sendo honesto, eu tenho minhas dúvidas...

— Sobre o quê?

— Eu sei que meu irmão às vezes exagera um pouco na bebida, mas começo a pensar que a situação toda foi uma armação contra ele.

— Uma armadilha? Por que acha isso?

A conversa mudou de deprimente para angustiante. O que é quase a mesma coisa, só que pior. O relógio está correndo enquanto estamos voando. Quando chegarmos ao porto de Nassau, sei que Élian não irá mais tocar nesse assunto, então tenho de aproveitar essa pequena chance para descobrir alguma coisa.

— Tenho tantos motivos para pensar isso. Primeiro, ele sempre deixou claro que evitaria ter envolvimento com as questões da empresa para mostrar que não iria cumprir o acordo entre nossos pais, no entanto ele nunca tentaria sabotá-los, como a imprensa alegou. Pelo menos, ele faria isso até o momento em que pudesse se achar no direito de ser livre do nosso pai até enfim ocupar seu lugar. Segundo, ele sempre tem consciência de tudo que faz e tudo que usa. Ele pode não parecer ser muito responsável, *mas ele é.* — Élian dá ênfase à sua certeza. — Por que ele iria se prejudicar no seu auge? Naquele dia ele já não estava mais namorando Bárbara, foi estranho ele aparecer com ela na noite do ocorrido e no dia seguinte. Ela se aproveitou do fato de ele estar embriagado. E resta saber, quem o embriagou?

— Não foi por falta de controle dele?

— Não foi uma bebedeira comum. Ele estava mais estranho do que nas outras vezes, parecendo mais aéreo. Quase não acordava. Luccas e eu tivemos que jogar um balde de água gelada para acordá-lo, pois todas as nossas tentativas falharam. Pelo que dava para perceber nas fotos, ele não estava tenso. Mas, quando despertou, começou a ficar furioso com o rumo das coisas.

— Se você mencionou Bárbara, acha que foi ela?

— Não. Ela se aproveitou da situação, o que pode ter dado a chance para alguém armar para ele. Ou ter o feito se misturar com coisas perigosas. Ele estava tentando se afastar dela, de forma que não a magoasse muito, mas isso já estava o irritando. No entanto, há três anos nossa empresa está sendo mundialmente reconhecida como uma das melhores do mundo.

— E isso poderia estar causando inveja em alguém...

Ele assente.

— O dinheiro e o poder também podem ser perigosos. Alguém deve ter tentado destruir o meu irmão.

Deixo as teorias divagarem pela minha mente, massageando minhas têmporas em frustração. Eu não posso entender o quão horrível deve ser toda essa confusão em que ele está metido. Mas depois de tudo que Élian me disse, entendo que é sufocante e exaustivo.

•

As semanas passam bem.

Desde o dia em que Brandon e eu tornamos aquele encontro algo mais intenso do que "apenas amigos", não tivemos mais contato. Ele não tentou falar comigo, e eu não consegui tentar falar com ele.

Já faz quase três semanas que não temos notícias um do outro.

Isso é frustrante para mim.

Admito que sinto falta de falar com ele. Sinto falta da companhia dele. Das brincadeiras presunçosas e apelidos irritantes. A única coisa que ainda me acalentou durante esse período foram as recentes rosas e bilhetes que continuo recebendo do "admirador misterioso".

Até agora, recebi mais algumas para colocar no que agora posso chamar de coleção.

Quem está me enviando essas graças sabe que, semanas atrás, eu não estava no navio, pois continuou no dia demarcado de onde parou.

Brilhete 9

Você é forte, valente, capaz, merecedora. Vencedora. Acredite em si mesma. Eu acredito em você!

Bilhete 10

Lembre-se: quando estamos fracos é que estamos verdadeiramente fortes. É como uma frase que li uma vez: "Quanto maior a onda, mais firme você fica".

Bilhete 11

O que mais me hipnotiza é a forma como você sorri e inclina a cabeça para falar algo, palavras tão doces como ambrosia.

Minha curiosidade só aumenta.

29

BRANDON

A campainha se torna insistente. Não suporto a pressa desse povo, seja lá quem for. Assim que abro a porta, fico paralisado com quem vejo.

— Pai?

Respiro fundo e penso no que vou dizer — mesmo que tenha de esperar que ele seja o primeiro a abrir a boca. Atrás dele, minha mãe aparece, sorrindo como a calmaria para as minhas tempestades. E depois... Betto?

Surpreendente.

Abro espaço para deixá-los entrar. Meu pai entra, analisando o apartamento como se o estivesse vendo pela primeira vez.

— Você está mais organizado ultimamente. — Não sei se trato isso como um elogio ou uma ofensa. — Está quase chegando a hora. Após meses de preocupação.

— Na verdade, eu me sinto um pouco calmo...

— Preocupação para nós. Não falei de você.

Ok.

Ele não está de bom humor hoje. Meu pai diz alguma coisa para a minha mãe e sinaliza para que eu o acompanhe até o fundo da sala. De frente ao horizonte da cidade, nós nos encaramos até que um decida quebrar o gelo. Ou o iceberg.

— Sabe, entre Élian e você, eu sempre tive dúvidas se você é o primogênito ou o caçula. Tem momentos em que você age como um, em outros momentos age como o outro.

Nem eu sei, pai.

— Depois preciso falar com vocês dois. Mas primeiro queria uma conversa particular com você.

— Hã, claro. Só que é o fim de semana.

— Não é sobre a empresa. — Eu não digo nada. Considerando que ele já chegou falando que falta pouco tempo para a disputa terminar, acredito que ele não irá embora sem mencionar nada sobre esse tópico. É o que ele sempre faz, afinal. — Sabe que, vendo você assim, com essa postura, me faz vê-lo como um homem imponente. Responsável.

— E é isso o que importa para você, não é? Se bem que ouvir algo positivo vindo do senhor me surpreende.

— Por que recebo essas indiferenças vindas de você? Essas ironias?

— Porque é assim que o senhor me trata. Na verdade, como sempre me tratou. Não como filho, como sucessor. Nunca se importou sobre como eu me sinto. E olha que eu não carrego o fardo sozinho. Você queria *um* sucessor, recebeu *dois,* uma grande vantagem. Crescemos e estamos cumprindo com nosso dever. Um de nós faz tudo certo, como "ordena o protocolo". O outro pelo menos tenta, do seu próprio jeito. Apesar de que tentar não é suficiente. Então, ele foi lá e fez merda. Estragou tudo, porque a mídia distorceu as coisas. E agora está tentando consertar as coisas para alavancar o nome de quem não dá a mínima para ele!

— Você está consertando a sua própria imagem e reputação, e o que um dia será seu. Se tivermos sorte.

— E essa deve ser a faceta de seu orgulho por nós.

— Espero que um dia você possa me perdoar, se é isso que espera que eu diga, por deixá-lo crescer pensando assim. A culpa não é sua, filho. É minha.

— Eu não tenho *raiva* de você, pai, nem ressentimento. Afinal, você e minha mãe entraram em comum acordo. Eu só... Às vezes, queria ter o meu pai ao meu lado, como eu via com as crianças lá fora. Queria ser seu filho, e não apenas "o filho do senhor Caldwell". Em vez disso, Élian e eu estávamos sendo enviados para um outro lugar, longe de vocês, trancafiados em um lugar em que éramos tratados como vermes. Tudo isso para quê? Para aprendermos a ser como a elite exige. E resultou em alguma coisa? Pois eu respondo: não.

Ele me encara por vários minutos, inexpressivo, mudo. Inabalável. Depois, sibila e muda de assunto:

— Quando você voltar, você terá que nos dar um depoimento completo sobre o incidente. Contar qualquer coisa de que se lembre do que ocorreu naquela noite faz parte do encerramento da disputa.

— Simples. Não lembro muito, de qualquer forma. Isso será uma desvantagem para mim?

— Será analisado.

De repente, ele me dá as costas e volta para o meio da sala. Meu pai avalia as paredes vazias, talvez imaginando que falta alguma coisa, apenas poucos segundos antes de parar em frente à minha melhor guitarra pendurada.

Olhando para cima, ele fixa o olhar frio nela e em alguns discos de vinil ao redor. Sem desgrudar os olhos, ele balança o dedo energicamente.

— Eu já o vi com essa coisa.

— Essa coisa é uma guitarra.

— Certo. Tanto faz. — Claro... Para ele tanto faz, mesmo. — Eu não sabia que você compõe...

Levanto os olhos e dou de cara com meu pai na minha frente.

— Eu não componho. Apenas reproduzo.

— Já o vi tocando e cantando no navio. Os passageiros foram sua plateia. Porém, não parei por tempo suficiente. Por que não nos mostra como você faz isso?

Eu fico calado por um minuto, em choque, franzindo a testa.

É o meu pai mesmo me pedindo algo assim? Estou delirando?

— Você quer que eu toque?

— E cante, meu filho... — minha mãe diz, sorrindo de orelha a orelha.

Penso sobre isso. Honestamente... Quando ele iria me pedir uma coisa dessas outra vez? Pedir-me para tocar para eles. Essa é uma chance única. O que acho impossível acontecer de novo. Meu pai odeia barulho.

— Vamos — ele ergue a voz. — Quero ver por que você se importa tanto com isso.

Pego a guitarra e me sento no sofá, ainda hesitando em tocar qualquer coisa. Meu pai se senta na poltrona em frente a mim, minha mãe, no braço da poltrona, e Betto fica em pé. Todos esperando que eu me mexa.

— Não dá.

— Brandon — minha mãe me chama suavemente —, por favor, meu bem. Sabemos que você tem um dom para isso, mesmo que nunca tenhamos falado. Queremos ver de perto o quão incrível você é, sem pressão nenhuma. Temos nosso filho tocando para todas aquelas pessoas no navio, e mesmo você sendo nosso filho não temos a mesma chance que aquelas pessoas.

Posso dizer que nunca nego um pedido que vem da minha mãe. Ao contrário das outras pessoas, ela sempre consegue usar as palavras certas para me tocar. Então, decido que posso fazer isso pelo menos uma vez. Mesmo assim, acredito que eles vão se assustar um pouco com o ritmo eletrizante. Não é bem a praia deles.

Olho para Betto, que sempre limpa a minha barra. Ele assente para eu prosseguir.

Penso por um pequeno instante enquanto cogito qual música devo tocar. Quando me lembro de uma, começo devagar — combinando com a minha ainda existente hesitação —, mas depois a faço ganhar velocidade e ritmo. Levo alguns minutos, ganhando tempo, apenas tocando, antes de começar a cantar. Assim como a melodia, começo cantando lenta e suavemente, até ir aumentando, variando a altura e a velocidade de acordo com a melodia e o ritmo. Vejo minha mãe arregalar os olhos em surpresa e abrir um sorriso largo a cada nota. Meu pai parece chocado no começo — não é algo que ele aprovaria, já que seu gosto é por músicas mais antigas —, porém ele relaxa e continua assistindo, pensativo e concentrado.

Sentindo a empolgação da minha mãe, vou emendando uma música na outra, tocando já não sei quantas músicas.

— Você é mesmo bom nisso — meu pai diz, surpreendendo-me.

Receber um comentário positivo dele é sempre novo.

— Mais que bom! — Minha mãe se levanta para vir se sentar ao meu lado. — Ele é incrível! Poderia facilmente ser um... como chamam mesmo? Um... Ah, rockstar! A voz do meu filho é perfeita.

— Nossa, eu sabia que a senhora me bajulava, mas não esperava que fosse me animar.

— Não é bajulação, querido. Pergunte a qualquer um. Todas as pessoas no navio que param o que estão fazendo em seus momentos de lazer com a família para apenas assisti-lo explica o quão incrível você é fazendo isso.

— Bem, isso é o que as mães dizem.

— Acredite ou não, o que estou dizendo é o que estou vendo agora.

— Certo. Mas, mesmo se for, o que muda?

Caímos em um silêncio constrangedor. Eles não sabem o que responder, embora eu não esteja mesmo esperando por uma resposta. Ouvir-me tocar e cantar é uma coisa; contudo, opinar mais a fundo sobre isso, no caso deles, já é demais. E a veracidade dos fatos vem como um balde de água fria quando meu pai muda de assunto e se prepara para ir embora:

— Vamos esperá-lo no dia de você voltar para o navio. Você tem um depoimento a apresentar. Serão necessários todos os detalhes de que você puder se lembrar, como eu já disse antes.

•

Quando estou quase adormecendo, meu celular toca com novas mensagens no grupo de conversas que é composto por mim, Élian e Luccas.

> **Luccas:**
> Então, fiquei sabendo que a bonequinha de porcelana sem sal foi até a sua casa em Miami.

> **Brandon:**
> Sim.
> Antes de continuar, me faça um favor... tenha respeito com ela, mesmo que você não vá com a cara dela.

Luccas:
Uii... ficou com raivinha porque elogiei sua boneca?

Brandon:
Se isso foi um elogio, não quero nem saber como seria uma ofensa.

Agora que Luccas a mencionou, não consigo parar de pensar na falta que ela faz. Desde que ela esteve aqui, já se passaram semanas e nós não entramos em contato um com outro. Eu não gosto dessa distância. É sufocante e quase insuportável. Ela se tornou uma peça importante na minha vida, e eu só consigo pensar nisso agora.

Minha gatinha...

Fico pensando nos últimos acontecimentos. O dia que passei com Olívia foi surreal. O dia que passei com meus pais foi surpreendente. Um meio-termo entre bom e ruim.

Se Olívia estivesse aqui no dia em que meus pais e Betto apareceram, ela iria gostar de me ver cantando, eu acho. Foi o que sempre fiz a ela, sempre cantei uns trechos para confortá-la quando passava por alguma crise. A música nos fez nos aproximarmos quando ainda nem éramos amigos. Fez com que tivéssemos uma conexão.

Luccas:
E o que rolou?

Élian:
Eles pareciam bem confortáveis quando cheguei.
Quase como um casal de verdade.

Luccas:
Teria que ter rolado pelo menos um beijo para serem um casal. Mas Brandon aqui é o mais *bad boy* do grupo, o mais mulherengo. Sei que essa menininha fofa não faz o tipo dele.

Élian:
E qual você supõe que seja o tipo dele?

Luccas:
Modelos superaltas e gatas como Bárbara. Que, aliás, ele tem na palma da mão.

Brandon:
Se você é tão defensor de Bárbara, por que você não fica com ela?

Élian:
Cale a boca. Olívia é gata também. Sei que é a garota do meu irmão, mas ouso dizer que é mais que Bárbara.

Luccas:
Você está maluco?!

Élian:
Olívia é mais bonita exatamente por não ser comum. Ela não é a típica "cara de celebridade" ou modelo dos catálogos de lingerie com que Brandon costumava ficar. E tem conteúdo, é bacana conversar com ela. Claro, ela tem potencial de modelo, mas não como modelo padrão. Ela é diferente.

Luccas:
Ok. Pode até ser, senhor defensor. Mas vamos perguntar ao próprio Brandon... ela é namorável?

Brandon:
Que história é essa de namorável?

Luccas:
Você se sentiu atraído quando ela passou o dia todo com você na sua casa?

Brandon:
Bem antes disso eu já estava. Há um tempo, na verdade.
Nesse dia nós criamos um "encontro" diferente.
Andamos pela praia...

De repente, meu celular toca e vejo que é uma ligação por chamada de vídeo.

Que droga! Eu odeio isso.

— E então... ela... me beijou. *Ela!*

— E?

— E foi... foi... doce. — Sorrio ao lembrar o nosso momento. — Diferente de tudo. Como se fosse algo novo e viciante. Ouso dizer que nunca tive um momento mais doce do que aquele. Depois uma onda de paixão e adrenalina nos envolveu. Foi tudo tão intenso.

— Cara... — Élian diz e esboça um sorriso malicioso.

— Ele se... Não é possível! — Luccas ri, estendendo para uma gargalhada alta. — Ele se apaixonou?

Élian e Luccas me olham, chocados. Levanto uma sobrancelha com a hipótese dele. Apaixonado, eu? Não... Claro que não.

— Não viaja, Luccas.

— Seria bem melhor se você admitisse do que ficar se torturando — Élian diz.

— Admitir o que, Élian? — Luccas faz uma careta. — Com tantas garotas bonitas, por que Brandon se apaixonaria por aquela... aquela estranha?

Não! Aí, não!

— Ela não é estranha! — afirmo. — Eu vejo graça e sinceridade nela. Por que isso é tão difícil para você? Eu gosto dela. Se a honestidade e pureza dela o machucam, isso já é problema seu!

— Você quer ficar com uma menina que nunca nem namorou nenhum cara na vida? — Luccas continua. — Você quer ser o que para ela, um coach de namoro?

— Cale a boca!

Eu fico irritado e desligo a chamada na cara deles. Sinto-me mal pelo meu irmão. Já pelo idiota do Luccas, nem tanto. Mas eu fico pensando no que ele falou.

Será que eu me apaixonei por ela? Apaixonado por Olívia?

•

Segunda-feira de manhã, chego ao escritório para finalizar as últimas tarefas que preciso entregar antes de voltar ao navio. Agora preciso colocar em prática tudo o que Olívia me ensinou. Depois que ela me explicou o que é uma fusão corporativa, li pela segunda vez o artigo que escreveu com Élian, fiz algumas pesquisas e conversei com o meu avô. Espero estar no caminho da decisão correta ou então terei mais um fracasso para a lista, antes de *talvez* perder a empresa. O que também não é certeza. Eu ainda posso vencer.

E se isso acontecer, será um golpe de muita sorte para este idiota aqui, vulgo eu.

Por mais que eu não me lembre de muita coisa que aconteceu naquela fatídica noite, a imprensa me denunciou ao mundo.

30

OLÍVIA

Ouço um barulho do lado de fora da minha cabine. Não é alto, mas parece que alguém está mexendo em alguma coisa. Estou deitada em minha cama, verificando o meu celular, contudo, por mais que não deva ser nada demais, sou levada a me levantar e verificar se há algo acontecendo.

Quando abro a porta, arregalo os olhos com a maior surpresa que não esperava no dia.

— Brandon? — Ele se recompõe e sorri, sem jeito. Não posso deixar de notar como ele está ainda mais lindo, usando uma camisa branca com uns óculos de sol pendurados na abertura, calças e blazer cinza e o cabelo um pouco bagunçado. — Não sabia que você tinha chegado!

Abro e fecho a boca. Então balanço a cabeça com força, meus dedos ainda firmes na maçaneta. Ele pode pensar que estou tensa em vê-lo, considerando que não conversamos desde aquele dia. Mas na realidade minhas pernas estão fracas e bambas.

— Doze. — Ele tenta ser divertido, a julgar pela expressão leve e sorridente no seu rosto, só que eu não compreendo.

— O quê? Doze?

Ele passa o olhar pelo meu rosto e seu sorriso desaparece.

— Bem... doze. Hã... doze minutos que cheguei.

— Faz tempo, né? Tipo, uns... é... quase um mês.

— Sim. Bem, eu só estava checando o vão entre as portas. Vi uma reclamação sobre... fácil invasão. E aproveitei para um lanchinho durante a inspeção. Quer um pedaço?

Há mesmo um pedaço de pão em sua mão, e eu não notei antes.

— Isso é pão?

— Sim. Pão é bom.

Ele estica a mão, e, entre um sorriso irônico, inclino-me e dou uma mordida. Acredito que por essa ele não esperava. Seus olhos se levantam um pouco e ele segue o caminho dos meus lábios, sem piscar.

— Com gotas de chocolate? — pergunto. — É, é bom mesmo. Lembra panetone de chocolate.

— Eu não gostava. Sempre tinha frutas no nosso café da manhã, cereais, fomos acostumados assim. Até sermos enviados para um internato. E antes que você pergunte: sim, foi isso que eu evitei dizer naquele dia. Nossos pais enviaram Élian e eu para um internato. Para aprendermos a sermos comportados, como a elite exige.

O jeito como ele se acostumou a conversar comigo sobre qualquer coisa se torna algo tão natural. É doce ver como ele se sente aberto comigo desde que me contou sobre o acordo dos pais. Ele me contou sobre suas dores e eu lhe contei sobre meus sonhos.

Uma dor, um curativo.

Um sonho, uma lágrima.

Desde aquele dia, percebo que estamos interligados de alguma forma.

— Desconfiei de que fosse isso, mas não quis mencionar. Preferi esperar pelo seu próprio tempo. E, sim, a palavra incompleta me remeteu a isso.

— É. Ficamos lá dos oito aos onze anos. No segundo, dos doze aos catorze. Já sobre o pão... era a única coisa que tinha no internato, durante o café da manhã. Pão e leite puro, diferente do que estávamos acostumados. Eram muitas crianças para eles alimentarem. Todas as tardes eu escapava até a cozinha, e uma senhora que ajudava o padeiro me trazia um pedaço de pão. Ela me ensinou que abençoados são os que podem ter esse simples, mas importante alimento à mesa. Lá éramos todos iguais. Recebíamos o mesmo tratamento, o mesmo alimento. Lá, eu aprendi que todos somos de carne, osso e alma. Mesmo que os blocos fossem divididos por classe social, em alguns momentos do dia tínhamos contato com crianças de outros níveis. E essa senhora me ensinava basicamente isso.

— Esse foi o primeiro internato? Você mencionou um segundo...

— Sim. Quando meus pais nos transferiram para o segundo... foi como ser um personagem de um pesadelo. Era uma tortura humilhante.

— Por que transferiram vocês?

— Meu pai achou que não estávamos sendo educados para o propósito que ele tinha planejado para a gente, já que em alguns momentos do dia tínhamos contato com outras classes. Mas o que ele queria era que fôssemos educados para ser seu sucessor, não para brincar com outras crianças. E não era isso que estava acontecendo no primeiro. A fachada desse internato passava a imagem de ser um lugar para as altas classes sociais, mas por dentro eles não ensinavam nada elitista. Meu pai não gostou disso. Ele queria nos preparar para o comando. — Um longo e intenso silêncio cai entre nós. — E é por isso que eu sempre tento fazer as férias das crianças serem as melhores possíveis quando estão aqui. — Ele suspira e olha para seus sapatos. — Apesar de eles não estarem sendo treinados e educados desde pequenos para o mesmo propósito que Élian e eu, quase foram para o mesmo caminho, um internato.

— E fica em Nova Iorque. Por isso eles ficam tanto tempo longe?

— Sim.

— E por que você diz "quase"?

— Porque eles *quase* enviaram Annelise e Enricco para um colégio interno.

— E não enviaram por quê?

— Conseguimos intervir. Agora eles estão em uma escolinha normal. Mas para manter as aparências, teria que continuar sendo em Nova Iorque. Depois disso, eles ficam aos cuidados da nossa outra avó, a mãe do nosso pai.

— E seu pai aceitou isso facilmente?

— Ele não tem o que fazer depois que já está tudo pago.

— E quem está pagando? Seu avô?

— Não. Sou eu. Na verdade, comecei pagando tudo. Depois que eles ficaram sabendo... Meu pai deve ter desejado que *eu* ainda estivesse em um internato. Nunca o vi tão furioso. Foi a primeira vez que o enfrentei de verdade. Depois, Élian se juntou a mim, pagando pelos materiais das crianças e algumas aulas fora da grade curricular. Agora, Élian e eu revezamos; a cada mês, um de nós efetua o pagamento e vice-versa. Jamais vamos permitir que eles passem pelo que passamos.

Isso apenas mostra o quão puro é seu coração, mesmo que ele não compreenda. Ele faz muito mais por seus irmãos adotivos do que por si mesmo. Ele não se preocupa tanto com sua própria dor, se puder fazer com que essas crianças não passem pelo mesmo.

Após um momento de silêncio, ele tenta disfarçar.

— Enfim... o vão da sua porta está em uma ótima qualidade. Espero encontrar os próximos no mesmo estado de conservação.

— Era só isso mesmo? Verificar o vão da porta da minha cabine?

— Sim, só isso mesmo.

Ele está agindo de um jeito estranho, mas não consigo identificar por quê. Há alguma coisa que ele está escondendo de mim, tenho quase certeza disso.

— Não quer me cumprimentar? — Abro os braços, receptiva. — Como eu disse, faz tempo que não nos víamos. Não sentiu minha falta, loirinho?

Seu sorriso se torna triunfante.

— Gatinha, você nem imagina.

Ele se aproxima de mim e me envolve em um abraço caloroso e apertado. Senti falta do seu toque e do cheiro perfumado de sua colônia. O meu príncipe.

Sinto-o direcionar seu rosto para mais perto e começo a esperar um beijo na testa, ou na bochecha, ou até mesmo um carinho. Mas é outra coisa. Ele segura meu queixo entre seus dedos e beija a minha boca com ternura.

E essa é a última vez que não acredito nele. E é evidente o porquê.

•

Passam-se três dias sem que muitas emoções aconteçam na minha vida, e, desde que conheci Brandon, minha vida é cheia de adrenalina e bem movimentada. No entanto, para minha surpresa, fui agraciada com três dias de folga. Três dias de tranquilidade.

Bilhete 13
A esta altura, você já deve imaginar de quem é esta escrita.
Então, saiba ainda que todas as vezes que precisar de ajuda
estarei sempre aqui. Não prometo trazer soluções,
mas prometo que, juntos, iremos procurá-las.

Treze? E o doze?

Espere. O décimo segundo foi quando flagrei Brandon em minha porta, "conferindo o vão". Ele disse um "doze" que eu não entendi. Não eram os doze minutos que ele mencionou, era sua décima segunda mensagem: sua presença.

Será que é possível? Impaciente, decido esperar até o horário em que os mimos costumam chegar. De tantas vezes, acabei decorando o momento certo em que minhas rosas acompanhadas por um cartão aparecem na minha porta.

Estou mais nervosa do que o comum e com o ouvido atrás da porta para não perder o exato momento em que posso descobrir quem é o meu "admirador misterioso".

E assim que o momento ideal acontece, eu me movo e tento abrir a porta o mais rápido possível, mas não há mais ninguém.

Droga!

Quem pode ser rápido assim? Eu fiz muito barulho ao tentar abrir a porta? Ou ele sabia que eu poderia estar preparada para isso?

Eu saio um pouco e olho para ambos os lados do corredor, notando uma silhueta sumir tão rápido quanto o vento ao cruzar para o outro lado e aposto que é a pessoa que veio até aqui, mas não consigo identificar quem.

No dia seguinte, recebo mais uma.

Eu deveria ler com carinho, como faço em todas as outras vezes. Mas o que eu leio desta vez acelera o meu coração. Leio e releio infinitas vezes para ter certeza de que minha mente não está pregando uma peça.

Bilhete 14
Dedico todos os batimentos de amor
que há em meu coração para você.
P.S.: fique atenta às 15h do dia 15.

Às 15h do dia 15?

Espere, o quê? Isso é uma declaração? Uma declaração de amor!

•

— Vejam só, Brandon e Olívia chegaram com antecedência — diz o senhor Thompson.

É hoje que Brandon contará a sua versão da história, sobre o que ele lembra que aconteceu na noite em que sua imagem foi manchada publicamente. Ele insistiu para que eu viesse com ele, e, mesmo estando muito curiosa para saber, não sei bem se me encaixo aqui.

— Olívia não me admira — ele continua. — Agora você, rapaz, estou impressionado.

— Aprendi isso da pior maneira possível. — Sua fala é casual, não se lamentando mais.

— Sente-se, meu jovem. Conte-nos sua versão da história, Brandon.

— Isso, meu filho. Conte tudo! Eu confio em você, querido — a mãe dele diz, segurando sua mão enquanto se senta ao seu lado.

O senhor Thompson olha para mim. Estou parada e apenas observando a cena. Educado, ele pede que eu me retire por um momento, para dar mais privacidade a Brandon. Mas ele olha para mim como quem não quer essa *privacidade.*

— Eu a quero aqui. Comigo. Ela não precisa sair. Eu preciso que Olívia fique aqui. — Olho para ele e esboço um sorriso. Ele sorri de volta. — Ela me dá força. Eu preciso disso agora.

— Muito bem.

— Conte, meu filho — Emília suplica.

Ele respira fundo e leva alguns minutos para se concentrar. Estou nervosa por ele. Nervosa pelo que posso ouvir. Pelo que ele deve ter passado. Por qualquer coisa que possa acontecer a seguir.

— Bom... — ele começa, a princípio um pouco devagar, para tentar lembrar tudo e os mínimos detalhes daquele fim de semana. — Nós estávamos em um clube, em terra firme, e eu bebi além do limite, confesso. As três meninas estavam mais à frente. E nosso grupo era de cinco homens. Élian e Luccas não estavam lá. E os caras que estavam comigo... Eu os conhecia de Miami, e inesperadamente os encontrei no navio, então eles se juntaram a mim.

— Funcionários?

— Não. Passageiros.

O senhor Thompson assente, não muito satisfeito. Brandon continua:

— Nos aproximamos das meninas, puxando assunto, e aí elas me reconheceram. Uma delas me abraçou por trás e começou a massagear meus ombros. A segunda estava na minha frente e eu fiquei um pouco tenso quando ela colocou a mão lá embaixo, na minha parte íntima.

— E a terceira?

— Estava com os outros. Eles estavam piores no quadro de alcoolismo.

— Prossiga.

— A garota que estava na minha frente grudou em mim. E... ela começou a me beijar algumas vezes. Naquele momento, as coisas estavam esquentando... — Brandon para e levanta o olhar para o senhor Thompson. — O senhor quer mesmo todos os detalhes?

— Infelizmente, preciso até dos mais sórdidos.

Ele faz uma careta.

— Um momento! Isso define a primeira foto — Élian diz e joga a primeira foto na mesa.

Brandon olha para a foto, encarando-a, antes de assentir e prosseguir:

— Ok, então. Ali, naquele momento quente... Nossa, isso é constrangedor! Ali, eu levantei a coxa dela na minha cintura e vi que ela usava lingerie de renda por baixo da saia curta.

— Eis a segunda foto.

Élian joga a segunda foto na mesa. Seu tom de voz deixa claro que o irmão está ferrado.

— Quando a garota do lado e os caras começaram a gritar ao mesmo tempo, comecei a ficar sóbrio bem rápido. Eu olhei para a garota e a larguei. Estava começando a perceber que estava tudo muito errado. Ela franziu a testa para mim e tentou me beijar, mas eu recuei.

— E os paparazzi conseguiram o flash bem no momento que ela quase encostou a boca na sua, antes de você recuar — Élian acrescenta, jogando a foto. — Eis a terceira foto.

Brandon percebe a minha inquietação. Céus, minhas reações são sempre muito evidentes. Está sendo demais ouvir, ainda mais porque estou fazendo o possível para não o olhar nos olhos. Conduzo meu olhar para o chão e sei que minha boca está formada em um bico nervoso. Uma única vez que olho para ele, disfarçadamente, vejo que ele me observa com um misto de tristeza e arrependimento, pois são sentimentos que se expressam nitidamente em seu olhar.

— Prossiga.

— Não demorou muito até Bárbara aparecer e fazer uma cena. Ela gritou com as meninas e me tirou de lá. Não estávamos em nossa melhor fase, até mesmo de amizade, mas tenho que admitir que ela me salvou antes que mais desastres acontecessem.

— Eis a quarta foto que pode ser interpretada de várias maneiras — Élian diz e joga uma foto em que aparece Brandon saindo de mãos dadas com Bárbara.

— E depois disso? O que houve com Bárbara? — o senhor Thompson pergunta.

— Nós já havíamos namorado antes, então por vezes eu acabava ficando com ela de novo. — Eu desvio o olhar para o lado, incomodada, o que Brandon percebe. Teria sido melhor se tivesse saído mesmo. — Algumas vezes, quando ela investia em mim, eu cedia. E isso é o que me lembro, até Élian e Luccas me acordarem na madrugada. E depois veio o sermão de Betto sobre minha cabeça.

— Vocês estavam em um clube, essa informação procede?

— Sim. Mas assim que o relógio marcava meia-noite, voltamos para o navio e seguimos para um clube daqui mesmo. Trouxe todos que estavam comigo, incluindo as meninas. Foi a partir daí que comecei a perder o controle da situação, porque não me lembro do que aconteceu aqui no navio.

— Brandon. — O senhor Thompson faz uma pausa. — Nem todas as fotos vazaram na mídia. Para a sua sorte, apenas duas delas: a do beijo e a que a garota está colada na sua cintura. Seu irmão e seu amigo partiram, irresponsavelmente, para cima dos paparazzi e conseguiram se livrar do restante delas, e as que vazaram foram compradas por uma boa quantia. O dinheiro compra quase tudo. Os paparazzi não se importam com quem compra seu trabalho, apenas com o pagamento. O que você pode oferecer a eles em troca do furo do século? Quanto você está disposto a pagar? Se for bem mais do que os tabloides, então que seja. E foi isso que Élian e Luccas fizeram.

Brandon parece confuso. Ele franze a testa e olha entre o senhor e o irmão gêmeo. Ele parece um pouco aliviado, mas com milhares de perguntas rondando sua cabeça.

— Élian, seu idiota que eu mais amo.

Não consigo deixar de sorrir quando Élian faz o gesto de irmandade entre eles. *Batida em punho no peito.*

— Se essas duas imagens já o prejudicaram, não queira imaginar como seria se todas tivessem vazado. Uma pior que a outra. Um herdeiro da Marinha Grandiosa envolvido em escândalos com as filhas dos associados de uma empresa renomada internacionalmente.

Ele inclina a cabeça para trás, e eu sinto todos os músculos do meu corpo se tensionarem, até que esqueço o que é estar relaxada e ter uma mente tranquila.

Suponho que, dada sua expressão e sua postura, ele se sinta oprimido e se culpe por tudo isso. Eu estou desolada. Quero acreditar que algo a mais aconteceu para prejudicá-lo, como Élian me disse no avião. Passo os próximos quinze minutos perdendo meu tempo em solidão e ele olhando para o teto. Até que algo lhe atinge. Ele ergue a cabeça e seus olhos se abrem.

— Estou me lembrando vagamente de alguns flashes... — ele revela. Eu já conheço muito bem essa reação. — Um replay curto, estou me lembrando de mais alguns momentos com aquelas mulheres... — ele murmura. Ninguém compreende, mas eu sempre fui uma boa leitora de lábios. — Em câmera lenta.

31

BRANDON

Essa é a água dos bons sonhos...

Eu lembro que franzi a testa quando uma das garotas disse isso, mas estava achando divertido.

Bons sonhos...

A água dos bons sonhos...?

– Eu... preciso fazer algo.

Levanto-me de supetão e saio correndo porta afora. Ouço a voz do meu pai, já um pouco distante, dizendo para voltar, pois ainda não terminamos.

Élian pega Olívia pela mão e eles saem correndo atrás de mim.

– O que você está fazendo, cara? – ele grita.

Paro e apoio as mãos nos quadris.

No mínimo, este é um bom momento para tentarmos algo que pode mudar um pouco o rumo das coisas. Caso contrário, tudo pode piorar ainda mais do que o imaginado.

No fundo, tenho medo de que fazer o que estou pensando seja um problema maior. Sinto um nó constante no estômago sobre como as coisas estão indo.

— Presumo que irei precisar de toda a ajuda que vocês conseguirem. Me encontrem em dez minutos na sala de vigilância.

Desço e pego um elevador que leva até a sala de vigilância. Eu bato na porta e um dos seguranças a abre para mim. Ele me reconhece e arregala os olhos em surpresa. Um Caldwell não costuma aparecer em uma sala cheia de computadores observando cada mínimo detalhe do que acontece dentro do navio.

— Senhor Caldwell, o que posso fazer por você?

Tento encontrar as palavras para que meu plano funcione.

— É o seguinte, senhor... Preciso que esvazie esta sala agora mesmo. Ordens de Mathew Beaumont.

— Mas, senhor...

— Já! — O segurança fica dividido entre obedecer às minhas ordens ou prosseguir com a razão. — Veja bem, será apenas por meia hora. Você não quer desobedecer a uma ordem do dono deste navio, quer?

— Não, senhor. — Ele balança a cabeça e diz aos outros três seguranças para saírem por meia hora. Até que foi fácil. Confesso que estava preparado para algo mais difícil. — Porém, não podemos liberar a sala por mais de meia hora, senhor. É uma questão de segurança e sei que compreende. Mas também não podemos negar uma ordem do senhor Beaumont e sua.

— Este navio também é meu. E sou um dos responsáveis por ele. Você sabe que eu não faria nada que pudesse nos prejudicar, certo?

Ainda mais agora...

— Sim, certo, senhor Caldwell. Você também é uma autoridade aqui dentro.

Peço que ele deixe abertas em um monitor as imagens do dia em que tudo aconteceu. Ele avisa que em meia hora eles irão retornar e sai de vista.

Quando entro, fico observando de longe todo o sistema de monitoramento.

Élian e Olívia chegam minutos depois trazendo Samantha.

— O que está acontecendo? — Sam pergunta.

— O que você vai ver aqui?

Élian atravessa a sala e me vira de frente para ele.

— Vamos checar as imagens. Tem coisas que não estão fazendo nenhum sentido.

— Mas a maior parte do tempo você estava no clube do Havaí.

— Sim. Tudo começou lá, as fotos e tudo mais. Só que a noite terminou aqui no navio. Eu não tenho acesso às câmeras lá de fora, mas tenho às daqui. Se aconteceu algo suspeito aqui, posso encontrar alguma pista...

Caminho até ficar a poucos centímetros do monitor e aponto para a tela.

— Aqui, eles me deram acesso para resgate de imagens gravadas pelo sistema de segurança. Já está no dia correto, só precisamos encontrar o lugar e a hora exata. — Eu me viro para eles. — Alguém sabe mexer nessa coisa? — Os três piscam para mim, não respondendo. — Sam, fique na porta — falo a ela. — Vocês dois, venham me ajudar.

Olívia e Élian se entreolham, e, com um pouco de relutância, sentam-se nas cadeiras.

— Quer dizer que você ameaçou demitir os seguranças? Por "desobedecerem a uma ordem do dono do navio"? Pois é, nós ouvimos do outro lado do corredor.

— Mas vocês só entraram minutos depois...

— Esquecemos que podíamos precisar de Sam, então voltamos para buscá-la.

— E quer saber, não foi uma ameaça. Você nem pode dizer nada, já que usou essa tática para poder usar um barco salva-vidas.

— É — Olívia suspira —, vocês são gêmeos até nisso. Pensam na mesma ideia para conseguir algo.

Élian ajusta o horário para próximo da meia-noite e passa pelos setores do navio, tentando encontrar o clube em que eu estive naquela noite. Olívia e eu rodeamos as pastas de imagens. Ela abre várias pastas ao mesmo tempo para não esquecer de analisar nenhuma.

— Agora seus álbuns estão bagunçados. Isso vai começar a deixá-la maluca. Cada vez que abrir uma pasta, vai sentir uma forte urgência de arquivar os ícones nos lugares certos e abrir um de cada vez. Você vai acabar tendo um pico de pressão, se bem a conheço.

— Isso é ridículo. — Ela dá de ombros. — Eu sou uma pessoa organizada, como você bem sabe, Caldwell. É mais fácil você se perder no seu navio do que eu me atrapalhar com essas pastas. E se eu ficar estressada será por sua causa, por ficar reclamando no meu ouvido o tempo todo!

— Tudo bem. Veremos.

Élian e Olívia conferem um computador cada um, enquanto eu analiso os vídeos das câmeras com eles e Samantha cuida para que ninguém chegue à porta.

Ela clica em todas as fotos que aparecem na tela, em especial as que se passam no clube.

— Brandon, todas essas imagens são a mesma coisa. Não tem mais nada diferente — Olívia resmunga.

— Tem, sim. Eu sei que tem. — Pego uma cadeira e me sento ao seu lado. — Continue procurando, nem que a gente vire a noite entrando em todas essas pastas. Eu lembrei de alguns flashes e agora tenho quase certeza de que alguém colocou alguma substância no que era para ser só a minha água.

— Você não bebeu álcool nesse dia?

— Bebi, mas depois da treta toda com os paparazzi e o escândalo de Bárbara a adrenalina já tinha me deixado sóbrio... E me lembrei há pouco que não voltei a beber.

— Estou chocado, confesso — Élian diz, passando os dedos pelo queixo. — Porque você parecia bêbado e, no outro dia, de ressaca ou alguma coisa do tipo.

— Eu queria encontrar apenas um vestígio... uma imagem... Tem algo a mais nisso, tenho quase certeza.

— Não vai fazer besteira, Brandon — Élian me repreende.

— Por que eu sou a maçã podre da família para vocês, hein?

O monitor gira para focar no meu grupo. Olívia continua falando, sem perceber que ela perdeu a minha atenção.

— Você tem certeza do que está me pedindo?

— Tenho!

— Brandon... — Olívia me chama.

Eu a ignoro, afundando-me em autopiedade.

— Não é possível que...

— Brandon! — ela grita, fazendo-me calar a boca e prestar atenção no que ela quer.

— O que foi? — grito de volta.

Ela aponta para uma imagem pausada, em preto e branco.

— Não sei se ajuda em muita coisa, mas... olhe essa bolsa no balcão. Deve ser de uma das meninas que estava com você. Consegue ver que tem uma espécie de saquinho quase saindo dela? Ela deve ter tentado colocar dentro da bolsa, só que uma parte ficou de fora. — Ela olha para mim, séria e cética. — Posso estar errada, mas... e se esse saquinho for algo que usaram contra você? Se tiver algum pó que usaram para dopá-lo?

— Eu só estava com água aqui no navio... — Então, me lembro. — A água dos bons sonhos...

— Bons sonhos... remete à calmaria. — Élian parece pensativo. — Calmaria é algo que a gente sente ao sermos dopados.

— Devem ter me dopado duas vezes. Primeiro lá fora, e, quando viram que eu estava me recuperando, reforçaram a dose aqui dentro. Enfim, isso não importa! O pior de tudo é que não dá pra usar isso como prova. É só uma imagem mal focada.

— Eu tenho uma ideia! — Sam grita da porta. — Você precisa encontrar essa garota. Ela é filha de um dos associados, não é? Não deve ser difícil entrar em contato com ela.

— E fazer ela admitir? — Olívia franze a testa. — Não acho que ela faria isso.

— Se houver algum tipo de pressão em cima dela, talvez ela diga qual foi o propósito disso. Ou a mando de quem.

— De qualquer forma... — Olívia pega o celular e tira várias fotos da tela: a imagem completa, uma com zoom na bolsa e no pacotinho, de vários ângulos, da data e hora. — É bom ter isso em mãos, caso seja útil de alguma forma.

•

Não leva muito tempo para que Betto consiga entrar em contato com algumas das garotas que estavam comigo. A principal delas, que descobrimos ser filha do senhor Thompson, é a única que conseguimos persuadir a contar alguns detalhes do que ocorreu naquela noite. Ainda mais depois que Betto ameaça denunciá-la. Claro, não temos como fazer isso sem provas concretas, mas ela não é esperta o suficiente para pensar nisso. Na verdade, ela cai direitinho na armadilha e entra em pânico, o que por si só já a denuncia.

Já eu, consigo convencer Bárbara a contar alguns detalhes que ela possa saber. Com ela não é difícil. Ela faz tudo o que eu peço. Acho que foi um pouco cruel pedir demais a ela, sem nada em troca e a deixando esperançosa de uma possível reconciliação — o que eu nego —, mas preciso muito disso para, talvez, não ser eu o denunciado da vez.

Algumas pessoas podem acreditar que eu usei drogas por vontade própria. Não posso me ferrar sem fazer de tudo o que estiver ao meu alcance.

A primeira garota, Lorena Thompson, depõe por cerca de três horas. Em vários momentos, eu me altero, até que sou finalmente retirado da sala. Quando me permitem voltar, peço para que sejam apresentadas as fotos que Olívia tirou para que talvez ajude de alguma forma. Diante disso e várias insistências, ela se vê em um fogo cruzado e acaba admitindo que dopou a minha água enquanto uma segunda garota me distraía.

Quando Bárbara começa a depor, ela diz que não sabe muita coisa, apenas me tirou de lá porque ouviu de alguém que uma pessoa queria me prejudicar. Então ela entrou no meio daquela confusão e agarrou a minha mão — além de ter sido um bom motivo para tentar consertar as coisas comigo quando eu percebesse que ela me ajudou. Ela não queria que eu visse aquilo como uma permuta para eu voltar para ela ou me sentisse na obrigação de ficar agradecido, mas como um sinal de que ela se importava de verdade comigo.

Isso me tira do eixo.

Ela nunca desejou mal a mim. Mesmo que já não tenhamos mais a mesma amizade, ela ainda se preocupa comigo.

Com isso, Lorena Thompson admite que, sim, há alguém querendo me prejudicar. E eu estava dando brechas para que isso acontecesse.

Era um homem, que pagou a essas garotas para que me distraíssem e me dopassem. Ela não quer dizer o nome dele, com medo de que ele possa retaliar.

Depois que um policial afirma para Lorena que aqui não há perigo e que ela estará sob os cuidados dele no caso de uma retaliação, ela quebra o silêncio:

— Eu não sei. Não lembro o nome dele. Apenas o vi uma vez, naquela mesma noite. Ele pagou uma boa quantia para mim e as outras meninas e saiu de cena. Era algum... hã... Nathan...

— Neidhan? — sugiro, lembrando que eu costumava provocar Olívia chamando-o de Nathan.

Ela se remexe e ergue a cabeça.

— Sim... É, acho que é isso mesmo.

— Espere — o policial diz. — Você pode descrever a fisionomia desse homem?

— Bem, como eu disse, não me lembro muito bem, o vi muito pouco. Ele era alto, cabelos pretos, curtos e lisos, parecia ter muito dinheiro. Uma das garotas me disse que o pai dele era dono de uma companhia de iates de luxo de aluguel.

Bingo!

— Merda! — grito. — Eu sabia que esse cara não era confiável. Eu sempre soube! E depois disso ele ainda se aproximou de Olívia para tentar me acertar de novo.

Essa é uma das poucas vezes na minha vida que eu fico realmente exaltado, irritado. Com ele e comigo mesmo. Por não me conter, por me deixar levar, por deixá-lo fazer seus joguinhos usando Olívia.

No fim, ele não é preso. Solicito que aguardem até que eu faça algo que será ruim para ele, mas que, em troca, não o levem preso.

Consigo uma reunião com ele e o pai, assim como peço que Élian e Betto me acompanhem.

Então faço a única coisa que quero fazer. Faço uma das poucas escolhas de que tenho certeza absoluta que é a coisa certa a se fazer. Depois de tudo ter sido resolvido, deixo apenas um aviso a Neidhan Calegari:

— Só para você aprender de uma vez: imagino que você já tenha escutado falar sobre pessoas que têm traumas, depressão, ansiedade, crises de pânico, agorafobia e muitos outros. *Nada disso é frescura!* Está me ouvindo? Você é um cara desumano e insensível. Pessoas que sofrem com isso precisam de ajuda, de alguém ao seu lado, necessitam de um abraço pelo menos. Não podemos deixá-las pensar que elas estão sozinhas, elas por elas mesmas. Eu desejo que você se cure dessa ignorância que carrega. — Neidhan, por sua vez, vermelho, não tolera o que escolhi fazer tampouco o que eu lhe disse. Antes que ele possa se arrepender, seu punho atinge entre meu nariz e meu queixo. — Eu não posso revidar. Já estou no fim da linha em vários sentidos — falo entre dentes cerrados, massageando a parte do queixo em que fui atingido.

É verídico quando dizem que gêmeos sentem o que o outro sente.

— Você não pode — Élian responde. — Mas eu posso!

— Não, Élian! Pare. — Seguro o punho dele, que já está a postos. — Não vamos nos rebaixar ao nível dele. Vamos embora daqui.

32

OLÍVIA

É mais uma manhã de sexta-feira.

Estou perambulando pelo quarto, inquieta, depois de todas as revelações do dia anterior e esperando para saber qual foi a ideia que Brandon teve e o que ele queria com Marco e Neidhan Calegari.

Neidhan, idiota imprestável!

Assim que tudo isso veio à tona, ele insistiu em falar comigo, mas eu recusei.

Ele me mandou mensagem, dizendo que gostava de mim de verdade e que eu era a garota que mexeu com ele como ninguém mais havia feito. Pediu-me para acreditar nele, acreditar que ele não estava me usando para prejudicar Brandon. *Acreditar nele?* Eu o bloqueei, não antes de enviar uma última mensagem dizendo para ele me esquecer e mais algumas coisas que são indelicadas para repetir, ainda que sejam ótimas para defender tanto a mim quanto a Brandon.

E agora, pensando melhor... Pego meu celular e o excluo – para sempre. Excluo da minha vida. Nunca mais ele irá me usar.

Eu quero ver Brandon agora. Saber como ele está.

Então saio em busca dele, e não demoro muito para encontrá-lo. Ele está no meu corredor, sentado em frente a uma porta qualquer, com os joelhos no peito. Um rapaz vulnerável que claramente precisa de apoio.

Sem pensar, eu me ajoelho ao seu lado e ficamos em silêncio por um longo minuto. Apenas contemplando a presença um do outro. Quando ele deixa a cabeça cair para trás e bater na porta, percebo que seus olhos estão fechados com tanta força que parece que ele está lutando para segurar qualquer sentimento que está preso dentro dele.

— Fale comigo... — peço baixinho.

Ele apenas balança a cabeça, sem conseguir olhar para mim.

— Eu fui muito burro. Eu fui burro o suficiente para cair em...

Ele não completa a frase, mas eu entendo o que quer dizer. Ele se culpa por deixar que o dopassem. Seu rosto está vermelho, exausto.

Meus olhos lacrimejam por ele.

— Você não é burro, pare de dizer um absurdo desses. Se tem um culpado aqui, é ele. O que ele cometeu foi um crime e você não pode se responsabilizar por isso.

Olho nos seus belos olhos azuis quando falo, vendo além da vulnerabilidade que ele mantém trancada. Ficamos sentados no chão por quase duas horas, é inevitável. A cada dia, cada coisa — boa ou ruim — nos conecta mais e mais.

Ele me apoiou e ficou ao meu lado todas as vezes que eu mais precisei. E agora é minha vez de apoiá-lo e ficar ao seu lado. Se algo assim não prova que combinamos perfeitamente, não sei mais o que poderia provar.

— Você sabe que não precisa guardar essa dor dentro de você — falo. — Você pode liberá-la.

— Meu pai me ensinou que homem não chora. — Sua voz falha.

É nítido que ele está se segurando, mesmo tentando ficar sério.

— Isso não é verdade. Você não se torna menos homem porque demonstra o que sente. Você é humano. Isso o torna mais forte, mais verdadeiro. Você é tão incentivador comigo, tão aberto em questões sentimentais. Permita-se ser *consigo* mesmo.

Coloco as mãos em seu rosto e faço uma ínfima força para incentivá-lo. Ele está se prendendo em uma guerra contra si mesmo. Até que, sem desviar seu olhar do meu, ele acaba cedendo, e uma única lágrima escorre por seu rosto.

Vendo isso, eu o abraço mais forte e beijo sua testa com carinho, tantas vezes quanto ele precisa. Agora é a minha vez de abraçá-lo até ele se acalmar. E ele me permite. E mais importante: *se* permite.

•

Enfim, são 15h do dia 15 quando ouço outro barulho na porta. Desta vez, parece proposital.

Eu já sei o que me espera do outro lado da porta. Talvez possa ser uma surpresa para nós dois, quem envia e quem recebe. Vou até a porta e me levanto na ponta dos pés para olhar pelo olho mágico que pedi que colocassem.

Lá está. Ajoelhado em uma perna, colocando a rosa e o bilhete em frente à minha porta, concentrado. Abro a porta, colocando força na maçaneta para alertá-lo.

Brandon.

Ele está de terno e gravata, erguendo uma rosa vermelha em minha direção e um cartão colado nela.

Ele sabia que eu sabia.

A lateral de seus lábios está curvada para cima, em um sorriso que me desarma por completo.

Pego o cartão e o leio.

Bilhete 15
Falar apenas que a amo não basta.
Quero demonstrar isso todos os dias perto de você.

Sentindo uma emoção forte me dominar e meus olhos lacrimejarem, olho para ele.

— Eu amo você, gatinha.

Ele me ama... Ah, meu Deus, ele me ama! Ele finalmente admitiu. Não consigo parar de sorrir.

— Bem, Brandon Caldwell. Eu também amo você, loirinho. Ou devo dizer *gatinho*?

Ele leva minha boca a dele, beijando-me com tanta paixão que eu quase me derreto.

— Se é você que me enviou todas essas rosas e os cartões... — começo minha única pergunta, curiosa — quem estava entregando enquanto você estava em Miami?

— Na verdade, Élian é o único que sabe desse segredo. — Ele sorri. — Então, eu escrevi e entreguei para ele, pedindo que fizesse esse favor e o avisei sobre o horário correto.

— Ah, é claro. O gêmeo aliado. Por que eu ainda pergunto? — brinco. — Como você disse um dia, você é um bom ator. Conseguiu disfarçar que era você esse tempo todo.

— Acredito que no fundo você tinha uma ideia.

— Sempre quis acreditar que era mesmo você.

— Temos que ir à sala de reuniões.

— Eu sei...

Gemo, não querendo sair daqui.

— Me acompanha?

— Antes, eu tenho uma coisa para você.

Ele estreita os olhos e inclina a cabeça para o lado. Entro no meu quarto e abro a gaveta em que guardei os bilhetes. Os vários bilhetinhos sinceros que ele me deu. Embaixo deles, há um papel dobrado.

Antes de sair, pego sua mão e coloco algo nela. Em seguida, fecho-a.

Ao ver o que está em sua mão, ele franze a testa, porque é um pedaço de papel dobrado, no qual diz:

Eu sei que foi você. É você! Todas aquelas mensagens amáveis e tocantes. Acho que não tem momento certo ou errado para lembrá-lo de que, mesmo tendo escrito, você também pode compreendê-las como sendo ditas para você também.

Brandon Caldwell... Não se culpe por erros do passado. Tudo passa, até mesmo os momentos ruins. São eles que nos ensinam a encontrar o caminho da felicidade. Somos aprendizes de nossos obstáculos. Você mesmo me disse tudo isso. E você está certo. Eles nos ensinam em nosso certo e próprio tempo.

Permita-se ser verdadeiro consigo mesmo. Acreditar em si próprio.

Eu também acredito em você e em sua evolução. Acredito muito! Você provou que pode evoluir.

Sempre aqui por você,

Víve.

— Víve... — Sua voz não passa de um sussurro.

— Permita-se.

Ele se permite. Permite-se sentir sua emoção, sua confiança e tudo o que perdeu ao longo do caminho. Ele se permite se recuperar. Ele se permite voltar a amar.

Brandon estende a mão para tocar o meu rosto e me puxa contra ele. Os dedos percorrem meu rosto, tocando minha bochecha e descendo até meus lábios. Seus olhos seguem todo o caminho.

— Eu a amo — ele diz. — Eu amo você.

Ele me envolve em seus braços e me beija. Doce e lento no início, apenas o toque que me faz abrir a boca para recebê-lo, mais apaixonado, provocante e insistente. Perco-me em seu perfume inebriante e na sensação de seus lábios macios nos meus.

Eu sorrio contra sua boca, afastando-me com um estalo suave.

— E aconteça o que acontecer... nada disso muda. Qualquer coisa que eu tenha feito não foi por mal. Foi por você, pelo seu bem.

— De que você está falando, Víve?

— Apenas saiba disso. E nunca esqueça.

Eu só quero chorar, porém é a minha vez de me segurar.

— O que você está dizendo, gatinha? — ele sussurra.

— Vamos.

— Tudo bem. — Ele dá meia-volta em seus calcanhares, seguindo atrás de mim, até apertar o passo e me alcançar. — Preciso que você não se apavore com o que vou dizer.

Arqueio uma sobrancelha.

— Estou ouvindo.

— É provável que iremos depor sobre a situação de Kyra — Brandon diz, tranquilo, enquanto arruma as mangas da sua camisa.

Meu coração acelera, tanto quanto os nossos passos.

— Depor implica em não mentir. Como vou fazer isso? Não, não me diga mais nada.

— Prefere que eu minta para você? — ele diz conforme marchamos para o local.

— Não se atreva a mencionar essa palavra em uma hora dessas. — Eu tento falar em um tom natural e brincalhão, mas minha voz deve ter saído falha e arrastada.

Nós nos movemos até a outra sala. A sala do senhor Caldwell. *A sala da tortura*. Kyra e Élian já estão esperando por nós.

— Kyra? — digo, surpresa.

— Foi por isso que eu mencionei que iríamos depor sobre Kyra. Qual de nós dois irá para a forca primeiro, gatinha?

Ele sorri, fazendo piada, e lá está a tentação da covinha de novo. *Vá embora! Você é como kryptonita para meu cérebro.*

— Bárbara deixou escapar sobre eu estar "escondida" aqui. — Kyra me tira de meus devaneios, sua voz murcha e exausta. Não parece em nada com nossa Kyra alegre e otimista. — Eles a forçaram a contar tudo o que sabia sobre a situação de Brandon, e, com medo, ela acabou contando sobre tudo o que se passa no navio. Ameaçaram multá-la por todo o tempo que ela ficou hospedada aqui, após o término com Brandon, já que a partir daí não é considerada parte de convidados VIP.

Betto aparece, interrompendo a nossa conversa.

— Solicito que entrem para depor — ele diz, sua expressão mais séria do que a de um detetive e mais azeda do que um limão. Quando Brandon e eu fazemos menção de entrar, Betto nos para. — Separados. Não confio no que vocês dois podem fazer juntos.

— Eu só quero dizer uma coisa antes que iniciemos todo o resto. E quero que todos estejam juntos. Após isso, nós faremos o que você disse.

Betto demora, mas assente e comunica aos demais presentes que Brandon tem algo importante a dizer.

— Bem... Eu só quero contar sobre a fusão com a B.C.

O pai dele toma a frente.

— Então, você aceitou prosseguir com a fusão?

— Não.

Todos na sala o olham com olhos arregalados. Sua mãe e seu pai parecem não acreditar, já que isso é tudo o que eles queriam e planejavam desde muito tempo. Acho que desde o início. Ou seja, há muitos anos.

— Você recusou? — seu pai rosna.

— Não.

— Que brincadeira é essa? O que esse garoto está fazendo? Nunca imaginei que passar o comando para ele seria tão problemático.

Brandon olha para o pai de um jeito impassível, mas, por dentro, deve ser doloroso ouvir algo assim.

— Eu nasci para comandar? — Ele se exalta. — Ter comando deve ser um traço da minha personalidade? Então foi o que eu fiz! Fiz o que o meu lado de COO me mandou fazer.

— O quê?! — O senhor Caldwell também explode.

Há um momento tenso, como uma música que para de repente e explode na bateria. Nem ele mesmo deve ter acreditado nas suas próprias palavras quando se referiu a si mesmo como COO.

Brandon responde, mudando seu tom e recuperando o controle:

— Eu a comprei.

Élian e eu começamos a rir, aliviados. Isso é inacreditável. Ele foi um gênio!

— Como? — o senhor Beaumont pergunta. — Já tinham um comprador certo.

— Na verdade, vovô — Brandon diz —, o senhor Calegari venderia a empresa para quem desse o lance mais alto. Eu dei um maior do que o possível comprador. Eu comprei a B.C. Sem fusão, sem negociação com terceiros, sem rejeição de propostas. A B.C. é oficialmente da Marinha Grandiosa.

Brandon dá de ombros enquanto fala, como se não fosse grande coisa. Quando todos estão conversando entre si e não prestando atenção ao redor, eu tenho uma oportunidade e me aproximo de Brandon.

— Então, você comprou a B.C. YATCHTS? Estou impressionada com a sua façanha. E orgulhosa.

— Grande parte disso foi devido à aula que você me deu no apartamento, lembra? Você faz parte dessa decisão.

Dou um sorriso largo.

— Eu apenas expliquei sobre as fusões e os temas relacionados a isso. Como isso poderia...

— Me abriu os olhos. Eu aprendi muito com você. Continuo aprendendo diariamente.

Ele se aproxima sem hesitação e captura minha boca em um beijo apaixonado e fervoroso. Porém, eu me forço a me afastar.

— Ei, capitão! Não estamos sozinhos...

— Eu sei.

— É melhor continuarmos e nos livrarmos logo disso.

Kyra e eu permanecemos na sala, enquanto Brandon e Élian esperam sua vez do lado de fora.

Quer saber como é se sentir sufocada? É estar em um espaço com Betto, o senhor Thompson, o senhor Beaumont e o senhor e a senhora Caldwell. Todos juntos, no mesmo lugar, entrevistando você, interrogando. Eu quero fugir pela janela antes que a próxima crise chegue à beira de minha alma. É difícil para mim estar em um espaço fechado, com várias pessoas ao meu redor, e o pior: onde eu sou um dos alvos. *Constrangedor*. Parece que estou em frente a um juiz, sendo julgada por cumplicidade e apenas esperando a sentença.

Quando terminamos, eles reúnem todos nós na mesma sala. Brandon e eu sentados um ao lado do outro, em frente à mesa. Élian e Kyra em pé, atrás de nós.

O silêncio é a pior parte. Diz tudo.

O senhor Thompson toma seu lugar de fala:

— Se bem me lembro, foi dada a vocês, no início, uma lista de regras a serem seguidas — o senhor Thompson diz, calmo, até ficar mais duro e irritado: — E vocês conseguiram descumprir a maioria delas. Posso repassar todas agora mesmo, e tenho certeza de que *muitas* delas foram descumpridas. Muito bem, vejamos... Brandon e Olívia, vocês discutem o tempo todo, começaram chegando atrasados em alguns momentos, e mesmo com o uso dos aparelhos celulares quase se esquecem de responder aos e-mails. Brandon apenas marcava presença nas consultas com a psicóloga...

— Desnecessárias, no entanto. Apenas uma vez julguei necessário.

— E fez outras coisas piores, como, por exemplo: tentou subornar os seguranças para entrar na sala de vigilância. Ou seja, ultrapassou os limites de seu status e foi descuidado com a imagem profissional de seus funcionários.

Brandon interrompe mais uma vez:

— Não é bem uma "tentativa" se eles aceitaram. E foi por uma boa causa, em minha defesa. Se não fosse por mim e a minha capacidade de pensar rápido, provavelmente a uma hora destas eu estaria ainda mais ferrado. E nesse caso, ainda bem que os seguranças cooperaram com seu futuro chefe.

O senhor Thompson cerra os olhos, balançando a cabeça. O senhor Caldwell, por outro lado, não tem sequer reação.

— Trabalharam aos fins de semana. Bem, nesse caso, não irei me aprofundar. — Ele chega ao fim da lista, e sorri. — Ah, sim, o principal de tudo. Em letras maiores e digitadas em caixa-alta estava: evite escândalos! E o que ambos fizeram? Causaram mais escândalos.

— Isso não é bem verdade, senhor...

— Calada, senhorita Mozer — ele chama minha atenção. — A senhorita está sem muita moral para dar palpites, Olívia Mozer. Discussões que a levaram a ser empurrada na piscina e induziram suas amigas a retaliarem. Se eu for mencionar todos os escândalos que causaram, ficarei aqui o dia todo. Preciso apenas seguir para o ponto crucial: Kyra Mabell.

Não consigo ver Kyra atrás de mim, mas sinto que sua reação é arregalar os olhinhos castanhos. Brandon e eu nos entreolhamos. Minhas mãos estão suadas e tremendo, e eu não posso deixar essa situação piorar para ele.

— Vocês concordaram em esconder a modelo de um editorial publicitário. E pior, Olívia Mozer, nossa funcionária contratada, bem se aproveitou da situação e tentou "se passar" por Kyra Mabell. E agora o pior de tudo... — Ele faz uma pausa e olha para Brandon. — Brandon Caldwell ultrapassou todos os limites inimagináveis ao aceitar deixá-la aqui. Por nada.

— Eu conversei com o assessor dela!

Sinto meu sangue gelar. Não posso deixar isso acontecer.

— Ele não sabia — falo, sem hesitar. — No início, ele não sabia de nada. E depois, quando descobriu, eu o chantageei.

Brandon olha de relance para mim e arqueia uma sobrancelha, como quem diz: "O que você está fazendo?". No entanto, eu tenho certeza do que estou fazendo e, se não o fizer, posso me arrepender. Ele não pode se dar mal nisso, ele tem muito em jogo e pode perder... ao contrário de mim.

— Ele não fez nada. Eu assumi todo o risco de seguir em frente com a situação de Kyra. Pedi a Brandon... Quero dizer... — Gesticulo, sem saber como me referir a ele, pois não podemos mostrar intimidade quando temos o senhor Caldwell "pai" na frente. O filho seria o quê? Senhor Caldwell "filho"? Faço uma careta e prossigo. — A... hã... ao jovem senhor Caldwell que arrumasse um emprego no navio para uma amiga que precisava muito. E ele, inocentemente, acreditou em mim. Quando ele descobriu que a amiga era Kyra Mabell, eu o ameacei de algumas formas. Não me orgulho disso, mas queria fazê-la se sentir segura longe dos holofotes que tanto a perseguem. Ela encontrou apoio e segurança aqui.

Odeio mentir, com todas as forças, no entanto é necessário. Como não quero ficar com a consciência pesada, aceitarei tudo o que eles julgarem necessário que eu faça após isso.

Agora, eu posso prosseguir com as verdades a respeito de Brandon:

— Ele mudou muito. Se tornou uma pessoa responsável e digna de ter de volta a presidência para a sua família. Todas as regras que foram quebradas têm um motivo, mas em nenhum momento ele permitiu que isso prejudicasse a imagem da empresa. Foram coisas com as quais nós dois lidamos do nosso jeito e carregamos nos nossos ombros sem que ninguém saísse prejudicado. Acreditem em mim, ele, mais do que ninguém, merece essa chance de volta. Ele aprendeu com seus erros e lutou para corrigi-los. E agora todos sabemos que sua bebida foi adulterada naquela festa.

— Por que você está dizendo tudo isso, Olívia? — ele se inclina para mim e sussurra.

— Você irá entender a qualquer momento — respondo.

— Ao menos — o senhor Thompson começa — a senhorita disse a alguém a verdade do porquê está aqui?

— Não. Não, senhor.

— Nem mesmo a Brandon Caldwell?

— Não.

O senhor Thompson assente. Pelo canto do olho, vejo Brandon confuso, quase atordoado. Tudo o que ele sabe virou fumaça em sua mente.

— Muito bem, então — ele continua. — Todos os dias, durante esses meses, fizemos análises sobre o progresso de Brandon na liderança, junto com a senhorita Olívia Mozer. Devo admitir que fiquei impressionado, por assim dizer, que a senhorita tenha cumprido com seu dever.

— Que dever? — A voz de Brandon treme.

— Desculpe. Por favor, desculpe... — sussurro, querendo acabar logo com esta tortura e humilhação.

O senhor Thomson eleva a voz:

— Parabéns, Brandon Caldwell.

Brandon parece ainda mais confuso. Ele pisca e fica tentando encontrar palavras concretas.

— Pelo quê?

— Notamos que você está pronto e capacitado para ser um futuro COO de respeito. E, quem sabe, o próprio CEO quando seu pai passar a estrela. A Marinha Grandiosa está de volta às mãos de sua família, e você está livre até quando desejar.

— Como é? Mas e ela? Não estávamos competindo? Não tínhamos que ver quem daria o maior lance ou sei lá o que fosse fazer?

— Olívia nunca esteve aqui para competir com você. Essa não era a finalidade dela.

— O quê?

— Olívia e sua família são, de fato, acionistas da empresa, embora minoritários. E apesar de ela estar buscando aumentar sua parte, juntando algum dinheiro... — Ele se volta para mim. — Quer fazer as honras, Olívia? Ou prefere que o nosso chefe, o senhor Beaumont, conte tudo?

Como vou explicar isso a Brandon? Eu me passei por sua competidora e nunca lhe disse que não era bem isso, nem mesmo em todos os momentos em que fui sincera com ele e abri o meu coração. Está me partindo vê-lo tão decepcionado e eu me arrependo de cada palavra não dita. Contudo, preciso que ele saiba que o que nós somos um para o outro sempre foi verdade. *É verdade!*

Eu quase não consigo falar, sentindo as lágrimas queimarem meus olhos.

— Betto, por favor, conduza os outros para fora e deixe Brandon e Olívia sozinhos — diz o senhor Mathew Beaumont.

— Sim, senhor.

Betto assente e leva Élian, Kyra e quem mais está nesta sala para fora. Ficamos apenas nós dois, além do senhor Beaumont e do senhor Thompson.

— Você... mentiu para mim?

— Eu não menti, apenas escondi os fatos, porque eu assinei um contrato que me obrigava a manter silêncio a partir do momento em que eu aceitasse o trabalho.

— Qual trabalho, Olívia? — Ele começa a se alterar. — De me fazer de trouxa?

— Não. Eu nunca quis machucar você, tudo o que fiz foi para ajudá-lo. Eu fui contratada para colocar pressão em você. Para você aprender a ser um administrador.

— Brandon — seu avô interrompe com gentileza. — Olívia era apenas uma funcionária da Marinha Grandiosa. Não tinha nenhum cargo alto e grande, apenas trabalhava lá. Queríamos escolher uma pessoa à altura para fazê-lo acreditar que estava a um fio de perder a nossa empresa. Com tanta pressão, você teria que aprender de uma vez por todas a ser um líder. Porque eu sei que você iria lutar com quem quer que fosse para recuperar a Marinha. Então, escolhemos Olívia, uma funcionária comum, inteligente e doce. Sempre imaginei que ela quebrantaria seu coração e que você aceitaria receber ajuda, caso fosse necessário, o que o leva ao aprendizado. Ouvir conselhos, entender as normas, e muitas outras coisas de que você precisava. Ela sempre esteve lhe auxiliando. — Brandon respira fundo, frustrado. Ele não discute e apenas encolhe os ombros. — Resumindo, Olívia não era sua concorrente, Brandon. A ideia sempre foi encaixá-la, de maneira cautelosa e imperceptível, para ajudá-lo a lutar verdadeiramente pela empresa.

— Olívia — o senhor Thompson me chama. — Agora que tudo foi esclarecido, devo admitir que, quanto à situação de Kyra Mabell, a situação não está nada boa para o seu lado.

— Não?

— Não. Nós apreciamos todo o seu trabalho e esforço até aqui, mas o que você fez, entre escondê-la e tentar se passar por ela em uma gravação da qual não tinha permissão para participar... não podemos deixá-la impune. Lamento dizer, mas você está demitida.

— Ah. Sim. Meu trabalho aqui terminou de verdade...

— Não, Olívia. Você está demitida da empresa. Da Marinha Grandiosa. Você terá dois dias para deixar o navio.

Brandon olha profundamente nos meus olhos, com dor e um resquício de algo mais. Meu coração afunda. Em um único dia, grandes estragos foram feitos. Eu estraguei tudo. Escondi um fato importante dele enquanto eu sabia tudo sobre ele, até os fatos mais problemáticos.

— Ah. Ok.

•

Saio da sala atônita e desestabilizada, porém de cabeça erguida.

Perdi meu espaço aqui, perdi minha dignidade, perdi um emprego. Não... Recuso-me a pensar que perdi o amor do homem da minha vida. Eu me recuso a acreditar nisso!

Meu Brandon, meu loirinho... Não deve querer olhar na minha cara.

— O que aconteceu lá dentro?

Kyra e Élian esperam do lado de fora. Eu quero responder direito à minha amiga, mas tudo o que consigo dizer são meras palavras:

— Já era para mim...

Sem olhar em seus olhos ou nos de Élian, saio me arrastando para a que foi a minha cabine por vários meses. Eu me preparo para entrar e arrumar as minhas coisas, contudo passos ecoam pelo corredor antes de uma mão gentil me segurar pelo pulso.

— Olívia...

Ele parece ansioso e hesitante em falar. Fico hipnotizada enquanto ele olha nos meus olhos e então, devagar, seus olhos caem para a minha boca por um longo momento — um olhar de saudade e súplica. Consigo ver que ele está se forçando a voltar o olhar para meus olhos. Os seus se dilatam e minha respiração engata.

— Não precisa sair assim...

— Fui demitida, Brandon. E por mais que me doa ir embora assim, admito que é justo. — Pisco, tentando afastar as lágrimas que ameaçam cair, porém em vão. — Você me entende agora? Por que eu tive que defender você? É melhor eu perder o emprego do que você ser retirado de sua empresa. Eu posso arrumar outro.

— Sim. No início eu fiquei confuso, mas agora eu entendo. Obrigado por isso.

— Me desculpe. Lembre-se do que eu disse antes: não importa nada que aconteceu, nós dois somos reais. — Eu me aproximo e toco seu rosto. — Eu o amo demais. Nunca duvide disso.

Ele segura a minha mão no lugar.

— Não vá.

— Eu preciso ir. Só tenho dois dias, você ouviu. Vamos ficar nos encontrando, prometo.

— Como? Eu estou morando em alto-mar...

Abaixo a cabeça e suspiro.

— O que nós temos, Brandon? Nós dois...

Ele me puxa para que eu encoste a cabeça em seu peito.

— Tudo. Você é tudo que eu sempre quis. Nós temos tudo.

Ergo a cabeça para plantar um beijo no seu queixo.

Enquanto permanecemos aqui, abraçados e em silêncio, viajo em meus pensamentos e relembro o que fiz nesta manhã. Reuni todos os cartões que recebi dele e notei que, juntos, eles formam uma carta. Vinculei todos, um embaixo do outro, e, no fim, escrevi o que era do *meu* Brandon para *mim*:

Meu desejo é que você me perdoe. Minhas mais sinceras desculpas.

Você é linda, incrível, única e especial. Nunca duvide de sua força. O mundo não pode tirar a pureza de seu coração. Minha admiração é sua, menina.

Siga evoluindo. Não se culpe. Não escave o passado. Cuide de si mesma.

Você é forte, valente, capaz, merecedora. Vencedora. Acredite em si mesma. Eu acredito em você! Lembre-se: quando estamos fracos é que estamos verdadeiramente fortes. É como uma frase que li uma vez: "Quanto maior a onda, mais firme você fica".

O que mais me hipnotiza é a forma como você sorri e inclina a cabeça para falar algo, palavras tão doces como ambrosia.

A esta altura, você já deve imaginar de quem é esta escrita. Então, saiba ainda que todas as vezes que precisar de ajuda estarei sempre aqui. Não prometo trazer soluções, mas prometo que, juntos, iremos procurá-las.

Dedico todos os batimentos de amor que há em meu coração para você. Falar apenas que a amo não basta. Quero demonstrar isso todos os dias perto de você.

Eu amo você, gatinha.

Palavras de Brandon Wright Caldwell
para Olívia Miller Mozer.

— Eu o amo, loirinho.

Eu preciso fazer o mesmo: mostrar a ele que o amo. Eu já lhe disse em palavras, mas preciso demonstrar.

33

BRANDON

— Pai?

Bato na porta de seu escritório e entro sem esperar por uma resposta.

— Sim, filho?

Essa é uma das poucas vezes que meu pai me chama de filho de forma tão espontânea.

Meu avô e minha mãe também estão na sala, ainda que seja algo que quero conversar com o meu pai, embora eu não precise que eles saiam.

— Eu prometi a mim mesmo que, quando isso terminasse, eu iria fazer um pedido ao senhor. — Vejo seus olhos afiados se fixarem em mim. — Tudo o que fiz até agora, desde as coisas mais imprudentes até as prudentes e normais, foi por minha própria conta e risco. Mas, como seu filho, eu quero dizer que estou tirando um tempo.

— Um tempo?

— Sim. — Assinto e engulo em seco. — Eu preciso desse tempo longe para colocar a cabeça no lugar, mudar a minha mente, me renovar. Eu preciso de pelo menos uns dois meses sozinho. Absolutamente sozinho, sem entrar em contato com ninguém, sem receber notícias da empresa. Eu preciso esvaziar a minha cabeça e voltar novo. Preciso pensar em algumas coisas e recomeçar.

— Vai para longe?

— Pretendo.

Fecho os olhos. Não há lugar em que eu queira estar mais do que ao lado da minha Víve, no entanto preciso me reconectar comigo mesmo. Ela disse que preciso me perdoar pelos meus erros, mas só conseguirei fazer isso tendo esse tempo sozinho.

Por um segundo, ele olha para a minha mãe, depois para o meu avô. No fim, ele assente.

— Para onde vai?

— Eu ainda não sei. Vou descer no porto e ver aonde meus pés me levam.

A esta hora, Olívia já deve estar saindo do navio. E eu estou aqui, no escritório do meu pai, em vez de tentar impedi-la. Impedi-la a custo de quê? Sendo demitida, ela já anunciou que não ficaria.

O que eu farei se não a encontrar mais? Se ela mudar de cidade? Se ela retornar ao seu país natal? *Caramba...*

Olho para a janela por um longo tempo e retomo minhas forças que ela está levando consigo.

— Só quero pedir um favor antes.

— Sim?

— Tem um espaço no navio que não é utilizado há um bom tempo. Se encontra apenas como um espaço vazio. Olívia e eu tínhamos combinado de transformar em um espaço de lazer para os passageiros diferente de tudo que já tem aqui. A melhor ideia é a dela.

Conto ao meu pai a minha ideia, e ele deixa em aberto o benefício da dúvida.

— Você tem certeza do que está me pedindo?

De novo isso?

— Tenho.

•

— Ela já se foi? — pergunto a Betto assim que o vejo se aproximar das grades em frente ao mar.

— Sim.

Suas palavras suaves partem meu coraçao. Eu me viro e apoio os cotovelos em cima das grades, encarando o horizonte, que, para mim, agora se transforma em um buraco vazio. Betto faz o mesmo.

— Fiquei sabendo que você vai sair por um tempo. Para onde vai?

— Ainda não sei. Algum lugar tão... tão distante.

— Garoto, você é jovem.

Silêncio.

— O que isso significa?

— Vou ser sincero com você, porque o conheço desde que nasceu. Você sempre tratou sua vida como insignificante porque foi fruto de um acordo entre seus pais.

— Não me lembre disso...

— Você acha que é uma marionete nas mãos dos chefes. Você nunca parou de pensar que sua vida era uma merda. Mas um dia, meu garoto, você vai se encontrar. E se é desse tempo que você precisa, que seja. — Ele coloca as mãos nos meus ombros. — Você vai se encontrar. — Betto sempre foi um grande amigo para mim. Ele beira os quarenta e poucos anos, no entanto sua alma se mantém sempre jovem; talvez seja por isso que nos damos tão bem e ele me compreenda do seu próprio jeito, além, é claro, de sempre livrar meu traseiro das enrascadas em que eu me meto. Seu círculo profissional é engraçado. No começo, ele era assistente do meu pai, depois passou a ser assistente da minha mãe quando Élian e eu nascemos, e aí ele passou a ser nosso mordomo. E hoje ele faz um pouco de tudo para nós. Principalmente para mim. Pode-se dizer que, hoje em dia, ele faz o trabalho de um assessor para mim. Ele arqueia uma sobrancelha e me dá um olhar que eu não posso explicar. — E por eu conhecê-lo há tanto tempo e vê-lo crescer sei dizer quando você está apaixonado. — Franzo a testa. — Quero dizer que sei que você ama essa menina. Essa mulher que o colocou no lugar. — Dou risada. — Não cometa o mesmo erro que eu cometi, garoto.

— Você?

— Sim. Quando eu era mais jovem, eu era apaixonado por uma bela mulher. E ela era por mim, e eu tinha tanta sorte por isso. Ela falava de casamento e filhos, e eu não dava moral. Ignorava. Então eu a perdi. Hoje sou solitário e um homem que livra sua barra das burrices que você comete. Minha vida se resume a isso. — Ele bagunça meu cabelo, como se eu tivesse cinco anos. — Sinto muito a falta dela e me arrependo por tê-la deixado ir. O tempo não volta. Contudo, eu não reclamo de limpar suas bagunças. Você e seu irmão são como os filhos que eu não tive. E a vida me deu uma segunda chance para fazer algo direito. Estou muito orgulhoso de você, garoto. Mas não cometa o meu erro. Não deixe o seu verdadeiro amor ir embora. — Eu balanço a cabeça, pensando. — Você a ama? — ele pergunta.

— Sim. — Suspiro e sou honesto. — Eu me apaixonei por ela há muito tempo, Betto. E há muito tempo eu venho entregando partes de uma carta em pedaços, escrita em cartões. Mesmo depois de ela me perdoar por uma maldita aposta, eu continuei enviando. Eu amo vê-la feliz, cuidar dela e ajudá-la a superar seus medos, mesmo que não se curem do dia para a noite, mas é a paciência que transforma o amor.

Enquanto espero que um dia ela possa superar sua fobia e seus traumas, sei que não será de um dia para o outro. Tenho consciência de que tenho que caminhar lentamente ao lado dela.

— Não é unilateral. Ela também o ama. É perceptível pela forma como ela o olha. Eu pareço um pouco distante, mas sou muito observador.

— Nós admitimos um para o outro.

— Então, traga-a de volta para o seu lado. Ou eu pego o seu lugar, hein, garoto!

— Se liga, coroa.

É assim que nós somos: nós discutimos, zoamos com a cara um do outro e às vezes brigamos. Ele é como um pai para mim e para o meu irmão, como ele mesmo disse.

— Ora, eu sou bonito. Você vai querer ser bonito como eu.

Respondo de volta a Betto com um sarcasmo divertido:

— Vou me preocupar com isso daqui a oitenta anos, quando eu estiver quase com a sua idade. Se liga, coroa.

— Coroa é uma ova, garoto.

Eu vou embora rindo da cara dele, enquanto ele vai na outra direção. Ao chegar ao meu quarto, encontro meu irmão.

— Ei.

— Ei, Élian.

Caminho até a cama e me jogo nela.

— Vai voltar para Miami, hein? Porque eu suponho que você escolheu trabalhar na sede da Marinha Grandiosa para poder voltar ao seu apartamento.

— É.

— O que houve? Achei que você iria ficar feliz.

— Eu também pensei.

Élian segura meus ombros e me levanta um pouco, apontando para a janela.

— Olhe ali para fora. Está vendo? — Assinto. — Observe bem este mar. — Ele fica em silêncio e volta a falar após um minuto: — Agora, traga à sua mente o horizonte da cidade.

— Certo.

— Qual você prefere?

Levo muito tempo, estou dividido, mas a certeza me atinge com força.

— Eu já me decidi.

— É nesse que você se sente em casa?

— Sim.

•

Minha cama está coberta por roupas espalhadas e desordenadas. Devo ter experimentado umas dez roupas nesta manhã. Estou a caminho de uma das coisas mais importantes da minha vida.

Quase anoitecendo, estou dentro de um carro indo direto para o hotel onde ela está.

Chego ao hotel com o endereço que Betto me passou — após eu implorar pelo menos trinta vezes. Foi um milagre eu conseguir tirar isso da boca dele. Eu dou o nome da hóspede à recepcionista e peço para ela ligar para Víve.

— Deixe-me ver se ela está disponível. — Consigo ouvir a voz de Olívia do outro lado da linha. — Olá, senhorita Mozer. Tem um rapaz aqui na recepção que diz conhecê-la e está querendo falar com você. Se chama Brandon Caldwell.

Sorrio, no entanto meu sorriso logo se desfaz quando ela arregala os olhos ao ouvir a resposta. Eu apenas sei que esse não é um bom sinal. Olívia certamente me xingou.

Não tiro sua razão. Eu a deixei ir embora sem me despedir. Isso deve a ter feito desmoronar e ficar abalada e chateada.

– Hum... ok, senhorita. Você gostaria que eu repassasse essas palavras a ele?

– Não, não! – interrompo. – Com licença, posso falar com ela? – Aponto para o telefone. – Coisa rápida.

Com um sorriso sem jeito, ela confere que não há ninguém nos observando e me passa o telefone.

– Olívia, querida, você tem que sair daí em algum momento, gatinha. Eu prefiro que você me xingue olhando nos meus olhos em vez de me ignorar como se eu fosse uma formiga do pântano. – As sobrancelhas da recepcionista saltam, mas ela sorri. – Isso, porque formiga do pântano não existe. Você não pode ignorar o que não existe. – A recepcionista está mais confusa do que Olívia. – Quando você vier fazer *check-out* para voltar para casa, eu ainda estarei aqui. Posso passar dias aqui. E caso você demore, posso ir até a sala de espera mais à frente, entretanto eu continuarei dentro do hotel e consigo ver a recepção de lá. Já se você sair e eu não perceber... – Olho para o crachá da secretária. – Penélope, irá me avisar, não irá, Penélope?

Ela olha para mim, confusa, e eu gesticulo para ela entrar no meu jogo.

– Sim, isso mesmo – sussurro meu nome e ela repete –, Brandon.

– Viu isso, Olívia? Penélope e eu somos amigos... não é, Penélope?

– Sim, amigos.

– Isso! – Fechamos nossas mãos e demos soquinhos uma na outra. – Sendo assim, vou falar com você de qualquer maneira, gatinha.

Olívia suspira do outro lado da linha e a ouço resmungar com alguém.

Espere. Alguém? Quem está com ela?

– Sua amiga? – Ela volta para a linha após alguns minutos. – Você acha que eu sou burra?

– Por que isso?

– Eu sei que você tem facilidade de fazer amizades. Mas... Penélope... você conheceu agora!

— Aqui é Miami, Víve. Conheço muitas pessoas daqui.

— O que você quer, Brandon?

— Apenas falar com você.

Outro suspiro.

— Passe para a recepcionista.

— Mas...

— Por favor, Brandon. Se você me respeita como diz, passe o telefone para ela.

Hesitando, devolvo o telefone para a recepcionista e me preparo para ir embora quando ela me chama.

— A senhorita Mozer pediu que você subisse. Quarto 105. Boa sorte!

Depois de passar dez minutos na frente da porta dela, pensando se estou fazendo a coisa certa ou se é burrice, decido bater. Ela abre a porta, e eu aceno.

Olívia parece linda, toda vestida em um vestido curto azul-clarinho, que mostra o rosado que ficou em seu corpo pelos meses passados no navio e na maresia. E que tenho certeza de que ficou ainda mais intenso ao tomar sol durante a viagem de carro até o hotel.

Eu congelo. Atrás dela está a mãe dela, de quem Olívia me mostrou uma foto várias vezes. Ela e a mãe são muito ligadas.

Não era bem nessas condições que eu gostaria de conhecer sua mãe. Mas continua sendo um prazer, finalmente.

Há a sombra de um sorriso brincando em seu rosto. Esfregando a parte de trás do meu pescoço, eu olho para o chão. Quando levanto o olhar, ela está na porta em vez de Olívia.

— Brandon?

— Sim, senhora. Prazer em conhecê-la.

Eu pego sua mão estendida e a aperto, com um sorriso no rosto.

— O prazer é meu. Você é mesmo um rapaz muito lindo.

Ela se vira e a vejo piscar para a filha, que vira o rosto, envergonhada.

Seus cabelos são curtos e ruivos — o mesmo tom que Olívia tem nas mechas escondidas em seus cabelos castanhos. Um ruivo mais escuro do que o da minha mãe. E ela sorri para mim como se já me conhecesse há tempos.

EPÍLOGO

OLÍVIA

— O que você está fazendo aqui? — pergunto, aproximando-me dele e de minha mãe.

— Estou aqui... para... ver você.

— É só que eu... Eu preciso de tempo. — Minha cabeça parece enevoada. — Não quero falar com você agora.

— Precisa de tempo? Tipo umas duas horas? Trinta minutos?

— Tempo. — Notando sua confusão, decido aprofundar. — Não quero vê-lo agora. Você estava muito ocupado para se despedir quando eu estava prestes a vir embora. Deixaram bastante claro que você não viria se despedir de mim!

— Por favor, eu sei que você está brava comigo, mas me dê uma chance para conversar com você, como duas pessoas bem resolvidas. E *civilizadas*. Quando uma pessoa ama a outra, ela dá a chance de resolver as coisas.

— Justamente o que não estamos parecendo agora, duas pessoas civilizadas.

— Bem... — Minha mãe pigarreia. — Eu vou ali na cafeteria do hotel para deixar vocês conversarem melhor.

— Mãe!

— Vou tomar café. — Ela usa um tom de repreensão. — Talvez um suco, está calor.

Quando ela sai, ele se vira para mim.

— Eu quero ver você. Olhe para mim. Por favor.

Suas palavras são tão afetuosas e delicadas que sou incapaz de negar qualquer coisa a ele.

— Café? — ofereço, ainda incapaz de compreender até mesmo uma conversa bem simples.

O que raios se passa comigo?

— Não. Obrigado, eu estou bem.

Entrando na minha frente, ele se vira para me enfrentar, travar o meu passo. Olhos trancam na minha boca por um longo instante. Ele me convida para me sentar e em seguida se senta ao meu lado. Então seus lábios enrolam como se ele conhecesse o meu olhar.

— Eu quero contar uma coisa. — Ele pega as minhas mãos e as aperta. — Eu vou me ausentar por um tempo. Me ausentar do navio, de Miami... dos Estados Unidos.

— Vai para outro país?

— Sim.

— Para o Brasil?

Um sorriso brinca nos meus lábios.

— Pode entrar na minha lista. — Ele ri. — Mas prefiro que *você* me apresente. Enfim, eu só... preciso desse tempo. Não é para ficar longe de você, de maneira nenhuma, é só para pensar na vida. — Balanço a cabeça. — Compreendo que você assinou um termo de responsabilidade para não dizer nada. Não fiquei bravo com você. Na hora eu me alterei mesmo, porque não era algo que eu esperava ouvir. Mas você me ajudou. Você sabe que me ensinou muito. A compra da B.C. só foi realizada porque você fez parte dela, me guiando e explicando as diferenças entre fazer uma fusão ou uma compra. No fim de tudo, nós trabalhamos juntos como sempre foi. O fato de não sermos exatamente dois concorrentes, como eu sempre pensei que fôssemos, é só um mero detalhe. — Como posso discutir com essa lógica? — Então, eu quero fazer um pedido — continua. — E isso envolve o seu retorno ao navio.

Brandon me explica em detalhes o que ele espera que eu faça e pergunta se concordo com a sua ideia. A princípio, eu me sinto um pouco hesitante em retornar ao *Captain*, embora ele me diga que recebeu apoio para tal e a permissão de seu pai, o atual CEO. Também me conta sobre estar pensando na oferta de seu pai: Brandon trabalhará como COO e continuará tocando e cantando aos fins de semana, se aceitar ficar no navio em vez de voltar para Miami — o que eu acho incrível! Ele pode continuar com a sua música, que é o refúgio dele. Ou então, ele volta para Miami e pode trabalhar na sede da Marinha Grandiosa ou desistir do seu cargo.

•

Durante a trajetória de retorno ao navio, Brandon e eu trocamos diversas mensagens sobre a tarefa que me foi imposta. Após três semanas discutindo e planejando, ele enfim tirou seu tempo. Ele busca ficar dois meses isolado de tudo e de todos para colocar sua mente e a si próprio em seu lugar; reconectar-se consigo mesmo e com a vida. Totalizando: dois meses e três semanas longe.

Enquanto isso, seus pais retomaram a administração da Marinha Grandiosa, e Élian ficou encarregado de iniciar os novos projetos para a B.C. YATCHTS.

Luccas e eu não viramos amigos, mas estamos aceitando o fato de que teremos de nos aturar. Ele admitiu:

— Eu ainda não vou com a sua cara e pensei que não mudaria o que disse certa vez, porque eu queria o bem do meu amigo. Mas agora que tudo foi resolvido com a situação da empresa, e como vejo que ele está feliz como jamais foi antes, eu aceito suportar você.

Kyra Mabell retornou ao centro de Miami para resolver sua vida na agência. Ao todo, ela teve de explicar durante horas o porquê de não ter aparecido para gravar a campanha, sobre o seu ataque de pânico, sobre estar infiltrada dentro do cruzeiro e por que não resolveu sua situação antes. Além de ter trabalhado no bar para pagar suas estadias. Sua penalidade foi ter de cumprir pagamentos de multas para a agência e o cliente que os tinha contratado para o editorial, além de ter uma redução nos salários de seus trabalhos de modelagem por um mês.

O primeiro mês do meu trabalho no navio passa voando. Durante esse período, ele é levado até o estaleiro de reparo e manutenção naval para que o meu projeto seja levado adiante. Dias e horas seguidos para que todo esse novo planejamento possa seguir adiante e criar vida, do jeito proposto.

Quando, enfim, os dois meses passam, sem notícias de Brandon, ele finalmente me envia uma mensagem dizendo que está de volta ao navio, enquanto eu estou na cidade com a minha mãe. Ele me pede para encontrá-lo no porto.

Coloco um vestido curto, estampado com flores como a "cara do verão", um coque charmoso e uma bolsinha branca de mão, diferente do meu estilo habitual. Saio da cidade e vou até o porto. Chegando lá, o grande navio da Marinha Grandiosa já está atracado em seu local, majestoso. Olho para cima, segurando a minha bolsinha com força, até meus dedos ficarem cor de neve, e imagino quantas coisas já vivi ali dentro durante todos esses meses que se passaram.

Fico contemplando a visão por longos minutos, até me dar conta de que é melhor abaixar a cabeça e olhar para frente. Bem ali, na rampa de entrada do navio, ele me espera como combinamos. Encostado casualmente, parece perdido em pensamentos, mas revigorado após os dois meses em que se manteve fora.

Quando ele me vê, abre um grande sorriso diferente dos que já vi antes e se desencosta. Eu caminho até ele com a mesma empolgação.

Nós nos abraçamos por muito tempo — tempo suficiente para que eu consiga sentir sua força mais determinada do que era.

Ele me prometeu que voltaria.

E eu prometi que estaria aqui.

•

Depois de nos reencontrarmos e ficarmos juntos por mais de duas horas, eu o levo até o local da minha missão.

A reforma do cômodo vazio, que foi nomeado: *Travel in the tech* — Viagem na tecnologia.

Ele foi transformado em um local estruturado para a projeção mapeada. Como o meu grande desejo sempre foi poder estar em qualquer lugar no momento em que eu quisesse e desejasse, planejei ocupar o cômodo vazio e grande do navio com vídeos *mapping*. Com o apertar de um botão, qualquer pessoa poderá escolher o país em que deseja estar, pois sei que muitas têm esse mesmo desejo.

Como num passe de mágica... e com o apertar de um botão, podemos estar com toda Paris em um único cômodo ou qualquer outro lugar turístico.

Podemos estar no topo do Empire State Building, observando toda a cidade de Nova Iorque durante a noite. Ou então percorrendo os rios de Veneza sem precisar estar em uma gôndola.

— O lucro gerado nessa atração será revertido em doações.

Cada pessoa terá aproximadamente dez minutos dentro da sala, podendo apreciar e tirar suas fotos instagramáveis e envolventes, com uma apresentação do lugar escolhido com intensidade e alta qualidade.

— Você fez algo incrível aqui!

— Vamos testar? — pergunto e ele aceita. Aproximamo-nos de um botão grande e azul e um teclado, no centro da sala. — Apenas precisamos digitar o nome do lugar neste teclado e apertar o botão.

— E para onde vamos?

— Para onde quisermos. Podemos ir para Nova Iorque ou Los Angeles, passar pela Calçada da Fama ou subir nos letreiros de Hollywood. Ou podemos ver a Torre Eiffel!

Eu estou quase digitando Paris quando ele segura a minha mão e me impede.

— Não — ele me repreende. — Paris, não! Por favor.

— Por que não? — Acho estranho, a princípio, mas algo passa pela minha cabeça neste exato momento. — A propósito, agora que está de volta... onde você esteve durante esse período?

Ele pigarreia um pouco e tenta desviar do assunto:

— Não precisamos falar disso agora, não é? Enfim, eu sabia que poderia botar fé em você para fazer isso. É fantástico e...

— Obrigada. Mas precisamos. Por que não quer me contar aonde foi? Já passou e em nenhum momento eu perguntei para respeitar a sua privacidade, mas já foi.

Eu o observo reagir com emoções contraditórias.

– Tudo bem... não adiantará nada esconder. Eu fui para Paris.

– Ah...

– Na verdade, passei três semanas em Nova Iorque, visitei as crianças por uma semana... a propósito, Enricco se abriu comigo e me explicou sobre o que eu mais tinha dúvida: sua distância comigo. Como eu deveria ter imaginado antes, por ordens do meu pai, para ele não "ser como eu" ou "não fazer as coisas como eu faço". Enfim, depois liguei para a minha avó e ela deixou que eu ficasse na casa dela em Paris. E apenas ela e meu avô sabiam onde eu estava.

– Então você não ficou isolado como disse que ficaria? Já que eles retornaram a Paris...

– Fiquei, sim. A casa dela é grande e possui uma cabana anexada na lateral. Eu fiquei por lá e eles respeitaram a minha vontade.

Então, talvez, ele tenha enjoado de Paris e por isso não quer que eu coloque essa opção no simulador.

No entanto, não há como enjoar desse maravilhoso lugar – mesmo sabendo que não há como ditar as preferências de cada um. E eu posso selecionar a Cidade Luz e fingir estar lá a qualquer momento – momento em que eu ainda estiver passando aqui, antes de voltar para casa.

– Podemos ver a Aurora Boreal na Noruega, sem precisar esperar por dias seguidos – sugiro. – É claro que não é a mesma coisa, mas pode ser encantador do mesmo jeito.

– Não sendo Paris... – ele diz. – Sabe, tem um cruzeiro da nossa frota, o número quatro, chamado *Snow cruise*, que navega pelos países glaciais. Há turistas que o escolhem porque são viagens que duram vinte e nove noites, tempo mais do que suficiente para que possam ver a Aurora Boreal ao vivo. Talvez escolher ela com esse botão possa incentivá-la a ir no cruzeiro quatro algum dia...

– Isso é incrível! Eu não sabia disso. E assistir ao espetáculo da Aurora Boreal, assim de tão pertinho, é algo que sempre esteve na minha lista de coisas a fazer pelo mundo.

– Recomendo que escolha a Lapônia, na Finlândia, onde o fenômeno é mais frequente.

Ele sorri, inclinando a cabeça. Então, eu digito "Aurora Boreal na Lapônia" e pressiono o botão azul com a palma da mão, que logo transforma todo o espaço em um dos fenômenos naturais mais belos do mundo, mesmo que virtualmente.

O lugar aos poucos vai tomando uma tonalidade de azul. Luzes verdes vão formando traços por cima, até ficarem maiores e mais intensos. O chão vai se revestindo de branco, até tomar uma forma aveludada, simbolizando a neve. Um lago surge a poucos centímetros adiante, refletido com as luzes ópticas em tons de verde, roxo e rosa dançando em perfeita harmonia em um céu azul-escuro estrelado. O lugar logo é convertido em um evento luminoso e grandioso.

Uma música neoclássica começa a tocar ao fundo, combinando com o que estamos assistindo. Eu nunca imaginei que tal coisa poderia me deixar sem fôlego e fico pensando em como eu ficaria se fosse real.

Essa é apenas uma fração das maravilhas com que fomos presenteados na Terra.

— Uau — consigo dizer, ofegante e fascinada. — Me dá vontade de chorar.

Brandon se volta para mim e tira as mãos dos bolsos, envolvendo o braço em meus ombros e apoiando a cabeça no topo da minha.

— É uma dádiva poder vê-la — ele diz. — Parece até que estamos realmente presenciando esse momento. — Sem alterar a posição, ele me surpreende: — Eu não poderia ter escolhido alguém melhor para desenvolver esse projeto. O que você pensou em fazer com este lugar não tem explicação de quão incrível foi.

Suas palavras são tão singelas e verdadeiras que me fazem sorrir. Incapaz de me conter, eu me levanto na ponta dos pés e o beijo suavemente. E então, o beijo se intensifica tanto que enfim entendo quando dizem que um beijo vindo da pessoa que amamos é capaz de fazer de nós um só.

É assim que estou me sentindo neste momento.

•

— Podemos nos concentrar aqui, por favor. — Brandon cobre meus olhos com as mãos. — Pare de tentar me convencer a dizer o que é o seu presente.

— E tem um motivo específico para eu estar ganhando um presente? Não é meu aniversário.

— Mas estamos entrando no mês de dezembro. Tente pensar nisso como um presente de Natal adiantado.

— Então, eu insisto em uma troca de presentes adiantada. E não ouse dizer que não. — Brandon me guia com cuidado enquanto troca as mãos por uma venda preta. — Por que está me vendando? Não deu tempo de embrulhar?

— Seria muito difícil embrulhar, já que é... deixe para lá.

— O quê? Você ia me dizer.

— Não vou mais. Não encontrei palavras que pudessem descrever o presente sem entregar o que é. — Ele de repente muda de assunto. — Então, você percebeu que entramos em outro navio da nossa empresa há alguns dias, não é?

— Sim, entramos. E já faz alguns dias mesmo. Sua mãe disse que precisava de nós aqui, só não consegui entender o porquê.

— Sim. É o navio número três, a grandiosa e magnífica Dama dos Mares.

— Certo, é um belíssimo nome. Mas não tente mudar de assunto!

Penso senti-lo me guiando por uma rampa, pisar em um chão de concreto duro e me colocar dentro de um carro. Eu digo o nome dele várias vezes, curiosa e um pouco nervosa, já que não vejo nada.

— Pare com isso, Víve. Eu não quero contar, quero que você veja o seu presente com seus próprios olhos.

Eu suspiro, frustrada — ainda que, no fundo, animada.

Ele ri da minha reação.

— Você acha engraçado me torturar deste jeito? Eu sou uma pessoa curiosa e você sabe disso.

— Sei. Por isso que eu não quero revelar antes do tempo. É divertido vê-la roendo as unhas de curiosidade. Bonitinha demais.

— É claro, você está fazendo muito suspense. E confesso que notei o quão misterioso você tem sido nos últimos dias.

— Sobre isso, não tem muito a ver com seu presente surpresa. Eu apenas tinha uns assuntos a tratar com a minha família, o que me deixou ocupado a maior parte do tempo. Bem, estamos quase chegando!

Ouço Brandon abrir a porta do carro e, após alguns segundos, passar as mãos em volta dos meus tornozelos e pelos saltos dos meus sapatos, guiando-me e me ajudando a sair do carro. Segurando minhas mãos, ele me leva para algum lugar e eu sinto ar fresco e floral amenizando meus sentidos.

Pelos sons externos, sei que estamos caminhando por ruas, até entrarmos em um elevador.

Enquanto caminhamos, ele vai falando comigo:

— Obrigado por tudo, Víve. Você fez mais por mim do que pode imaginar.

— Por que está dizendo isso?

— Só quero que você saiba o quanto ter você em minha vida significa para mim. Sabe, um dia o meu avô me disse que, assim como eu estava lutando pela empresa, eu deveria lutar por quem eu queria, por quem me fazia ser alguém melhor. Na hora eu acho que não entendi, mas agora eu sei. Assim como eu estava lutando por algo, eu não poderia desistir da minha vida e me basear apenas em reparar meus erros. Eu deveria aprender com eles e aplicá-los na minha vida pessoal também.

— Eu sempre achei o senhor Beaumont muito sábio.

— E eu fiz isso. As rosas e os bilhetes foram apenas uma fração para demonstrar o quanto você é importante para mim. Mas como eu disse no décimo quinto bilhete, quero demonstrar isso todos os dias. Por isso, eu tenho mais um.

Nós paramos de andar e eu o ouço abrir uma porta e me levar para dentro. Ele me para e abre a minha mão, colocando um pedaço de papel na minha palma.

Ele levanta um pouco a minha venda, pedindo que eu olhe apenas para o papel, e é isso que eu faço.

Bienvenue, mon amour.

— Está escrito em francês.

Ele fecha o espaço da minha venda e me vira de costas para ele. Devagar, ele desamarra a venda.

— Já está de noite, então está na hora.

Brandon retira a venda preta, e, mesmo estando de noite, eu tenho de me acostumar com a luz. Pisco várias vezes até me dar conta...

Meu coração dispara e eu fico sem palavras.

— Brandon?

Ele apenas sorri.

Estamos na varanda do hotel. Bem em frente... à Torre Eiffel. A Dama de Ferro brilha em seu show de luzes. Então eu me dou conta de algo: o navio chamado Dama dos Mares é o responsável por vir à cidade onde fica a Torre Eiffel, chamada também de Dama de Ferro. Paris.

Não consigo falar, não consigo me mexer. Apenas olho para ela, sem acreditar. É surreal. Fico tão hipnotizada pelo que está acontecendo na minha frente que não percebo que estou chorando e rindo.

— Lágrimas de felicidade, eu espero — Brandon diz.

— Eu nunca pensei que veria isso pessoalmente. Meu Deus, é... eu não estou acreditando nisso! Eu não sei o que dizer. É tão linda! É tudo tão lindo!

Nova Iorque também me parecia um sonho impossível, mas eu consegui. Assim como os sonhos que vieram depois também pareceram distantes.

Eu me viro para ele.

— Eu não tenho como agradecer.

Ele passa o polegar pela minha bochecha, secando as lágrimas, e depois pelo meu lábio inferior. Seu toque é tão terno que faz meu interior derreter.

— Você fez isso acontecer. Viemos até aqui de navio. Pela empresa que *você* me *ensinou* a administrar.

Abro um sorriso largo.

— A Dama dos Mares, número três. E foi por isso você não queria que eu colocasse Paris na projeção.

— É claro que a projeção no navio é bem realista, mas não se compara a isto. Eu queria que você pudesse descobrir esta cidade com seus próprios olhos, como você sempre sonhou.

— Quando finalmente coloquei meus pés no chão de Nova Iorque e depois, Miami, eu refleti sobre as vezes que pensei que aquilo não seria possível. E que cada sonho parecia distante. Já estou vendo que, quando nós sairmos deste hotel, irei parecer uma criança em um parque diversões.

Brandon abaixa a cabeça, prendendo-me contra o muro da varanda.

— Teremos um longo dia amanhã... só para avisar.

Eu não consigo mais controlar as risadas. É um êxtase de tanta felicidade. Eu lhe dou um beijo entorpecente e arrepiante antes de virar minha cabeça para olhar a torre.

Assim é a minha noite.

Ainda presa em seus braços, fico alternando entre olhar para ele e para a torre, rindo sem parar.

•

Durante a manhã, Brandon me leva para tomar café da manhã em uma cafeteria com cheirinho de pães recém-saídos do forno.

Depois passamos a tarde caminhando pelas ruas, conhecendo o Arco do Triunfo, a Catedral de Notre-Dame, o Museu do Louvre, o Palais Royal, a Ópera Garnier. Enfim, caminhamos muito por um dia e vamos reservar o dia seguinte para o Jardim de Luxemburgo e o Canal Saint-Martin.

A foto que ele me disse que um dia eu tiraria é mesmo tirada. Após aproveitarmos o dia na cidade e ele me apresentar vários pontos turísticos como um guia profissional, paramos em frente à Torre Eiffel durante o pôr do sol, e tiro uma foto mordendo um grande croissant de chocolate. Assim como ele disse que seria. A diferença? A luz alaranjada não reflete apenas entre mim e as treliças. *Reflete nele também.*

Agora, durante a noite, ele me diz que precisamos tornar real um outro momento.

— Fomos feitos para o topo, *mon amour*.

Sua frase se torna literal quando ele me leva para jantar à luz de velas em um restaurante no topo da Torre Eiffel. O horário que ele escolheu não tem muitos clientes, o que me tranquiliza.

Brandon olha profundamente em meus olhos, e vejo amor e esperança nos seus. Os mesmos sentimentos que sinto por ele. Assim que terminamos o jantar romântico, descemos e ficamos no gramado próximo à torre.

Brandon para e me olha com malícia. Estreito os olhos para ele, mas não deixo de sorrir.

— Que peça você está pregando? Conheço esse sorriso.

Seu sorriso fica ainda maior.

De repente, Annelise aparece carregando um buquê de rosas, que ela me entrega. Rosas iguais às que eu recebia na porta da minha cabine, mudando apenas a cor. Rosas na cor rosa são a cara de Paris.

— Lise? — digo, boquiaberta. — O que ela está fazendo aqui?

— O mesmo que eles.

— Eles?

Olho ao redor, até meus olhos focarem em mais rostos conhecidos: minha mãe, minha família, a família de Brandon e Betto, além de nossos amigos, Kyra e Luccas.

Todos estão sorridentes e olhando para nós com expectativa.

Toda a minha confusão se esmaece assim que Brandon começa a falar:

— Uma vez me disseram que, quando algo é real e é para ser, não é muito cedo. No momento em que a vi entrando naquela sala, foi como ver minha futura esposa vindo em minha direção. E o fato de você ter sido escolhida para entrar naquele navio e me ensinar a ser uma pessoa melhor tinha um significado: era para podermos nos encontrar. — Tudo está acontecendo em câmera lenta e meu mundo começa a girar. — Eu escolhi ficar no navio porque se tornou a minha casa, mas o meu verdadeiro lar é onde você estiver.

Brandon se ajoelha e minha respiração engata.

O meu Brandon está de joelhos... isso só pode significar...

Ele tira uma caixinha de veludo do bolso e a abre, revelando um apaixonante anel de diamante.

— Quero passar toda a minha vida com você, passar por todas as alegrias e conquistas da vida ao seu lado, e superar todos os obstáculos que houver no caminho. Estar ao seu lado, em seu processo de cura contra a ansiedade e o pânico. Sei que é um processo longo e não será de um dia para o outro, e quero apoiá-la nisso. Você me inspira. Sua coragem em enfrentar seus medos me mostra a sua vontade de viver e de vencer. Você é a única mulher com quem me vejo construindo uma família. Você aceita se casar comigo e ser para sempre a minha esposa?

Eu dou uma risada de surpresa e sou tomada por uma emoção que nunca senti. O olhar de admiração dele me confirma que só há dois tipos de respostas certas e possíveis: sim ou sim.

— Sim! Sim! Sim! Um milhão de vezes, sim! — Começo a me empolgar. — Brandon Wright Caldwell, eu quero me casar com você!

Depois que ele ri, aliviado, e coloca o anel no meu dedo, eu pulo e envolvo meus braços em volta dele, beijando sua boca sorridente.

— *Isso!* — Élian e Luccas gritam.

Sam e Kyra começaram a pular e gritar. Minha mãe, emocionada, corre para nos abraçar, enquanto nossas famílias se abraçam entre si.

Encosto a minha testa na dele e todo o lugar vibra nosso amor.

— Eu amo você, meu capitão. Para sempre.

— Eu amo você para sempre, minha gatinha. Minha capitã.

AGRADECIMENTOS

Quero começar agradecendo a Deus por ter atendido às minhas orações, por ter me concedido as palavras certas e permitido a publicação desta obra.

Agradeço à minha mãe, que sempre me apoia e corre atrás de meus sonhos junto comigo e sempre me incentiva a dar o meu melhor e não desistir das coisas que almejo conquistar. E por sempre me trazer um chocolate para me animar.

O mesmo vale à minha família, que torce por mim e apoiou a existência deste livro.

A criação deste livro é uma grande bênção, pois eu não imaginava que poderia criá-lo um dia, mesmo começando a escrever cartas aos cinco anos e criado histórias na minha cabeça até os meus dezesseis anos — quando tomei a iniciativa de tentar transformá-las em obras literárias.

Agradeço à existência da música e de certos cantores e compositores que admiro, pois ela me acompanha todos os dias em todas as horas.

Não posso deixar de mencionar o meu amor pelo filme da *Cinderela*, cuja letra da música *Um sonho é um desejo* sempre me cativou e fixou em mim a seguinte frase: "Tem fé no teu sonho e um dia. / Teu lindo dia há de chegar. / Que importa o mal que te atormenta. / Se o sonho te contenta. / E pode se realizar". Ela é real, sabe? Não importa o quanto demore ou se acontecer mais rápido do que você pensa, o dia chega! Eu acredito nisso.

Por que eu mencionei tudo isso? Porque a arte vive! E a arte faz parte da minha vida.

Espero que você, leitor, tenha se divertido com a história de Brandon e Olívia, assim como eu me diverti escrevendo. Como uns dos meus primeiros xodós criados, eles sempre terão um espaço em meu coração, e espero que no de vocês também.

Cada um de vocês é um presente.

Um carinhoso beijo meu, de Víve e de Brandon!

Grupo Editorial
coerência

Esta obra foi composta na fonte ITC Legacy Serif,
tamanho 11 pt, e impressa em papel pólen soft 70g/m².
São Paulo, outubro de 2022